Dama da Névoa

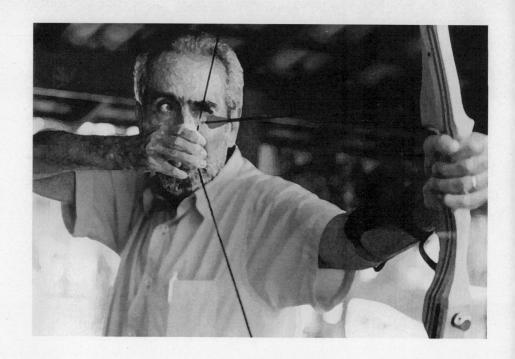

O Arqueiro

GERALDO JORDÃO PEREIRA (1938-2008) começou sua carreira aos 17 anos, quando foi trabalhar com seu pai, o célebre editor José Olympio, publicando obras marcantes como *O menino do dedo verde*, de Maurice Druon, e *Minha vida*, de Charles Chaplin.

Em 1976, fundou a Editora Salamandra com o propósito de formar uma nova geração de leitores e acabou criando um dos catálogos infantis mais premiados do Brasil. Em 1992, fugindo de sua linha editorial, lançou *Muitas vidas, muitos mestres*, de Brian Weiss, livro que deu origem à Editora Sextante.

Fã de histórias de suspense, Geraldo descobriu *O Código Da Vinci* antes mesmo de ele ser lançado nos Estados Unidos. A aposta em ficção, que não era o foco da Sextante, foi certeira: o título se transformou em um dos maiores fenômenos editoriais de todos os tempos.

Mas não foi só aos livros que se dedicou. Com seu desejo de ajudar o próximo, Geraldo desenvolveu diversos projetos sociais que se tornaram sua grande paixão.

Com a missão de publicar histórias empolgantes, tornar os livros cada vez mais acessíveis e despertar o amor pela leitura, a Editora Arqueiro é uma homenagem a esta figura extraordinária, capaz de enxergar mais além, mirar nas coisas verdadeiramente importantes e não perder o idealismo e a esperança diante dos desafios e contratempos da vida.

DAMA DA NÉVOA

LAURA SEBASTIAN

ARQUEIRO

Título original: *Lady Smoke*

Copyright © 2019 por Laura Sebastian
Copyright da tradução © 2020 por Editora Arqueiro Ltda.

Todos os direitos reservados. Nenhuma parte deste livro pode ser utilizada ou reproduzida sob quaisquer meios existentes sem autorização por escrito dos editores.

tradução: Raquel Zampil
preparo de originais: Natália Klussmann
revisão: Carolina M. Leocadio e Suelen Lopes
diagramação: Valéria Teixeira
capa: Alison Impey
adaptação de capa: Gustavo Cardozo
imagem de capa: Billelis
mapas: Isaac Stewart
impressão e acabamento: Lis Gráfica e Editora Ltda.

CIP-BRASIL. CATALOGAÇÃO NA PUBLICAÇÃO
SINDICATO NACIONAL DOS EDITORES DE LIVROS, RJ

S449d Sebastian, Laura
    Dama da Névoa/ Laura Sebastian; tradução de Raquel Zampil. São Paulo: Arqueiro, 2020.
    400 p.: il.; 16 x 23 cm. (Princesa das Cinzas; 2)

    Tradução de: Lady Smoke
    ISBN 978-85-306-0143-0

    1. Ficção americana. I. Zampil, Raquel. II. Título. III. Série.

20-62859   CDD 813
              CDU 82-3(73)

Todos os direitos reservados, no Brasil, por
Editora Arqueiro Ltda.
Rua Funchal, 538 – conjuntos 52 e 54 – Vila Olímpia
04551-060 – São Paulo – SP
Tel.: (11) 3868-4492 – Fax: (11) 3862-5818
E-mail: atendimento@editoraarqueiro.com.br
www.editoraarqueiro.com.br

PARA VOVÓ CAROLE,
porque, se algum dia conheci uma rainha rebelde,
foi justamente ela

E PARA VOVÔ RICH,
por manter vivas as histórias dela.

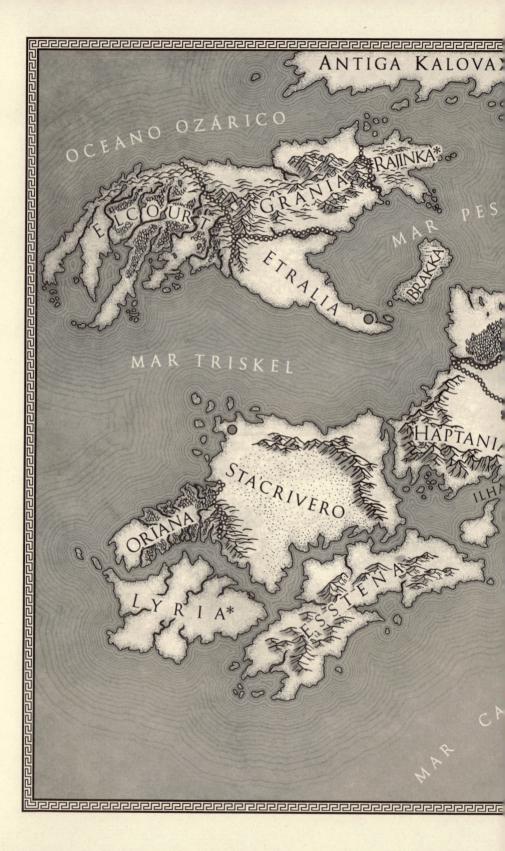

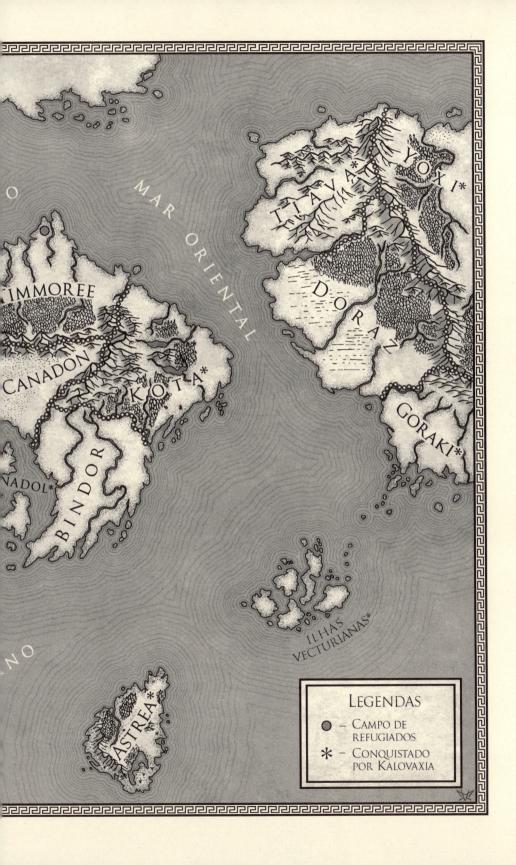

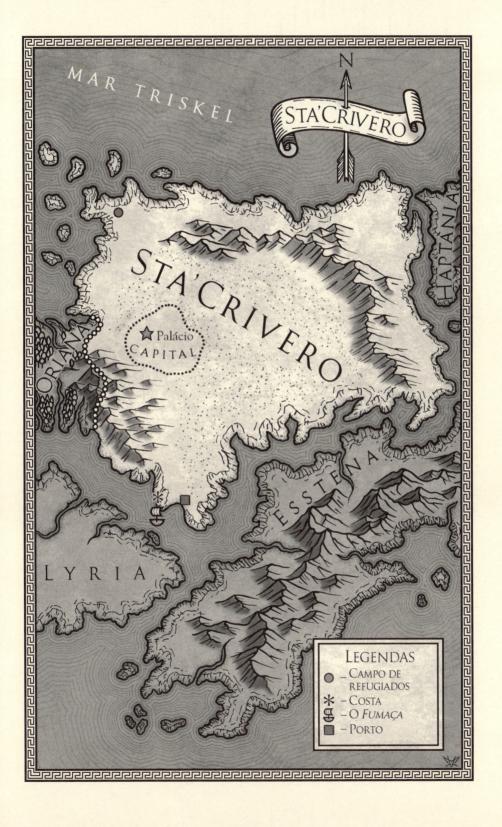

PRÓLOGO

Minha mãe uma vez me disse que a paz era o único caminho para a sobrevivência de Astrea. Não precisávamos de vastos exércitos, observou ela, nem forçar nossas crianças a se tornarem guerreiras. Não cortejávamos a guerra como outros países, em um esforço de conquistar mais do que precisávamos. Astrea nos bastava, afirmou.

No entanto, ela nunca imaginou que a guerra viria até nós, cortejada ou não. Ela viveria apenas o suficiente para ver quanto a paz se sai mal diante das lâminas de ferro forjado e da ganância selvagem dos kalovaxianos.

Minha mãe era a Rainha da Paz, mas eu sei muito bem que a paz não basta.

SOZINHA

Sinto em minha língua o gosto forte e adocicado do café com especiarias, preparado com uma quantidade generosa de mel. Do mesmo jeito que Crescentia sempre pede.

Estamos sentadas no pavilhão, como fizemos mil vezes antes, canecas de porcelana fumegantes aninhadas em nossas mãos para espantar o frio do ar noturno. Por um momento, a sensação é a mesma de todas as outras vezes, um silêncio confortável pairando na escuridão à nossa volta. Sinto falta de conversar com ela, mas sinto falta disso também – de ficarmos juntas e não precisarmos preencher o silêncio com uma conversa fútil e sem sentido.

Mas isso é bobagem. Como posso ter saudade de Cress quando ela está sentada bem diante de mim?

Ela ri, como se pudesse ler a minha mente, e pousa a caneca no pires com um ruído que me faz estremecer. Ela se inclina sobre a mesa de metal dourado para tomar minha mão livre nas suas.

– Ah, Thora... – diz ela, cantarolando meu falso nome, como em uma melodia. – Também senti sua falta. Mas da próxima vez não vou.

Antes que suas palavras possam fazer sentido para mim, a iluminação acima de nossa cabeça se altera, o sol se tornando cada vez mais brilhante, até cada horrível centímetro de seu corpo ser totalmente iluminado. O pescoço carbonizado descamando, enegrecido pelo encatrio que mandei que lhe servissem, os cabelos brancos e quebradiços, os lábios cinzentos como a coroa falsa que eu costumava usar.

Medo e culpa tomam conta de mim à medida que as peças se encaixam em minha mente. Lembro-me do que fiz com ela e do porquê. Lembro-me do rosto dela do outro lado das grades da minha cela, cheia de fúria ao me dizer que celebraria minha morte. Lembro-me da grade fervendo nos pontos em que ela a tocara.

Tento recolher a mão, mas ela é rápida e me segura, seu sorriso de princesa de conto de fadas revelando presas cujas extremidades estão revestidas com cinzas e sangue. A pele dela queima a minha, ainda mais quente que a de Blaise. É como se o fogo me tocasse, e eu tento gritar, mas não sai som algum. Não sinto mais a minha mão e, por um segundo, fico aliviada antes de baixar os olhos e ver que ela havia se transformado em cinzas, desmanchando-se ao toque de Cress. O fogo sobe pelo meu braço e desce pelo outro, espalhando-se por peito, torso, pernas e pés. Por fim minha cabeça queima, e a última coisa que vejo é Cress, com seu sorriso monstruoso.

– Pronto. Não é melhor assim? Agora ninguém vai achar que você é uma rainha.

...

Minha pele está ensopada quando acordo, os lençóis de algodão enroscados em minhas pernas e também úmidos de suor. Meu estômago se revira, ameaçando pôr tudo para fora, embora eu tenha certeza de que não comi nada para ser expelido, exceto algumas crostas de pão na noite passada. Eu me sento na cama, levando a mão à barriga para controlá-la e piscando para acostumar os olhos à escuridão.

Levo um momento para perceber que não estou na minha cama nem no meu quarto e, por fim, que esse não é o palácio. O espaço é menor, a cama, pouco mais que um catre estreito com um colchão fino, lençóis puídos e uma manta. Meu estômago faz um movimento brusco, de uma forma que me deixa enjoada antes que eu me dê conta de que não se trata dele – é o próprio quarto que está balançando de um lado para outro. Meu estômago simplesmente reflete o movimento.

Os acontecimentos dos últimos dois dias retornam à minha mente. As masmorras, o julgamento do kaiser, Elpis morrendo aos meus pés. Lembro-me de Søren me resgatando apenas para ser aprisionado. Assim que esse pensamento me ocorre, eu o afasto. Há muitas boas razões para que eu me sinta culpada – tomar Søren como refém não pode ser uma delas.

Estou no *Fumaça*, recordo, seguindo para as ruínas de Anglamar com o objetivo de dar início à reconquista de Astrea. Encontro-me em minha cabine, segura e sozinha, enquanto Søren está sendo mantido acorrentado em uma cela.

Fecho os olhos e deixo a cabeça pender sobre minhas mãos, mas, na mesma hora, o rosto de Cress surge em minha mente, as bochechas rosadas, as covinhas e os grandes olhos cinzentos, como era quando a conheci. Meu coração dá um salto ao pensar na garota que ela foi, na garota que *eu* fui, que se agarrou a ela porque se tratava da única salvação em meio ao pesadelo que era a minha vida. Rápido demais, essa lembrança de Cress é substituída por sua imagem da última vez que a vi, com ódio nos frios olhos cinzentos e a pele do pescoço carbonizada e descamando.

Ela não deveria ter sobrevivido ao veneno. Se eu não a tivesse visto com meus próprios olhos, não teria acreditado. Parte de mim se sente aliviada que tenha escapado, embora a outra parte jamais vá esquecer o olhar que ela dirigiu a mim quando prometeu destruir Astrea e a maneira como disse que pediria ao kaiser para ficar com minha cabeça depois que ele me executasse.

Caio de costas, fazendo um ruído seco ao bater no travesseiro fino. Meu corpo inteiro dói de exaustão, mas minha mente é um turbilhão que não dá sinais de querer se aquietar. Mesmo assim, fecho os olhos com força e tento expulsar todos os pensamentos que envolvem Cress, embora ela se mantenha bem lá no fundo, como um fantasma.

A cabine é silenciosa demais – tão silenciosa que cria um som próprio. Eu o ouço na ausência da respiração das minhas Sombras, seus movimentos infinitesimais ao mudarem de posição, os sussurros de uma para a outra. É um tipo de silêncio ensurdecedor. Viro-me para um lado, depois para outro. Estremeço e ajeito a manta, deixando-a mais apertada à minha volta. Sinto o fogo do toque de Cress outra vez e chuto a manta para longe, de modo que ela cai embolada no chão.

O sono não virá tão cedo. Rolo para fora da cama e encontro o grosso manto de lã que Dragonsbane deixou em minha cabine. Coloco-o sobre a camisola e ele me envolve, descendo até os tornozelos, aconchegante e disforme. O tecido puído foi remendado tantas vezes que duvido que ainda reste alguma coisa do manto original, mas ainda assim o prefiro às finas camisolas de seda que o kaiser costumava me forçar a usar.

Como sempre, pensar no kaiser faz a chama da fúria em meu estômago inflamar até me queimar por inteiro, transformando meu sangue em lava. É uma sensação que me assusta, mesmo que eu goste dela. Blaise certa vez me prometeu que eu atearia o fogo que transformaria o corpo do kaiser em cinzas, e eu creio que essa sensação não vai se suavizar até que eu faça isso.

SEGURA

Os corredores do *Fumaça* estão desertos e silenciosos, sem qualquer alma à vista. O único som é o leve barulho de passos no convés logo acima e o ruído abafado de ondas batendo no casco. Dobro em um corredor, depois em outro, procurando um caminho para o convés antes de me dar conta de que estou irremediavelmente perdida. Embora eu houvesse pensado que tinha uma noção razoável da configuração do navio quando Dragonsbane me levou para conhecê-lo mais cedo nessa noite, agora o navio parece inteiramente diferente. Olho por cima do ombro, esperando vislumbrar uma de minhas Sombras antes de perceber que elas não estão ali. Ninguém está.

Durante dez anos, a presença de outras pessoas era constante, um peso que me sufocava. Eu ansiava pelo dia em que poderia, enfim, me livrar daquela sensação e ficar apenas sozinha. Neste momento, porém, uma parte de mim sente falta da companhia. No mínimo, evitaria que eu me perdesse.

Por fim, depois de mais algumas voltas, encontro uma escada íngreme que leva ao convés. Os degraus são frágeis e barulhentos, e eu subo devagar, apavorada com a possibilidade de alguém ouvir e vir atrás de mim. Tenho que me lembrar de que não estou me escondendo, mesmo caminhando furtivamente para algum lugar – sou livre para ir aonde quiser.

Empurro a porta, abrindo-a, e o ar marinho açoita o meu rosto, soprando meu cabelo em todas as direções. Uso uma das mãos para tirá-lo dos olhos e, com a outra, aperto mais o manto em torno do meu corpo. Não tinha me dado conta de quanto o ar sob o convés era rançoso até o ar fresco alcançar meus pulmões.

Aqui em cima, há alguns membros da tripulação trabalhando, um número mínimo para garantir que o *Fumaça* não se desvie do curso ou afunde no meio da noite, mas todos eles estão muito cansados e concentrados em suas tarefas para me dedicar mais do que um breve olhar quando passo.

A noite está fria, sobretudo com o vento feroz como é no mar. Cruzo os braços para me proteger, enquanto percorro o caminho até a proa do navio.

Posso ainda estar me acostumando a ficar sozinha, mas creio que nunca vou me cansar disso: o céu aberto à minha volta. Nenhuma parede, nenhuma restrição. Somente ar, mar e estrelas. O céu lá no alto transborda de estrelas, tantas que é difícil destacar uma em particular. Artemisia me disse que os navegadores as usam para guiar o navio, mas não consigo imaginar como isso é possível. São estrelas demais para conseguirem criar algum sentido.

A proa do navio não está tão vazia quanto eu esperava. Ali vejo uma figura solitária, de pé junto à amurada, os ombros curvados enquanto fita o oceano lá embaixo. Mesmo antes de me aproximar o suficiente para distinguir seus traços, sei que é Blaise. Ele é a única pessoa que conheço que pode adotar uma postura relaxada ao mesmo tempo que paira à sua volta uma energia tão frenética.

O alívio percorre meu corpo e eu apresso o passo em sua direção.

– Blaise – digo, tocando seu braço.

O calor de sua pele e o fato de estar acordado a esta hora me incomodam, levando minha mente a outras direções, mas me recuso a permitir que isso continue acontecendo. Não agora. Neste momento, só preciso do meu amigo mais antigo.

Ele se vira para mim, surpreso, antes de sorrir, embora um tanto mais hesitante do que estou acostumada.

Não conversamos desde que embarcamos nesta tarde e, para ser sincera, uma parte de mim está com medo deste momento. Ele deve saber que troquei nossas canecas na viagem até aqui, dando a ele o chá com sonífero que ele tinha preparado para mim. Deve saber por que fiz isso. E essa não é uma conversa que eu queira ter agora.

– Não conseguiu dormir? – pergunta ele, olhando ao redor antes de voltar a olhar para mim. Ele abre a boca, mas torna a fechá-la. Pigarreia. – Pode ser difícil se acostumar a dormir em um navio. Com o balanço e o barulho das ondas...

– Não é isso – digo.

Quero contar a ele sobre o pesadelo, mas já posso imaginar sua resposta. *Foi só um sonho*, dirá. *Não foi real. Cress não está aqui, ela não pode machucá-la.*

Por mais que seja verdade, não consigo acreditar. E mais: não quero que Blaise saiba que Cress continua em meus pensamentos, nem quanto me sinto culpada pelo que fiz com ela. Na cabeça de Blaise, está claro: Cress é a inimiga. Ele não compreenderia minha culpa e, sem dúvida, não entenderia a saudade que fincou raízes em mim. Ele não entenderia quanto sinto falta dela, mesmo agora.

– Não contei a você sobre Dragonsbane – diz ele após um momento, sem conseguir me olhar. – Devia tê-la avisado. Não tinha como ser uma surpresa agradável conhecer uma estranha com o rosto da sua mãe.

Eu me debruço na amurada ao lado dele, nós dois fitando o ponto em que as ondas lambem o casco do navio.

– Você provavelmente *teria* me contado se eu não tivesse trocado nossas canecas de chá – observo.

Por um momento, ele não diz nada, e o único som vem do mar.

– Por que fez isso? – pergunta ele baixinho, como se não tivesse certeza de querer saber a resposta.

Eu também não tenho certeza se quero responder, mas uma parte de mim se agarra à esperança de que ele vá rir e me dizer que estou enganada.

Respiro fundo, tentando me controlar.

– Antes de deixarmos Astrea, quando Erik estava me explicando o que eram os *berserkers*, ele mencionou os sintomas – explico, devagar.

Ao meu lado, Blaise se retesa, mas não me olha nem me interrompe, então prossigo:

– Ele contou que, à medida que a loucura das minas piora, a pele das vítimas se torna quente e elas começam a perder o controle de seus dons. E disse que não dormem.

Blaise solta um suspiro trêmulo.

– Não é tão simples assim – comenta ele, baixinho.

Balanço a cabeça para clarear a mente, então me afasto da amurada, cruzando os braços diante do peito.

– Você é abençoado – digo a ele. – Foi assim que sobreviveu à mina, que sobreviveu durante os anos depois da fuga. Não pode ter...

Não consigo dizer as palavras. *Loucura das minas*. São somente três palavrinhas, quase inofensivas quando sozinhas. Juntas, porém, têm muito mais peso.

Quero tanto que ele me diga que tenho razão, que é claro que não se trata da loucura das minas, que é claro que não é fatal. No entanto, ele não diz nada. Permanece imóvel, curvado sobre a amurada, apoiando-se nos cotovelos e apertando as mãos com força.

– Não sei, Theo – diz ele, por fim. – Não acho que eu tenha... uma doença – afirma, também incapaz de pronunciar *loucura das minas*. – Mas também nunca senti que fosse abençoado.

A confissão sai em um sussurro perdido no ar da noite, para nunca mais ser repetida. Eu me pergunto se esta foi a primeira vez que ele disse as palavras em voz alta.

Toco o ombro dele, forçando-o a me encarar, antes de pousar a mão sobre a cicatriz em seu rosto, a marca que Glaidi lhe deu junto com seu dom.

– Eu vi o que você é capaz de fazer, Blaise. Glaidi o abençoou, eu sei. Talvez o seu poder seja diferente daquele dos outros Guardiões, mas não é... não é só aquilo. É outra coisa. Tem que ser.

Por um segundo, ele parece querer discutir, mas então coloca a mão sobre a minha e a mantém ali. Tento ignorar quanto sua pele está quente.

– Por que não conseguiu dormir? – pergunta ele.

Não posso contar sobre o pesadelo, mas tampouco posso mentir para ele. Opto por algo intermediário, uma verdade parcial.

– Não consigo dormir sozinha – explico, como se fosse simples assim.

Nós dois sabemos que não é.

Espero as críticas, que ele me diga quanto isso é ridículo, que eu não deveria *sentir falta* de ter Sombras vigiando cada movimento meu. Mas, é claro, ele não fala nada. Sabe que não estou contando tudo.

– Vou dormir com você – sugere, antes de se dar conta do que disse. Está escuro demais para ter certeza, mas acho que as orelhas dele ficam vermelhas. – Quero dizer... bem, você sabe o que eu quero dizer. Posso ficar lá, se isso ajudar.

Sorrio.

– Acho que ajuda – respondo, e, porque não consigo resistir, não paro por aí. – Eu dormiria ainda melhor se você tentasse dormir também.

– Theo... – diz ele com um suspiro.

– Eu sei. Não é assim tão simples. Eu só queria que fosse.

...

Enquanto Blaise e eu seguimos para a minha cabine, sinto o olhar da tripulação sobre nós. Posso imaginar o que eles estão pensando, nós dois andando juntos a esta hora. Até o sol nascer, todos estarão sussurrando que Blaise e eu estamos tendo um caso. Eu preferiria que as pessoas não sussurrassem nada a meu respeito, mas não me importo se esse rumor ofuscar o boato sobre mim e Søren.

Um romance com Blaise é muito melhor, pois a tripulação vai apoiar de todo o coração, se não por outro motivo, pelo menos porque ele é astreano. E quanto mais apoio eu tiver deles, melhor. Não dá para esquecer quanto Dragonsbane foi desdenhosa quando cheguei a bordo, como ela falou comigo como se eu fosse uma criança perdida em vez de uma rainha. A rainha *dela*. E me preocupo que isso vá piorar.

Eu me obrigo a interromper esse pensamento. Como me tornei uma pessoa tão conspiradora? Sinto, sim, alguma coisa por Blaise e sei que é recíproco, mas eu nem levei isso em consideração. Comecei logo a maquinar, a pensar em como ele poderia me trazer vantagens políticas. Como me tornei esse tipo de pessoa?

Estou pensando como o kaiser. Essa percepção provoca um tremor que percorre meu corpo.

Blaise percebe.

– Você está bem? – pergunta ele quando abro a porta da cabine e o conduzo para dentro.

Eu me viro para olhá-lo e expulso a voz do kaiser da minha mente. Não penso em quem nos viu entrar, no que dirão ou em como posso usar isso a meu favor. Não penso no que conversamos há alguns momentos. Eu só penso em nós dois, a sós na cabine.

– Obrigada por ficar comigo – digo em vez de responder.

Ele sorri brevemente antes de desviar o olhar.

– É você quem está me fazendo um favor. Estou dividindo uma cabine com Heron, e ele ronca tão alto que é capaz de sacudir o navio inteiro.

Eu rio.

– Vou me deitar no chão enquanto você dorme – anuncia ele.

– Não – rebato, surpreendendo a mim mesma.

Os olhos dele se arregalam um pouco. Tenho a sensação de que vamos ficar aqui imobilizados neste silêncio constrangedor por eras, então quebro o encanto.

Dou um passo na direção dele e tomo sua mão.

– Theo... – diz ele, mas pressiono um dedo em seus lábios antes que ele possa arruinar este momento com advertências que não quero ouvir.

– Pode... só... me abraçar? – peço.

Ele suspira e sei que vai dizer que não, que ele deveria manter distância porque não sou mais sua amiga de infância. Sou sua rainha e isso torna tudo muito mais complicado. Então eu dou um golpe baixo, ao qual sei que ele não resistirá.

– Vou me sentir mais segura, Blaise. Por favor.

Os olhos dele se suavizam e sei que o ganhei. Sem dizer nada, afasto a mão de seus lábios e o puxo para a cama comigo. Nós nos encaixamos perfeitamente, seu corpo curvando-se em torno do meu, seus braços me envolvendo. Mesmo aqui, no mar, ele cheira a fogo na lareira e condimentos – cheiro de casa. Sua pele está abrasadora, mas tento não pensar nisso. Concentro-me nas batidas de seu coração reverberando pelo meu corpo, entrando em compasso com o meu, e deixo que a pulsação embale meu sono.

FAMÍLIA

Quando acordo, Blaise já se foi e a cabine está fria demais sem ele. Encontro um bilhete no travesseiro, perto da minha cabeça.

Estou no turno da limpeza esta manhã.
Vejo você à noite.
Sempre seu,
Blaise

Sempre seu. As palavras grudam em minha mente enquanto tento ajeitar meu cabelo rebelde, dando-lhe uma aparência apresentável, e arrumo minhas roupas amarrotadas. Em outra vida, eu provavelmente nem prestaria atenção nessas palavras, mas agora elas me tocam de forma negativa. Demoro um pouco para entender o porquê: era assim que Søren assinava as cartas que me enviava.

Tento não deixar meus pensamentos se demorarem em Søren. Ele está vivo e em segurança, e isso é tudo que posso fazer por ele agora. É mais do que ele merece depois do que fez em Vecturia, depois de suas mãos terem se banhado em tanto sangue que jamais ficarão limpas outra vez.

E o que me diz das suas mãos?, sussurra uma voz em minha mente. Parece a de Cress.

Calço as botas que Dragonsbane me deu. Elas são um número maior que o meu e fazem barulho quando ando, mas não posso reclamar, sobretudo se levar em consideração que, ao contrário de Blaise, não tenho tarefas no navio. Ontem, durante a visita pelo navio com Dragonsbane, ela explicou que todos a bordo têm alguma atribuição diária para pagar o próprio sustento. Heron tem um turno nas cozinhas e Artemisia terá que cuidar das velas por algumas horas todos os dias. Até mesmo as crianças assumem pequenas tarefas, como servir água na hora das refeições ou prestar pequenos favores à pirata.

Perguntei a Dragonsbane o que eu poderia fazer para ajudar. Ela, no entanto, se limitou a sorrir e deu palmadinhas condescendentes em minha mão.

– Você é nossa princesa. Isso é tudo que precisamos que faça.

Sou sua rainha, tive vontade de dizer, mas não consegui emitir as palavras.

Quando saio no convés, o sol está surpreendentemente alto no céu, tão brilhante que chega a cegar. Quanto tempo dormi? Deve ser perto de meio-dia e o navio está fervilhando em atividades. Procuro um rosto conhecido no convés apinhado, mas tudo que encontro é um mar de estranhos.

– Vossa Majestade – diz um homem fazendo uma mesura ao passar apressado, carregando um balde de água.

Abro a boca para responder, mas, antes que eu diga uma palavra, uma mulher me cumprimenta e repete a reverência.

Não demoro a perceber que é melhor apenas sorrir e assentir como resposta.

Atravesso o convés, assentindo, sorrindo e procurando alguém que eu conheça, mas, assim que encontro uma expressão familiar, me arrependo.

A mãe de Elpis, Nadine, está debaixo da vela principal, com um esfregão nas mãos limpando o convés, embora agora esteja parada, o esfregão suspenso e gotejando água cinzenta. Ela me olha de uma forma dura, mas o rosto se mantém sem expressão. Ela se parece tanto com a filha que levei um susto quando a conheci – o mesmo rosto redondo e os olhos escuros e fundos.

Quando contei a ela sobre Elpis ontem à noite, depois que Dragonsbane me levou para conhecer o navio, ela disse tudo que seria esperado, mesmo em meio a lágrimas: me agradeceu por tentar salvar sua filha, por ser uma amiga para ela, por jurar vingança contra o kaiser. No entanto, as palavras soaram vazias e eu teria preferido que ela blasfemasse contra mim e me acusasse de matar Elpis. Teria sido um alívio, acho, ouvir alguém dar voz à culpa que existia em meus pensamentos.

Ela desvia os olhos dos meus e volta a se concentrar em sua tarefa, esfregando com força o convés, como se quisesse abrir um buraco nele.

– Theo – soa uma voz atrás de mim, e eu me sinto tão grata pela interrupção que levo um momento para me dar conta de que é Artemisia quem está me chamando.

Ela se encontra apoiada na amurada do navio com uma roupa semelhante à minha – calça marrom justa e camisa de algodão branca –, embora, de algum modo, a dela pareça melhor, como se fosse algo que estivesse vestindo por escolha e não porque não havia outra opção. Seu corpo está voltado para o mar, com os braços estendidos, mesmo enquanto olha para mim. Seus cabelos caem nos ombros em ondas brancas cujas pontas ganham um tom azul-celeste e luminoso. O grampo com a Pedra da Água que roubei de Crescentia adorna seus cabelos e as pedras azul-escuras cintilam à luz do sol. Eu sei que o cabelo a constrange e tento não olhar para ele, mas é difícil. Em seu quadril há um punhal embainhado, o punho de filigrana de ouro. A princípio, penso que é o meu, mas não pode ser. Eu o vi momentos atrás no quarto, escondido debaixo do travesseiro.

Levo um tempo para perceber o que Artemisia está fazendo. A Pedra da Água em seu cabelo não está apenas refletindo a luz do sol – na verdade, está resplandecente. Porque Artemisia a está usando. Quando presto atenção em seus dedos, quase posso ver a magia fluindo deles, delicada como a névoa do oceano.

– O que está fazendo? – pergunto quando me aproximo com certa cautela.

Gosto de pensar que não tenho medo de Artemisia, mas eu seria uma tola se não tivesse. Ela é uma criatura assustadora, mesmo sem sua magia.

Ela me dirige um sorriso malicioso e revira os olhos.

– Minha mãe acha que deveríamos seguir com mais velocidade para o caso de os kalovaxianos estarem em nosso encalço – diz ela.

– Então ela pediu sua ajuda?

Artemisia ri.

– Ah, não, minha mãe jamais pediria a ajuda de alguém, nem mesmo a minha – afirma ela. – Não. Ela *ordenou* que eu fizesse assim.

Eu me recosto na amurada perto dela.

– Nunca imaginei que você recebesse ordens de alguém – comento.

Ela não responde, limitando-se a dar de ombros.

Olho para a grande expansão de ondas azuis, estendendo-se até onde a vista alcança. Posso distinguir os outros navios da esquadra de Dragonsbane seguindo na esteira do *Fumaça*.

– O que está fazendo exatamente? – pergunto após um momento.

– Virando as marés a nosso favor – explica ela. – Para que elas sigam com a gente, não contra.

– Você vai precisar dispor de um poder considerável. Tem certeza de que consegue cuidar disso sozinha?

Não tenho a intenção de ofender, mas Artemisia se eriça.

– Não é tão difícil quanto parece. É forçar um corpo d'água a fazer o que ele já quer fazer, mas trocando a direção. Literalmente virando a maré. Não é como se eu estivesse mudando todo o mar Calodeano, é só a parte que está em volta da nossa esquadra.

– Confio no seu julgamento – digo.

O silêncio cai e eu a observo trabalhar, suas mãos se retorcendo graciosamente no ar à nossa frente, a delicada névoa marítima da magia fluindo de seus dedos.

Ela é minha prima, de repente me lembro, embora eu não ache que esse pensamento algum dia vá se tornar menos ridículo. Somos tão diferentes quanto duas pessoas poderiam ser, mas nossas mães eram irmãs. Gêmeas, inclusive.

A primeira vez que a vi, ela mudou o cabelo de azul e branco, que é a marca do seu Dom da Água, para um castanho-escuro com reflexos vermelhos, como o meu. Pensei que estivesse zombando de mim ou tentando me deixar constrangida, mas talvez fosse a cor de seu cabelo antes de ser marcada – igual ao de sua mãe, ao da minha mãe e ao meu. Ela devia saber desde sempre que éramos primas, mas nunca disse uma só palavra sobre isso.

O mesmo sangue corre por nossas veias, penso. *E que sangue...*

– Não acha estranho que sejamos descendentes da Rainha do Fogo, mas você tenha sido escolhida pela deusa da água? – pergunto a ela após um momento.

Ela me olha de esguelha.

– Não muito – responde. – Não sou uma pessoa muito espiritualizada, você sabe disso. Talvez sejamos descendentes de Houzzah, ou talvez isso seja apenas um mito cujo objetivo é reforçar o direito da nossa família ao trono. Seja como for, não acho que magia tenha algo a ver com sangue. Heron diz que Suta me viu em seu templo e que, entre todos que estavam ali, ela me escolheu e me abençoou com esse dom, mas não sei se gosto dessa explicação também.

– De que explicação você gosta? – pergunto.

Ela não responde, concentrando-se no mar diante dela, movendo as mãos pelo ar com a graça de uma dançarina.

– Por que você está tão curiosa em relação ao meu dom? – pergunta ela. É minha vez de dar de ombros.

– Por nada em particular. Imagino que a maior parte das pessoas fique curiosa.

– Na verdade, não – replica ela, franzindo a testa ao mover as mãos bruscamente para a esquerda, voltando em seguida para a frente. – Na maioria das vezes as pessoas só me dizem quanto sou abençoada, às vezes passando os dedos pelos meus cabelos... Eu odeio isso. De qualquer forma, ninguém jamais me faz perguntas a esse respeito. Chegariam muito perto de falar sobre a mina, e não querem ouvir sobre esse assunto. Melhor que pensem nisso como algo místico, que existe além da esfera da sua curiosidade.

– Não achei que você ficaria surpresa ao descobrir que existem poucas coisas além da esfera da minha curiosidade – digo de maneira despreocupada, embora suas palavras ainda me incomodem.

Se Artemisia percebe meu desconforto, ela o ignora.

– Você dormiu até muito tarde – comenta ela, mudando de assunto.

Há uma farpa em suas palavras, mas que não se crava tão dolorosamente quanto costumava acontecer. O mesmo se passou ontem, depois de embarcarmos no *Fumaça*. Ela resmungou e se remexeu, e eu nunca tinha visto Artemisia fazer nenhuma das duas coisas. Não há nada da acidez ou do sarcasmo que estou acostumada a esperar dela. À sombra da mãe, parece que ela se tornou menos ela mesma.

– Eu não queria ter dormido tanto. Fiquei acordada quase a noite toda...

– Blaise disse que você não estava se sentindo bem – interrompe Artemisia, mas o olhar complacente que me lança entrega que, na verdade, ela pensa que se trata de um eufemismo para algo diferente. Os boatos já devem ter começado a se espalhar.

Minhas bochechas queimam.

– Estou bem – digo antes de dar um jeito de mudar de assunto. Após um instante, indico com a cabeça o punhal embainhado. – Para que isso?

Ela baixa as mãos e o fluxo de magia cessa. Toca o punho da arma distraidamente, da mesma forma que mulheres na corte brincam com suas joias.

– Eu queria tentar treinar um pouco depois do meu turno – admite ela. – Não tive muitas chances para usar isto aqui depois de acabar com as suas Sombras. Estou ficando enferrujada.

– Foi *você* que as matou? – pergunto.

Ela bufa.

– Quem você achava que tinha sido? Heron diz que é contra o dom dele fazer mal a alguém, e Blaise não gosta de sujar as mãos, a menos que seja inevitável. Ele provavelmente teria matado se eu tivesse pedido, mas... – Sua voz cessa.

– Mas você gosta de fazer isso – concluo.

Os olhos de Artemisia brilham e seu sorriso é sombrio.

– É uma sensação boa – diz ela. – Tomar alguma coisa de volta.

Ela abre a boca e eu me preparo para um comentário ácido sobre eu não ter conseguido matar Søren quando tive a oportunidade, mas nada vem.

– Posso ensinar a você – propõe ela, me surpreendendo. – A usar um punhal, quero dizer.

Olho para a arma junto de seu quadril e tento me imaginar manejando-a. Não como fiz no túnel com Søren, com mãos trêmulas e dúvidas paralisantes, mas como alguém que sabe o que está fazendo. Eu me lembro do hálito do kaiser em meu pescoço, sua mão segurando meu quadril, subindo pela minha coxa. Eu me senti indefesa naqueles momentos e nunca mais quero me sentir assim. Afasto esse pensamento. Não sou uma assassina.

– Depois de Ampelio... acho que não tenho jeito para isso – digo por fim, desejando que não fosse verdade.

– Acho que você ficaria surpresa com os talentos que tem – replica Artemisia.

Antes que eu possa responder, somos interrompidas pelo ruído de botas se aproximando pelas tábuas do convés, passos mais fortes e mais ágeis do que os de qualquer outra pessoa. Art deve reconhecer o andar, porque parece quase se encolher antes de se voltar na direção do som.

– Mãe – diz ela, a mão no punhal remexendo-se outra vez.

Um tique nervoso, percebo, embora eu saiba que ontem teria rido da ideia de alguém deixar Artemisia nervosa.

Preparando-me, eu me viro para encará-la também.

– Dragonsbane – digo.

Ela se ergue alta e inabalável, ocupando mais espaço do que aparentemente deveria, tendo em vista o seu tamanho. Ela usa a mesma roupa que o restante da tripulação, exceto pelos sapatos. Em vez das volumosas botas de trabalho, as suas vão até o joelho e têm um salto grosso e reto. A princípio, me perguntei se seria prático usá-las em um navio, mas Dragonsbane sequer tropeça e elas lhe dão alguns centímetros de altura, o que, imagino, a faz parecer mais imponente para a tripulação.

Quando seus olhos encontram os meus, ela sorri, mas não é o mesmo sorriso que minha mãe costumava me dar. Em vez disso, ela me olha como Cress olharia para um poema que estivesse tendo dificuldade em decifrar.

– Fico feliz em ver que vocês duas estão se dando bem – diz ela, mas não parece nem um pouco feliz.

Na verdade, parece vagamente irritada com alguma coisa, embora me ocorra que talvez ela sempre esteja assim.

– Claro – respondo, tentando sorrir. – Artemisia foi essencial para minha fuga do palácio e a morte do theyn. Não teríamos conseguido fazer nada sem ela.

Ao meu lado, Art não diz nada. Ela olha para as tábuas de madeira sob as botas da mãe.

– É, ela é muito especial. Claro, é a única filha que me resta, então é particularmente preciosa para mim.

Há um tom subjacente em sua voz que faz Art se encolher. Ela tinha um irmão. Contou que estiveram juntos na mina, que ele contraiu a loucura e foi morto por um guarda que ela mais tarde assassinou. Antes que eu possa pensar muito sobre a energia entre elas, Dragonsbane volta sua atenção para mim.

– Temos planos para colocar em ação, Theo. Vamos discuti-los em minha cabine.

Começo a responder, mas Art se antecipa.

– Vossa Majestade – diz ela baixinho, embora continue sem olhar para a mãe.

– Como é? – pergunta Dragonsbane, embora, a julgar pela tensão em seus ombros, ela tenha ouvido perfeitamente bem.

Artemisia enfim ergue os olhos e encara a mãe.

– Você deve chamá-la de "Vossa Majestade", principalmente onde outras pessoas possam ouvi-la.

O sorriso de Dragonsbane fica tenso como uma corda prestes a arrebentar.

– É claro, você está certa – concede ela, embora as palavras soem forçadas.

Ela se volta para mim e se curva discretamente.

– Vossa Majestade, sua presença é requisitada em minha humilde cabine. Assim está melhor, Artemisia? – pergunta ela.

Artemisia não responde. Suas bochechas têm um tom vermelho vivo e ela encara o chão.

– Está – digo, desviando a atenção de Dragonsbane antes que ela reduza a filha a pó.

Dragonsbane franze a testa para mim, então torna a olhar para Artemisia.

– Eu atribuí a você a tarefa de controlar as marés até o meio-dia. Você ainda tem uma hora, se acha que consegue.

O desafio em sua voz é nítido e Art contrai o maxilar.

– É claro, capitã – responde ela, erguendo as mãos na direção do mar mais uma vez.

Sem mais palavras, Dragonsbane se vira e sinaliza para que eu a siga. Percebo o olhar de Artemisia e tento lhe oferecer um sorriso encorajador, mas acho que ela não o registra. Pela primeira vez desde que a conheci, ela parece perdida.

EMBATE

Assim que entramos na cabine de Dragonsbane, lamento não ter pedido a Art que viesse comigo. É um desejo egoísta – era óbvio que ela estava apreensiva para se ver livre da mãe –, mas lamento assim mesmo. Os dois homens que aguardam ali são totalmente devotados a Dragonsbane, e a sensação é de que caí em uma armadilha. Não é como eu me sentia na presença do kaiser e do theyn – feito um cordeiro na toca do lobo, como a kaiserin disse –, mas não está muito distante disso. Não terei aliados nesta cabine.

Eu sou a rainha, lembro a mim mesma, endireitando os ombros. Sou minha própria aliada e isso basta.

Os homens se levantam apressadamente quando me veem, embora a deferência deva ser, na verdade, para Dragonsbane.

Eriel, um pouco mais velho que ela, com uma barba avermelhada cheia e nem um fio de cabelo no topo da cabeça, lidera a esquadra de Dragonsbane – o *Fumaça*, o *Neblina*, o *Poeira*, o *Bruma* e meia dúzia de outras embarcações menores, cujos nomes eu confundo. Na noite passada, ele me disse que perdeu o braço esquerdo em uma batalha há alguns anos, substituindo-o então por um toco de madeira negra polida, com dedos esculpidos e imobilizados em um punho fechado. A perda teria significado aposentadoria para a maior parte dos soldados, mas a proeza estratégica de Eriel faz dele uma peça de valor inestimável, ainda que não possa mais lutar. O pequeno exército de Dragonsbane já resistiu contra batalhões kalovaxianos três vezes mais numerosos, e isso se deve em grande parte ao cuidadoso planejamento de Eriel ao lado dos capitães dos outros navios.

Ao lado dele está Anders, um lorde menor elcourtiano que fugiu de sua vida fácil duas décadas atrás, quando era um adolescente em busca de aventura. E sem dúvida a encontrou. Ele me contou ontem que quase não sobreviveu aos primeiros anos de sua jornada solitária, pois não tinha de fato habilidades e entendia muito pouco sobre dinheiro. Este, aliás, não era um recurso interminável como um dia ele acreditara; era algo por que lutar – ou para ser roubado, se preciso fosse. Então ele abriu caminho de país em país, roubando, e depois treinou outros para fazer isso por ele. Quando ficou entediado, decidiu que queria ser pirata e, de troca em troca, chegou até o navio de Dragonsbane.

– Sente-se – diz ela antes de eu ter chance de falar.

Talvez Artemisia estivesse certa ao corrigir a mãe por me chamar de Theo. Talvez Dragonsbane esteja me sabotando de propósito. Ela não vai ter muita dificuldade em fazer isso com esses dois. Embora todos tenham sido perfeitamente educados comigo desde que cheguei a bordo, não há dúvida de que não faço jus a qualquer ideia que tinham da rainha rebelde de Astrea.

Mas já fui subestimada por pessoas muito mais intimidadoras e, pela primeira vez, não preciso me encolher e evitar ser vista. Em vez disso, eu me empertigo em toda a minha altura, embora Dragonsbane e suas botas de salto grosso me deixem mais baixa.

– Obrigada por se reunirem comigo – digo, assentindo para os homens, um de cada vez, antes de voltar minha atenção para Dragonsbane, desafiando-a a corrigir minha afirmativa. Adoço meu sorriso. – E obrigada a *você*, tia, por providenciar isso. É hora de discutirmos o que virá a seguir. Um de vocês pode fazer a gentileza de chamar Blaise e Heron também?

As narinas de Dragonsbane inflam ligeiramente, o que passaria despercebido se eu não estivesse procurando uma reação. Seu maxilar se contrai antes que ela force a boca para imitar meu sorriso.

– Não creio que isso seja necessário, Theo – diz ela. – Reuni nossas melhores mentes estratégicas e diplomáticas. – Ela gesticula, indicando os homens. – Blaise e Heron fizeram muito pela nossa causa, mas são jovens com pouca experiência nessas questões.

Seus olhos escuros são implacáveis ao encarar os meus e preciso lançar mão de toda a minha força para não desviar o olhar. São os olhos da minha mãe, afinal de contas, e, ao fitá-los, me sinto como uma criança novamente. Mas não sou criança, e não posso me dar ao luxo de me sentir assim, nem mesmo por um instante. Há muito em jogo. Então, sustento seu olhar e não me permito hesitar.

– Eles são o meu conselho – explico a ela, mantendo a voz suave, porém firme. – Confio neles.

Dragonsbane inclina a cabeça para um lado.

– Não confia em nós, Vossa Majestade? – pergunta ela, os olhos se arregalando. – Nossa intenção é defender seus maiores interesses.

Os homens murmuram em concordância, um instante depois dela.

– Tenho certeza disso – rebato, abrindo um sorriso tranquilizador. – Mas nos conhecemos há tão pouco tempo que receio que vocês não *saibam* quais são meus maiores interesses. Logo saberão, sem dúvida, mas hão de concordar que não temos tempo a perder.

– Não temos – concorda Dragonsbane. – Mais um motivo para que não faça sentido ir atrás de outras pessoas quando o grupo que reuni é mais do que capaz...

Eu a interrompo, lançando minhas palavras como se fossem adagas afiadas.

– Se tivesse ido buscar Blaise e Heron quando pedi, em vez de discutir apenas pelo prazer de discutir, eles já estariam a caminho. Agora, quer perder mais tempo enquanto os kalovaxianos reúnem um batalhão para nos exterminar de uma vez por todas?

Por um momento dolorosamente longo, ela não diz nada, mas consigo sentir o ressentimento fluindo dela em ondas. Sustento seu olhar, sua fúria alimentando a minha. Percebo vagamente que há uma incômoda queimação na ponta dos dedos, mas não ouso quebrar o contato visual para fitá-los. Algo me parece um tanto familiar nessa sensação, a mesma que tomou minha pele quando acordei do pesadelo com Cress. Cruzo os braços, pressionando as pontas dos dedos nas mangas da túnica, na esperança de que, se eu as ignorar, elas parem de queimar.

Depois do que parece uma eternidade, Dragonsbane se volta para Anders, embora cada músculo em seu corpo pareça protestar contra essa atitude.

– Vá buscar os garotos – ordena ela, a voz dura. – E volte rápido.

Anders fica encarando a mim e a minha tia com seus olhos azuis inseguros antes de se inclinar em uma ligeira mesura na direção de Dragonsbane, depois na minha. Então sai apressado sem mais palavras, deixando-nos em um silêncio desconfortável.

O triunfo vibra pelo meu corpo e eu esqueço a queimação na ponta dos dedos.

– Você é muito diferente da sua mãe – afirma Dragonsbane após um momento.

E, simples assim, a sensação de triunfo desaparece. As palavras caem como um soco forte no estômago, mas não são tão dolorosas quanto a percepção de que ela está certa. Contrariar aqueles que se opõem a mim, distorcer suas palavras contra eles, me agarrar teimosamente ao meu modo de agir – essas são táticas que minha mãe, como rainha, jamais usou. Ela encantava, mediava, transigia e cedia onde era possível, porque tinha muito a oferecer.

Outra compreensão se apossa de mim, fazendo um arrepio percorrer todo o meu corpo, e tento reprimi-lo.

Eu não lidei com esta situação como minha mãe agiria. Eu agi como o kaiser.

...

Alguns minutos tensos transcorrem antes que Anders retorne, com Blaise e Heron logo atrás. Ambos parecem confusos ao entrar no espaço cada vez mais apertado.

– Finalmente – diz Dragonsbane de maneira ríspida enquanto eles se posicionam, me ladeando, sem dizer palavra.

Eles devem ter juntado as peças do que aconteceu, pelo menos em parte. Devem ter se dado conta de que esta reunião tinha sido convocada sem eles, que Dragonsbane tentou deixá-los de fora. Ou talvez Blaise a esteja fuzilando com o olhar por um motivo diferente. Os olhos de Heron, por sua vez, não demonstram raiva. Seu olhar é pesado e solene, mas distante. Está assim desde que chegamos a bordo, e temo que a morte de Elpis esteja pesando em sua consciência ainda mais do que na minha. Afinal de contas, era sua tarefa buscá-la depois de ela envenenar o theyn e trazê-la para a segurança do *Fumaça*.

Abro um amplo sorriso para Dragonsbane.

– Agora que estamos todos aqui, vamos continuar. Estamos seguindo para as ruínas de Anglamar a fim de atacar a mina do Fogo e libertar os escravos.

Eriel pigarreia, me olhando com certa cautela.

– Eu não recomendaria esse plano de ação, Vossa Majestade – pontua ele, a voz rouca, com um sotaque que não consigo identificar, fazendo as palavras soarem ao mesmo tempo melodiosas e perigosas. – Em termos práticos, atacar os kalovaxianos diretamente, com o pequeno número de guerreiros que temos, seria uma estratégia fadada ao fracasso. Eles nos destruiriam com facilidade, a despeito das estratégias que adotemos. São muito mais numerosos.

– Foi esse o acordo que fizemos antes de eu aceitar sua ajuda – digo, olhando de Eriel para Dragonsbane.

Mais uma vez, sinto minha irritação aumentar.

– A chave é conquistar mais forças – intervém Anders.

O tom elegante de suas palavras não foi completamente apagado pelos anos de roubo e pirataria.

Blaise faz um muxoxo irônico.

– Mais forças? Por que não pensamos nisso antes? Aliás, por que Ampelio não pensou? Com certeza teria nos poupado muitos problemas. Ah, peraí, pensamos, *sim*. Só que nenhum outro país quer enfrentar os kalovaxianos.

– Não, pela bondade de seus corações eles não vão. O resto do mundo tem medo demais do kaiser para nos ajudar, então teremos que fazer valer a pena para eles – diz Dragonsbane, os olhos fixos em mim. – E imagino que a única coisa que eles queiram de nós seja algo que Ampelio não teria pensado em negociar nem por um só instante.

Sinto a boca ficar seca.

– E o que seria?

– Você – responde ela com simplicidade. – Mais especificamente, sua mão em casamento.

– Rainhas não se casam – diz Heron, parecendo perplexo com a mera suposição.

Sinto-me grata, já que eu mesma não consigo formular qualquer resposta.

– Não vamos fingir que estamos tratando de circunstâncias normais, querido – replica Dragonsbane.

Heron é quase meio metro mais alto do que ela, mas ainda assim ela parece estar falando com uma criança.

– Theo pode deixar o orgulho de lado pelo bem de seu país, eu acho.

– Não se trata do meu orgulho – rebato, lutando para manter a voz calma e esconder o pânico que cresce em meu peito. – Aqueles homens não se importam comigo, querem apenas um pedaço de Astrea e a nossa magia.

Dragonsbane dá de ombros, como se essa fosse uma questão trivial.

– Se deixarmos os kalovaxianos lá por muito mais tempo, não restará magia alguma. É um sacrifício, mas é necessário.

– Para você é fácil dizer, já que não está sacrificando nada – respondo, mordaz.

– Não sabemos se isso é necessário – observa Blaise, antes que Dragonsbane possa replicar. – Existem outras opções...

– Por exemplo...? – pergunta ela, arqueando as sobrancelhas.

– Ainda nem usamos o prinz. Se o trocarmos por uma das minas...

– Infelizmente, meus informantes nos dizem que ele não é exatamente o refém que esperávamos que fosse – intervém Eriel. – O kaiser *não o quer* de volta. Vê o filho como uma ameaça e um inimigo. Fizemos um favor a ele ao tirar o prinz de suas mãos. O kaiser já está espalhando rumores de que o prinz veio por vontade própria, Vossa Majestade.

Quase verdade, penso.

– Então não vamos usá-lo como refém – digo, embora minha voz soe desesperada até mesmo aos meus ouvidos. – O plano foi sempre usá-lo como uma ligação entre o pai e o povo kalovaxiano. Pensamos em matá-lo e incriminar um dos guardas do kaiser com o intuito de causar caos na corte, mas não vejo motivo para não criarmos um desfecho semelhante para a história da fuga dele.

– O kaiser cuidará para que o restante da corte o veja como traidor – diz Blaise, embora não esteja me contradizendo.

Está seguindo meu raciocínio, me dando a oportunidade de resolver o problema.

– Mas a corte viu a maneira como Søren se posicionou contra o pai no banquete – continuo. – Seriam bobos de acreditar na palavra do kaiser. Se existisse uma forma de adicionar alguns sussurros ao falatório, poderíamos mudar a história. Fazê-los pensar que Søren não os abandonou, que o kaiser o baniu, quem sabe. A corte me ouviu acusar o kaiser de assassinar a kaiserin. Devem estar cochichando sobre isso agora também. Não vai ser difícil voltá-los contra ele se tivermos as vozes certas para sussurrar nos ouvidos certos.

Blaise assente devagar antes de tornar a se virar para Dragonsbane.

– Nós temos? – pergunta ele.

– Tenho vários espiões – admite ela, cautelosa. – Mas eles passam informações para mim, não interferem na corte. Só por isso que eu consegui fazer com que não fossem descobertos e continuassem vivos esse tempo todo.

Não posso deixar de pensar em Elpis, que estava em segurança até eu pedir que interviesse. Vejo seu corpo carbonizado sendo arrastado para fora da sala do trono, irreconhecível. Ouço os gritos de dor em seus últimos instantes. Engulo em seco, me odiando até mesmo ao dizer as palavras que preciso dizer.

– O tempo de nos manter em segurança já passou. Se não aproveitarmos as oportunidades que temos, vamos apenas sobreviver, e muito mal. Quero mais do que isso para Astrea, e vocês deveriam querer o mesmo.

O maxilar de Dragonsbane se contrai.

– Muito bem – diz ela. – Vou começar a espalhar seus *sussurros*, como você os chama, mas isso ainda nos deixa em desigualdade para uma batalha na mina do Fogo. Eriel me diz que vamos levar quatro dias para chegar a Sta'Crivero.

Eriel, que está atento à conversa enquanto se balança para a frente e para trás, como uma criança impaciente, parece surpreso em ouvir seu nome, embora rapidamente faça que sim com a cabeça.

– Em Sta'Crivero, vamos ter um encontro com o rei Etristo – prossegue Dragonsbane.

Alguns segundos se passam antes que eu entenda aonde isso pode levar.

– Não vou me casar com esse rei Etristo – digo, cada palavra em tom severo, como se o problema fosse apenas ela me ouvir.

Ela se limita a rir.

– Ah, minha querida, não. Etristo é velho demais para ser um bom partido para você, sem falar que ele já tem uma esposa. Não, ele apenas foi gentil o bastante para acolher uma... espécie de evento. Os chefes de Estado do mundo todo virão conhecê-la e oferecer suas tropas em troca de sua mão.

– Eu não sou uma joia para ser leiloada e entregue a quem der o maior lance – falo, sem evitar que o tom de voz se eleve.

Meu corpo começa a ficar muito quente, como quando acordei do pesadelo. O suor brota em minha testa, mas eu o enxugo. Não sei por que Dragonsbane mantém a cabine tão quente. Não sei por que pareço ser a única a perceber isso.

– Sou uma rainha e tomarei minhas próprias decisões – continuo.

Dragonsbane franze os lábios, me fitando por um momento, em um silêncio pensativo.

– Claro, a decisão é sua – afirma ela, por fim, com um sorriso forçado e o olhar calculista. – Mas peço que considere seriamente essa opção. Enquanto isso, continuaremos seguindo para Sta'Crivero. Na pior das hipóteses, podemos nos refugiar no caos do porto enquanto formulamos outro plano.

Concordo em ponderar sobre a situação, embora até mesmo isso me cause náuseas.

CONFISSÃO

Quando volto ao convés depois da reunião com Dragonsbane, o ar fresco me envolve e minha pele começa a refrescar. Torno a enxugar o suor da testa e da pele acima do lábio superior, olhando para Heron e Blaise ao meu lado. Ambos parecem perfeitamente bem, nem um pouco afetados pela temperatura na cabine de Dragonsbane. Pode ser que eu esteja adoecendo – não seria uma surpresa, depois de tudo. Ou talvez seja apenas minha imaginação, uma reação ao estresse e à raiva.

– Tem que haver um plano melhor do que o casamento – diz Blaise, despertando-me de meus pensamentos.

Engulo em seco.

– Sim – concordo sem olhar para ele ou para Heron, à minha esquerda.

Em vez disso, fito o navio movimentado, cheio de pessoas correndo de um lado para outro, mantendo o *Fumaça* avançando a toda velocidade em direção a um futuro que, mais uma vez, foi arrancado de minhas mãos. Dragonsbane pode ter me dado a ilusão de uma escolha, mas não sou tola a ponto de acreditar que vai ser fácil assim.

– Não posso acreditar que ela tentou encurralá-la sozinha para essa reunião – diz Heron.

Faço um muxoxo de desdém.

– Pois é. Deuses, estou cansada desses jogos – confesso, balançando a cabeça. – Fiz o jogo do kaiser durante dez anos e não escapei só para ser obrigada a fazer o dela.

Eu me viro de frente para eles.

– Informei a Dragonsbane que vocês dois são os meus conselheiros. Não achei que fosse uma boa ideia ter Art hoje lá também, dado o efeito que a mãe parece causar nela, mas eu a incluo nesse grupo também. Vocês são as pessoas em quem confio aqui.

Blaise assente, mas Heron parece inseguro, os olhos se demorando em mim. O que quer que ele queira dizer não sai de sua boca.

– Blaise, sei que precisa voltar ao trabalho, mas você me acompanha no almoço, Heron?

Blaise inclina a cabeça na minha direção antes de voltar para a proa do navio, onde antes estava esfregando o convés.

Heron assente, mas parece relutante, então passo meu braço pelo dele e o conduzo na direção do refeitório.

– Está tudo bem? – pergunto.

– Está, claro – responde ele de uma forma que me dá mais certeza do que nunca de que não está.

Já é tarde para o almoço e o refeitório está quase vazio. As pessoas reunidas me observam enquanto pego a porção de biscoito de massa dura e carne-seca a que tenho direito. Estou acostumada a ser observada – os kalovaxianos também me olhavam –, mas agora não há malícia nos olhares, somente expectativa, o que, de alguma forma, parece pior. Sinto um nó no estômago enquanto espero Heron servir seu prato.

Não temos dificuldade em encontrar uma mesa vazia no canto, onde não seremos ouvidos. Dou a ele um momento para comer em silêncio, fitando a comida para evitar meu olhar. O Heron que conheço jamais me ignoraria; ele consideraria essa atitude desrespeitosa. Não há nada de desrespeitoso agora, eu me dou conta. Ele está com medo de mim. Será que pensa que o culpo pela morte de Elpis?

Pigarreio. Talvez, se eu contar a ele meu segredo, Heron se sinta melhor em relação ao dele.

– Tive a chance de matar Søren – começo.

Ele faz uma pausa, uma tira de carne-seca a meio caminho da boca aberta.

– Eu estava com o punhal nas costas dele antes que ele sequer soubesse o que estava acontecendo. Não havia saída. Eu sabia, ele sabia. Ele até me falou para ir em frente, me incitou. Acho que queria que eu o matasse. Acho que pensou que, de alguma forma, isso nos deixaria quites. Mas não consegui matá-lo.

Ele enfim me encara, a expressão inescrutável.

– Não contei isso a ninguém, nem a Blaise – prossigo. – Tenho certeza de que ele e Art deduziram que não tive oportunidade, mas eu tive. Só não fui forte o bastante para aproveitá-la. E é bom poder contar a alguém. É bom contar a você.

Heron mastiga a carne devagar, olhando para o prato. Ele quebra um canto de um biscoito, e então parte esse pedaço ao meio.

– Eu te contei sobre Leônidas – diz ele baixinho. – Nós nos conhecemos na mina do Ar, assim que fomos levados para lá. Ficamos amigos imediatamente. Ele era uma das únicas coisas que tornavam suportável sobreviver naquele lugar. Ele estava lá quando mataram minha mãe diante de mim, estava lá quando minha irmã perdeu cotas demais e eles a levaram para o subterrâneo da mina. Estava lá quando trouxeram seu corpo de volta. E eu estava lá quando levaram o irmão dele, depois seu amigo mais antigo. Nós nos abraçamos e soluçamos e, de alguma forma, naquele pesadelo horrível que era nossa existência, encontramos o amor. Não foi uma história como a que os pais contam aos filhos sobre romance e finais felizes para sempre, mas era amor. Era tudo que me fazia continuar me levantando de manhã.

Ele esmaga um canto do biscoito, transformando-o em migalhas, os olhos estreitados e sem foco.

– Os sintomas começaram aos poucos, mas nós dois sabíamos o que significava. Sua pele ficava muito quente, como se ele estivesse sempre com febre, e ele dormia cada vez menos, até que finalmente parou de vez. Nunca falávamos sobre isso, não abertamente, e escondemos o máximo possível dos guardas. Conseguimos por um tempo, mas não tem como ocultar a loucura das minas para sempre.

Então o peso em seus ombros não é por causa de Elpis, afinal. Eu me inclino em sua direção.

– Eles o mataram na hora? – pergunto.

Espero que sim. Pelo menos assim teria sido uma morte rápida, menos dolorosa. Uma morte misericordiosa, embora eu saiba que os kalovaxianos não são benevolentes.

Heron, porém, balança a cabeça, engolindo em seco.

– Eles o levaram. Para que fosse executado, disseram. Mas agora sabemos que isso pode não ser verdade.

Algo ácido invade meu estômago. É possível que o tenham enviado para a batalha como um *berserker*, mas existem destinos ainda piores do que esse. Havia experimentos – eu vira com meus próprios olhos, realizados nos três últimos Guardiões da minha mãe, mantidos nas masmorras do palácio por uma década. Colhiam sangue, amputavam dedos, cortavam a pele. É possível que tenha sido esse o destino de Leônidas, mas nunca vou dizer isso a Heron.

– Eu lutei com os guardas quando o levaram. Deixei um inconsciente, até. Então eles me jogaram no subterrâneo da mina – conta Heron, estremecendo. – Espero que você nunca veja um lugar como aquele, a cena ainda assombra meus pesadelos. Havia crostas de sangue nas paredes, e eu sabia que parte dele devia ser da minha irmã, Imogen. E o cheiro... enxofre e putrefação tão pungentes que era impossível se acostumar. Quando eles levavam outros lá para baixo, seus gritos perfuravam as paredes da caverna, mas eu nunca gritei. Fiquei em posição fetal e esperei a morte.

Heron prossegue.

– Eu não tinha mais nada.

Debruçando-se sobre a mesa, ele toma minhas mãos nas suas, muito maiores. Sua expressão é estranha, não horrorizada ou triste, como esperei que parecesse. Em vez disso, pela primeira vez desde que o conheci, a esperança o anima.

– Foi quando os deuses me abençoaram, quando Ozam me deu seu dom. Pensei que o objetivo fosse me dar a possibilidade de vingança, mas e se eu o tiver para que possa salvá-lo?

– Você acha que Leônidas pode estar vivo... – percebo.

– É possível. – Suas mãos apertam as minhas. – Eu nunca tive a *sensação* de que ele estava morto de fato. Nunca me pareceu real. Sei que faria sentido se ele estivesse morto.

Uma parte de mim quer dizer a ele que isso não é necessariamente garantia de que Leônidas esteja vivo. Outra parte quer dizer que às vezes ainda não sinto que minha mãe está morta de verdade, apesar de eu tê-la visto morrer com meus próprios olhos. Uma sensação não é prova. Mas eu não suportaria matar a migalha de esperança que ele encontrou, embora tampouco gostaria que essa migalha o destruísse quando não levasse a nada.

– A maioria das vítimas da loucura das minas não vive mais do que poucas semanas – observo, cautelosa.

– Eu sei – diz ele sem demora, antes de me lançar um olhar grave. – Mas nós dois sabemos que é possível sobreviver por muito mais tempo.

Balanço a cabeça. Não que eu esteja surpresa que Heron tenha percebido os sintomas de Blaise – ele suspeita de loucura das minas, presumo –, mas esse assunto ainda tem o peso de um segredo, e um sobre o qual não estou disposta a falar com ninguém. Nem mesmo com Heron.

– É *possível*, é só o que estou dizendo – afirma ele.

Heron está apertando tanto minhas mãos que já não sinto os dedos.

– É possível – concordo de maneira gentil. – Mas não sei o que podemos fazer a esse respeito, Heron.

Ele fica em silêncio por um momento e posso ver que está tentando encontrar as palavras certas.

– Talvez Søren saiba de alguma coisa. Sobre loucura das minas e *berserkers*. Sobre o que pode ter acontecido.

Balanço a cabeça.

– Ele usou *berserkers*, mas acho que não sabia muita coisa sobre eles. Søren estava seguindo ordens.

– Mas existe uma possibilidade – insiste ele, sua voz tornando-se mais desesperada.

Balanço a cabeça mais uma vez.

– Não é uma boa ideia eu ir falar com ele, Heron – digo. – Mas se você perguntar...

– Eu tentei. Ele não quer falar comigo – responde.

Fico com a sensação de que alguém jogou um balde de água fria em mim. Heron foi ver Søren? Ignorando meu ar de surpresa, ele continua:

– Um dos guardas me disse que ele não falou uma só palavra desde que o trouxemos a bordo.

– Ele está sendo mantido como refém – observo. – Isso em geral não torna pessoas como Søren muito tagarelas. Duvido que queira falar comigo também.

Heron olha para mim como se pudesse ver meus pensamentos mais profundos.

– Ele vai falar com você – afirma. – Por favor. Eu sei que isso pode dar em nada, sei que a probabilidade é de que Leo já esteja no Além, me chamando de tolo neste momento, mas se ele não estiver... se houver uma mínima chance de que ainda esteja neste mundo... eu preciso saber. Se alguém pode entender isso, esse alguém é você.

Minha mãe nunca está longe dos meus pensamentos, mas agora ela os domina e não posso deixar de pensar no que teria acontecido se eu não a tivesse visto ser morta com meus próprios olhos, se não tivesse sentido sua mão, que segurava a minha, tornar-se frágil enquanto a vida deixava seu corpo. Se houvesse um fiapo de esperança de ela ainda estar viva, o que eu faria para encontrá-la?

A resposta é simples: não existe nada que eu *não* faria.

– Vamos vê-lo hoje à noite – digo a Heron.

• • •

Blaise está escalado para o turno de trabalho da madrugada, mas concorda em ficar comigo até eu adormecer. Embora eu seja grata pela companhia, a conversa com Heron é como um peso nos meus ombros. Não tenho a intenção de mentir, mas também não consigo contar a Blaise sobre ir ver Søren esta noite. Não quero ouvir o que ele vai dizer sobre isso.

– Se chegarmos a Sta'Crivero e Dragonsbane ainda estiver insistindo nessa história de casamento – diz ele, de costas para mim enquanto visto a camisola –, podemos ir embora. Existem muitos outros navios em Sta'Crivero. Você, eu, Heron e Art na cozinha.

Ele não menciona Søren, o que só reafirma minha decisão de não contar a ele sobre meu plano. Em sua mente, Søren agora é problema de Dragonsbane, nada mais. Ele não compreenderia. Só se perguntaria se há alguma verdade nos rumores que estão circulando sobre nosso envolvimento.

– Precisamos de Dragonsbane não só por causa dos navios – lembro a ele com um suspiro, passando a camisola de algodão pela cabeça. – E ela sabe disso... Pode se virar, já estou decente.

Ele se vira e seus olhos percorrem meu corpo antes de encontrarem meu olhar. Ele sorri ligeiramente.

– Você nunca está decente – afirma ele, fazendo com que eu retribua o sorriso.

Mais um vislumbre fugaz de uma vida simples e divertida que poderíamos ter tido. Contudo, seu sorriso desaparece muito rápido, e voltamos à vida que é de fato nossa. Ele continua:

– E você não pode estar considerando de verdade a proposta dela.

– É claro que não – desdenho. – Mas ir embora não é tão fácil assim, você sabe disso. Qualquer um de quem aceitemos ajuda vai querer alguma coisa. Todo mundo quer algo de mim.

Não me dou conta de quanto essas palavras são verdadeiras até dizê-las em voz alta. No entanto, uma vez enunciadas, elas são incontestáveis.

Eu me estico sob as cobertas e me viro para a parede na qual a cama está encostada, ouvindo-o tirar as botas antes que o colchão ceda quando ele se enfia ao meu lado.

Ainda sinto a mentira pairando desconfortavelmente entre nós, mesmo quando ele encaixa o corpo junto ao meu, seu peito pressionando minhas costas, os joelhos se dobrando atrás dos meus, a testa tocando minha nuca. Hesitante, seu braço passa pela minha cintura, a pele quente.

Ele tem o cheiro de Astrea: condimentos, lareira e lar.

– Eu só quero você – sussurra ele, as palavras também hesitantes.

Deslizo a ponta dos dedos pelo seu braço, mas as palavras que quero dizer em resposta ficam presas em minha garganta.

CORRENTES

Finjo dormir até Blaise ir para seu turno de trabalho, tentando ignorar tamanha ansiedade que fixou residência em mim. Vou ver Søren esta noite e, embora eu queira fingir que minha maior preocupação em relação a isso é ser apanhada, essa não é toda a verdade. A última vez que o vi, eu o tinha traído e ele disse que me amava mesmo assim. Ele não me ama. *Não pode* me amar. Mas algo me diz que esse encontro não vai ser nem um pouco confortável.

Fiz o que eu tinha de fazer, repito para mim mesma e, embora isso possa ser verdade, não alivia a culpa que se apossou de mim.

Felizmente, não tenho muito tempo para pensar a respeito antes que Heron chegue batendo à porta de forma tão suave que quase não percebo. Afasto as palavras de Blaise da minha mente e jogo os cobertores de lado, descendo da cama.

— Entre — digo, voltando a calçar as botas.

A porta se abre e volta a se fechar e, se eu não soubesse, pensaria que era apenas o vento.

— Você contou a Blaise o que vamos fazer hoje à noite? — pergunta Heron, tremeluzindo e se materializando.

O brinco de candelabro de Pedras do Ar que roubei de Crescentia agora está preso no tecido de sua camisa, bem acima do coração, como uma insígnia. Logo após seu uso, as minúsculas pedras translúcidas brilham na escuridão por um momento, emitindo luz suficiente para me permitir ver o rosto de Heron, franzido pela preocupação e por um tipo sombrio de esperança.

— *Você* teria contado? — replico, amarrando o cadarço de uma bota, depois da outra, antes de vestir o manto por cima da camisola. — Nós dois sabemos que ele teria tentado me convencer a não fazer isso. Ninguém pode me ver lá embaixo.

Heron estende a mão para me ajudar a ficar de pé e, quando eu a seguro, nossos dedos unidos começam a desaparecer, deixando uma sensação de formigamento, como se estivessem dormentes. A sensação sobe pelo meu braço, fazendo-o sumir enquanto prossegue, junto com o de Heron. Nossos ombros, torsos, cabeças e pernas, tudo desaparece, até a cabine parecer vazia e meu corpo inteiro estar zumbindo.

– Não vou conseguir nos manter assim por muito tempo, então é melhor irmos agora – avisa ele, mudando a posição da mão, de modo que nossos dedos fiquem entrelaçados antes de me puxar, passar pela porta e deixá-la bater atrás de nós.

Eu o acompanho de perto enquanto ele dispara pelo corredor, evitando agilmente os poucos tripulantes atarefados por que passamos.

Alguns deles devem sentir nossa passagem: eles olham ao redor, confusos, um tremor de medo percorrendo-os enquanto imaginam fantasmas e dizem a si mesmos que é só o vento.

Tenho apenas uma vaga ideia de onde Søren está, mas Heron conhece bem o caminho, virando de um lado e de outro em corredores e precárias escadas em espiral. Eu só preciso segui-lo e tentar impedir que meus pensamentos se demorem em Søren.

Vou só fazer algumas perguntas, lembro a mim mesma. Não vamos falar sobre sua suspeita de que Blaise tenha contraído a loucura das minas ou a insinuação de que eu possa estar nutrindo sentimentos verdadeiros por ele.

Não mesmo. Talvez tenha nutrido um dia, mas antes de ele ter comandado seus homens na carnificina de milhares em Vecturia. Isso foi antes de eu saber quem ele realmente era. Mas, mesmo enquanto penso nisso, sei que não é a verdade completa. Não, eu não amo Søren, mas me preocupo com ele. Não quero vê-lo acorrentado. Não quero saber que fui eu quem o colocou ali.

Dois homens montam guarda diante de uma porta na extremidade do último corredor, ambos empunhando lanças rudimentares junto à lateral do corpo e parecendo sonolentos. Fico com o corpo todo tenso ao vê-los, embora eu devesse ter esperado que eles estivessem ali – não havia a menor chance de Dragonsbane ter deixado Søren sem vigilância.

Heron sente meu pânico e aperta minha mão antes de desvencilhar os dedos dos meus e deslocar minha mão para o seu antebraço. Ele continua a andar na direção dos guardas, então imagino que deva ter um plano. Saindo das sombras, ele deixa a invisibilidade se dissipar de forma a se tornar visível diante deles, assustando-os.

Espero a visibilidade me alcançar também, um monte de desculpas esfarrapadas aflorando dos meus lábios, mas minha invisibilidade se mantém. Agarro-me ao braço dele com força, o coração martelando em meu peito.

– Boa noite – diz Heron, assentindo para um guarda de cada vez.

– Vai fazer uma sessão com ele? – pergunta um deles.

Não sei bem o que ele quer dizer, mas Heron se limita a fazer um gesto afirmativo com a cabeça.

– Vou ficar dez minutos – responde ele.

Os dois guardas dão um passo para o lado e deixam Heron passar. Eu me mantenho meio passo atrás dele, tentando decifrar suas palavras.

Uma sessão com ele. Não significa o que estou pensando. Não pode ser. Dragonsbane jamais permitiria – mas, tão logo começo a pensar a respeito, concluo que permitiria. No entanto, Heron teria me dito se soubesse. Teria tentado impedir. Disso eu tenho certeza.

Porém, quando a porta se fecha às nossas costas e meus olhos se ajustam à penumbra da cabine que serve de cela, meu estômago se revira.

Søren se encontra apoiado na parede oposta, uma abertura do tamanho de um palmo acima de sua cabeça, a única fonte de ar fresco. Algemas de ferro pesadas e enferrujadas prendem seus pulsos, sangue novo e velho se acumulando na pele em torno delas. Ele está com as mesmas roupas da última vez que o vi, embora agora estejam esfarrapadas e ensanguentadas. Não resta mais nada da aparência que ele tinha há apenas dois dias. O cabelo cortado rente parece mais ruivo do que loiro e o rosto está coberto de hematomas e cortes abertos.

Ele não ergue a cabeça quando nos ouve entrar, apesar de se encolher diante do ruído.

Há uma prancha de madeira no chão perto dele, cuja borda está coberta de sangue.

A bile sobe até minha garganta e eu me afasto de Heron, rompendo nossa conexão. Então me viro e vomito no canto.

Sinto Heron atrás de mim e ele estende a mão hesitante para tocar meu ombro, mas eu o afasto com um empurrão.

– Você sabia disso – sibilo.

Mesmo com a fúria e a náusea torturando meu corpo, tenho consciência dos guardas do outro lado da porta.

Os olhos de Heron não se desviam dos meus. Ele não se acovarda diante da minha raiva. Deixa que ela o envolva.

– Sabia.

Sua voz não parece a do Heron que eu conheço. É como se ele tivesse sido partido em duas metades de bordas irregulares e afiadas o suficiente para fazer verter sangue.

Contenho as novas ondas de náusea que me sobrevêm, ponho a mão na barriga.

– Você participou disso? – pergunto, mas não tenho certeza se quero saber a resposta.

– Não – diz ele, e deixo escapar um suspiro de alívio. – Embora tivesse sido tentador.

– Você não me contou...

– Eles fizeram a mesma coisa com você, Theo – afirma ele.

Søren não fez, penso, embora saiba que esse é um argumento fraco. Entendo como isso aconteceu, que muitas pessoas neste navio queiram vir aqui e descontar sua fúria e seu sofrimento no único responsável em que podem pôr as mãos. Entendo o desejo de tirar algo dos kalovaxianos, sim, mas não está certo.

– Thor... Theodosia?

A voz de Søren soa rouca e entrecortada, pouco mais que um sussurro. Ele tenta erguer a cabeça, mas estremece de dor e a deixa pender outra vez.

Passo por Heron e corro até Søren, caindo de joelhos ao seu lado. Já houve momentos em que o odiei tanto que quis matá-lo – quase fiz isso –, mas agora a história é outra. Sei tudo sobre o sangue em suas mãos, as vidas que ele tirou, as guerras que travou contra pessoas inocentes. Não perdoei nem esqueci, nem imagino que um dia seja capaz disso. Talvez ele mereça o que está passando. Talvez esteja pagando uma dívida. Talvez a justiça esteja sendo feita.

Mas esse não é o mundo em que quero viver.

Estendo a mão para tocar seu rosto e ele se encolhe.

– Theo – chama Heron às minhas costas, embora eu não tenha certeza se é uma advertência ou uma tentativa de pedir desculpas.

– Você vai curá-lo – digo sem nem olhar para Heron, a voz trêmula. – Use seu dom. Cure-o.

– Não – responde ele.

– Isso não foi um pedido – insisto rispidamente sobre o ombro. – É uma ordem. Da sua rainha.

Heron fica em silêncio por um momento.

– Não – sentencia ele por fim, embora sua voz não soe tão firme.

– Então considere uma barganha – digo entre os dentes. – Você precisa de mim para conseguir suas respostas e eu não vou fornecê-las até que ele esteja curado.

– Você sabe o que ele fez, Theo – diz Heron. – Sabe o que ele é.

– Eu sei – replico. – Mas também sei que somos melhores do que eles. Temos de ser, senão qual o sentido da guerra que estamos travando?

Ele hesita mais uma vez.

– Se eu o curar, só vai servir para fazerem de novo.

– Eu não vou deixar que façam de novo – argumento, embora não saiba como cumprirei essa promessa.

– A mãe de Elpis parece encontrar algum consolo nesse castigo. Você quer tirar isso dela?

Lágrimas ferroam meus olhos e eu me apresso em enxugá-las.

– Cure-o – repito. – Ou não vou conseguir as suas respostas.

Com um suspiro sonoro, Heron se ajoelha do outro lado de Søren, tomando-lhe a mão quase sem vida e quebrada nas suas.

À medida que o poder curativo de Heron começa a fluir para o seu corpo, Søren se esforça para abrir os olhos, que encontram os meus. Há tanta dor ali que me faz perder o fôlego.

– Vou dar um jeito nisso, Søren. Eu prometo.

Eu não deveria prometer coisas que não tenho a menor ideia de como vou cumprir, mas as palavras saem antes que eu possa impedi-las.

– Não está tão ruim assim – diz ele com uma tentativa de sorriso. – Poderia ser pior.

Com o toque de Heron, a pele rasgada dos pulsos de Søren se fecha e fica uniforme sob as pesadas algemas. Os hematomas que cobrem a maior parte de sua pele se tornam amarelos antes de desaparecerem por completo. Os ossos quebrados de seu rosto, o lábio cortado, o roxo dos olhos, tudo isso é revertido diante dos meus olhos, como se semanas houvessem se passado. Quando Heron termina, Søren praticamente voltou a ser o mesmo. Mas não há magia que apague o cansaço nas linhas de sua boca ou o modo como os olhos se afundam na pele pálida, destacados por intensas meias-luas roxas.

– Você quer alguma coisa – diz ele baixinho, tentando se sentar ereto.

Heron não fez um trabalho de cura completo e Søren ainda estremece de dor. Costelas machucadas, talvez.

– Eu não sabia que seria assim – explico a ele. – Não fazia ideia.

Søren me olha, incrédulo, antes que seu olhar se suavize.

– É a guerra – afirma ele. – É assim que acontece. Seu amigo tem razão. Nós dois sabemos que fiz coisas piores.

Isso eu não posso negar. Penso nele usando *berserkers* na batalha de Vecturia. Penso em quando, ao perder aquela batalha, ele ordenou que as reservas de alimento dos vecturianos fossem destruídas à medida que recuavam. Quantos deles estão morrendo agora, famintos, enquanto o inverno se instala na região e suas plantações param de crescer? Talvez esta *seja mesmo* uma espécie de justiça, o único tipo a que pessoas como a mãe de Elpis têm acesso.

Em minha mente, isso quase faz sentido, mas eu já estive nesse lugar. Lembro do kaiser mandando me espancar sempre que outro astreano lhe causava problemas. Semana passada mesmo paguei pelas mortes de kalovaxianos na batalha de Vecturia. Parece a mesma coisa, embora eu saiba que não é.

– O que você quer? – pergunta Søren. – Não veio aqui para ficar com pena de mim.

Eu não tenho pena de você, quero dizer a ele. *Já estive onde você está e sei que ninguém merece isso, nem mesmo você, com suas mãos encharcadas de sangue.* Mas não posso dizer nada do tipo, não com Heron aqui ouvindo. Estreito os lábios, que formam uma linha fina, e me empertigo, mantendo uma pequena distância entre nós.

– O que você sabe sobre *berserkers*? – pergunto a ele. – O que acontece entre as minas e o campo de batalha?

Os olhos injetados de Søren vão de Heron a mim.

– Os guardas nas minas sequestravam as pessoas que apresentavam sintomas da loucura. Às vezes a doença estava avançada demais ou o corpo demasiadamente fraco para que elas fossem usadas na batalha. Essas eram executadas no local. Às vezes, aparecia alguém com sinais de um dom em vez da loucura. Essas eram mantidas em algum lugar separado.

– Para experimentos – completo.

Søren assente, desviando os olhos e engolindo em seco.

– Eu não gostava de pensar nisso – comenta ele, mas as palavras saem fracas.

– Leônidas não tinha um dom – observa Heron, baixinho. – E, quando os guardas finalmente o descobriram, ele estava delirante... não conseguia nem mais ficar de pé sozinho. Conseguimos esconder o estado dele por muito tempo.

Søren não diz nada, apenas balança a cabeça.

– Você o matou, então – afirma Heron, passando as costas da mão pelo rosto para secar as lágrimas que eu não tinha visto caírem.

– Eu não – replica Søren. – Mas os guardas devem ter feito isso, sim.

Tudo acontece tão rápido que não tenho tempo para pensar em como reagir. Em um momento Heron está paralisado, em choque. No seguinte, está se lançando na direção de Søren. Então, eu me vejo entre os dois, agindo como um escudo para Søren, apesar de não estar inteiramente convencida de que ele mereça proteção.

Ponho as mãos nos ombros de Heron, e, embora eu saiba que poderia passar por mim com facilidade, ele não faz isso. Seu olhar é homicida e violento, e eu nunca imaginei que ele fosse capaz de expressar esses sentimentos.

– Theo, saia da frente – pede ele, os dentes cerrados.

– Não – respondo, proferindo a palavra com cuidado para que eu soe mais forte do que me sinto. – Não vai ajudar em nada.

– Você não tem como saber e eu gostaria de ter certeza – diz ele.

– Você está coberto de razão – afirma Søren, antes de engolir em seco mais uma vez. – Não importa se eu não o matei com as minhas mãos. Eu deixei que acontecesse... não só com ele, mas com milhares de outros. Vou pôr um fim nisso.

Heron olha para ele com desdém.

– Você não pode pôr fim a nada, *prinkiti*. Está acorrentado em um navio cheio de pessoas que o odeiam.

Søren não tem uma resposta, então não diz nada. Após um momento, os punhos de Heron relaxam aos poucos.

– Depois que vocês vieram e destruíram tudo, eu não queria mais nada com o resto do mundo. Só queria minha casa de volta – diz, cada palavra um punhal. – Leônidas era diferente. Ele ainda queria viajar após o cerco.

Disse que lá fora tinha que haver mais de nós do que de vocês. Ele achava que o mundo era composto principalmente de pessoas boas. Eu me pergunto se ele diria o mesmo agora.

Ele se interrompe com uma risada vazia, sem qualquer tipo de alegria.

– Provavelmente sim – admite, balançando a cabeça. – É provável até que perdoasse você. Ele era uma pessoa melhor do que eu.

Søren não diz nada, mas Heron não espera que ele o faça. Heron se vira e começa a se dirigir para a porta.

– Você pode vir comigo, Theo, ou pode ficar. Mas, se ficar, vai ter muito o que explicar quando for encontrada.

Os olhos de Søren disparam para mim e tornam a se desviar, pousando nas pedras à sua frente. Ele parece tão perdido que, por um momento, hesito.

Eu, melhor do que ninguém, sei como fica uma pessoa que desistiu. Examinando a cela, percebo que ali é possível acabar com a própria vida de algumas formas – batendo a cabeça no chão de pedra, enrolando as correntes no pescoço, cortando os pulsos no prego que se projeta da parede de madeira. Tenho certeza de que Søren consegue encontrar mais uma meia dúzia de possibilidades caso resolva procurar. Deixá-lo fazer isso pode até ser um gesto de misericórdia.

O mundo, porém, ainda não acabou com ele; tampouco eu.

– Eu vou voltar – digo a ele. – Prometo.

Ele assente, embora seus olhos estejam distantes e o maxilar, contraído.

JUNTOS

— Você fez o quê? – pergunta Blaise, mal se lembrando de manter a voz baixa.

Com ele, Heron e Artemisia, minha cabine parece menor do que nunca. Não há espaço nem para andarmos. Artemisia e eu estamos sentadas lado a lado na cama enquanto Heron se recosta na parede perto da porta e Blaise se senta no tampo da cômoda. Dá para ver que ele gostaria de se levantar e andar pela cabine para clarear a mente, mas não é possível ficar de pé sem pisar nos pés de Heron, e não há por onde andar.

— Eu não sabia o que estavam fazendo com ele, embora imagine que todos vocês soubessem – digo, mantendo a voz calma e controlada enquanto olho de Artemisia a Blaise.

Heron não olha para mim – não olhou desde que deixamos Søren na cela – e eu particularmente também não quero olhar para ele. Blaise baixa os olhos, a culpa estampada no rosto, mas Artemisia sustenta meu olhar, sem pudor algum.

— A gente sabia que, se você descobrisse, faria alguma coisa idiota. E aqui está você querendo fazer alguma coisa idiota – entoa ela.

Longe da presença de Dragonsbane, ela mostra os espinhos de sempre e, por mais que suas palavras sejam ríspidas, fico feliz em tê-la de volta.

— Não podemos deixá-lo lá, certo? – pergunto a eles. – Que diferença existe entre nós e os kalovaxianos se agirmos exatamente como eles? Eu já estive na posição dele, só que fui tratada *melhor*. Pelo menos eu tinha um quarto. Não ficava acorrentada. Tinha roupas limpas e boa comida.

— Você não fez nada para merecer aquilo – replica Blaise. – Não comandou batalhões, não foi responsável pelo fim de muitas vidas. Você era uma criança.

O argumento dele é válido e não tenho como contestá-lo.

– Søren pode ser um recurso mais valioso se estiver do nosso lado – digo, então.

– *Se* estiver do nosso lado – ecoa Artemisia.

– Ele achava que estava, antes de eu o trair – observo. – Estava pronto para enfrentar o pai e ir para a guerra.

– Estava pronto para Astrea juntar forças com os kalovaxianos – corrige Artemisia. – Isso não vai acontecer.

– E eu não quero que aconteça – afirmo.

– Quer, sim – rebate Heron, falando pela primeira vez.

Sua voz ainda soa áspera, mas a maior parte da raiva já se dissipou. Tudo que resta é a dor, que é ainda mais difícil de suportar. E ele continua:

– Você quer que a gente se junte a *ele*.

– Ele *quer* ser diferente – digo. – Você mesmo viu isso, Heron.

Ele não responde, mas seu maxilar está contraído.

– Temos todo o poder aqui – prossigo. – Ele pode nos ajudar e não precisamos nem oferecer algo em troca, nenhuma trégua ou misericórdia. Ele só quer a própria alma. Só quer provar para si mesmo que não é igual ao pai. E podemos usar isso a nosso favor.

– Theo... – começa Blaise com um suspiro.

– Não é uma situação ideal – interrompo. – Mas, nesse momento, estamos indo para um país onde minha mão em casamento está sendo leiloada a quem oferecer o melhor lance. Nada nessa situação é ideal.

Nenhum deles responde, e uma onda de poder percorre o meu corpo. *Estamos do mesmo lado*, lembro a mim mesma, embora eu tenha passado tanto tempo isolada que é fácil esquecer isso às vezes.

– Minha mãe não vai abrir mão dele – afirma Artemisia. – Ela vai lutar contra você a cada passo, e vai contar com muito apoio. Não estou dizendo que você está errada... também não estou dizendo que está certa, que fique bem claro... mas você não pode se dar ao luxo de fazer dela uma inimiga.

– Dragonsbane não é a melhor aliada, eu sei – acrescenta Blaise. – Mas, neste momento, é a mais forte que temos. Precisamos escolher nossas batalhas.

Lembro-me de pensar o mesmo em relação ao kaiser, que eu tinha que escolher os aspectos em que o enfrentaria e aqueles em que nada faria, e com que rapidez aprendi que eu não tinha a menor chance de vencer qualquer batalha, portanto nem sequer tentava lutar. Não estou sob o domínio dele, não sou mais impotente, mas me sinto assim agora. Pensar em Søren naquela cela, espancado e sozinho, me enoja. Fui eu quem fez isso com ele, eu o coloquei ali, e agora não consigo tirá-lo de lá.

– Muito bem – digo. As palavras têm um gosto amargo. – Porém, enquanto ele estiver lá embaixo, quero que esteja o mais seguro possível. Heron...

Eu me interrompo. Não tenho o direito de pedir isso a ele, não depois do que ele perdeu, mas peço assim mesmo, ainda que não enuncie as palavras.

Heron engole em seco e sustenta meu olhar.

– Vou curá-lo dia sim, dia não – diz ele. – E só os piores machucados. Mais do que isso vai levantar suspeitas.

...

Depois que Blaise e Heron saem da cabine e voltam para suas respectivas tarefas, Artemisia permanece ao meu lado na cama, puxando um fio franzido da colcha e me olhando, a cautela pesando nos olhos escuros. Ela parece estar com medo de mim, o que é estranho, pois geralmente ocorre o contrário.

– Você não me chamou para a reunião com a minha mãe – diz ela depois de um tempo, cada letra tão afiada que poderia cortar.

– Pensei que seria cruel pedir a você que ficasse do meu lado e não do dela – explico, mas ela percebe na mesma hora que isso é parcialmente verdade.

Seus olhos se estreitam e ela se levanta de maneira abrupta.

– Não preciso de piedade, muito menos da sua.

A voz dela é grave e perigosa.

As palavras machucam.

– Não tenho pena de você – afirmo, embora não tenha certeza se isso é verdade.

Artemisia, porém, não quer palavras bonitas, suaves e fáceis de ouvir. Ela quer a verdade dura e desconfortável, e eu compreendo isso.

– Você é inútil na presença da sua mãe. – Eu a encaro ao dizer isso. – Preciso de gente que possa falar para ela que está errada, que a enfrente e não se acovarde.

Por um momento, ela me olha em choque e por fim responde:

– Você não sabe do que está falando.

– Acha que eu não queria você naquela cabine? – pergunto. – É claro que queria. Precisava de você. Blaise e Heron têm suas forças, mas Heron é um sonhador com o coração partido e Blaise tem dificuldade em ver o panorama mais amplo... O foco dele é sempre em mim, não em Astrea como um todo. Eu precisava de alguém que dissesse o que precisava ser dito, e nenhum dos dois pode fazer isso. Mas você também não quando sua mãe está por perto. Você se transforma em uma sombra que fica murmurando com os olhos assustados, e isso não me serviria de nada.

Ela fica completamente imóvel, a expressão inescrutável. Espero que ela discuta, que revide. Quero que ela faça isso. Mas o que faz é soltar um suspiro, sua ferocidade murchando como uma vela sem vento.

– O que foi que aconteceu na reunião? – pergunta ela.

Conto sobre os planos de sua mãe em me fazer casar com um governante estrangeiro e que ela já está nos levando para Sta'Crivero. Conto ainda sobre o evento que o rei de lá está promovendo. Digo que não concordei com absolutamente nada.

– Foi inteligente da sua parte.

– Rainhas não se casam – digo a ela.

Artemisia bufa.

– Ah, essa é a única escolha que temos se queremos garantir um exército grande o bastante – argumenta ela. – Mas conheço minha mãe e tenho certeza de que ela está ganhando algo mais com esse arranjo. Ao discordar do noivado, você tem alguma coisa que minha mãe quer e, portanto, ainda está minimamente no controle.

Não é o que eu quero ouvir, mas é raro isso acontecer com Artemisia. E é exatamente por isso que preciso dela, assim, ao meu lado.

– Mas não poder o bastante para libertar Søren – completo.

– Nem de longe – replica ela antes de fazer uma pausa. – Mas pode ser um começo.

Penso por um instante em suas palavras. Então digo a ela:

– O que quer que exista entre você e sua mãe, mantenha o controle.

Artemisia hesita e em seguida assente. Depois desvia o olhar, mordendo o lábio inferior.

– Ela a subestima e isso é algo de que você pode tirar vantagem, mas não seja boba de cometer o mesmo erro. Não subestime o que ela é capaz de fazer.

QUEIMADA

CRESS SE ENCONTRA DO OUTRO LADO das grades enferrujadas da cela, segurando-as com os dedos minúsculos e brancos como ossos. Ela agora só chega à altura da minha cintura, embora uma parte de mim saiba que ela sempre foi apenas um pouquinho mais alta, um pouquinho mais velha, um pouquinho mais esperta. Não é mais – agora é uma criança de rosto redondo com cabelos louros presos em duas tranças que pendem abaixo dos ombros. Seus olhos estão arregalados e cheios de preocupação.

– Você está bem? – pergunta ela, pronunciando as palavras kalovaxianas de maneira clara e lenta, para que eu possa compreendê-las.

O jeito como ela fala ecoa em algum lugar bem fundo em minha mente, fora do meu alcance. Há uma dor distante e familiar no fundo do meu estômago. No entanto, ela é suprimida pelo alívio diante de sua visão.

Ela poderia ser Evavia, deusa da segurança, acho, mas isso também não parece um pensamento meu. Não mesmo. Mas não importa. Tudo que sei é que preciso de ajuda, que estava me afogando e ei-la aqui, um sopro de ar desesperado e arquejante.

Cress estende a mão entre as grades, os dedos pequenos fechando-se em torno do meu punho. Luto para não arquejar de alívio.

O sorriso dela se abre, revelando dentes que foram afiados, tornando-se pontiagudos. Surpresa, puxo a mão de volta, escapando de seu alcance.

Um ponto cinza em seu pescoço cresce e se espalha até que toda a pele do local se torna enegrecida e carbonizada. Tento dar outro passo para me afastar dela, mas minhas costas batem na pedra úmida e fria.

Cress agarra as grades novamente, mas dessa vez o metal se derrete sob seu toque. Ela caminha em minha direção com as mãozinhas estendidas, as palmas de um vermelho vivo, com chamas lambendo a ponta dos dedos. Eu me agacho e me espremo de encontro à parede, desesperada para escapar dela, mas não há para onde ir. Ela também deve ter percebido isso, porque para bem à minha frente, inclinando-se e chegando bem perto do meu ouvido.

– Somos irmãs do coração, Thora – sussurra ela, a mão em chamas pairando logo acima do meu peito. – Vamos ver se eles combinam?

• • •

Meus próprios gritos me acordam e eu me viro, enterrando o rosto no travesseiro para abafá-los. Estou ciente do espaço vazio ao meu lado, do fato de o travesseiro ainda estar quente. Blaise deve ter saído faz pouco tempo. Respiro fundo algumas vezes tentando me acalmar, fechando os olhos para reabri-los imediatamente quando vejo o sorriso grotesco de Cress em minha mente. Os lençóis enroscados em minhas pernas estão encharcados de suor e demoro alguns instantes para conseguir me livrar deles. A trança que fiz em meu cabelo na noite passada está se desfazendo. Fios soltos agora grudam em minha testa e em minhas bochechas.

Trêmula, me levanto e vou até a bacia no canto da cabine, despejando nela um pouco de água do cântaro. Molho meu rosto e pescoço. Parece gelo, mas não adianta muito para acalmar o fantasma do fogo que sinto rastejar em minha pele.

Depois de secar o rosto com uma toalha surrada, volto para a cama e mal consigo reprimir um grito. Ali, nítidas contra os lençóis brancos, há duas marcas de mão pretas do tamanho das minhas.

São apenas sombras do meu sonho, agarrando-se a mim, digo a mim mesma. Tento piscar para afugentá-las, porém não há como apagá-las, por mais que eu tente.

É um produto da minha imaginação, tem de ser, mas, quando estendo a mão para tocar uma delas, o algodão carbonizado se desfaz sob meus dedos, transformando-se em cinzas.

Recuo, cambaleando, minha mente um turbilhão de pânico e negações que não fazem sentido. O que *faz* sentido, então? Que eu fiz isso? Queimei meus lençóis? Viro as mãos para olhar as palmas, que estão em um tom vermelho vivo, apesar de não doerem. Sinto apenas um leve e quente formigamento dançando sobre a pele. Parece mágica, a mesma sensação que tive na corte ao chegar muito perto de uma Pedra do Fogo.

Engulo o pânico que toma conta de mim. Meus pensamentos estão confusos demais para que eu possa dar sentido a eles. Aperto as mãos, tocando o tecido da camisola, como se isso pudesse resolver alguma coisa.

O que está acontecendo comigo? Pensei que o calor que senti na cabine de Dragonsbane fosse coisa da minha cabeça, mas não posso fingir que estou imaginando isto, não quando as provas estão bem diante dos meus olhos.

Sempre senti uma afinidade com Houzzah, o deus do fogo; sempre me senti atraída pelas Pedras do Fogo. Pensei que fosse por ser descendente dele, mas isso não pode ser verdade. Eu compartilho seu sangue tanto quanto Artemisia e Dragonsbane, mas nenhuma delas parece se sentir atraída por Houzzah. Dragonsbane não acredita em nenhum dos deuses e Artemisia foi abençoada por Suta, a deusa da água. Não pode ser uma questão apenas de sangue. Trata-se de algo mais, algo perigoso.

Penso em Cress como a vi pela última vez na masmorra, sobrevivendo a uma dose de veneno capaz de matar um homem com o dobro do tamanho dela e parecendo, no entanto, que a morte deixara nela suas impressões digitais. *Como ela conseguira sobreviver?* E não só isso – seu toque, de tão quente, era capaz de queimar. Isso também deveria ter sido impossível, mas eu vi com meus próprios olhos e senti aquelas barras com as mãos. Quentes como meu próprio toque há apenas alguns momentos.

Não sei como qualquer uma dessas coisas é possível, mas não consigo acreditar que meu deus acharia aceitável salvar uma kalovaxiana – *abençoá-la* com seu dom – enquanto milhares de seu próprio povo enlouqueciam nas minas.

Tenho de me obrigar a respirar.

Ainda sinto a mão de Cress em meu peito, bem em cima do coração, sinto o fogo de seu toque enquanto me transformava em cinzas. Não tenho certeza, mas posso jurar que minhas mãos começam a esquentar outra vez.

Sem pensar no que estou fazendo, arranco os lençóis da cama, embolando-os em meus braços, de modo que as marcas queimadas não apareçam. Tento aquietar as mãos trêmulas ao entrar no salão. Não demora para que eu encontre um tripulante esfregando o chão – um garoto só um pouquinho mais velho do que eu.

– V-vossa Majestade – gagueja ele.

– Boa noite – cumprimento, conseguindo exibir um sorriso constrangido enquanto um plano se forma. – Receio que tenha havido um... incidente com meu sangramento mensal.

Por um instante ele me olha perplexo antes de seu rosto ficar escarlate e ele desviar os olhos.

– Ah, hã...

– Você pode, por favor, pedir a alguém que me traga lençóis limpos? Não tem pressa, mas até amanhã à noite seria maravilhoso.

– Ah... é claro – diz ele com cuidado. – Devo... hã... levar estes? – pergunta ele, indicando com a cabeça os lençóis que tenho nos braços.

Ele parece apavorado, como se fossem alguma espécie de animal perigoso em vez de lençóis manchados.

– Não precisa. Posso levá-los para a lavanderia – respondo, e dá para ver que ele suspira de alívio.

Ele assente e misericordiosamente não faz mais perguntas. Mas eu não vou à lavanderia. Em vez disso, levo os lençóis sujos para a cozinha vazia e alimento a fornalha com eles, observando as chamas os consumirem até que não reste nada além de cinzas. Olhando a prova desaparecer, quase posso acreditar que imaginei aquilo tudo, mas sei que não. Ainda sinto minhas palmas formigando e quentes. Não estou imaginando. Não sou louca. Não sei o que sou. Não sei o que fazer. Não sei de nada.

A ideia de voltar para a cabine vazia e ficar sozinha com meus pensamentos é insuportável. Por mais infantil que isso me faça sentir, quero alguém que me abrace e me diga que tudo vai ficar bem, mesmo que eu não consiga imaginar falar sobre isso em voz alta. Blaise é em quem eu penso primeiro, mas ele deve estar em seu turno de trabalho e não quero incomodá-lo. Artemisia não parece habituada a demonstrações de empatia, e também não quero procurar Heron, depois de tudo o que aconteceu entre nós.

Existe outra opção, embora eu não precise de Artemisia para me dizer que é uma tolice. No entanto, minha mente já está a todo vapor, criando mentiras e desculpas para a minha presença na cela. E, por mais tolo que possa ser, é para lá que meus pés me conduzem.

SØREN

É DIFÍCIL PERCORRER OS CORREDORES DO NAVIO sozinha, mas, após errar o caminho algumas vezes, eu me vejo no corredor estreito e familiar, seguindo na direção de uma porta ladeada pelos mesmos dois guardas da noite anterior. Embora eles não tenham hesitado em deixar Heron passar, seus olhos se estreitam quando me veem e eu sei que não vai ser tão fácil.

– Vossa Majestade – murmuram ambos.

– Vim ver o prisioneiro – anuncio, tentando fazer a voz soar fria e distante, embora não creia que esteja conseguindo.

– O prisioneiro não tem permissão para receber visitas – retruca um dos guardas com tamanha segurança que eu quase acredito nele, mesmo tendo visto a verdade com meus próprios olhos.

Engulo em seco e me empertigo um pouco mais.

– Não sou qualquer visita – digo. – Como sua rainha, estou lhe ordenando que me deixe passar.

Os guardas se entreolham.

– Para sua própria segurança, Vossa Majestade não deve... – começa o outro guarda.

Mas, assim que ele diz *não deve* em vez de *não pode*, sei que ele será vencido.

– Ele está acorrentado à parede – digo antes de me apressar em acrescentar: – Eu presumo.

– Sim, mas é um homem perigoso – insiste o guarda.

– E, felizmente, tenho vocês dois bem aqui fora para o caso de eu precisar. É esse o seu trabalho, não é?

Mais uma vez os guardas se entreolham antes de darem um passo hesitante para o lado e abrirem a porta para mim. Passo por eles, entrando na cela, e, na mesma hora, sou engolfada por uma nuvem de ar parado e com cheiro de sangue fresco. Como ontem, Søren está apoiado na parede oposta, acorrentado pelos tornozelos e pelos pulsos. A cura que Heron perpetrou já foi desfeita, com cortes e contusões recentes cobrindo a maior parte de sua pele. Ao contrário de ontem, porém, ele ergue os olhos quando me aproximo. Embora sua boca esteja ensanguentada demais para ter certeza, acho que ele tenta um sorriso.

– Você voltou – diz ele, as palavras mais sopro do que voz.

– Eu disse que voltaria – replico, tentando injetar um pouco de animação na voz, embora o sentimento soe vazio.

Quase pergunto como ele está, mas a pergunta seria tão ridícula que não consigo me forçar a enunciá-la. Em vez disso, corro os olhos pela cela, pousando o olhar na prancha de madeira ensanguentada, nas correntes que machucam sua pele, na bandeja de comida ao seu lado. Deve ser seu jantar, alguns pedaços do biscoito de massa dura e carne-seca. Nada foi tocado.

– Você não comeu? – pergunto, tornando a olhar para ele.

Ele balança a cabeça devagar, os olhos ainda reservados e cautelosos. O olho direito está machucado e inchado e há um corte ao longo da bochecha.

Chego um passo mais perto, o suficiente para que, se ele quisesse saltar sobre mim, pudesse agarrar apenas a barra da minha camisola. Não tenho medo dele, mas hesito em me aproximar.

– Qual foi a última vez que você comeu? – pergunto.

Ele pensa por um instante.

– Aquele banquete abominável quando retornei de Vecturia – diz, a voz dura. – Não consegui comer muito, com tudo que aconteceu.

Tudo que aconteceu. Não creio que algum dia eu vá esquecer o vestido revelador que o kaiser me obrigou a usar naquela noite, o modo como me tratou, como se eu fosse propriedade dele e ele pudesse me exibir do jeito que quisesse. Suas mãos em mim, queimando como um ferro em brasas. Søren parecera doente, embora eu imagine que tenha sido muito mais fácil assistir à cena do que suportá-la.

– Você deveria estar recebendo comida como todo mundo – digo. – Dragonsbane prometeu que seria alimentado.

Ele desvia os olhos.

– A comida é trazida três vezes por dia, chova ou faça sol. Eles forçam a água pela minha garganta, mas ainda não me obrigaram a comer.

Ele continua sem me olhar, então me permito observá-lo. Em apenas alguns dias, sua pele se esticou sobre os ossos, fazendo-o parecer mais um espectro do que uma pessoa. É involuntário, mas eu me pergunto o que sua mãe pensaria se pudesse vê-lo agora, e afasto esse pensamento antes que a kaiserin possa me envergonhar do além-túmulo.

– Por que você não está comendo? – pergunto.

Ele aproxima os joelhos do peito, enroscando-se. Eu me aproximo mais um passo.

– Há muitos anos, meu pai mandou que o theyn me treinasse para a eventualidade de vir a ser um refém – conta ele.

Falar parece lhe causar mais dor, no entanto ele continua:

– Meu pai disse que tínhamos muito inimigos e que devíamos estar preparados. A primeira coisa que o theyn me ensinou foi a não comer a comida dos captores.

Não posso evitar um gesto de desdém.

– Acha que a gente envenenou a comida?

Ele balança a cabeça.

– É uma questão de controle. Enquanto eu me recusar a comer, vocês estão seguindo os meus termos. Vocês não me querem morto, senão já teriam me matado, o que significa que precisam de mim. Mas, no segundo que eu aceitar sua comida, me torno dependente de vocês e perco esse controle. Isso nada mais é que um jogo psicológico, pouco mais do que um desafio de quem fica mais tempo sem piscar. – Ele se detém por um segundo. – Naquela época, consegui ficar três dias sem comida. Desta vez é mais fácil... principalmente porque sinto tanta dor que não lembro de sentir fome.

Ele não diz isso como se estivesse buscando piedade ou um pedido de desculpas, apenas constatando um simples fato. Elimino a distância entre nós e pego a bandeja, colocando-a diante dele.

– Preciso que você coma, Søren – digo, mas ele não se move. – Não sou sua inimiga.

Com isso, ele ri, mas o som de sua risada é fraco.

– Amigos, inimigos, não acho que isso tenha importância agora. As correntes são pesadas do mesmo jeito, não importa quem tenha a chave – diz ele.

– Eu entendo um pouco de correntes, ainda que as minhas, em geral, fossem metafóricas – afirmo.

Ele tem a elegância de parecer envergonhado por isso, seus olhos finalmente encontrando os meus.

– Ela é tudo que você pensou que seria? A liberdade?

Essa era para ser uma simples pergunta, mas ela se insinua em meu corpo, como uma adaga penetrando entre minhas costelas. Eu costumava sonhar com o dia em que finalmente deixaria o palácio, pararia sob um céu aberto, sem inimigos por todos os lados, respiraria sem aquele peso no peito.

– Eu te aviso quando a encontrar – digo a ele.

Algo cintila em seus olhos.

– A mulher que mandou que me trouxessem aqui para baixo... Eu já a vi algumas vezes. Os outros a respeitam. A capitã, eu deduziria... o notório Dragonsbane é ela?

Hesito antes de assentir.

– Minha tia – admito. – Gêmea da minha mãe.

O choque se estampa em seu rosto, claro como palavras em uma página.

– Você está trabalhando com ela? – pergunta ele.

– Esse era o plano, mas... é mais complicado do que pensei – respondo. – Quero tirar você daqui, mas ela não vai deixá-lo escapar assim tão fácil. Porém, quando conseguir sair, vou precisar que esteja forte. Por isso, preciso que coma.

Empurro a bandeja em sua direção outra vez.

Seus olhos demoram-se nos meus antes que ele desdobre as pernas e olhe para a bandeja.

– Comece do começo – pede ele, pegando um pedaço do biscoito de massa dura e tentando quebrá-lo em dois. O esforço é maior do que deveria, contudo ele acaba conseguindo. – E, dessa vez, fale a verdade.

Espero sentir uma farpa em sua voz, mas nada acontece. Novamente, sua fala é uma simples constatação.

Então, conto tudo a ele. Falo sobre a morte de Ampelio, que sempre achei que seria quem me resgataria. Digo a ele como decidi me salvar. Conto sobre o aparecimento de Blaise e como as coisas em Astrea estavam piores do que eu imaginava, quantos milhares de pessoas o kaiser havia matado. Digo a ele como percebi que me salvar não era suficiente.

Embora as palavras se prendam em minha garganta, eu me forço a contar sobre o plano que Blaise e eu elaboramos, como eu deveria seduzir a ele,

Søren, para obter informações e colocá-lo contra o kaiser. Eu me forço a admitir que fui eu quem teve a ideia de matá-lo para colocar os kalovaxianos uns contra os outros e iniciar uma guerra civil.

Espero que ele rejeite essa ideia, que me olhe como se não me conhecesse, mas sua mente já está maquinando. Posso ver isso em seu olhar distante, na maneira como franze a boca e a retorce de lado.

– Se tivesse levado a cabo, provavelmente teria funcionado – admite ele.
– Eu sei.

Nenhum dos dois fala sobre o momento nos túneis sob o palácio, quando levei meu punhal às suas costas e ele estava tão consumido pela culpa em relação às vidas que havia tirado em Vecturia que me disse que fosse em frente. Nenhum dos dois fala sobre a razão de eu não ter ido até o fim.

– O que aconteceu com Erik? – indaga ele.

Erik. Não pensei mais nele desde a última vez que o vi.

– Eu disse a ele para buscar Hoa e deixar o palácio. Imagino que deva ter feito isso, caso contrário o kaiser teria mandado que a levassem ao salão com Elpis. Espero que os dois estejam em algum lugar seguro, qualquer que seja – digo.

Ele assente lentamente, as sobrancelhas franzidas.

– Ele é meu irmão – diz devagar, e eu me pergunto se essa é a primeira vez que ele diz isso em voz alta.

– Meio – corrijo.

– E que meio... – concorda ele, em tom zombeteiro. – Fale para mim sobre Dragonsbane.

Conto a ele como ela tenta me sabotar sempre que tem uma chance, como me pinta como uma criança bem-intencionada, porém incompetente, que não tem a menor condição de governar, e como age como uma tia amorosa que só quer o melhor para mim e para Astrea.

– O que você acha que ela quer *de fato*? – pergunta ele.

– Não sei – admito. – Acho que ela quer ajudar Astrea. É o país dela, afinal de contas. Mas também quer lucrar com isso. Blaise disse que ela cobrava de famílias astreanas pelo transporte em segurança para outros países. Ajudava as pessoas, mas sempre lucrando. E agora está tentando me casar com alguém da realeza. Disse que assim teríamos as tropas necessárias para tomarmos Astrea de volta, mas tenho certeza de que tem mais alguma coisa aí que ela vai ganhar ao me controlar.

Com isso, Søren abre um sorriso irônico.

– Ela não sabe, porém, como é difícil controlar você.

– Acho que está começando a ter uma ideia.

Ele come o último pedaço de carne-seca e seu estômago ronca, já exigindo mais.

– Então, começamos daí – diz ele. – Se partimos para Sta'Crivero há quatro dias, devemos chegar lá em mais três. Podemos usar esse tempo para traçar uma estratégia. Conheço um pouco sobre os outros governantes e tenho uma ideia razoável de quem vai enviar seus herdeiros para cortejar você.

– Não tenho o menor desejo de ser cortejada – digo, hesitando em seguida. – Mas, hipoteticamente, tem alguma opção decente entre eles?

Ele considera a pergunta por um momento.

– Depende do que você está buscando.

– No plano ideal? Uma maneira de recuperar meu país sem dar total soberania a um estranho com o maior lance – respondo.

Ele balança a cabeça.

– Ninguém vai enfrentar meu pai se não tiver pessoalmente algo a ganhar com isso.

– Meu medo era que você dissesse isso – replico, pegando a bandeja dele.

Olho para a pequena vigia acima de sua cabeça, onde a luz do amanhecer se infiltra.

– Vou tomar café da manhã, mas volto logo depois. Vou trazer mais um pouco de comida e você pode me falar mais sobre os pretendentes em potencial.

Por um instante, acho que ele vai protestar, mas, em vez disso, assente.

Começo a me levantar, contudo antes que eu o faça ele estende a mão e segura meu pulso. Seus dedos ensanguentados o envolvem completamente e seguram com firmeza, de uma maneira que me tira o fôlego, apesar da atmosfera na cela, das correntes e do sangue. Eu havia esquecido o efeito que o toque dele exerce em mim. Quero me afastar, mas, ao mesmo tempo, não quero.

– *Yana crebesti*, Theodosia – diz ele.

As palavras ficam presas na minha garganta. *Eu confio em você*. Depois de tudo que fiz a ele – tudo o que fizemos um ao outro –, confiança não deveria existir entre nós. Mas aqui está ele, depositando sua fé em mim.

Olho para a mão dele em torno do meu pulso e volto a encará-lo.

– Theo – digo a ele. – Pode me chamar de Theo.

– Theo – repete ele, antes de soltar meu pulso.

Não demoro a deixar a cela, ouvindo sua voz ecoar em minha mente, mesmo enquanto me despeço dos guardas e tento limpar o sangue do pulso para que não vejam.

Fico ouvindo ele dizer meu nome, e queria que Artemisia estivesse aqui para me obrigar a voltar à realidade. Sempre pensei que meus sentimentos por Søren não fossem meus de fato, mas sim de Thora, a garota arrasada e derrotada que o kaiser havia criado a partir das minhas ruínas. Acreditava que as duas eram mantidas separadas o suficiente para não se sobreporem. Pensava que, ao deixar o palácio, eu a tinha deixado também.

Mas aqui estou eu, a centenas de quilômetros de distância, e meus sentimentos por Søren continuam tão complexos e intricados quanto na noite em que fugi.

AULA

Não volto direto para Søren. Sei que ele ainda está com fome e precisa da companhia de alguém que não queira espancá-lo, mas a ideia de ficar sozinha com ele outra vez me paralisa. Não que eu não confie em mim perto dele. É que a maneira como ele me olha ressalta minhas vulnerabilidades e traz de volta pedacinhos de quem eu era no palácio. A proximidade dele me faz esquecer que sou uma rainha e que existem dezenas de milhares de pessoas que dependem de mim. Preciso recorrer a todas as minhas forças para não ordenar aos guardas que me deem as chaves para que eu possa tirá-lo de lá, a despeito das consequências.

Mudando de direção, eu me encaminho para a popa do navio, uma bandeja equilibrada nos braços enquanto procuro uma cabeleira azulada.

É fácil localizar Artemisia em meio ao caos, o cabelo brilhante se destacando entre os vários tons de castanho e preto que a maioria dos astreanos tem. Ela se encontra em um espaço aberto na popa, com uma espada em cada mão. São menores do que as espadas que os kalovaxianos costumam usar, embora não tão pequenas que possam ser chamadas de punhais. Seu comprimento é aproximadamente a medida do cotovelo de Artemisia à ponta de seu dedo médio esticado, e ambas têm punho com filigrana de ouro que cintilam à luz do sol.

Não reconheço seu adversário, mas ele parece uns dois anos mais velho que ela e é muito mais alto, com ombros largos e rosto de ângulos mais pontiagudos que cacos de vidro. Os olhos escuros estão atentos a Artemisia enquanto os dois se circundam, a boca contraída. De sua parte, Artemisia mais parece dançar do que caminhar, cada movimento tão gracioso quanto o de um gato. Ela até sorri para o garoto, se é que se pode chamar sua expressão de sorriso.

De repente, eles se lançam um sobre o outro, metal retinindo contra metal no momento em que suas espadas se chocam.

Fica claro na mesma hora que se trata de uma disputa desigual, embora não da maneira que a princípio se pensaria. Apesar de duas vezes maior e mais forte que Artemisia, os movimentos do garoto são lentos e desajeitados, e Artemisia é tão rápida que ele mais erra do que acerta, desperdiçando a energia que precisa para acompanhá-la.

Ela está se exibindo, fazendo um giro aqui, um arco desnecessário porém dramático em seu ritmo acolá. Para ela, é mais uma performance do que uma luta – até que deixa de ser. Artemisia percebe o momento em que a respiração dele fica mais pesada, os passos se arrastando, e nesse momento ela redobra seus esforços. Seus golpes vêm um após o outro, embora ele consiga bloquear todos. Artemisia parece querer que ele faça justamente isso e usa a concentração dele para fazê-lo recuar cada vez mais, até que ele tropeça em uma prancha irregular no convés e cai para trás. Antes que o garoto possa registrar o que está acontecendo, Artemisia está em cima dele, as espadas cruzadas sobre o pescoço e com um sorriso triunfante.

Não sou a única assistindo à luta. Dezenas de outras pessoas interromperam seu trabalho para observar, boquiabertas, o espetáculo, e agora a aplaudem.

– Eu poderia dizer que senti falta de treinar com você – diz o garoto, mais divertido do que aborrecido com a derrota. – Mas seria uma meia verdade. Vou acordar todo dolorido amanhã, você sabe.

Artemisia solta um som de reprovação.

– Você se descuidou enquanto estive fora – devolve ela, guardando as espadas nas bainhas presas à cintura e estendendo a mão para ajudá-lo a se levantar.

Ele é suficientemente orgulhoso para ignorar a mão estendida, levantando-se com um gemido. Então, recolhe suas espadas e as embainha.

– Eu não esperava que você voltasse tão bem – diz ele. – Quando arrumou tempo para treinar nas minas?

Ela dá de ombros, embora uma sombra tome conta de seu rosto.

– Não treinei, mas consegui armazenar muita raiva, e isso compensa músculos enferrujados. Pelo menos um pouco.

O garoto parece querer dizer alguma coisa, mas então seus olhos me descobrem e se arregalam.

– V-vossa Majestade – gagueja ele, curvando-se em uma mesura apressada antes que eu possa dizer a ele que não é necessário.

Artemisia se vira, ficando de frente para mim, as bochechas rosadas pelo esforço.

– Isso foi impressionante – digo a ela.

– Seria mais divertido com um adversário que tivesse empunhado uma espada no ano passado – responde ela, lançando um olhar falsamente furioso ao parceiro.

Ele revira os olhos.

– Vou praticar mais – garante. – E você vai se arrepender de eu ter empunhado uma espada quando eu a derrotar.

Ela bufa.

– Como se você fosse conseguir – replica ela. – Theo, este é Spiros.

– Prazer em conhecê-lo – digo a ele. – Acredite, você se saiu muito melhor do que eu me sairia.

– Já me ofereci para corrigir isso – lembra Artemisia antes de notar minha bandeja. – Vai tomar o café da manhã na sua cabine?

– Não exatamente – respondo. – Você tem alguns minutos livres?

Ela faz que sim antes de se voltar para Spiros.

– Vejo você na ceia.

– Se eu conseguir andar até lá – replica ele.

Artemisia e eu não falamos até estarmos a uma distância segura de ouvidos indiscretos. Quando confesso sobre minha visita a Søren, ela não perde tempo me dizendo quanto fui imprudente.

– Assim que o turno dos guardas chegar ao fim, eles vão dar com a língua nos dentes e contar à minha mãe sobre a sua visita, e ela vai encontrar uma maneira de usar isso contra você – diz ela.

– Eu sei – retruco. – Mas tenho uma ideia em relação a isso.

Artemisia arqueia a sobrancelha escura e franze os lábios, esperando que eu continue.

– Seu dom permite que você mude a sua aparência. Pode mudar a minha?

Ela parece surpresa por meio segundo antes de sua boca curvar-se em um sorriso.

– Posso. Mas, em troca, vou colocar uma espada em suas mãos e ensinar a você como usá-la. Feito?

Começo a protestar novamente, mas então penso na maneira como ela lutou há alguns minutos, destemida, poderosa e pronta para derrotar qualquer inimigo. Eu ainda não sei se tenho essa capacidade, mas gostaria de descobrir.

– Feito – responde.

Artemisia dá um breve aceno de aprovação.

– Muito bem, de quem é o rosto que você quer experimentar?

• • •

É estranho ter o rosto da minha mãe. *O rosto de Dragonsbane*, lembro a mim mesma, embora eu não tenha a sensação de ser Dragonsbane. Tento imitar sua postura enquanto Artemisia e eu caminhamos em direção aos guardas. Art conseguiu mudar a aparência das minhas roupas, mas não conseguiu fazer nada em relação às botas – espero que minha postura ereta ajude a disfarçar o fato de que sou alguns centímetros mais baixa que Dragonsbane.

Quando os guardas veem que nos aproximamos, eles se empertigam um pouco mais.

– Capitã – dizem em uníssono.

– Vim ver o prisioneiro – replico, disparando as palavras à maneira de Dragonsbane.

– Claro – diz um dos guardas, tentando, um tanto atrapalhado, abrir a porta o mais rápido possível.

– Alguma coisa que vocês gostariam de relatar? – pergunto, sabendo que sim.

Os guardas não me desapontam. Eles se atropelam para me contar sobre minha própria visita, quanto tempo permaneci ali, o que ouviram através da porta. Fiz uma anotação mental para falar mais baixo, ainda que não tenham ouvido nada particularmente comprometedor dessa vez. Apenas minha preocupação, minhas tentativas de persuadi-lo a comer.

– Vocês não comentarão isso com ninguém, entendido? – ordeno, olhando de um para outro, tentando transmitir a mesma intensidade que Dragonsbane sempre demonstra.

Ambos assentem freneticamente e dão um passo para o lado, para que Artemisia e eu passemos.

• • •

Eu deveria ter trazido papel e uma pena comigo. Não tinha esperado tantas informações de Søren – talvez os nomes de um punhado de outros países semelhantes a Astrea dispostos a se unir a nós contra o kaiser –, mas ele lista perto de uma dúzia, e Artemisia tem outros tantos a acrescentar. O fato é que ter crescido em um navio tripulado por pessoas de todas as partes do mundo deu a ela uma visão única dos elementos dessas culturas que Søren nunca percebeu durante suas visitas a tais cortes.

Cada país parece ter uma estrutura diferente. Nenhum deles é um matriarcado, como Astrea, mas muitos seguem a mesma estrutura patriarcal de Kalovaxia, mesmo que os nomes dos cargos nos governos mudem. Há reis, imperadores e potentados, mas, até onde compreendo, todos significam a mesma coisa, mais ou menos.

– Nunca entendi o conceito de identificação da linhagem através de herdeiros do sexo masculino – admito depois de Søren me contar sobre o príncipe Talin de Etralia, cuja legitimidade como herdeiro é, na melhor das hipóteses, questionável.

– É assim que a maior parte do mundo opera – afirma Søren.

Embora não possua os poderes curativos de Heron, Artemisia conseguiu usar seu Dom da Água para limpá-lo e enxaguar suas feridas a fim de evitar que infeccionem. Mais uma vez, é apenas temporário. Depois que formos embora, será apenas uma questão de horas antes que ele seja agredido outra vez. Esse pensamento pesa muito na minha consciência, mas sei que Art tem razão: não há nada que eu possa fazer em relação a isso. Não agora, pelo menos.

– No entanto, os patriarcados são extremamente frágeis – digo. – É fácil lançar dúvida sobre a paternidade de um herdeiro, mas quase impossível se você segue a linha materna. Ninguém pode dizer com certeza quem era meu pai, mas a identidade da minha mãe nunca foi questionada. Ninguém jamais duvidaria de minha legitimidade como herdeira do trono.

Artemisia pigarreia.

– A menos que haja gêmeos, é claro – observa ela.

Quando Søren e eu nos viramos para olhá-la, ela suspira e senta-se ereta no lugar onde estava encostada na parede diagonalmente oposta a Søren.

– Existe uma história sobre o nascimento de nossas mães – começa a contar para mim. – Parece que amarraram uma fita no tornozelo da que nasceu primeiro. Por mais frágil que fosse esse sistema, não havia precedentes, então fizeram o melhor possível. É claro que bebês são coisinhas que ficam se contorcendo, então a fita caiu em menos de uma hora. Foi quando a rainha, nossa avó, optou por uma delas. Foi uma escolha aleatória, baseada em sua intuição, disse ela. E assim foi decidido o destino do nosso país.

Ela conta isso com naturalidade, uma história que ouviu tantas vezes que se tornou uma espécie de mitologia, mas que ferroa minha nuca como um inseto. Søren capta meu olhar e vejo as peças se juntando para ele também. É quase um alívio que Dragonsbane tenha algum tipo de objetivo além de criar o caos e monopolizar o controle, mas, se ela quiser minha coroa, vai ter que arrancá-la dos dedos do meu cadáver.

– Me fale de novo dos bindorianos – peço a Søren, mudando de assunto, embora guarde essa informação no fundo da mente. – Você disse que eles eram uma... o que religiosa...?

– Oligarquia – conclui ele. – Governada por cinco sumos sacerdotes, que são eleitos por delegações menores de sacerdotes comuns, um para cada subterritório. Embora a crença comum seja de que cada sumo sacerdote seja escolhido pelo próprio Deus.

– Deus? – pergunta Artemisia.

– É, eles são monoteístas – afirma ele.

Ela revira os olhos.

– É só falar que eles têm só um deus. Você não está na corte. Suas palavras bonitas não impressionam ninguém aqui.

As bochechas dele ficam vermelhas.

– Eles têm só um deus – corrige ele. – Alguns países são mono... eles têm apenas um deus. Em algumas religiões, esse deus é benevolente e generoso, protegendo seu povo. Em outras, é vingativo, pronto para vir à terra e puni-los por qualquer tipo de delito.

– Então, como é que isso funcionaria? – indaga Artemisia. – Se uma oli... sei lá o quê... religiosa aparecer para disputar a mão de Theo. Um deles se casaria com ela?

Um bônus dessa instrução é que ela também é uma aula de imersão sobre como manter minha expressão plácida enquanto eles lançam sem parar palavras como *casamento*, *marido* e *matrimônio*. É tudo hipotético, lembro a mim mesma. Não concordei com nada e não vou concordar, mas seria imprudente entrar na corte sta'criverana ignorando tudo isso.

– Acredito que não – responde ele. – São todos celibatários. Seu interesse seria apenas em Astrea e em governarem lá.

– Governarem parcialmente. *Hipoteticamente* – corrijo, embora esse também seja um pensamento apavorante. – Alguma coisa me diz que eles não estariam muito interessados em respeitar nossas crenças.

Søren hesita antes de balançar a cabeça.

– Visitei Bindor uma vez há alguns anos e não tive uma só conversa com qualquer um deles que não fosse forçosamente conduzida para uma tentativa de me converterem.

– Ótimo – digo com um suspiro. – Eles estão fora, então.

É o mesmo que eu disse sobre a maioria dos herdeiros que Søren mencionou, e nem os que não rejeitei de imediato não parecem opções válidas. Mas dava para ver que Søren e Art estavam ficando frustrados comigo, por isso falei que pelo menos os consideraria. O problema não é nenhum dos potenciais pretendentes. Eu sei disso e eles também devem saber. O problema é que não suporto a ideia de me casar, muito menos com um estranho com segundas intenções. Se houvesse outra opção – qualquer outra opção –, eu nem cogitaria a ideia. No entanto, por mais terríveis que pareçam todas essas perspectivas, não posso negar que precisamos de mais tropas, e isso não virá sem um preço alto.

– Voltemos ao rei Etristo – digo, mas Artemisia e Søren trocam um olhar cansado.

Até para eles, o rei Etristo, de Sta'Crivero, é um enigma. Søren conheceu o homem, mas mesmo assim não tem muito a dizer. Posso contar o que sei sobre ele usando apenas três dedos.

Primeiro, ele está na casa dos sessenta ou dos setenta – Søren e Artemisia discordam nesse ponto.

Segundo, ele tem várias filhas, mas apenas um filho legítimo, que já tem seu próprio herdeiro. A linhagem real sta'criverana está garantida por pelo menos mais duas gerações.

E terceiro, desde que os kalovaxianos começaram suas conquistas, há quase um século, Sta'Crivero aceitou refugiados dos países que foram devastados. Eles são um dos poucos países fortes demais para que os kalovaxianos os tenham como alvo.

– Não tem mais nada? – insisto, mas Søren e Artemisia balançam a cabeça.

– E quanto a ele? – pergunto. – É gentil ou cruel? Sábio ou obtuso?

Søren dá de ombros, mas Artemisia franze os lábios.

– Não sei mais nada sobre o rei, mas sei que Sta'Crivero é um país rico. Há séculos não entram em uma guerra. Não precisam valorizar coisas úteis, então valorizam coisas bonitas.

A implicação é clara.

– Eu não sou uma coisa – digo.

– Eu sei disso e você sabe disso – replica Artemisia, revirando os olhos. – Mas eles não. E não vão se dar ao trabalho de fazer a distinção.

ATAQUE

U M SOM DE CAMPAINHA ATRAVESSA A névoa do sono que envolve minha mente e me arrasta de volta ao mundo depois do que me parece apenas alguns minutos, embora a luz do amanhecer infiltrando-se pela vigia signifique que devem ter se passado horas. Eu pisco, tentando afastar o sono, e me sento, antes de perceber que alguma coisa está errada.

Não é um sinal que marca a mudança de turno, o horário de uma refeição ou um anúncio de Dragonsbane. Em todos esses casos, soa um único gongo. Agora, no entanto, três sinos diferentes tocam em conjunto, sem dar mostras de cessar.

É um alarme.

Jogo o cobertor para o lado e me ponho de pé num salto, vestindo o manto sobre a camisola e enfiando os pés rapidamente nas botas grandes demais. Meu coração martela no peito enquanto milhares de pensamentos atravessam minha mente, ampliados pelo soar ininterrupto dos sinos.

Os homens do kaiser me encontraram.

Eles vão me acorrentar e me arrastar de volta.

Acabou tudo.

Eu fracassei.

Afasto essas preocupações e sigo para a porta, decidida a descobrir o motivo da confusão, mas, quando a abro, dou de cara com Spiros do outro lado, espadas guardadas nas bainhas e punho erguido para bater na porta.

– V-vossa Majestade – gagueja ele, os olhos disparando ao redor, fixando-se em qualquer ponto, menos em mim, enquanto a mão pende ao lado do corpo.

– O que está acontecendo? – pergunto.

Tenho que gritar para ser ouvida acima dos sinos.

– Ficamos sabendo que tem um navio comercial kalovaxiano a alguns quilômetros a leste e a capitã decidiu ir atrás dele. Agora estão todos no convés, preparando-se para o ataque.

Meu corpo se curva de alívio e eu preciso segurar o batente da porta para me manter de pé. Somos *nós* que estamos atacando, não o contrário.

– A capitã diz que Vossa Majestade deve ficar na cabine até que estejamos em segurança.

A ordem me envolve como um espartilho apertado, embora eu saiba que é a atitude mais correta. Não tenho utilidade em um ataque. O melhor que posso fazer para ajudar é me manter fora do caminho.

– E você está incumbido de ser a minha babá? – pergunto em vez de argumentar.

Ele franze a testa.

– Sou a sua guarda, Vossa Majestade.

– Sim, já tive guardas como você antes – digo e me arrependo imediatamente. Nada disso é culpa de Spiros. – Isso acontece com frequência, não é? – indago.

Ele faz que sim com a cabeça.

– A cada poucas semanas.

– Teremos baixas? Entre os nossos? – pergunto.

Ele hesita.

– Geralmente pagamos um preço – responde ele, cauteloso.

Ampelio achava que o preço era alto demais, lembro de Blaise ter dito uma vez, sobre Dragonsbane e seus métodos.

Abro mais a porta.

– É melhor você entrar. Vai ser uma longa manhã.

Spiros assente, porém a nuvem escura não deixa seu rosto quando ele entra na cabine.

– Quanto tempo costuma durar? – pergunto a ele.

– Algumas horas. Dragonsbane é bastante eficiente. Provavelmente poderíamos tomar o navio com os olhos vendados. Nós nos aproximamos o máximo possível antes de virar o lado do canhão para eles. Não é bom fazer essa manobra muito rápido, para não oferecer a eles um alvo maior – explica ele. – É muito mais difícil danificar a proa de um navio.

Faço que sim com a cabeça e espero que continue.

– Às vezes eles se rendem antes de dispararmos. A essa altura já conhecem a reputação de Dragonsbane. Além disso, corre o boato de que ela é misericordiosa com aqueles que se rendem, que costuma permitir que sigam para Esstena, Timmoree ou algum outro país pequeno e vivam por lá, contanto que jurem jamais retornar a Astrea. No entanto, a capitã jamais mostrou misericórdia para qualquer kalovaxiano.

– E se não se renderem?

Spiros dá de ombros.

– Disparamos contra eles até que se rendam, ou até o navio afundar. Caso se rendam, nós os saqueamos e depois afundamos o navio e todas as Pedras do Espírito a bordo.

Ele faz uma pausa, mas posso ver que ainda não terminou, então não o interrompo.

– Eu costumava ver nisso um insulto aos deuses, deixar todas aquelas pedras preciosas irem para o fundo do mar, mas acho que é a coisa mais generosa que podemos fazer. Afinal, não podemos devolvê-las às minas. Pelo menos assim ninguém pode utilizá-las.

Por um instante, não digo nada, mas não consigo segurar a língua por muito tempo.

– Estou mais preocupada com os escravos que afundam com os navios que não se rendem.

Ele não se surpreende com a minha resposta. Spiros apenas parece cansado. Esse não é um argumento novo para ele.

– É um preço alto a pagar – concede, embora suas palavras soem distantes e ele pareça perdido em seus próprios pensamentos. – Às vezes é por uma boa causa, às vezes não.

...

Quando o *Fumaça* dispara seu primeiro canhão, agitando o navio com tamanha força que uma vela apagada rola da escrivaninha, Spiros não pula de susto como eu. Ele mal parece ouvir, embora o disparo deixe meus ouvidos zumbindo. Ele se recosta na porta, como se quase esperasse que eu passasse correndo por ela a qualquer momento.

– Há quantos anos você está com Dragonsbane? – pergunto, aninhada na beira da cama.

Sinto que preciso quase gritar para me ouvir. Assim que os disparos do canhão começaram, tornaram-se constantes. Mas ao menos tudo parece estar vindo do nosso navio.

Ele dá de ombros e desliza pela porta até se ver sentado, os braços firmemente junto às laterais do corpo, preparando-se para a próxima explosão do canhão.

– Desde antes do cerco – diz ele. – Não me lembro de nada antes, sinceramente, mas sei que meu pai se juntou à tripulação dela depois que minha mãe morreu. Antes disso, morávamos em Naphia – conta ele, referindo-se a uma cidade astreana na base da cordilheira de Grulain.

– Naphia é linda – observo. – Eu só fui lá uma vez com minha mãe, antes do cerco, mas os campos de lavanda tinham acabado de florescer e era tudo maravilhoso.

Spiros torna a dar de ombros.

– Imagino que sim. Voltamos lá há alguns anos. Dragonsbane tinha sido contratada por refugiados escondidos nas montanhas e passamos por Naphia no caminho até eles. Estava... – Ele faz uma pausa. – Não existia mais nada. A vila tinha sido destruída e queimada. A mesma coisa com os campos de lavanda. Só sobrou terra árida, como se ninguém nunca tivesse pisado lá antes de nós. Dezenas de gerações apagadas.

Meu peito aperta.

– Sinto muito – digo. – Eu sei o que é perder sua casa.

Ele balança a cabeça.

– O *Fumaça* é a minha casa.

Outro disparo de canhão, fazendo o navio estremecer. Eu me encolho, contraindo os braços ao lado do meu corpo até os tremores cessarem.

– Não consigo imaginar crescer assim. Sempre sob ataque.

Ele me dirige um olhar engraçado e eu me dou conta do que disse.

– Bem, não foi *assim*, de qualquer forma – continuo. – Aqueles disparos eram... – interrompo diante de outro disparo – mais silenciosos.

– Eles não estão revidando – diz Spiros após alguns instantes. – Os disparos são apenas nossos. Provavelmente os pegamos de surpresa e agora devem estar correndo feito baratas tontas. Será um trabalho fácil.

É difícil imaginar os kalovaxianos correndo feito baratas tontas. Na minha experiência, sempre foram guerreiros estoicos e durões, sempre dois passos à frente dos inimigos. Mas há uma razão para Dragonsbane ter conseguido escapar deles por tanto tempo. Apesar de tudo, eu a respeito por isso.

– O que vai acontecer agora? – pergunto.

Ele reflete por um momento, os olhos escuros ficando pensativos.

– Logo vão acenar com a bandeira branca... isso significa que eles se renderam.

– Eu sei o que significa uma bandeira branca – digo. – Os kalovaxianos a usam como metáfora, mas sempre ouvi dizer que seus navios não estão equipados com elas... Morrer antes de se render... essas coisas.

Ele ri.

– Essas são palavras fortes, mas são só palavras. Os kalovaxianos têm instinto de sobrevivência, como qualquer um. Se precisarem, vão erguer as camisetas brancas que usam debaixo das roupas.

Os deuses sabem quantos cortesãos kalovaxianos vi atropelarem uns aos outros para salvar sua reputação e seu orgulho – posso apenas imaginar como agiriam se suas vidas estivessem em perigo. No entanto, enquanto ainda penso nisso, lembro de quando estava no túnel com Søren, tendo meu punhal nas costas dele. Lembro de ele me dizendo que fosse em frente.

– Suponho que Søren esteja seguro na cela... – digo a Spiros.

Ele franze a testa.

– Ele tem guardas para mantê-lo lá.

– Assim como eu tenho você?

Ele bufa.

– Os dele não são nem de perto tão amistosos quanto eu.

– E depois que os kalovaxianos se renderem? – pergunto. – O que vai acontecer?

Spiros se recosta na porta à minha frente, cruzando os braços sobre o peito.

– Vamos emparelhar nosso navio ao deles e conectá-los. Não preciso lhe dizer que os kalovaxianos são astutos... Eles vão ter homens à espreita, esperando para nos surpreender quando embarcarmos. Imagino que eles pensem que essa é uma manobra inteligente, mas todos fazem isso. Enviamos nossos homens mais fortes, prontos para a luta, e qualquer resistência logo é eliminada. Esse costuma ser o meu trabalho.

– Parece perigoso – comento. – Especialmente porque Artemisia derrotou você com tanta facilidade quando duelaram.

Spiros sorri timidamente e esfrega a nuca.

– Duelar é diferente de lutar na batalha. Art sabe disso também. Não é preciso ter graça na batalha, ninguém precisa de estilo. Você só tem que se mover mais rápido e bater mais forte que seus adversários. Duelar é mais como dançar... Você respeita seu parceiro, você o entende. É ao mesmo tempo uma partida de xadrez e um esporte mais físico. Essa é a parte em que fiquei enferrujado.

– E depois? – insisto.

Ele dá de ombros.

– O restante da tripulação embarca. Pegamos o que precisamos... dinheiro, roupas, objetos de valor. A capitã tenta extrair alguma informação deles, mas, mesmo com a faca no pescoço, eles ainda temem mais o kaiser. É raro dizerem algo de útil. E, quando dizem, em geral a informação se prova falsa.

– Então, ela os mata – finalizo.

Não é exatamente um jogo limpo, mas conquistar países indefesos também não é.

– Daqui a pouco vai estar tudo acabado – diz Spiros.

Concordo, mas não o estou ouvindo mais. Uma ideia tênue começa a tomar forma em minha mente, ganhando corpo devagar. Será preciso agir rápido e será preciso ir contra as ordens de Dragonsbane, mas eu só me permito hesitar por alguns segundos antes de dirigir a Spiros meu sorriso mais encantador.

– Imagino que seja difícil para você, Spiros, ficar aqui embaixo preso comigo enquanto toda a ação está acontecendo.

Spiros franze a testa e encolhe os ombros.

– Não me importo – responde ele, mas seus olhos entregam a mentira.

– Pelo menos aqui embaixo você está muito mais seguro – digo.

Em vez de apaziguá-lo, minhas palavras o agitam ainda mais, e ele se afasta da porta, começando a andar de um lado para outro.

– Logo estará acabado – repete ele.

Finjo pensar por um momento.

– Não seria incrível se a última coisa que os kalovaxianos vissem antes de morrer fosse... eu?

Spiros fica em silêncio por um momento.

– Dragonsbane deu ordens específicas para que Vossa Majestade ficasse em sua cabine – afirma ele.

– Claro – concordo. – Minha tia quer me manter em segurança, eu entendo isso. Mas não vou correr perigo algum depois que embarcarmos no navio deles. Você mesmo disse isso.

Ele hesita e posso ver minhas palavras surtindo efeito – sem falar no desejo de Spiros de tomar parte na ação –, mas isso não é suficiente. Sua lealdade a Dragonsbane é inabalável. Então, experimento outra tática, falando bem mansinho.

– Art me disse que, quando mata os kalovaxianos, ela toma de volta um pouco do que eles tiraram dela – conto a ele.

O tremor que o percorre é quase imperceptível, mas está lá.

– Eu gostaria de tomar algo de volta deles também, Spiros. Por favor – prossigo.

– Se eu a deixasse ir – diz ele lentamente –, não faria nenhuma bobagem? Art fala que Vossa Majestade tende a fazer bobagens.

Não posso deixar de rir, sabendo que Artemisia chamaria o que estou prestes a fazer de a maior bobagem do mundo.

– Prometo que não – garanto a ele. – Mas vamos precisar levar prinz Søren conosco.

Ele fica alarmado com a ideia.

– O prinz é um prisioneiro, um prisioneiro *kalovaxiano* – diz ele. – Por que o levaríamos para interrogar outros kalovaxianos?

Sorrio.

– Porque aqueles homens respeitam Søren tanto quanto você respeita Dragonsbane. E ele estará do nosso lado.

– Vossa Majestade não pode garantir isso – diz Spiros, balançando a cabeça. – Ele é um inimigo. Dragonsbane vai conseguir as informações dos kalovaxianos como sempre faz.

– Informações válidas? – pergunto, e ele hesita. – Você disse que quase nada do que eles dizem de fato se confirma. Porque estão falando com um inimigo, não com alguém que acreditam ser um aliado. Como Søren. Ele está fraco e desarmado, fácil para seus guardas o controlarem, mesmo sem correntes.

– Não vou desobedecer às ordens da minha capitã – diz Spiros em voz baixa, mas isso não é um não.

– Não vai – insisto. – Vai obedecer às da sua rainha. Você vai buscar Heron. Ele não é favorável à violência, portanto você o encontrará em sua cabine. Assim que estiver com ele, me encontrem na cela.

REFÉNS

Quando os aplausos irrompem no convés – o que significa que tomamos oficialmente o controle do outro navio, explica Spiros –, tenho Heron de um lado e Søren e seus guardas do outro. Não tivemos tempo para que Heron curasse todos os ferimentos de Søren, mas pelo menos a aparência estava melhor. O único sinal externo de que ele não é exatamente um hóspede a bordo é o fato de estar mancando, mas ele o esconde tão bem que eu não notaria se não estivesse observando com atenção. Meu punhal está na bainha, embora a peça pareça um pouco sem sentido amarrada sobre a camisola cinza. Demorou um pouco para convencer os guardas a deixar Søren sair sem correntes, mas meu peso como rainha foi o empurrão que os forçou a aceitar. Não se trata de uma carta que poderei usar para sempre, isso o kaiser me ensinou. Um título é muito bom, mas não garante respeito. As ações é que o garantem.

– Você gostaria de me informar o que está planejando? – sussurra Søren enquanto subimos as escadas, com Spiros, Heron e os guardas nos seguindo alguns passos atrás.

Hesito por apenas um segundo.

– Quando Dragonsbane ordenar que os kalovaxianos sejam mortos, você não pode dizer uma só palavra sobre isso.

Embora a iluminação abaixo do convés seja fraca, posso ver que Søren fica um pouco mais pálido.

– Theo... – começa ele. – Entendo que isso é guerra, mas não me peça para *assistir*.

– Você precisa provar que está do nosso lado de forma inequívoca se quisermos tirá-lo da prisão. – Olho para os guardas, mais atrás, antes de voltar para Søren e baixar a voz. – Por favor, *Yana crebesti*.

Seus olhos encontram os meus por um mero instante antes que ele baixe o olhar e faça um gesto afirmativo com a cabeça.

Respiro fundo, me preparando, antes de abrir a porta e sair para o convés do *Fumaça*. É surpreendente que o navio não tenha virado, considerando-se quantas pessoas estão reunidas junto à amurada de bombordo, olhando para um ponto onde posso ver apenas o mastro e as velas vermelhas do navio kalovaxiano.

Søren se esforça para ver além da multidão – mais fácil para ele do que para mim. Depois de um momento, ele pragueja baixinho.

– O que foi? – pergunto.

– O navio. É o *Orgulho do Dragão*.

O nome não significa nada para mim, mas Søren parece perturbado.

– Fiz meu treinamento no *Orgulho* – explica ele. – Para poder entender as rotas comerciais.

– Você deve conhecer alguns dos homens – me dou conta.

Ele assente, mas não diz mais nada, a expressão tensa.

– Isso significa que eles o reconhecerão – observo. – Será mais fácil fazer com que falem.

E mais difícil para você vê-los morrer.

Spiros e os outros guardas se deslocam à nossa frente, abrindo caminho até o passadiço – uma prancha grossa de madeira levando do nosso navio ao deles. Essa visão faz meu estômago se contrair e começo a imaginar todas as maneiras como eu poderia cair dali. Spiros atravessa primeiro, a prancha sacolejando sob seus pés a cada passo, embora ele nem pareça perceber. Ele já fez isso antes, é claro. Søren também – sou a única novata.

– Se serve de consolo – murmura Søren para mim –, nunca vi ninguém cair de um passadiço, a menos que alguém empurrasse.

– Obrigada – respondo secamente, antes de dar o primeiro passo na passarela precária.

Já fiz coisas mais difíceis do que isso, digo a mim mesma à medida que coloco um pé na frente do outro. Lembro de quando fugi do palácio nadando contra aquela corrente gelada e escalando aquelas rochas pontiagudas, minhas palmas e solas sangrando quando acabou. Tento não pensar na prancha tremendo sob meus pés ou na altura da queda se eu cair, despencando na água escura e agitada. Mantenho a mente vazia até meus pés encontrarem o piso sólido do navio kalovaxiano. Minha mão trêmula encontra a de Spiros e ele me ajuda a descer.

Mas, assim que minha mente clareia, eu quase anseio pela prancha instável novamente, porque de repente me deparo com dezenas de astreanos e kalovaxianos olhando fixamente para mim e para Søren, perplexos e alarmados, em expectativa. No entanto, nenhum deles fala. Em vez disso, olham de nós para Dragonsbane, esperando para seguir o exemplo dela. Encontro Blaise e Artemisia na multidão, ambos me encarando surpresos. A maioria da tripulação está armada, as facas apontadas para as gargantas pálidas dos kalovaxianos ajoelhados diante deles. Não tenho tempo para contar todos, mas calculo cinquenta kalovaxianos, muitos deles feridos, e mais um punhado de astreanos. Pela primeira vez, somos mais numerosos.

– Theodosia. – A voz de Dragonsbane atravessa meus pensamentos, como um aviso com um quê de confusão.

No entanto, ela não combina com a fúria em seus olhos. Mas isso é um bom sinal: significa que, por mais zangada que ela esteja ao ver Søren fora da prisão, está tentando se controlar. Mostrar suas emoções seria se humilhar na frente de sua equipe e dos kalovaxianos e ela não pode permitir isso. Quase consigo ver a mente dela funcionando: Søren está fora da cela, sim, mas há tantos membros da tripulação armados ao redor dele que, efetivamente, ainda está indefeso. Ela tem mais a ganhar pagando para ver o que vai acontecer do que me confrontando e declarando uma disputa entre nós. Ela sabe que, se isso viesse a acontecer, parte de sua tripulação preferiria seguir uma rainha, não uma capitã – não muitos, não o suficiente para provocar uma rebelião de verdade, mas ainda assim um número bem grande para seus padrões.

Assim, minha tia entra no jogo. Ela está na proa elevada do navio, Eriel atrás dela. De joelhos à sua frente, um velho kalovaxiano de ombros largos, que suponho seja o capitão. Se o comprimento de seus cabelos indica alguma coisa, faz muitos anos que ele não perde uma batalha. Agora que isso aconteceu, perderá mais do que apenas os cabelos. Ele sabe disso. Enquanto a maioria dos homens de sua equipe olha ao redor com medo, os olhos dele encaram o chão, vazios – um homem que já desistiu.

Pelo menos até Søren atravessar o passadiço e parar ao meu lado.

– *Min Prinz* – diz o homem, a voz rouca acentuando incisivamente as palavras kalovaxianas. *Meu prinz*.

– Capitão Rutgard – diz Søren, impassível.

Olho para ele furtivamente, só para descobrir que seus olhos têm tão pouca emoção quanto sua voz. Ele poderia muito bem estar falando com um estranho, mas não está.

Dragonsbane pigarreia. Seus olhos são punhais perfurando Søren.

– Você deveria ter ficado no navio, meu anjo – diz ela em astreano.

Percebo que está falando comigo e não com Søren, por causa da voz melosa que adotou. É o jeito como se fala com uma criança ou com uma pessoa inválida.

Amaldiçoo minha decisão de não ter trocado a camisola. Que imagem devo passar nessa túnica cinza muito larga, com as botas grandes e o cabelo solto e rebelde. Devo estar parecendo um fantasma, não uma rainha. Luto contra o desejo de recuar e, em vez disso, me empertigo ainda mais, levantando o queixo e forçando a voz a se manter uniforme.

– Spiros me garantiu que era seguro e ele estava certo – digo, também aderindo ao astreano, para que os kalovaxianos não compreendam.

Passo os olhos lentamente ao redor do navio, observando as dezenas de homens kalovaxianos ajoelhados diante dos astreanos, que seguram suas lâminas na garganta dos inimigos. Não é uma visão a que estou acostumada, e a saboreio. Começo a dar voltas pelo convés, com Søren e seus guardas um passo atrás de mim, e examino cada kalovaxiano por que passo. Um garoto de uns 15 anos olha para mim, o medo estampado nos olhos. Sustento seu olhar até ele desviar o seu.

– Que notícias eles nos trazem de Astrea? – pergunto, olhando para Dragonsbane.

– Nenhuma – admite ela, entre os dentes. – *Ainda.*

– Pensei que poderiam ser um pouco mais comunicativos com seu *prinz* – digo, gesticulando na direção de Søren, ao meu lado.

Ele não entende o que estou dizendo também, mas reconhece seu título e sua testa se franze.

– Vão acabar nos dizendo o que queremos saber – afirma Dragonsbane, fazendo um gesto desdenhoso com a mão.

– Vão mesmo? – pergunto a ela. – Fiquei com a impressão de que não é assim que costuma acontecer.

Os olhos de Dragonsbane encontram Spiros atrás de mim, mas, antes que ela possa repreendê-lo, eu prossigo:

– Søren é o prinz deles. Eles dirão a verdade se ele puder convencê-los a se rebelar contra o kaiser. Muitos desses homens o conhecem... ou pelo menos conhecem suas lendárias habilidades na batalha. Podem ser mais leais a ele do que ao pai.

Volto minha atenção para Søren, sussurrando em kalovaxiano:

– Precisamos de notícias da Astrea e eles não nos dizem nada, por isso ela vai matá-los.

Sua expressão vacila brevemente antes de retornar à placidez.

– É sensato – consegue dizer. – É por isso que ninguém até hoje conseguiu descrevê-la nem o navio. É por isso que ninguém sabe quem ela é.

– Ninguém poderá espalhar boatos sobre você se rebelando contra seu pai em uma corte onde você ainda tem aliados – acrescento.

A percepção cintila em sua expressão.

– Obtenha as informações e poderemos poupar alguns deles. Transformá-los em nossos espiões.

Ele assente antes de encarar Dragonsbane.

– Capitã – diz ele, tropeçando na palavra astreana. É uma tentativa admirável, mas é o máximo que ele consegue, então muda para o kalovaxiano: – Se a senhora me deixar ajudar, posso provar minha lealdade.

Dragonsbane hesita, os olhos disparando para a multidão que observa.

– Seja rápido – ordena ela em kalovaxiano antes de retornar ao astreano. – Tudo vai terminar da mesma maneira.

Os tripulantes astreanos riem. Embora Søren não consiga decifrar o que ela disse exatamente, ele entende o suficiente. Então, respira fundo antes de olhar à sua volta para os kalovaxianos de joelhos. Levo alguns segundos para perceber que ele está procurando um rosto familiar. Ele demora um pouco mais até encontrar um.

Søren se agacha diante de um homem de 20 e poucos anos, com cabelos louros na altura dos ombros. O homem ergue os olhos verdes, brilhantes e cheios de raiva. Seus braços estão para trás, amarrados por cordas velhas, e um astreano que não reconheço paira acima dele, com uma faca no pescoço do homem.

– Mattin – diz Søren, a voz baixa e suave. Suponho que ele esteja tentando parecer reconfortante, mas o homem está longe de se sentir reconfortado. – Me ajude a ajudá-lo, Mattin.

Mattin fica quieto, os olhos fixos no convés sob os pés de Søren.

– Você quer ver sua mulher outra vez? – indaga Søren, a voz tornando-se mordaz. – Sua filha... quantos anos ela tem agora? Quatro?

Isso chama a atenção de Mattin e ele finalmente olha para Søren, a expressão vacilante, mas ainda não diz nada.

Søren se levanta.

– Muito bem. Temos outros – continua ele, começando a se afastar de Mattin, embora o faça bem devagar.

– Espere – diz Mattin, vacilante, após alguns segundos. – Vou falar com você. Se me deixar viver, eu falo com você.

Os olhos de Søren se voltam para mim por um breve segundo, com um lampejo de incerteza, antes de se voltar para Mattin e assentir.

Os outros kalovaxianos irrompem em xingamentos, chamando Mattin de traidor e outras palavras muito menos palatáveis e que eu entendo apenas em parte. Mas nem todos eles, observo. Alguns olham em silêncio para o chão, pensativos.

MATTIN

❖

Mattin se mostra mais difícil para soltar informações do que Søren imaginara, e a cada momento que passa sinto sua frustração aumentar. Minha paciência está se esgotando, e Dragonsbane nem se dá ao trabalho de tentar disfarçar a irritação enquanto anda de um lado para outro no convés, à frente dele. Alguns dos membros da tripulação que estavam dispostos a falar foram levados para a parte coberta do convés, para que as informações que viessem a fornecer pudessem ser ratificadas, mas muitos kalovaxianos ainda se encontram aqui, ajoelhados diante de seus captores com a lâmina de uma faca pressionada no pescoço.

– A equipe de busca do kaiser já retornou a Astrea? – pergunta Søren pela quinta vez, calculo.

Mais uma vez Mattin dá de ombros, até onde lhe permitem os pulsos amarrados com firmeza nas costas. Embora ele tenha se oferecido, os insultos dos colegas parecem levá-lo a reconsiderar sua decisão.

O astreano que estava vigiando Mattin – cujo nome eu soube que é Pavlos – pressiona o fio de sua lâmina um pouco mais forte no pescoço de Mattin, que se encolhe.

– Estou dizendo que não tenho conhecimento dos planos do kaiser para a Princesa das Cinzas pagã e o prinz sequestrado – replica Mattin, num tom inexpressivo.

Embora não seja exatamente uma resposta, alguns kalovaxianos ainda lhe gritam insultos, ignorando os captores astreanos que tentam silenciá-los.

Os lábios de Dragonsbane se crispam e, por um instante, acho que ela vai atacá-lo, mas, em vez disso, ela fita o homem com os olhos estreitados, como se ele fosse uma equação que ela não sabe como resolver. Ela gesticula para um dos membros de sua tripulação, que, sem hesitar, desliza o punhal pelo pescoço de um kalovaxiano que ainda xingava. O sangue escorre do corte e o corpo tomba no chão com um baque. Ele não teve tempo nem de gritar e eu me vejo obrigada a morder a língua para não soltar um guincho de surpresa. Søren, por sua vez, nem pisca. Ele não tira os olhos de Mattin.

Um instante depois, o olhar de Dragonsbane se volta para Søren.

– Você está se mostrando um interrogador absolutamente inútil, prinz Søren – diz ela em kalovaxiano, alongando cada palavra para que todos ali reunidos possam ouvir.

Søren balança a cabeça e abre a boca para falar, mas desiste e logo torna a fechá-la.

– Inútil, não – intercedo, dando um passo à frente. – Ele não está respondendo à pergunta que você fez, mas disse muita coisa.

Dragonsbane inclina a cabeça.

– Não sei o que você está ouvindo...

– *A Princesa das Cinzas pagã e o prinz sequestrado* – repito. – É a história que está sendo contada. Mas você não é um prisioneiro, é, Søren? Não está acorrentado... é livre para ir aonde quiser. Está do nosso lado por vontade própria.

O olhar de Søren encontra o meu, o brilho de seus olhos revelando que entendeu aonde quero chegar.

– Eu não fui sequestrado, Mattin – mente ele, descansando a mão no ombro do homem.

Mattin move o ombro, repelindo-o.

– Então, a vadia deve ter enganado você. Ela o enfeitiçou com sua magia pagã dela – diz ele, alto o suficiente para que os presentes possam ouvir. – O prinz com quem servi nunca trairia seus irmãos.

Sussurros percorrem o convés, mas demoro um momento para me dar conta de que ele está falando de mim. Søren estremece ao ouvir a palavra *vadia*, mas eu não sei se rio ou retruco. Nem uma coisa nem outra ajudaria. Nada que eu diga vai fazer Mattin acreditar que Søren é suficientemente digno de confiança para que fale com ele. Não há nada que Dragonsbane possa fazer tampouco, salvo a tortura – e não estou tão certa de que mesmo assim ele sucumbiria. Não, Søren é o único que pode subjugá-lo, então me calo e o deixo agir.

– Não teve magia nenhuma – rebate Søren. – Só uma verdade que antes eu tinha medo demais para ver. Verdade essa que, eu acho, você também sabe: meu pai é um covarde e um tirano.

Por um longo momento, Mattin fica em silêncio.

– O kaiser expandiu nossos domínios durante seu reinado e ampliou o comércio – diz ele, enfim.

– Não, Mattin – replica Søren, dando uma olhada para o grupo reunido e elevando a voz para que todos ouçam. – Meu pai assumiu o trono e tornou-se preguiçoso. Contenta-se em banquetear-se e em ser venerado como se fosse um deus. Mas que espécie de deus envia seus homens para uma batalha em que ele próprio teme lutar? Faz mais de duas décadas que ele não vai à guerra porque pensa que a própria vida é mais preciosa do que a sua, mas não acho que isso seja verdade. Sua mulher e sua filha também discordariam.

Mattin se empertiga antes de virar a cabeça para olhar com raiva para Søren.

– Acha que você seria melhor? Como, se você põe uma vadia astreana acima do seu próprio povo?

Antes que eu possa sentir a ferroada daquela palavra de novo, o punho de Søren atinge com violência a lateral do rosto de Mattin, que se curva, o sangue pingando da boca. Søren agarra seus pulsos amarrados e o faz ficar ereto outra vez, virando-o de frente para mim.

– Você vai se desculpar – ordena ele, puxando os braços de Mattin até quase arrancá-los dos ombros.

Mattin estremece. Quando seus olhos encontram os meus, há apenas ódio.

– Não! – vocifera Mattin.

Søren cerra o maxilar e puxa os braços do homem até ele gritar.

– O nome dela é rainha Theodosia e, se você não quer se desculpar por desrespeitá-la, vou entregá-lo aos astreanos e descrever seus últimos momentos para sua mulher, para que ela saiba como sua morte foi patética.

Mattin solta um grunhido, baixando os olhos.

– Peço desculpas – diz entre os dentes.

Søren parece tentado a extrair algo mais sincero dele, mas isso não seria produtivo. Eu pigarreio.

– Aceito suas desculpas – digo com frieza. – Espero que você aprenda que uma mulher pode exercer seu poder além do que tem entre as pernas... pelo bem da sua filha, pelo menos.

O rapaz se encolhe antes de Søren obrigá-lo a virar-se para ele novamente.

– Estou tentando ajudá-lo, Mattin – diz Søren. – Quando eu fazia parte da tripulação do *Orgulho*, você tinha mais queixas contra o kaiser do que qualquer outro. Ele aumentou os impostos e seus pais tiveram de se matar de trabalhar na fazenda para pagar. Seu pai trabalhou até morrer, você dizia, porque os cinco filhos foram todos convocados para lutar nas guerras do kaiser. Quando recebeu a notícia do nascimento da sua filha, você me disse que estava contente por não ser um menino, para que ele não... quais foram as suas palavras? "Morresse pelo egoísmo de um velho"?

Mattin não responde a princípio, mas posso vê-lo vacilar.

– Você não seria nem um pouco melhor – diz ele, por fim.

Søren olha para mim de relance antes de voltar-se para ele.

– Eu nunca tive vontade alguma de ser kaiser. Sempre deixei isso claro, mesmo quando éramos tripulantes no mesmo navio. Eu queria um barco, o mar ao meu redor e mais nada. E ainda é o que eu quero. Se dependesse de mim, nunca mais voltaria à corte, mas liderei homens que morreram por causa do egoísmo do meu pai, da mesma forma que seus irmãos e seu pai. O kaiser não vai ficar satisfeito até que o mundo inteiro seja terra arrasada. Ou até que alguém o detenha.

– Então vai se juntar a *eles*? – pergunta Mattin, olhando para Dragonsbane, Pavlos e para mim. – Eles mandariam matar todos os kalovaxianos.

Ao ouvir isso, Søren hesita, seus olhos encontrando os meus. Ele não consegue mentir, percebo. Então eu minto.

– Queremos Astrea de volta – digo. – Só isso. Estamos unindo nossas forças para eliminar o kaiser e, em troca da nossa ajuda, Søren prometeu levar seu povo para longe de nossas terras.

Fico na expectativa de que Dragonsbane – ou qualquer um dos outros astreanos ali presentes – ria ou me contradiga, mas misericordiosamente todos permanecem calados. Søren meneia a cabeça.

– Vivemos tempos desesperadores – acrescenta ele. – Podemos não ser os parceiros ideais, mas somos muito maiores juntos do que sozinhos.

Mattin olha para todos nós antes de suspirar, inclinando-se para a frente.

– Já disse: não sei nada sobre os planos do kaiser. Estou longe demais da corte.

O rosto de Søren demonstra desapontamento, mas ele assente.

– Você pode voltar para casa, então – digo. – E garantir que as mentiras do kaiser não sejam a única história que o povo escuta. Conte a eles que Søren está vivo e bem, e lutando contra o pai.

– Se eu fizer isso, vai me deixar ir? – pergunta ele, olhando para Dragonsbane com ceticismo.

– Vou – respondo antes dela.

Mesmo enquanto pronuncio as palavras, sei que essa é uma promessa que não estou em posição de fazer.

Dragonsbane estreita os olhos.

– Pavlos, leve-o para a cela – ordena ela, parecendo entediada. – Vamos comparar a história dele com as dos outros e descobrir quem é o mais útil para ser poupado.

Pavlos abaixa a faca e se adianta para segurar o ombro de Mattin e levá-lo embora ao mesmo tempo que Søren vem em minha direção, com um olhar fixo que eu só reconheço um instante antes de o grito de Pavlos perfurar o ar. Com Søren bloqueando minha visão, só consigo discernir um brilho prateado e Pavlos desabando ruidosamente no chão antes de Mattin se lançar na direção de Dragonsbane.

Gritos de pânico da tripulação cortam o ar, mas Dragonsbane é mais rápida do que eu julgava e se esquiva um instante antes de Mattin enterrar um punhal no mastro no qual ela estava encostada. Um segundo antes e a lâmina teria atingido sua garganta.

Antes que eu possa processar o que está acontecendo ou como Mattin conseguiu a arma, Søren arranca meu punhal da bainha e, sem hesitar, o lança pelo ar. A lâmina se enterra na nuca de Mattin, no momento em que ele está novamente se aproximando de Dragonsbane.

Sua morte é rápida: apenas um gorgolejo ao desabar aos pés dela.

Por alguns instantes ninguém se mexe – nem Søren, nem eu, nem a tripulação astreana, nem mesmo os kalovaxianos, ainda de joelhos. O único som que se ouve é da nossa respiração pesada e das ondas se quebrando contra o casco do navio. Tudo aconteceu muito depressa, mas pelo que entendi, quando segurou Mattin de novo, Pavlos deu a ele a oportunidade de pegar seu punhal, cortar a corda que o prendia e esfaqueá-lo antes de se voltar para Dragonsbane, embora Søren e eu estivéssemos mais perto. Søren salvou a vida de Dragonsbane quando tinha muitas razões para não fazê-lo.

E uma única boa razão para fazer justamente isso.

HONRA

―•―

Não há como salvar os outros kalovaxianos depois disso e sua morte daqueles homens é rápida e sangrenta, manchando o convés do *Orgulho*. Dragonsbane instrui alguns de seus tripulantes para cuidar dos corpos. Sua voz não vacila. É como se ela estivesse mandando que limpassem cerveja derramada.

Os homens e as mulheres seguem suas ordens sem hesitação antes de ela dispensar o restante da tripulação. Anders aparece, vindo da parte coberta do barco, os olhos examinando com frio distanciamento o convés repleto de corpos. Quando vê Pavlos, porém, fica paralisado. Mas logo abre caminho em meio à multidão, vindo em nossa direção, enquanto todos se dispersam, e para a uma distância de Dragonsbane menor do que acho que seja apropriado, com a testa franzida, preocupado. Ela também deve se sentir desconfortável com a proximidade dele, pois dá um passo, afastando-se.

– O que aconteceu? Você está bem? – pergunta ele.

Ela agita a mão no ar, dispensando sua preocupação.

– Estou bem – diz ela e faz uma pausa, os olhos estreitando-se ao olhar para Søren. – Um dos reféns me atacou, mas o *prinkiti* o deteve.

O esforço que precisa fazer para admitir a própria fraqueza no mesmo fôlego em que elogia Søren é visível.

Embora Søren não compreenda as palavras, parece adivinhar o sentimento. Ele assente para Dragonsbane, mas sabiamente não diz nada.

– Ele salvou você – afirma Anders lentamente, a incredulidade evidente em cada palavra.

Dragonsbane se irrita com a afirmação. Olha para Søren, vencida pela curiosidade.

– Por quê? – pergunta em kalovaxiano.

Søren dá de ombros.

– Fui sincero quando disse que estou do seu lado.

Dragonsbane franze a testa e posso ver que ela ainda não acredita nele.

– Podemos usá-lo – digo mais uma vez em astreano. – A culpa dele é verdadeira e é por ela que está fazendo isso. Ele é muito mais útil para nós como aliado do que como prisioneiro.

As narinas de Dragonsbane inflam.

– Ele é um deles. Nunca poderá ser um aliado – rebate ela antes de se voltar para Anders. – Vou precisar falar com a família de Pavlos assim que possível. Conseguiu alguma informação com os reféns que foram levados para a coberta?

Por um instante, penso que Anders vai ignorar a pergunta dela e insistir em saber do quase assassinato de Dragonsbane, mas ele finalmente assente.

– Todos falaram, isso não foi difícil, mas, no fim, a maior parte não pôde ser confirmada com os outros prisioneiros, como sempre.

– O que pôde ser confirmado? – pergunta ela.

Os olhos de Anders correm para mim, depois para Søren e então voltam para Dragonsbane.

– Não sei se é sensato discutir na frente de um grupo misto, capitã – responde ele, com cautela.

– O *prinkiti* quer ajudar – diz ela em astreano. – Talvez devêssemos deixá-lo tentar concluir quais informações são verdadeiras. Ele e Theo conhecem os kalovaxianos melhor do que ninguém, afinal de contas.

– *Prinkiti* sou eu, não? – sussurra Søren para mim em kalovaxiano. – Não gosto nada desse apelido.

– Acho que já pegou – sussurro de volta.

– Shhh! – Dragonsbane nos repreende. – Que informações, Anders?

Ele ainda hesita, olhando com incerteza para Søren.

– A história que corre pelo país é que o *prinkiti* foi sequestrado pela rainha depois de ela ter assassinado o theyn e fugido. O kaiser está oferecendo um milhão de moedas de ouro pela cabeça dela, mas cinco milhões se for levada viva.

A implicação dessas palavras rasteja pela minha pele. Juro a mim mesma que ponho fim à minha vida antes de permitir que alguém me leve viva para o kaiser.

– Ouvimos o mesmo, mais ou menos. Existem recompensas pelo *prinkiti*? – indaga Dragonsbane.

Søren bufa, irritado.

– Dez milhões pelo *prinkiti* – diz Anders. – Na condição de que ele seja entregue vivo e ileso. Se tiver um dedo machucado que seja, a recompensa não vale.

– O kaiser, na realidade, não quer o filho de volta, mas o povo ama o seu prinz, então ele está criando essa ilusão para contar com a simpatia deles, ao mesmo tempo que se assegura de que o risco seja grande demais para que a maioria dos caçadores de recompensa fique tentada – explico.

Dragonsbane e Anders se voltam para me olhar, surpresos por eu ter falado. Continuo:

– Todos sabem que Søren é um guerreiro. Se ele fosse sequestrado, não seria levado sem lutar. Ferimentos são uma certeza, por isso, no que lhes diz respeito, Søren é uma causa perdida. Eles vão concentrar os esforços em mim, exatamente como quer o kaiser.

As sobrancelhas de Dragonsbane se arqueiam, mas a capitã assente, voltando-se para Anders.

– Alguma informação sobre onde estão concentrando as buscas?

– Tinha um boato de que ela escapou para um campo de refugiados em Timmoree – diz ele.

– Ótimo – afirma Dragonsbane. – Isso fica a uma distância de três dias ao norte de Sta'Crivero, e me garantiram que, assim que estivermos na cidade, o rei Etristo vai proteger Theo com a própria vida.

– Falar é fácil – observo. – Você acredita nele?

Ela dá de ombros.

– Acredito que ele seja motivado pelo dinheiro – diz. – E acredito que o quinhão do seu dote que caberá a ele será muito mais do que cinco milhões de moedas de ouro.

Não tenho argumentos contra a lógica desse raciocínio, embora meu estômago se revire diante da palavra *dote*. Esse era um hábito na corte kalovaxiana também, garotas sendo vendidas por uma pilha de ouro para mostrar seu valor. Isso me incomodava na época, quando eram garotas que eu não conhecia e de quem, por princípio, eu não gostava. Agora, porém, sou eu quem está sendo vendida, gerando um lucro não só para Astrea, como também para o rei Etristo e, possivelmente, para Dragonsbane. Eu me sinto um objeto, não uma pessoa, como sempre me senti perto do kaiser.

– E os reféns? – pergunto a Anders, tentando afastar esse sentimento e me concentrar no presente. – Estão dispostos a se tornar espiões para nós?

– Eles estão dispostos a não serem executados – responde Anders, as palavras bem claras, porém Dragonsbane já está balançando a cabeça.

– Não – diz ela. – Era um plano ridículo antes e esse episódio com Pavlos só confirmou isso. Não podemos confiar neles. Anders, dê a ordem.

A ordem para matá-los. Olho para Søren, que não compreende nada do que se passa, mas que protestaria se compreendesse.

– Não foi esse o acordo – protesto, tornando a olhar para Dragonsbane. – Eles fizeram um acordo para que poupássemos suas vidas.

– A honra de um acordo é aquela das pessoas que o fazem – afirma Dragonsbane. – E todos nós sabemos que os kalovaxianos não têm honra.

– Vou ter de aprender astreano bem rápido – murmura Søren para si mesmo.

Eu o ignoro.

– Você tem honra? – pergunto a Dragonsbane.

Ela exibe os dentes no que talvez passe como sorriso, mas não é.

– Não – responde ela. – É por isso que estou viva até hoje. Esses homens não valem o risco, portanto vão morrer. É por isso que o *prinkiti* vai voltar para a cela, não importa quanto você acredite que ele possa ser útil.

Olho para Søren. Eu não o arrastei até aqui e o obriguei a ver seu povo ser executado só para voltar a ser acorrentado. As palavras de Artemisia ecoam em minha mente.

"Ao discordar do noivado, você tem alguma coisa que minha mãe quer e, portanto, ainda está minimamente no controle." Sinto náuseas, mas sei o que preciso fazer.

– Søren não vai voltar para a cela – digo a Dragonsbane, engolindo minhas dúvidas e enfrentando seu olhar de surpresa. – Não conheço muito do mundo fora de Astrea, e vou precisar da ajuda de Søren para selecionar o marido mais adequado quando chegarmos a Sta'Crivero.

Dragonsbane me encara, chocada.

– Você tem a mim para isso, Theo, e o Anders. Não tem necessidade nenhuma de confiar em um prinz traidor.

– Eu confio em Søren – insisto. – Se quiser que eu siga em frente com essa sua trama, então quero ele fora da cela e sendo tratado como meu conselheiro.

Ela considera minhas palavras, os lábios franzidos.

– Muito bem – diz após um momento, a voz perigosamente baixa. – Suponho que ele tenha comprovado certa lealdade hoje, embora eu já tenha aprendido que a lealdade dos homens é algo bem instável. Ele é sua responsabilidade, Theo, e, ao primeiro sinal de traição, ele perde a vida. Fui clara o bastante?

– Ao primeiro sinal de traição, eu mesma o matarei – digo.

A expressão de Dragonsbane é azeda, mas ela assente.

– Alguma outra informação? – pergunto a Anders.

Ele pigarreia, com cara de quem preferiria pisar em pregos enferrujados a se intrometer em nossa conversa.

– Conseguimos verificar só uma outra coisa – admite ele. – Sobre o kaiser.

Só de pensar no kaiser meu corpo inteiro trava, mas tento manter a expressão uniforme e distante. *Existe um oceano entre nós*, lembro a mim mesma. Ele não pode me tocar, nem mesmo por cinco milhões de moedas de ouro.

Eis outra rara palavra que Søren reconhece, o que o faz ficar tenso ao meu lado, olhando de mim para Anders com uma expressão cautelosa.

– Ele se casou depois que você fugiu... um casamento apressado que vem sendo atormentado por alguns rumores desagradáveis.

Por um segundo, fico sem ar.

– Quem? – finalmente consigo perguntar.

– A filha do theyn – responde Anders. – Lady Crescentia.

CONFIANÇA

Søren mantém-se calado ao meu lado enquanto seguimos pelo corredor que leva à minha cabine. Eu mal tenho consciência de sua presença. Minha mente gira em um turbilhão, misturando meus pensamentos até eles estarem confusos e sem sentido.

– Ele falou *Crescentia* – diz Søren finalmente, quando estamos perto da minha cabine. – E a cor fugiu do seu rosto. Ela... – A voz dele desaparece.

– Ela não está morta – informo a ele, e seu rosto relaxa.

Mas não acrescento que acho que a morte seria um destino melhor.

– Fico feliz – replica ele. – Quando voltei para a corte, meu pai havia estruturado minha vida inteira por mim, incluindo Crescentia. Eu me ressenti, mas nunca teve nada a ver com ela. Você se preocupa com ela de verdade, não é?

Penso na última vez que vi Cress, do outro lado das grades da minha cela, os olhos arregalados, agressiva, com a pele chamuscada e os cabelos brancos, e que um simples toque deixou as grades da cela incandescentes. Antes, minha amiga, minha irmã do coração. Agora não mais.

"Um dia, quando eu for a kaiserin, mandarei queimar o seu país e o seu povo até não restar mais nada", disse ela em sua voz áspera e perturbada. Agora ela é a kaiserin, e não há nada que a impeça de cumprir a promessa.

– Eu não a conheço – digo a Søren. – E ela não me conhece.

Abro a porta da cabine e deparo com Blaise, Heron e Artemisia já à minha espera. Assim que eles me veem, Blaise, sentado na cama, se levanta de um salto.

– Você está bem? – pergunta ele em astreano. – Estávamos no convés interrogando outros prisioneiros, mas ouvimos que um refém atacou...

– Estamos bem – asseguro a ele, mudando para o kalovaxiano para que Søren possa entender também. – Ele matou Pavlos e tentou matar Dragonsbane, mas Søren o deteve.

Os três olhares dirigem-se a Søren, que se encontra logo atrás de mim. Ninguém fala nada, mas posso ouvir uma dúzia de perguntas não enunciadas.

– Ele salvou a vida de Dragonsbane e provou sua lealdade a nós – digo.

Artemisia não parece convencida. Seus olhos se estreitam, tornando-a assustadoramente parecida com a mãe.

– E...? – questiona ela.

Desvio o olhar.

– E eu declarei que a experiência diplomática de Søren faria dele um recurso necessário caso eu concordasse em me casar com um dos pretendentes em Sta'Crivero – afirmo, embora as palavras saiam tensas.

A expressão de Blaise é como uma nuvem de tempestade.

– Você é uma rainha, não pode se casar com um estranho.

– Teria acontecido de qualquer maneira – observo, sentando-me na borda da cama. – Dragonsbane teria me forçado a isso, me pressionando até eu me encontrar encurralada em um canto, sem outra escolha. Todos pensariam que ela me controla. – Puxo o cobertor em torno dos meus ombros trêmulos. – Mas, ao apresentar a situação assim, eu o fiz nos meus termos.

Blaise emite um ruído de desaprovação, feito um pigarro, mas não diz nada. Olho para Søren, ainda parado na porta. A cura que Heron aplicou nele, embora apenas superficial, foi suficiente para fazê-lo parecer um convidado, não um prisioneiro, mas, longe da plateia, está claro que ele ainda sente dor. Ele sobrecarrega a perna direita e faz uma careta sempre que move um dos braços.

– Esse refém... ele não tentou atingir você? – pergunta Artemisia, atraindo minha atenção e desviando-a de Søren.

Não posso deixar de bufar.

– Obrigada, Art, mas não.

Ela revira os olhos.

– Só estou dizendo que isso é surpreendente, considerando-se que o kalovaxiano que interroguei disse que existe um prêmio pela sua cabeça.

– Não posso imaginar o que se passava na mente dele. Suponho que ele devia saber que não ia sobreviver, mas que, se conseguisse matar Dragonsbane, pelo menos morreria como herói. Não creio que a recompensa tenha lhe ocorrido – digo, embora alguma coisa nessa explicação me incomode.

– Mattin sempre teve fantasias de atitudes heroicas, mas nunca foi inteligente para colocá-las em prática – observa Søren, balançando a cabeça.

É uma explicação plausível, mas Søren é um mentiroso fácil de identificar e, de fato, ali está o sinal revelador: suas narinas inflam.

– Então tanto a minha cabeça quanto a sua estão a prêmio – digo, afastando-me de Søren. – E há forças kalovaxianas nos procurando em Timmoree. E o kaiser se casou com Crescentia. Foi tudo que descobrimos?

– Ele *o quê*? – pergunta Søren, seu rosto se contorcendo com asco.

– Eles se casaram dois dias depois que deixamos Astrea, e ela foi coroada no dia seguinte à cerimônia – confirma Blaise. – Todos os prisioneiros que interrogamos disseram a mesma coisa.

– Mas... ele estava tentando firmar um compromisso entre mim e ela – diz Søren, parecendo nauseado.

– Você é uma causa perdida – explico a ele. Embora meu estômago também esteja se revirando, reprimo meus sentimentos e tento manter a lógica. – O theyn estava se tornando mais popular do que o kaiser. Seu assassinato deve ter contribuído ainda mais para isso, transformando-o em herói para o povo. Essa popularidade deve ter se estendido até a filha... Cress deve ser vista com simpatia na corte, e essa simpatia agora também se estenderá ao kaiser, que vai se beneficiar muitíssimo com isso.

– Sem falar que ela é bonita – acrescenta Søren. – Havia dezenas de homens querendo a mão dela. Meu pai gosta de ter o que todo mundo quer.

Só que ela não é mais bonita, tenho vontade de dizer. Não uma beleza do tipo que o kaiser apreciaria, pelo menos. Mas talvez ele considere o poder dela assustador. Talvez esse horror tenha seu próprio tipo de beleza, um tipo do qual o kaiser gostaria de se apropriar. Não me permito dizer nada disso em voz alta. Só de pensar nessas coisas me sinto mal.

– Mas por que ela aceitaria? – pergunta Søren, o horror ainda presente em sua voz.

Por minha causa, penso, embora, mais uma vez, guarde esse pensamento para mim mesma.

– Cress foi criada para ser kaiserin – justifico. – Tenho certeza de que ela teria preferido se casar com você, mas isso não era mais uma opção. Ela fez o que precisava, para obter o que queria.

– Você não pode ter pena dela – diz Art, embora eu não perceba se ela profere essas palavras com incredulidade ou como uma ordem.

– Ela era minha amiga – replico. É a primeira vez que admito isso para eles, embora já devessem saber. – E, como alguém que chegou perigosamente perto de se casar com o kaiser, é claro que tenho pena dela.

– Você chegou perto de *quê*? – pergunta Blaise, os olhos se arregalando até quase saltarem das órbitas.

Estremeço. Esqueci que não havia partilhado essa informação com minhas Sombras.

– Se vocês soubessem, teriam insistido em me tirar do palácio cedo demais – afirmo, mantendo a voz calma. – Eu não contei, e ainda assim saímos antes que tudo acontecesse.

É verdade, embora eu não possa deixar de pensar naquele último banquete e da mão do kaiser em minha coxa, seu hálito em mim. Reprimo um tremor e olho para Søren. Creio que ele também está se lembrando daquela noite. Se tivéssemos partido um só dia depois... não, não vou pensar nisso. O kaiser jamais voltará a tocar em mim.

Mas está tocando em Cress, lembro. Ela agora é sua esposa e, embora eu tenha certeza de que ela se casou com ele por vontade própria, não posso imaginar que estivesse muito disposta ao que veio a seguir.

Afasto o pensamento e me concentro no presente, naquilo que posso controlar.

– Søren, você precisa dormir – digo a ele antes de me voltar para Heron. Eu peço mais uma coisa a ele, embora odeie fazer isso: – Pode terminar de curá-lo? Por favor?

A testa de Heron se franze e ele abre a boca para responder, mas Søren é mais rápido.

– Estou bem – diz ele, embora perceba quanto essas palavras soam falsas. – Vou ficar bem – corrige ele. – Nada fatal, nada que tempo e cuidado não possam resolver.

Heron solta o ar devagar, balançando a cabeça.

– Posso resolver isso.

– Não quero abusar mais de você – declarou Søren. – São só umas costelas quebradas, um tornozelo torcido. Já tive problemas piores. Todos se recuperam bem de ferimentos como esses sem magia.

Por um momento, Heron não diz nada, apenas fita Søren como se não estivesse certo do que ele está tramando. Por fim, dá de ombros.

– Você vai precisar de ajuda com as ataduras – diz. – Sem falar em roupas limpas. As minhas são grandes demais e as de Blaise vão ficar pequenas, então você vai ter que se virar.

Søren assente.

– Obrigado.

Art olha para Søren por alguns segundos, como se estivesse tentando decidir alguma coisa.

– Sei onde minha mãe guarda as roupas. Posso roubar algumas para você amanhã. E botas.

– Obrigado – repete Søren.

Blaise não olha para Søren, mesmo quando fala com ele.

– Pode ficar com meu beliche. Estou mesmo passando as noites aqui com Theo.

Quero socar Blaise pela maneira como diz isso, como se estivesse declarando algum tipo de posse sobre mim. Como um cachorro urinando na árvore favorita. Abro a boca para falar isso para ele, mas Søren interrompe.

– Isso é prudente? – indaga ele, preocupado. Seus olhos disparam de mim para os outros, a testa franzida. – Quero dizer... com tudo o que falamos – acrescenta ele, dirigindo-se a mim.

Mordo o lábio, olhando para Blaise, que vai aos poucos juntando as peças, depois para Artemisia e Heron. Lembro da conversa que tive com Søren a caminho do *Fumaça*, quando ele me contou que achava que Blaise era um *berserker* e eu disse a ele que estava enganado, que não era possível, mesmo acreditando que essa era uma possibilidade. Heron chegou à mesma conclusão sozinho e eu ficaria surpresa se Artemisia não deduzisse o mesmo, mas não se trata de algo que já saibamos explicitamente.

– Você está errado. Blaise não é perigoso – digo após um momento, encarando Blaise ao falar.

Fico na expectativa de que Søren proteste, mas ele se cala. Artemisia não pergunta sobre o que estamos falando e um rápido olhar para ela confirma que ela não tem qualquer dificuldade em decifrar o que não está sendo dito.

– Foi um longo dia para todos nós – anuncio após um momento de silêncio desconfortável. – Heron, por favor, arranje algo para Søren dormir esta noite. Blaise, mostre a ele onde fica o seu quarto. Art, veja se consegue convencer quem está trabalhando na cozinha a liberar uns pedaços extras de biscoito e um cantil de água. Discutiremos mais amanhã.

...

Tenho tempo apenas para vestir a camisola e passar uma toalha úmida no rosto antes de Blaise retornar, o rosto tenso. Eu o conheço bem demais para não ver a raiva, que deveria estar disfarçada, se escondendo nos cantos de sua boca. É fácil adivinhar o que a colocou ali.

– Eu não contei a Søren – digo antes que ele possa me acusar. – Ele viu *berserkers* de perto antes; conhece os sintomas melhor do que qualquer um de nós.

Sua boca se contrai ainda mais, mas ele assente.

– E Heron e Artemisia também sabem?

Encolho os ombros.

– Heron mencionou a questão. Artemisia não falou nada comigo, mas pareceu entender a que Søren se referia e não se mostrou surpresa com isso.

– Todo mundo sabe, então.

Ele ri, mas não há alegria nesse riso.

As paredes e o piso da cabine de repente vibram, ganhando vida e pulsando como um coração descompassado... como o de Blaise agora, imagino. A princípio penso que é minha imaginação, mas, quando pouso a mão na parede, a vibração se torna mais forte e minha própria pulsação acelera. É o Dom da Terra de Blaise, percebo, meu estômago se revirando. Ele está se conectando com a madeira do navio, afetando-a, embora não seja essa sua intenção. Ele nem mesmo nota, os olhos fixos em mim.

É um tremor bem sutil, mas ele já provocou um terremoto. Com que facilidade poderia destruir o navio?

Engulo o pânico e tento manter a voz calma e reconfortante.

– Blaise – digo, encarando-o. – Eles entendem que não é assim. Eles sabem muito bem que não precisam ter medo de você.

No entanto, mesmo enquanto pronuncio essas palavras, sei que não são verdadeiras. Posso conhecer Blaise melhor do que ninguém, mas, nesse momento, sinto medo dele. Não de Blaise – não necessariamente –, mas do que ele é capaz. O que ele pode fazer sem querer. Eu me forço a respirar, a falar de maneira suave. Não quero sentir medo dele, mas o medo me percorre mesmo assim.

Ele nunca me machucaria, lembro a mim mesma, mas não é possível controlar o medo por meio da lógica.

Blaise se recompõe, fechando os olhos e respirando fundo várias vezes, até que a cabine fica imóvel novamente. Porém, mesmo quando isso acontece, não consigo relaxar. Escuto a voz de Søren outra vez em minha mente, me dizendo que Blaise é perigoso. *Não é*, digo a mim mesma. Ainda que perca a paciência de vez em quando, ele sempre manteve controle suficiente para interromper qualquer coisa antes que se torne séria. O próprio Blaise disse: seu dom pode não parecer uma bênção, mas tampouco parece loucura das minas.

Ele morde o lábio inferior e hesita por um instante antes de um pouco da tensão deixar seu corpo.

– Se Dragonsbane descobrir – diz ele após um momento, sua voz tão baixa que mal consigo ouvi-lo –, ela não vai me deixar ficar no navio. Se não mandar me executarem na hora, vai me exilar.

– Não vou deixar ela fazer uma coisa nem outra – afirmo.

Blaise balança a cabeça.

– Você acabou de usar a única arma que tinha para libertar o *prinkiti* – observa ele. – Pela manhã, o navio inteiro estará comentando que você está apaixonada por ele.

Eu me afasto dele, ficando de frente para a cama, embora saiba que ele está certo. Concordar em conhecer os pretendentes era o único trunfo que eu tinha para usar com Dragonsbane, e agora estou totalmente à sua mercê. Puxo as cobertas e me enfio embaixo delas antes de voltar a encará-lo, tomando o cuidado de manter meu rosto impassível.

– Não posso controlar o que as pessoas falam.

Torço para que ele deixe o assunto morrer, mas conheço Blaise bem demais para isso. Nem mesmo fico surpresa quando ele pergunta:

– Você está?

– Não – digo sem nem piscar. – Mas também não gosto que você me trate como se eu fosse um brinquedo no qual está gravando seu nome para não deixar mais ninguém pegar.

– Eu não...

– Fez sim – interrompo. – Você disse a ele que estamos passando as noites juntos.

– E estamos.

– Não foi assim que você disse, e você sabe disso – replico.

Ele fica calado por um momento, de pé no meio da cabine, parecendo magoado e com raiva.

– Você está concordando em se *casar* com um estranho para salvá-lo. Logo ele. Um kalovaxiano.

Meu estômago se revira novamente, embora eu mantenha a voz plácida.

– Estou concordando em me casar com um estranho por *Astrea*. Porque é a melhor chance que temos de equiparar nossas forças às dos kalovaxianos em batalha – replico. – Mas não vejo por que não deveria tirar o máximo possível do acordo.

Blaise balança a cabeça.

– Você simplesmente colocou seus próprios desejos acima dos desejos de seu povo, e eles vão se lembrar disso.

As palavras são como uma punhalada.

– Era a coisa certa a fazer – afirmo, minha voz pouco mais que um sussurro. – Por Søren, sim, mas também por Astrea. Era a única maneira.

Ele me olha por um longo momento, os olhos brilhantes e firmes.

– Continue dizendo isso a si mesma, Vossa Majestade.

Sem mais palavras, ele se vira e sai da cabine, me deixando sozinha.

...

– Você desamarrou Mattin – digo a Søren na manhã seguinte, enquanto tomamos o café da manhã na cabine que ele está dividindo com Heron.

Os outros estão em seu turno de trabalho, mas Søren e eu não temos tarefas, então estou tentando lhe ensinar um pouco de astreano antes de chegarmos a Sta'Crivero amanhã.

Ele ergue os olhos do pedaço de pergaminho que eu lhe dei, no qual escrevi os fonemas que constituem a nossa língua, transliterados em kalovaxiano.

– Não sei do que você está falando – diz ele, mas suas narinas inflam de novo e ele desvia o olhar, tornando a focá-lo no pergaminho.

– Foi inteligente – observo. – E funcionou... você está livre, de certa forma. Sem correntes, pelo menos. No entanto, Pavlos está morto, assim como todos os outros reféns que tentamos transformar em espiões.

Ele não responde a princípio, mas seu rosto empalidece à menção dos outros reféns. Em seguida, Søren balança a cabeça.

– *Se* eu tivesse desamarrado Mattin, teria sido um risco calculado – diz ele, por fim, os olhos ainda fixos no pergaminho. – Eu teria escolhido o pior espadachim da equipe do *Orgulho*, que no entanto tinha um histórico de atitudes tolas em nome da bravura. Eu saberia que, ao desamarrá-lo, estaria dizendo a ele que estava do lado dele e, ao me fazer de escudo para você, assegurava que a proteção também se aplicaria a você. Eu saberia que ele pegaria a arma de Pavlos e o atacaria primeiro, mas Mattin era tão ruim com a espada que imaginei que o ferimento não seria fatal. Eu teria certeza de que poderia pegar seu punhal e detê-lo antes que ele matasse Dragonsbane.

Embora mantenha a história em hipóteses, ele sabe que sei que essa é a verdade.

– Você matou um dos tripulantes de Dragonsbane a fim de provar que ela podia confiar em você – digo devagar. – Você percebe quanto isso é complicado? Por que eu deveria me importar com o que você *esperava* que acontecesse? Você estava errado, e um homem morreu por causa de um risco que ele nunca consentiu em correr.

Ele não diz nada, apenas fita o chão, a vergonha enrubescendo suas bochechas.

– Sacrificar alguém para melhorar suas próprias chances... isso soa como algo que seu pai faria – afirmo.

– Eu sei – admite ele, embora lhe custe pronunciar cada palavra. – Quando estava naquele convés, repassando tudo em minha mente, era a voz dele que eu ouvia.

A confissão paira entre nós, sem que qualquer um dos dois saiba o que dizer.

– Às vezes eu também escuto essa voz – revelo depois do que parece uma eternidade. – Sempre que confronto Dragonsbane ou uso a palavra rainha para obter o que quero. Eu a ouvi quando convenci Spiros a tirá-lo da cela.

Søren solta uma risadinha triste.

– A diferença é que meu pai teria deixado que eu morresse naquela cela sem pensar duas vezes.

Balanço a cabeça.

– Não se soltá-lo lhe desse uma vantagem tática, mesmo que ferisse as pessoas que dependessem dele para ajudá-las – rebato. – Tirar você de lá era a coisa certa a fazer, eu sei disso, mas não foi o motivo de eu ter feito. É *isso* que me assusta.

Søren hesita.

– Muitas coisas horríveis podem ser ditas sobre o meu pai... já dissemos a maior parte delas. A ideia de compartilhar qualquer coisa com ele é o suficiente para me fazer querer arrancar minha pele. Mas não se pode negar que ele vence suas batalhas. Ele é um monstro, mas talvez compreendê-lo seja nossa única esperança de vencê-lo.

As palavras dele me tranquilizam mais do que provavelmente deveriam. Eu ainda detesto a ideia de ter qualquer semelhança com o kaiser e não acho que isso algum dia vá mudar, não importa como Søren tente justificar a situação. No entanto, deve-se levar em consideração se alguém de fato conhece o seu lado mais sombrio e ainda assim aceita você.

ETRISTO

O *Fumaça* se aproxima o máximo possível da costa de Sta'Crivero sem correr o risco de encalhar. A maior parte da tripulação permanecerá no navio durante o tempo de nossa visita, mas Dragonsbane e eu deveremos ficar no palácio como convidadas do rei Etristo. Não posso negar que mal posso esperar para dormir de novo em terra firme – nenhum balanço violento, nenhum cheiro de maresia, nenhuma preocupação de que uma tempestade possa estar a caminho.

Como meus conselheiros, Søren, Blaise, Artemisia e Heron têm permissão para me acompanhar ao palácio, assim como o conselho de Dragonsbane também a segue. Embora ela aqui não vá ser Dragonsbane. Será a princesa Kallistrade, minha querida tia, que deixou seu esconderijo quando escapei de Astrea e que está me ajudando desde então. Essa é a história que Dragonsbane criou para o rei Etristo em sua correspondência, a fim de manter secreta sua identidade de pirata. Todos nós devemos lembrar de só chamá-la de *tia* ou *princesa*, nunca de *capitã*.

Embora fosse uma ordem, não me passou despercebido o fato de que isso me dá certo poder sobre ela. Com uma palavra, eu poderia revelar sua identidade como pirata procurada e mudar seu destino para sempre.

Meus conselheiros e eu nos amontoamos em um pequeno barco a remo, olhando para Dragonsbane, Anders e Eriel em outro barco à frente.

– Qualquer sinal de problema e a gente tira você de lá na mesma hora – garante Blaise enquanto Heron e Søren remam, nos levando em direção à costa.

Blaise se ofereceu para remar, mas Heron e Søren são visivelmente mais fortes e Blaise, relutante, concordou em deixá-los com a tarefa.

– Estamos em guerra – digo a ele. – Problemas são inevitáveis e estou pronta para lidar com a parte que me cabe.

– Fugir é a última opção – acrescenta Artemisia. – Está tudo bem agir como se Theo fosse feita de vidro... por favor, mantenham essa ilusão quando chegarmos à corte de Etristo... Mas a verdade é que ela não é. E, por mais inadmissível que seja, a gente precisa de Etristo. Precisamos da ajuda dele muito mais do que ele precisa de qualquer coisa de nós, e podem acreditar que ele está ciente desse fato. – Ela se vira para mim. – Você é doce, dócil e burra.

Eu a olho, assustada.

– Como é?

Ela sorri.

– Outro papel para você representar. Você é muito boa atriz.

Fico tentada a olhar para Søren, que está remando, ocupado demais para falar, mas que certamente está ouvindo cada palavra.

– Deixe que acreditem que você é limitada – prossegue Artemisia. – O rei, a corte, seus pretendentes. Se acharem que você é uma idiota, vão subestimá-la. Deixe que façam isso.

Engulo em seco antes de assentir. A ideia de voltar a fingir ser alguém que não sou me irrita, mas sei que ela tem razão.

• • •

Sta'Crivero é um país de areia. À medida que nos aproximamos da costa, examino o horizonte, mas há pouco para ver. Dunas ondulantes avançam como ondas até o horizonte, imaculadas, sem árvores ou qualquer espécie de vegetação. Não parece o tipo de lugar em que algo possa sobreviver.

Quando o barco alcança a praia, vejo um sinal de movimento no horizonte. Uma linha de carruagens brancas se aproxima, embora os raios do sol tornem a forma delas turva e imprecisa.

A primeira coisa que noto quando Blaise me ajuda a desembarcar e pisar em solo sta'criverano é o calor. Já estava bem quente no barco, mas a água refrescava um pouco o ar. Na praia, não há qualquer alívio. O sol é tão ofuscante que preciso quase fechar os olhos e protegê-los com a mão para ver qualquer coisa.

As carruagens param a uma boa distância, formando um semicírculo. Agora que estão mais próximas, percebo que são abertas, cobertas apenas por toldos de tecido branco. Cada carruagem está ocupada por homens e mulheres vestidos da cabeça aos pés em roupas brancas e largas.

– O rei e sua comitiva – anuncia Søren, postando-se ao meu lado.

– O branco tem algum significado cultural? – pergunto, deslizando as costas da mão pela testa para enxugar as gotas de suor.

– Não – responde Artemisia, aparecendo do meu outro lado. – O branco desvia os raios do sol, o que deixa eles mais frescos enquanto estão fora do palácio. Lá dentro, usam mais cores.

Posso ver a vantagem das roupas mais claras. Meu vestido violeta-escuro não tem mangas e é feito de seda, mas já estou suando sob o calor do sol a pino. Embora Heron tenha consertado os rasgões e Artemisia tenha usado seu Dom da Água para limpá-lo, ele ainda me recorda da última vez que o usei, na masmorra. Art e Heron fizeram um bom trabalho ao consertá-lo – é praticamente o mesmo do dia em que Cress o deu para mim, o que, de alguma forma, me parece injusto, considerando-se quanto mudei desde então.

– Eles não estão se mexendo – digo, reparando os sta'criveranos que me observam.

– Eles esperam que a gente vá até eles – explica Dragonsbane, aproximando-se depois de desembarcar com Anders e Eriel. Ela parece desconfortável em seu vestido de seda preta e cuja gola é tão alta que dá a impressão de enforcá-la. – Etristo quer nos lembrar de quem é que está no comando aqui.

Ela não soa muito feliz com isso, mas se resigna. Com a aproximação da mãe, Artemisia deixa-se ficar para trás, dando espaço para que Dragonsbane passe o braço pelo meu e me puxe, forçando-me a acompanhar o ritmo de seus passos.

– Deixe que eu falo – diz ela, não se dando ao trabalho de suavizar o comando para que pareça um pedido. – Sorria e balance a cabeça e dê respostas curtas e encantadoras. Você pode fazer isso, não pode?

Resisto ao impulso de soltar meu braço do dela, pois tenho total consciência de que todos estão olhando. O que ela diz não é muito diferente do que Artemisia falou há instantes, mas parece estar a um mundo de distância. Artemisia me disse para agir como uma idiota; Dragonsbane está me tratando como se eu *fosse* idiota.

– É claro, tia – respondo com um sorriso açucarado.

Afinal, por que não bancar a idiota com Dragonsbane também? Imagino que o fato de ela me subestimar venha a ser igualmente útil.

À medida que nos aproximamos, tenho uma visão melhor dos sta'criveranos. Embora suas roupas sejam semelhantes, as pessoas são incrivelmente diferentes umas das outras. Ao contrário dos kalovaxianos, que têm pele e cabelos claros, ou os astreanos, cuja pele é morena e os cabelos são castanho-escuros e pretos, os sta'criveranos exibem uma grande variedade de tons de pele – do quase preto ao tom da areia à nossa volta. E os cabelos! Apesar de os chapéus cobrirem a maior parte deles para bloquear os raios solares, as partes que escapam são de todas as cores imagináveis. Preto azulado, louro platinado, vermelho fogo e todas as nuances dessas cores.

Ao chegarmos mais perto, percebo que os cavalos atrelados às carruagens têm joias entrelaçadas nas crinas e caudas que brilham à luz do sol. Meu primeiro pensamento é que se trata de Pedras do Espírito para lhes dar velocidade, mas não. Elas têm muitas cores diferentes, nenhuma delas com a transparência característica das Pedras do Ar. São meros enfeites.

Lembro do que Artemisia disse sobre os sta'criveranos: eles não têm necessidade de coisas úteis, portanto valorizam as que consideram bonitas.

Quando estamos entre a praia e as carruagens, Dragonsbane para e eu faço o mesmo. Os outros, atrás, nos acompanham.

– Não podemos parecer ávidos *demais*, não é mesmo? – pergunta ela. – Eles percorrerão o restante do caminho.

Faço que sim com a cabeça, embora não esteja segura de que ela tenha razão. Por alguns momentos desconfortáveis, os sta'criveranos se mantêm imóveis em suas carruagens, nos observando como se fôssemos um grupo de animais estranhos e desconhecidos, trazidos para sermos contemplados. Um punhado deles leva telescópios dourados aos olhos para ter uma visão melhor. Sob seu olhar expectante e o sol quente a pino, começo a suar mais, molhando o vestido, e tento forçar meu corpo a parar de fazer isso. Essa não é exatamente a primeira impressão que desejo causar ao rei Etristo.

Abro a boca para sugerir a Dragonsbane que devemos abrir mão do pouco orgulho que nos resta e percorrer o restante do caminho até eles, quando a atenção dos sta'criveranos é atraída por alguma coisa acontecendo em um dos lados da comitiva, fora do meu campo de visão.

– Finalmente – murmura Dragonsbane entre os dentes.

Quatro homens vestidos de branco vêm em nossa direção, carregando uma grande caixa coberta de tecido. Eles se movimentam com velocidade, a caixa equilibrada em hastes metálicas, e marcham com tamanha facilidade sobre as dunas de areia que eu diria que fazem isso com frequência.

O restante dos sta'criveranos se apressa em segui-los.

Quando estão as uns 3 metros de onde nos encontramos, os homens param em perfeita sincronia antes de baixarem sua carga como se fossem um só. É impressionante – não creio que um dos cantos da caixa toque a areia nem meio segundo antes dos outros.

Por um longo momento, nada acontece. Dragonsbane e os sta'criveranos reunidos atrás da caixa a observam, em expectativa, então faço o mesmo. Por fim, a cobertura branca se abre no centro, em um dos lados, e uma mão cor de cobre e envelhecida emerge, puxando o tecido para trás. Em seguida, surge uma bengala de lápis-lazúli esculpido. Com um gemido de dor, uma figura aparece, curvada e vestida com o mesmo branco de todos os outros. A única diferença é a coroa que circunda sua cabeça careca e manchada, um objeto floreado com arabescos dourados e joias, de tantas cores diferentes que não consigo nem mencionar todas.

O homem em si é despretensioso – não fosse pela coroa, acho que nem olharia duas vezes para ele em uma multidão. Vestido de branco e curvado sobre a bengala reluzente, quase me lembra um sacerdote de uma das minas, antes do cerco. Søren e Artemisia estavam ambos errados em suas estimativas – ele tem pelo menos 80 anos, talvez até 90, e, a julgar pela respiração ofegante e pela dor que cada passo parece provocar, eu não ficaria de todo surpresa se ele perecesse na caminhada de 3 metros até nós. Os sta'criveranos que o carregaram parecem pensar a mesma coisa, pairando logo atrás dele como se o homem pudesse cair a qualquer momento. Devem ser seus guardas pessoais, além de providenciar seu transporte.

Com um chiado, ele os dispensa com a mão e dá os últimos passos sozinho, até se encontrar diante de mim e de Dragonsbane. Corcunda como é, mal chega ao meu ombro, e Dragonsbane se eleva acima dele ainda mais em suas botas de salto.

– Vossa Majestade – diz Dragonsbane em astreano, curvando a cabeça. – É um prazer conhecê-lo pessoalmente. Vossa Majestade parece muito bem.

O rei solta outro chiado, embora eu ache que, por trás dele, esteja um muxoxo de descrédito. Ele dirige os olhos a Dragonsbane por um mero segundo.

– Nunca tive a honra de conhecer sua irmã, embora me digam que eram gêmeas – declara ele.

Dragonsbane hesita por uma fração de segundo, mas é tempo suficiente para vislumbrarmos seu desconforto.

– Sim, Vossa Majestade. Sou a princesa Kallistrade. Como Dragonsbane lhe contou em suas cartas, faz pouco tempo que decidi sair de meu refúgio para proteger minha sobrinha, a rainha Theodosia Eirene Houzzara de Astrea.

Ela faz um gesto em minha direção. Meu nome completo soa estranho vindo dela, como se estivesse colocando sobre meus ombros um manto cuja magnitude ela duvida que eu um dia vá alcançar.

– Que pena que ele mesmo não tenha podido vir – diz o rei Etristo a Dragonsbane. – Seria um prazer conhecer esse esquivo pirata.

– Ele, então, deixaria de ser esquivo, Vossa Majestade – diz Dragonsbane com um sorriso.

O rei Etristo emite um ruído de irritação meio gutural antes de finalmente voltar-se para mim. Seus olhos aquosos me examinam do alto da cabeça até os pés. Eu me forço a me manter altiva e orgulhosa.

– Rainha Theodosia – diz ele após um momento, a voz tão rouca e baixa que quase desaparece no ar.

Embora o gesto lhe seja custoso, ele tenta fazer uma mesura.

– Rei Etristo – replico, abaixando-me em uma reverência. Decido falar astreano também, já que ele parece entender. – Sou muito grata por sua generosa hospitalidade e seu interesse em minha situação.

– Vossa Majestade passou por uma provação e tanto, pelo que me disseram – retruca ele. Seu domínio do astreano é aceitável, mas atrapalhado, o sotaque pesado demais para se pensar que se trata de um nativo. – Estamos felizes em ajudá-la contra esses animais kalovaxianos, embora eu veja que estão trazendo um para o nosso meio. Que peculiar.

Seus olhos disparam por cima do meu ombro até onde Søren se encontra parado ao lado de Heron, Blaise e Artemisia. O rei Etristo o examina da mesma maneira que fez comigo, como se tentasse descobrir exatamente que valor Søren teria para ele. E não dispensa um único olhar aos meus outros conselheiros – imagino que ele pense que não valham nada sem um pedigree para respaldá-los.

– O melhor tipo de aliado é aquele que entende o inimigo, Vossa Majestade não concorda? – replico, dirigindo ao rei o tipo de sorriso que não uso desde Astrea, o tipo completamente coberto de mel. – Quem entende o kaiser melhor que seu próprio filho?

– Humm – murmura o rei Etristo, embora seus olhos demorem-se em Søren e sua boca se franza.

– Ele provou sua lealdade – diz Dragonsbane, atraindo o olhar do rei Etristo para ela. – E, se essa lealdade vacilar, ele será rapidamente eliminado. Não é mesmo, Theodosia?

Eu seria uma tola se não percebesse o tom de sua voz, o sorriso condescendente, a maneira como ela olha para o rei Etristo como se dissesse: *Crianças são crianças, o que se pode fazer?* Tenho vontade de responder, mas seguro a língua. Deixe que ele me ache uma criança boba – deixe que *ela* também me ache uma criança boba.

– Claro, tia – respondo.

O rei Etristo solta um grunhido antes de olhar para Søren e mudar para o kalovaxiano.

– A última vez que o vi, prinz Søren, você respondia a outro soberano. Naturalmente, você não é o primeiro homem a se deixar levar por um rosto bonito.

Temo que Søren diga algo que todos venhamos a lamentar, mas o rei Etristo não lhe dá a chance de responder e prossegue em astreano:

– E que rosto bonito, minha querida – diz ele, levando minha mão até seus lábios secos. – Uma pena que uma garota como você fique sozinha neste mundo. Mas é para isso que estamos aqui, não? – pergunta ele, olhando para trás. Parece uma pergunta retórica, mas a multidão murmura, concordando. – Nossos outros convidados de honra chegarão amanhã e todos vocês ficarão no palácio comigo.

Sem mais palavras, ele solta minha mão e se afasta de nós, capengando em direção a sua liteira e entrando de imediato. Assim que o tecido branco volta a se fechar, o rei é erguido no ar e somos conduzidos a uma carruagem vazia equipada por uma dupla de cavalos adornados com joias. Depois que nos acomodamos, o cocheiro puxa as rédeas e, com um solavanco, começamos nossa jornada pela areia.

STA'CRIVERO

A MURALHA QUE CERCA A CAPITAL DE Sta'Crivero é tão alta que não consigo ver onde ela termina e o céu começa. Durante a jornada de uma hora até ali, havia pouco mais para se ver que a areia que se estendia em todas as direções, ondulando em padrões sinuosos sobre a terra. Por duas vezes apenas avistei ao longe sinais de um vilarejo, tão pequeno que não parecia capaz de abrigar mais do que cinquenta pessoas.

– De cada dez sta'criveranos, oito residem na capital – disse Søren durante nossa aula. – As condições fora dela são brutais. Verões escaldantes com poucas oportunidades para encontrar comida e água. E os invernos não são muito melhores.

– Por que dois dos dez permanecem fora? – perguntei.

Artemisia tinha dado de ombros.

– É o lar deles – explicou ela.

Agora, olhando a muralha do lado de fora, eu me pergunto se não é mais do que isso. A cidade não parece nada convidativa, e sei que muralhas em geral são construídas sobretudo por um motivo: manter as pessoas do lado de fora.

Não nós, no entanto. Paramos em frente aos portões pesados e ornamentados e eles se abrem com um rangido, guiados por um elaborado conjunto de cordas e roldanas. É um processo lento, mas, à medida que a capital gradualmente surge em nosso campo de visão, arquejo.

Embora a capital de Astrea, como existe nas minhas lembranças da infância, seja o lugar mais bonito do mundo, até mesmo eu tenho que admitir que a capital de Sta'Crivero talvez se equipare a ela.

Na viagem até aqui, meus olhos se acostumaram à luz brilhante do sol, mas o esplendor da capital os faz doer outra vez. Não importa para onde eu olhe, tudo é dourado e polido ou generosamente colorido, uma beleza ofuscante que é quase espalhafatosa em sua intensidade.

Dezenas de torres esguias se erguem acima das ruas como lâminas de grama dourada, tão delicadas que temo que um vento leve as derrube. Não há duas da mesma cor exata e, no topo de cada uma delas, uma bandeira pende flácida no ar parado. Mais próximo ao chão, veem-se filas de casas e lojas com telhados planos e janelas grandes, cada parede exibindo sua própria obra de arte em forma de pintura. Uma delas mostra duas figuras humanas dançando em trajes brilhantes, enquanto outra retrata o céu noturno, repleto de estrelas que parecem cintilar de verdade. Algumas são pintadas de forma mais simples, com redemoinhos de cores sobre a superfície.

Até as ruas me fazem pensar que deveriam estar expostas em algum lugar – cada pedra é de um branco brilhante, sem uma só marca visível, apesar do grande número de carruagens e das multidões de pessoas pisando nelas.

– Eles têm magia – digo, pois não há outra explicação. – Pensei que Astrea fosse o único país que tivesse.

A risada de Dragonsbane é zombeteira.

– Nada de magia – diz ela, balançando a cabeça.

– Mas as ruas são tão limpas e o ar aqui é mais fresco – argumento. – E aquelas torres não podem estar de pé por conta própria.

– Você estava certa, nenhum outro país, além de Astrea, tem magia do jeito que vocês conhecem, afora as pedras preciosas que compram do kaiser – observa Anders. – Mas, justamente porque não têm magia, eles se esforçam para imitar seus efeitos com avanços na ciência e... – Ele faz uma pausa, procurando o termo em astreano. Depois de um momento, desiste. – *Tecnologia* – conclui. Não sei que idioma é esse, mas certamente não é astreano. Ele continua: – As ruas ficam limpas porque são revestidas com um composto que repele marcas e manchas. O ar é mais fresco porque a capital foi construída em cima de uma nascente subterrânea. As torres se sustentam em pé porque foram construídas segundo especificações precisas que uma equipe de matemáticos projetou.

– Ciência e *tecnologia* – repito devagar, experimentando a palavra estrangeira.

Ciência, pelo menos, é um conceito familiar, o estudo de materiais orgânicos, química, medicamentos, plantas e animais, embora eu tenha a impressão de que *esse* tipo de ciência seja algo completamente diferente daquele a que estou familiarizada. No entanto, não faço a menor ideia do que ele quer dizer com *tecnologia* e tenho vergonha de perguntar. Parece algo que eu deveria saber. Uma coisa é agir como uma idiota, mas estou dolorosamente ciente de quão pouco sei sobre o mundo fora de Astrea. Artemisia e Søren podem ter me preparado para os pretendentes, mas não me prepararam para isso.

...

Não consigo imaginar como o palácio pode ser mais espetacular que o restante da cidade, mas a verdade é que é. Em vez das torres únicas que podem ser vistas por toda a cidade, aqui existe um aglomerado de pelo menos duas dúzias de torres delgadas, de alturas e cores variadas, cada uma com um telhado cônico encimado por uma bandeira própria. A torre mais alta fica bem no centro, pintada de vermelho vivo, e tem uma bandeira de um branco ofuscante, onde se vê um sol alaranjado.

Não preciso perguntar a ninguém para entender que as bandeiras são símbolos de diferentes famílias que moram nessas torres e que a maior, portanto, deve pertencer à família real.

– É mesmo impressionante – murmuro para Blaise.

A discussão que tivemos mais cedo é uma vaga presença em minha mente, embora nenhum de nós a tenha mencionado desde então. Acho que nenhum de nós *quer* tocar no assunto. No entanto, por mais que eu tente, não consigo esquecer a vibração da madeira ao nosso redor quando Blaise perdeu a paciência, como se o navio estivesse prestes a ser estilhaçado, transformando-se em nada mais que lascas.

– É muito cheio de... pontas – diz ele, dando ombros. – Prefiro minha casa.

Casa. O que foi mesmo que eu disse a Blaise quando deixamos Astrea? *São só paredes, telhados e pisos.* E talvez isso seja mesmo verdade, mas agora que ele falou, não posso deixar de sentir no estômago uma ânsia pelo meu palácio – não como ele era da última vez que estive lá, com o jardim queimado, os vitrais sujos e quebrados e o kaiser sentado no trono de minha mãe, mas como era antes do cerco. O palácio de Sta'Crivero o teria feito parecer insignificante, mas Blaise está certo. Eu o prefiro, com suas salas redondas e tetos abobadados, e o ouro, os mosaicos e os vitrais por toda parte que você olhasse. Sta'Crivero é lindo, mas jamais vai se comparar à memória do lar a que me prendo.

Depois que nós sete saltamos da carruagem, somos escoltados através da entrada em arco do palácio por um quarteto de guardas vestidos com uniformes azul-celeste, bem passados, com dragonas de ouro. A entrada é dominada por uma grande escada em espiral com degraus de azulejos em um arco-íris de cores e corrimão de ouro. Quando olho para cima, a escada sobe, espiralando, e a altura é tamanha que não consigo ver onde termina.

– Vocês devem ser nossos convidados astreanos – anuncia uma voz feminina, ecoando no espaço amplo.

Olho ao redor, mas é impossível dizer de onde vem a voz. Enfim, meus olhos pousam em uma mulher que contorna a base da escada, usando um vestido de algodão cor de pêssego, amarrado na cintura com uma fita amarela grossa. Ela é uns cinco anos mais velha que eu, tem a pele cor de bronze e cabelos castanho-escuros que caem sobre os ombros em cachos soltos. Seu rosto é gentil, mas aprendi a não confiar nas aparências.

Ela sorri, mostrando dentes brancos e brilhantes.

– Meu nome é Nesrina. O rei Etristo pediu que eu lhes mostrasse seus quartos para que vocês possam se instalar antes do jantar. Sabemos que o palácio pode ser bastante confuso para os recém-chegados.

Nesrina dá uma risadinha que parece ensaiada e eu me pergunto quantas vezes ela já não recebeu essa mesma incumbência.

Dragonsbane pigarreia.

– Sou a princesa Kallistrade – diz ela, embora não consiga dizer *princesa* sem estremecer. – Estes são Anders e Eriel – apresenta ela, apontando-os. Cada homem faz um gesto com a cabeça. – Artemisia, Blaise, Heron, prinz Søren... e, é claro, minha sobrinha, rainha Theodosia.

Nesrina cumprimenta cada um de nós com um aceno da cabeça à medida que Dragonsbane nos aponta, mas, na minha vez, ela se abaixa em uma graciosa mesura à qual acrescenta ainda alguns floreios.

– Vossa Majestade – diz ela. – Se todos os senhores fizerem a gentileza de me acompanhar, vamos subir a escada.

Mais uma vez olho para o alto da escada em espiral, aparentemente infinita. Minhas pernas já doem só de pensar em subi-la. A perspectiva de dormir no navio balançando de repente não me parece tão desagradável quanto pareceu nessa manhã.

– Quanto temos de subir? – pergunto.

Espero que a pergunta não soe grosseira. A última coisa que desejo é insultar meu anfitrião.

Nesrina ri e balança a cabeça.

– Não se preocupe, Vossa Majestade. Temos um elevador... Não somos selvagens.

Ela se vira e gesticula para que a sigamos.

Aparentemente sou a única que não sabe o que é um elevador, e não quero deixar clara minha ingenuidade perguntando o que é. Cautelosa, sigo atrás de Nesrina até ela parar diante de uma grande gaiola de metal no pé da escada, aninhada no centro da espiral. Ali dentro, um tapete vermelho aveludado e um homem sem camisa, a pele da mesma cor das grades atrás dele, em posição de sentido. Seus ombros são largos e os braços, os maiores que já vi – acho que cada um deles tem a circunferência maior que a da minha cintura.

Nesrina entra na gaiola e faz sinal para que a sigamos, mas eu reluto, minha mente dando voltas, antecipando todas as maneiras pelas quais isso pode dar errado. É uma armadilha. O rei Etristo acha que sou tola o suficiente para entrar em uma jaula para que ele possa me entregar ao kaiser e recolher seus cinco milhões de moedas de ouro. Sei que devo bancar a idiota, mas certamente não tanto assim.

Søren para ao meu lado.

– Os elevadores são a forma mais fácil de chegar ao alto das torres – murmura ele. – O homem usa aquela manivela para fazer subir a caixa, pouco a pouco.

Eu o olho de lado, incapaz de disfarçar a incredulidade que se estampa no meu rosto.

– Vamos despencar e morrer – digo.

Ele dá de ombros.

– Os sta'criveranos usam os elevadores há décadas e venderam o modelo para outros países no mundo todo. Nós, inclusive, adaptamos o projeto para uso nas minas de Astrea. Não existem relatos de mortes. Dizem que é mais provável cair da escada.

Embora meu estômago ainda esteja se revirando, sigo os outros e entro na gaiola. Quando a porta se fecha atrás de mim com um estrondo, todo o meu corpo fica tenso. Eu me forço a respirar fundo várias vezes, mas sei que será difícil até que eu me veja fora dessa engenhoca. Quando nosso grupo de oito se aperta ali dentro, dando espaço para o operador do elevador, mal tem lugar para eu mexer os braços.

– Para o vigésimo quinto andar, por favor, Argos – informa Nesrina.

Ela está perfeitamente relaxada, como se fizesse isso o tempo todo. E deve fazer.

O operador do elevador – Argos – assente e segura a grande manivela, começando a girá-la. Seus músculos se avolumam com o esforço.

– Vai dar um solavanco na partida – sussurra Søren para mim um instante antes de o solavanco vir.

Apesar do aviso de Søren, ainda me assusto e dou um pulo, estendendo a mão para agarrar o que posso, que acaba sendo o braço de Søren e o ombro de Artemisia. Art se desvencilha de mim e, a princípio, acho que Søren faz o mesmo, mas depois de um segundo ele pega minha mão, entrelaçando os dedos nos meus. O elevador está tão apinhado que ninguém consegue ver o gesto, mas sinto o impulso de me afastar. Embora eu saiba que deveria, não consigo me obrigar a fazer isso.

A princípio, subimos devagar, porém aos poucos ganhamos velocidade até estabelecermos um bom ritmo – muito mais rápido do que se estivéssemos subindo as escadas. Os degraus passam em um borrão de cores, mas, embora seja mais fácil do que eu esperava, não consigo relaxar. Sinto os ombros tensos, os músculos contraídos e aperto a mão de Søren como se estivesse tentando quebrá-la.

A seu favor, devo dizer que ele não retira a mão e não posso deixar de pensar na última vez que estivemos assim, nas masmorras escuras sob o palácio astreano, em disparada pelos corredores com os guardas kalovaxianos e seus cães chegando mais perto a cada segundo. Não quero pensar nisso, mas suponho que seja melhor do que imaginar o que aconteceria se a manivela quebrasse e essa gaiola despencasse.

– A última vez que estive aqui – diz Søren, baixinho, embora eu imagine que todos no elevador possam ouvi-lo – foi quando meu pai me enviou em uma missão diplomática para tentar fazer dos sta'criveranos nossos aliados. Foi a primeira vez que entrei em um elevador, e quase desmaiei, o que não era exatamente a imagem de força que meu pai queria projetar. Obviamente, os sta'criveranos não tinham o menor interesse em uma aliança, como vim a descobrir. Mas eles queriam ter certeza de que eu... e meu pai... entendíamos quanto eram fortes e que, mesmo que não fôssemos aliados, seria um erro considerá-los inimigos.

– É verdade – comenta Nesrina, olhando-nos por sobre o ombro. – Os kalovaxianos jamais ousariam invadir Sta'Crivero. Por essa razão aqui é o lugar mais seguro para Vossa Majestade.

– Sou muito grata – digo com meu sorriso mais doce, como se ela tivesse me dado um presente ao me dirigir o que deveria ser uma cortesia humana básica. – Sua bondade jamais será esquecida.

No entanto, quando o elevador finalmente para de forma brusca, fazendo meu estômago chacoalhar, não posso deixar de me perguntar quanto a bondade de Sta'Crivero vai me custar.

PALÁCIO

Nesrina nos escolta por um longo corredor, passando por meia dúzia de portas antes de parar diante da última. Ela gira a maçaneta de ouro e cristal e abre a porta.

– Para a rainha – diz ela, inclinando a cabeça na minha direção. – Esperamos que seja do seu agrado.

Entro e o quarto me engole. É um espaço magnífico, com pé-direito alto e teto abobadado pintado com nuvens e querubins e tão grande que acho que só me deslocar de um lado para o outro exigiria certo esforço. No centro está a maior cama que já vi – uma família de seis pessoas poderia dormir nela confortavelmente –, coberta por cetim coral-fogo com uma variedade de almofadas coloridas que se espalham por quase toda ela. Metros e mais metros de dossel de seda de cores coordenadas dançam na brisa que entra pelas janelas abertas e que ocupam três das paredes. O sol do meio da tarde penetra no aposento, fazendo o piso de ladrilhos de lápis-lazúli brilhar sob meus pés.

Em um canto, há um conjunto de cadeiras aveludadas em torno de uma mesa de mosaico, com uma jarra de vidro e quatro xícaras. Do outro lado do quarto, um armário laqueado cujas portas têm entalhes em osso e puxadores de marfim. Há também uma escrivaninha e uma cadeira, uma mesa com uma bacia d'água e uma cesta de esponjas e sabão esculpido em formato de pássaros que parecem tão reais que quase espero que saiam voando pelas janelas. Ao lado da bacia há um grande penteadeira com mais pássaros esculpidos na moldura de mogno do espelho.

Até o kaiser consideraria excessivo o luxo desse quarto. Eu, sem dúvidas, me sinto deslocada, como um morador de rua que foi largado no meio de um baile. Embora o palácio de Astrea fosse opulento, não chegava nem perto desse. Tento não deixar transparecer meu desconforto.

– Vocês trarão camas de campanha para os meus conselheiros? – pergunto a Nesrina.

A testa dela se franze e ela balança a cabeça.

– Acho que me entendeu mal: este é o quarto de *Vossa Majestade*. Eles estarão perto o suficiente, mais adiante no corredor, mas o palácio sta'criverano certamente é grande o suficiente para lhe oferecer seu próprio espaço, Vossa Majestade.

As palavras são ásperas. Em um palácio estranho, em um país estranho, a última coisa que quero é ficar sozinha, quanto mais em um quarto desse tamanho – tenho a sensação de que poderia me perder nele e, se isso acontecesse, ninguém jamais me encontraria.

– Não há guardas no corredor – diz Blaise, soando tão alarmado quanto eu me sinto. – O rei Etristo garantiu a segurança da rainha. No entanto, sem guardas...

– Nenhum tipo de crime é tolerado em Sta'Crivero – interrompe-o Nesrina com um sorriso paciente. – Mesmo pequenos furtos são punidos com a morte, há muitas décadas. Como resultado, extinguimos completamente o crime. Garanto-lhe que não existe lugar mais seguro que este palácio.

– Não creio que o kaiser se importaria com suas leis ou com a vida dos assassinos que enviaria atrás dela – refuta Blaise.

O sorriso de Nesrina vacila apenas um instante.

– Posso levar, é claro, sua preocupação ao conhecimento do rei Etristo – diz ela.

– Não tem necessidade de incomodar o rei com os medos infundados de um garoto – rebate Dragonsbane, lançando um olhar severo a Blaise. – Para um assassino entrar no quarto de Theo, teria que passar pelos guardas do portão na muralha, pelos guardas nas portas do palácio e pelo operador do elevador. Pelo que entendo, esse é o mesmo nível de segurança oferecido ao próprio rei.

Nesrina assente.

– O rei não desejaria que a segurança oferecida à rainha Theodosia fosse menor que a dele – garante ela. – A rainha está em muito boas mãos aqui conosco.

Blaise parece pronto a discutir, mas eu o detenho, pousando a mão em seu braço. Embora possa ser minha imaginação, sua pele parece ainda mais quente que o normal.

Só percebo que fiz algo errado quando o sorriso de Nesrina desaparece por completo de seu rosto. Seus olhos estão fixos na minha mão, que repousa no braço de Blaise. Posso praticamente ver as engrenagens da mente dela girando.

Deixo cair a mão, mas o dano já foi feito. Embora no *Fumaça* não fosse nada de mais tocar em Blaise – ou em Heron, ou em qualquer outra pessoa –, não estamos mais no *Fumaça*. Minhas ações serão monitoradas mais de perto aqui e preciso me lembrar disso. É difícil não sentir que estou de volta ao palácio astreano, onde precisava me manter atenta o tempo todo ao fato de que estava sendo observada.

– Este quarto está ótimo – digo a Nesrina. – Por favor, transmita minha gratidão ao rei Etristo.

Blaise fervilha ao meu lado, mas não diz nada.

Nesrina assente, o sorriso de volta ao rosto, porém mais rígido nos cantos.

– Vamos deixá-la se refrescar, enquanto acompanho os outros aos seus aposentos.

Ao deixarem o quarto, Blaise capta meu olhar, sua expressão carregada de preocupação. Dirijo-lhe um sorriso tranquilizador, que não parece surtir muito efeito em seu humor.

Eu os observo voltar pelo corredor estreito em direção aos outros quartos de hóspedes antes de fechar a porta, deixando escapar um suspiro de alívio. Pelo menos não há buracos nessas paredes, nenhum espião me observando em meu quarto. Isso já é um progresso.

Andando pelo cômodo, examino toda a decoração e a mobília riquíssimas, correndo os dedos sobre o armário laqueado e o deslumbrante dossel de seda que cobre a cama. Eu me sinto um pouco como uma bola de gude rolando pelo espaço amplo demais, porém não posso negar a beleza avassaladora do lugar.

Os sta'criveranos valorizam as coisas bonitas, disse Artemisia, então eu não deveria estar tão surpresa, mas ainda assim... Os cortesãos kalovaxianos raramente encontravam uma superfície que não quisessem dourar ou embelezar, mas esse é um tipo de beleza diferente – mais efêmero, sem qualquer força ou propósito por trás dela. É a beleza pela beleza, uma flor de seda sem vida e sem perfume.

Antes que eu pense no que estou fazendo, me jogo de cara na montanha de travesseiros e cetim, ainda de vestido e botas.

Depois de uma semana em uma cama estreita com um colchão fino, essa cama parece uma nuvem. Nunca mais quero sair dela. Decerto há uma maneira de salvar Astrea daqui...

Antes que eu possa relaxar mais, uma batida seca soa na porta. Eu me sento e aliso o vestido, tentando parecer um pouco apresentável. Não consigo me levantar por completo da cama, mas deslizo até a borda e cruzo os tornozelos afetadamente, colocando as mãos no colo do jeito que lembro que a kaiserin Anke costumava fazer.

– Entre – ordeno, tentando ignorar a ferroada provocada pela lembrança da kaiserin.

Imaginei que uma mulher viria me ajudar a me vestir, mas, em vez de uma única, a porta se abre e um pequeno exército adentra. Devem ser mais de dez pessoas, mas todas elas andam tão rápido que é difícil contar com precisão. Duas mulheres se dirigem até o guarda-roupa, enquanto outras três se instalam perto da penteadeira, descarregando vários potes, pós e pincéis das cestas que carregam. O restante anda de um lado para outro, algumas me cercando e passando os dedos pelos meus cabelos emaranhados, envolvendo minha cintura, meu busto e meus braços com uma fita métrica, inclinando meu rosto em direção à luz do sol e me examinando criticamente sem dizer palavra.

– Rainha Theodosia – diz por fim uma das mulheres, parando diante de mim e fazendo uma reverência.

Seus cabelos prateados estão penteados para trás, presos em um coque austero que pouco faz para suavizar as rugas na testa, nos olhos e na boca. Ela tem olhos castanho-escuros e perspicazes, que correm do topo da minha cabeça até as botas, suas narinas se estreitando mais à medida que me examina. Ela continua:

– Meu nome é Marial e serei a chefe de sua equipe enquanto estiver conosco.

– É um prazer conhecê-la, Marial – respondo.

A boca franzida e os olhos estreitos não se movem e ela não se dá ao trabalho de responder.

– Vossa Majestade tem um jantar com o rei e a família real hoje à noite. Um banho primeiro, depois tentaremos fazer algo com seu cabelo. Entendo que não trouxe roupas adequadas...

Não permito que meu sorriso vacile.

– Fui obrigada a deixar Astrea com uma certa pressa para evitar a minha execução – digo a ela. – Infelizmente, não tive tempo de trazer nada além do vestido que estava usando. Este.

O sorriso dela é tão contido que não chega exatamente a ser um sorriso.

– Sim, bem, tivemos a precaução de nos preparar para uma ocorrência desse tipo.

Ela gesticula na direção do guarda-roupa, onde as mulheres que acabaram de tirar minhas medidas agora estão puxando vários vestidos longos e os atacando com agulhas e linhas, seus dedos ágeis se movendo mais rápido do que eu julgava possível.

Então, prossegue:

– Teremos algumas opções prontas quando Vossa Majestade tiver saído do banho. Venha.

Ela estala os dedos e duas mulheres aparecem e se postam uma de cada lado, me ajudando a ficar de pé e a tirar o vestido, enquanto outra gira uma torneira. Em poucos momentos, ouço um gorgolejo e a água começa a jorrar na banheira saindo do cano curvo.

É difícil não ficar olhando para aquilo, boquiaberta, sobretudo quando o vapor começa a subir da água. De onde está vindo essa água? Em Astrea, a água fervente era trazida um balde de cada vez, de modo que, quando finalmente a banheira ficava cheia, a água já estava fria. Os kalovaxianos usavam Pedras do Fogo para manter a água quente, mas o kaiser nunca confiou em mim o suficiente para me deixar chegar tão perto delas. Não que eu fosse usá-las. O pensamento me traz a lembrança das marcas queimadas nos meus lençóis e eu o afasto bem rápido. É surpreendentemente fácil fingir que isso nunca aconteceu. Na maior parte do tempo, essa lembrança fica quase fora da minha mente, como um sonho bizarro que apenas parecia se infiltrar na realidade. É impossível que isso tenha de fato acontecido. Mas eu sei o que vi e toquei com minhas próprias mãos.

Quero perguntar que tipo de magia os sta'criveranos dominam para fazer jorrar água do nada, porém me lembro do que Anders disse mais cedo – o que lhes falta em magia, eles compensam com ciência e tecnologia. Algo me diz que fazer perguntas a Marial só vai me render mais olhares tensos e impacientes, então contenho minha curiosidade e decido deixar para perguntar a outra pessoa mais tarde.

As mulheres me despem e uma parte distante de mim sabe que eu deveria me sentir desconfortável por estar nua na frente de estranhos, mas acho que meu recato foi destruído há muito tempo.

Quando finalmente entro no banho, a água quente me envolve e eu quero apenas afundar e ficar ali para sempre, mergulhada em calor. No entanto, a sensação não dura muito. Assim que meu cabelo está molhado, três mulheres passam a atacá-lo, desfazendo os emaranhados e ninhos que se formaram durante a minha semana no *Fumaça*. Quando terminam, meu couro cabeludo está quase esfolado, mas os cabelos molhados caem em uma cortina pesada, finalmente desembaraçados. Contudo, elas ainda não terminaram. Voltam a atenção para o meu corpo, esfregando cada centímetro de pele com esponjas ásperas e sabão, até a água ficar suja e escura. Elas me ajudam a sair do banho e me enxugam antes de esfregar óleos para acalmar a pele que acabaram de friccionar, até que me vejo tão lisa e brilhante quanto uma pérola, cheirando a jasmim e toranja.

Marial aproxima-se rapidamente de onde estava inspecionando o trabalho das costureiras, as mãos entrelaçadas com força diante do corpo e a testa ainda mais vincada. Ela franze os lábios e me olha de maneira crítica. Meu recato pode estar destruído, mas ainda sinto a necessidade de puxar a toalha com mais força em volta do meu corpo sob o olhar dela.

– Melhor – proclama ela. – Mas ainda temos muito o que fazer. Venha.

Eu a sigo de volta para a área do guarda-roupa, correndo para acompanhar seu ritmo célere.

– Quem mais estará nesse jantar? – pergunto, tentando imprimir um toque de comando à voz, ainda que Marial me aterrorize.

– Eu já disse – responde ela devagar, com um suspiro laborioso, sem nem mesmo me dirigir um olhar.

A atenção dela está toda concentrada no exame do trabalho de uma das costureiras, nos pontos feitos em um vestido azul-safira cujo corpete tem um intrincado bordado de miçangas. Depois que a costureira arremata e corta o fio, Marial pega o vestido e o traz para mim. E completa sua resposta:

– O rei e a família.

– E os meus conselheiros?

Ela dá uma fungada sarcástica, me ajudando a entrar no vestido pesado, puxando suas alças finas sobre meus ombros. As cicatrizes na metade superior das minhas costas estão à mostra, escapando da seda do vestido como cobras vermelhas e brancas. Ninguém as fita abertamente, mas sinto o olhar delas em mim da mesma forma e, de algum jeito, isso é ainda pior.

– A presença deles é desnecessária em um evento desse tipo – diz ela, as palavras bem nítidas. – No entanto, o convite foi estendido ao prinz kalovaxiano – acrescenta ela depois de um momento.

Eu me sentiria melhor se Blaise, Artemisia e Heron também estivessem lá, mas pelo menos terei Søren.

– E minha tia? – pergunto, embora, ao fazer a pergunta, não tenha certeza de qual resposta prefiro.

– Ela deixou bem claro que a presença dela é necessária onde a sua for – responde Marial, sem fazer qualquer esforço para esconder seu desdém.

Então, ela amarra as costas do meu vestido bem apertado e depois disso eu mal consigo respirar, quanto menos manter uma conversa.

CASTA

— • —

A SALA DE JANTAR REAL CONSEGUE TER uma decoração ainda mais elaborada que a do meu quarto. Três em cada quatro paredes estão revestidas de murais de afrescos retratando querubins recostados em nuvens fofas em tons pastel, comendo uvas e bebendo em cálices de vinho dourados. A quarta parede praticamente não é uma parede – a metade superior é aberta, com cortinas violeta que foram puxadas para o lado a fim de mostrar o sol se pondo ao longe. Um lustre pende do teto, mas, em vez de cristais, nele estão suspensos pedacinhos de vidro marinho azuis e verdes, que lançam um brilho frio na sala. A longa mesa de jantar de carvalho entalhada é contornada por folhas douradas e um conjunto de sete cadeiras a completa.

Seis dessas cadeiras já estão ocupadas. O rei Etristo está sentado a uma das cabeceiras, curvado para a frente, a coroa ornamentada caindo desajeitadamente sobre sua testa, mas os outros se levantam quando entro. De um lado de Etristo está um homem de cerca de 30 anos, que suponho ser seu filho, Avaric, e do outro está uma mulher apenas alguns anos mais velha do que eu, clara e loura como uma kalovaxiana, porém com o rosto mais redondo e gentil. Está nas últimas semanas de gravidez. À direita de Avaric se encontra uma mulher com a pele cor de mel e cabelos negros enrolados em tranças elaboradas. Dragonsbane está ao lado da mulher loura; Søren foi acomodado entre a de cabelos escuros e um lugar vazio na outra cabeceira da mesa, que, suponho, seja para mim. Fico satisfeita ao ver que tanto Dragonsbane quanto Søren também se vestiram com o estilo desconfortável porém requintado que os sta'criveranos parecem preferir. Conseguiram até que Dragonsbane usasse um vestido de cetim preto sem alças.

Caminho na direção do assento vazio, embora seja difícil atravessar até mesmo aquele espaço pequeno com os sapatos de salto alto que Marial me deu. Talvez fosse mais fácil se eu não estivesse tão preocupada em não tropeçar na barra do vestido, muito pesado em razão das pedrarias, mas nestas circunstâncias preciso dar passos curtos e cautelosos, e uma eternidade se passa até que eu consiga chegar ao meu lugar, entre Søren e Dragonsbane.

– Espero não tê-los feito esperar – digo ao me sentar.

É tão difícil falar quanto andar com esse vestido, mas descubro que facilita um pouco se eu mantiver a respiração curta e superficial. Os demais retomam seus assentos assim que me acomodo no meu.

– Em absoluto, minha cara – responde o rei Etristo em astreano. – Esperar por tanta beleza é uma honra.

Para os sta'criveranos sou apenas uma mulher bonita num vestido cintilante, um investimento do qual esperam ter um bom retorno, levando-se em conta a teoria de Artemisia sobre meu dote matrimonial. Sou uma ferramenta que eles pensam poder usar, e Art tinha razão quando disse que é mais fácil deixá-los pensar assim. Por enquanto.

Então, exibo um sorriso. Ele não parece nem um pouco genuíno, mas duvido que alguém esteja olhando com atenção suficiente para perceber. É *bonito* e isso é o bastante.

– Fico muito grata por sua hospitalidade, rei Etristo – digo. – É uma bondade muito maior do que jamais esperei receber de estranhos.

– *Ontem* éramos estranhos, minha cara – responde ele, erguendo sua taça de vinho dourada num brinde que me apresso a acompanhar com a minha taça, apesar de estarmos longe demais um do outro para que elas se toquem. – Hoje somos amigos.

Ele bebe antes de pousar a taça e eu faço o mesmo, pois o contrário seria considerado um insulto. O vinho é mais escuro do que o que bebemos em Astrea, mais condimentado que frutado. Ele queima minha garganta quando engulo.

O rei Etristo tosse antes de falar.

– Todo sta'criverano fala astreano, é claro, além de algumas outras línguas, então sugiro que continuemos com o astreano, uma vez que parece ser a mais comum aqui.

Olho de relance para Søren, que não entende uma palavra do que está sendo dito. Ele mantém os olhos voltados para a frente e o rosto sem expressão.

– Gostaria de apresentá-la ao meu filho – prossegue Etristo, fazendo um gesto primeiro para a direita. – Avaric e sua esposa, Amiza – diz ele, indicando o filho e a mulher com o cabelo trançado. Etristo faz um gesto para a esquerda. – E minha esposa, Lilia.

Tenho de me esforçar para disfarçar minha surpresa. Pensava que a mulher loura fosse uma de suas filhas, embora eles não se parecessem em nada. O rei Etristo está na faixa dos 80 anos, no mínimo, e Lilia tem praticamente a minha idade. Deve ser sua segunda esposa, ou mesmo a terceira ou quarta. É impossível que o bebê que ela carrega seja dele.

– É um prazer conhecê-los – digo, sorrindo para os três. – Vossa Majestade tem outros filhos, não? – pergunto ao rei.

Ele faz um gesto de desdém.

– Todas as minhas filhas foram embora quando eram mais jovens que você – responde ele. – Saíram-se todas muito bem, assegurando alianças e contratos comerciais com outros países em diversas partes do mundo. Nós nos correspondemos de tempos em tempos, mas visitas são... difíceis.

Assinto e emito o que espero que seja um murmúrio de simpatia, embora não sinta a menor pena de um homem que vende as filhas para terras estrangeiras a fim de tornar a própria vida mais fácil. Fui uma estranha numa corte estranha e, apesar de saber que foram experiências diferentes, ainda lembro como é estar cercada por rostos desconhecidos, incapaz de me comunicar, sentindo saudade da minha família.

– Bem, não vamos nos demorar nas formalidades – diz o rei Etristo antes de bater palmas duas vezes. – Estou faminto.

Ao som de seu chamado, servos começam a surgir aos montes pela porta lateral, cada um carregando uma grande travessa dourada. O aroma que se eleva dos pratos é diferente de tudo que já experimentei e não sei bem como descrevê-lo. Condimentado, sim, mas tem também uma doçura, além de algo mais que não consigo identificar. Quando um dos servos baixa uma das travessas à minha frente, minha boca se enche d'água ao ver a comida: uma variedade de legumes primorosamente arrumados, arroz temperado da cor do céu noturno e um tipo de carne apenas selada.

– Coma pequenas porções – sussurra Søren para mim. – Leva algum tempo para nos habituarmos à culinária sta'criverana.

Sorrio em agradecimento, porém, após semanas comendo biscoito duro e carne-seca, é difícil seguir seu conselho. Quero devorar aquilo o mais depressa possível, mas me obrigo a comer aos poucos, saboreando cada condimento e cada textura. No entanto, não devo estar comendo devagar o bastante, pois Avaric me observa intensamente, inclinando-se para a frente com olhos brilhantes e curiosos.

– Não lhe davam comida em Astrea? – pergunta.

Engulo o pedaço de peixe que acabara de mastigar.

– Sim, davam – respondo. – No palácio eu comia o mesmo que qualquer outro cortesão kalovaxiano, embora a maioria dos meus conselheiros tenha passado anos nas minas, fazendo um trabalho braçal extenuante em troca de uma alimentação escassa. E que piorou nos últimos meses, ouvi dizer.

– Claro – diz Avaric, tentando e não conseguindo parecer solidário. – Mas... bem... sua tia nos contou muitas histórias do seu sofrimento nas mãos do kaiser.

Ganho tempo limpando a boca com um guardanapo, lutando contra a urgência de olhar furiosamente para Dragonsbane.

– Foi uma década muito difícil – explico devagar, esperando que o assunto se encerre aqui.

Mas Avaric não pega a deixa.

– Você era espancada? – pergunta ele. – Deve ter sido terrível. Com que frequência acontecia?

– Era... – respondo, a raiva infiltrando-se no meu peito.

Estou mais consciente do que nunca das minhas cicatrizes, claramente à mostra, e do quão cruéis e bárbaras elas são em meio a toda a beleza de Sta'Crivero. Queria que meu vestido tivesse mangas – alguma forma de ocultá-las, de esconder a história que elas escrevem na minha pele. Meus braços começam a ficar quentes e tento controlar o impulso de coçá-los. A sensação é a mesma de quando despertei do pesadelo e descobri meus lençóis queimados. Sinto como se houvesse um fogo vindo de dentro de mim e pressionando minha pele, desesperado para escapar. *Isto não é real*, digo a mim mesma, como se pudesse reunir forças para acreditar nisso. Obrigo-me a respirar em meio à raiva; imagino gelo circulando em minhas veias.

Essas pessoas não se importam comigo. Importam-se apenas com o que aconteceu comigo, como se fosse algum tipo de história doentia escrita para chocar, horrorizar e entretê-los. Seguro os braços da minha cadeira com tanta força que os nós dos meus dedos ficam brancos, embora isso ao menos me distraia do formigamento em meus braços e mãos. Mantenho a expressão suave, curvando a cabeça e observando o príncipe por trás dos cílios, os olhos semicerrados.

– Peço que me desculpe – digo, deixando um sinal de lágrimas transparecer na voz. – Ainda é muito difícil falar sobre isso. Mas acontecia com tanta frequência que eu acho que vou carregar para sempre as cicatrizes, físicas e mentais – admito, com um suspiro desolado. – Sobrevivi, em parte graças aos meus conselheiros e à minha tia.

Dirijo a ela um sorriso triste, que nem remotamente a comove. Ela vê através dele, mas os sta'criveranos, não.

– Que horrível – diz Lilia, agarrando o colar de pérolas que lhe envolve o pescoço pálido. Ela não é tão fluente em astreano quanto os demais, as consoantes ainda saem um pouco ásperas. – Não consigo imaginar tanta crueldade. – Ela faz uma pausa breve. – O que era usado? – pergunta, abaixando a voz. – Um chicote? Uma vara?

Cerro a mandíbula e sustento o olhar dela por alguns segundos antes de responder.

– O que estivesse à mão – digo. – Mas acho que o chicote era o preferido do kaiser.

Sinto um lampejo de satisfação quando ela desvia os olhos de mim e se volta para a comida sem dizer mais nada.

– E, evidentemente – continua Avaric –, sua tia também nos contou o que o monstro obrigou você a fazer... qual era o nome do homem que morreu?

– Ampelio – responde Dragonsbane sem hesitar, a voz firme. – Guardião Ampelio.

Seguro os braços da cadeira com mais força ainda, até o ponto de quase arrancá-los, e não consigo relaxar as mãos. Não posso falar de Ampelio; não posso dar a eles esse pedaço do meu coração, não importa o que estejam me ofertando. O que ocorreu é entre mim e ele. Nem mesmo Blaise sabe muito mais do que o essencial. Não posso usar o que fiz para a distração dessas pessoas.

Alguma coisa morna pousa na minha mão esquerda. Olho para baixo e vejo os dedos pálidos e ásperos de Søren cobrindo os meus, embora seus olhos continuem a fitar firmemente a comida. Ele não entende a maior parte do que está sendo dito, mas ouviu o nome de Ampelio e suponho que seja capaz de adivinhar o restante. Ele estava lá, afinal, quando cravei a espada nas costas de Ampelio, e talvez não tenha compreendido na ocasião a tortura que isso representou, e talvez ainda não saiba que Ampelio era meu pai, mas mesmo assim viu em primeira mão quanto foi terrível para mim.

– O kaiser deixou claro que era a vida dele ou a minha – digo devagar, lutando para manter a voz suave. – Por mais que tenha sido necessário, acho que jamais me perdoarei pelo que fiz.

A mesa fica em silêncio por um momento, um tipo grave de silêncio, que deixa antever que coisas piores virão. Ocupo-me do jantar, na esperança de que esteja enganada e que o assunto vai ser deixado de lado.

– O kaiser é a encarnação do demônio – afirma enfim o rei Etristo. – Pelo que fez a você, com certeza vai passar uma eternidade sofrendo no mundo inferior. – Ele se cala, mas há um peso em seu silêncio que deixa claro que ainda não terminou. Ele me olha como se medisse cada centímetro de mim. – Você ainda é... – hesita, procurando a palavra. Não deve tê-la encontrado em astreano, porque passa a falar em kalovaxiano. – Virgem?

Congelo e paro de mastigar, obrigando-me a engolir apesar de ter certeza de que a comida vai voltar a qualquer momento. Ao meu lado, Søren fica paralisado. Ele entende aquela palavra e deve ter concluído o contexto.

– Está querendo saber se ele me estuprou? – pergunto lentamente em astreano, sustentando o olhar do rei Etristo.

Avaric, Amiza e Lilia se encolhem ao som da palavra e baixam os olhos para o prato, mas Etristo não se perturba.

– Sim – responde o rei após um momento. – Suponho que sim, embora também tenha havido boatos sobre o seu envolvimento com prinz Søren, sobre os quais também estou curioso.

Ao ouvir seu nome, Søren parece ainda mais confuso. Sustento o olhar do rei Etristo por mais um instante antes de desviar os olhos para Søren.

– O rei Etristo está se perguntando se seu pai me estuprou ou se você me deflorou – explico-lhe em kalovaxiano, sem me dar ao trabalho de baixar a voz.

O rosto de Søren enrubesce, mais de raiva que de constrangimento, acho.

– Não – informa ele ao rei num astreano corrosivo.

Deve ser uma das poucas palavras que aprendeu.

O rei Etristo levanta as mãos, como se estivesse sendo atacado.

– Peço perdão se você se ofendeu com minha pergunta – diz ele, o que não soa nem um pouco como um pedido de desculpas. – Mas entenda que preciso perguntar isso antes de prosseguirmos no objetivo de encontrar um marido para você. A maioria dos homens bem-nascidos jamais tomaria como esposa uma mulher maculada.

Franzo o cenho, incerta de onde começar com aquele tipo de lógica. Decido evocar o pior dela.

– Eu seria considerada maculada mesmo se tivesse sido estuprada?

O rei Etristo dá um sorriso tenso e encolhe os ombros.

– As coisas são como são – responde ele. – Os homens desposam as mulheres que são castas e tomam como amantes as que *não são*. Certamente isso não é uma surpresa. O costume é o mesmo na corte kalovaxiana, até onde eu sei.

– Sim – admito. – Mas com certeza Vossa Majestade não considerou nada do que eu disse como um elogio ao comportamento deles...

Ao ouvir isso, o rosto do rei Etristo enrubesce.

– Não precisa se ofender, minha cara – diz ele. – Se o que você diz é verdade, não há o que temer. Afinal, até minhas esposas, tanto as que já partiram quanto as que ainda estão conosco, submeteram-se a um exame antes de nos casarmos para garantir sua virtude. Minhas filhas também o fizeram antes de seus casamentos. Assim como Amiza, não é? – pergunta ele.

– É a tradição – responde Amiza, mas sem olhar para mim.

Em vez disso, ela fita seu prato.

– O exame é uma coisa simples, fácil de suportar – diz o rei, fazendo um gesto desdenhoso com a mão.

Forço um sorriso açucarado.

– Vossa Majestade submeteu-se a ele? – pergunto. – Faz sentido. Se homens bem-nascidos só devem desposar mulheres castas, então certamente mulheres bem-nascidas só devem desposar homens castos.

– Theodosia – sibila Dragonsbane, com uma expressão tensa.

Fico tentada a apontar sua própria hipocrisia ao se colocar do lado dele. Afinal, ela não pode alegar ser virgem, tendo dois filhos. Mas seguro minha língua e sorrio inocentemente para o rei Etristo.

– Peço que me perdoe, Vossa Majestade – digo, piscando repetidamente. – É um costume muito estranho para um mundo tão civilizado. Existe um motivo pelo qual não se encontra a palavra *virgindade* em astreano. O conceito não existe.

A mesa fica em silêncio por um momento.

– Bem, não estamos em Astrea – diz o rei Etristo. – Os pretendentes começam a chegar amanhã, então esperamos que você faça o exame antes de conhecê-los.

Não sei exatamente que *exame* é esse, mas não preciso saber. Seja o que for, embora vá comprovar que não fui tocada daquela forma, eu não deveria precisar prová-lo. Isso não deveria importar. Sei que devo ser doce, flexível e modesta, a fim de me manter nas boas graças dos sta̓criveranos, mas trata-se de um limite que não vou ultrapassar, nem mesmo por Astrea.

– A menos que os homens se submetam a exames semelhantes antes de me conhecerem, não farei exame nenhum – sentencio. – Quem se casar comigo terá riquezas incalculáveis quando retomarmos Astrea. Se quiserem se privar dessa fortuna por estarem preocupados demais com a tradição, têm toda a liberdade de fazê-lo. Tenho certeza de que muitos vão preferir o dinheiro.

JOGO

Dragonsbane consegue segurar a língua pelo resto do jantar tenso e silencioso e até durante a subida no elevador, de volta ao nosso andar. Sua boca se mantém franzida o tempo todo, os olhos duros, fixos em um ponto à frente. Mas, quando chegamos ao corredor e somos só ela, Søren e eu, ela agarra meu braço e me gira para encará-la, as unhas se enfiando na pele macia da parte inferior do meu braço.

— Amanhã você vai pedir desculpas ao rei Etristo e vai aceitar realizar os exames que eles considerarem necessários.

Søren se interpõe entre nós.

— Se não tirar a mão dela — diz ele em kalovaxiano, a voz baixa —, farei isso por você. Vai ser uma experiência desagradável para nós dois, mas com certeza mais dolorosa para você.

Dragonsbane trinca os dentes e o fita por um instante, como se debatesse se a honra dele lhe permitiria ou não machucar uma mulher. Sabiamente, ela decide não correr o risco e solta meu braço.

— Você vai pedir desculpas pela explosão — ordena ela de novo, sem tirar os olhos de mim.

— É claro, tia — digo, enfim, deixando a voz mais aguda e suave. — Tenho certeza de que o rei Etristo vai entender que fiquei alarmada com a ideia de ser tocada outra vez depois de toda a violência que sofri nas mãos do kaiser. E tenho certeza de que ele vai concordar que será melhor esperar pelo menos até que eu me recupere. Se o marido que eu escolher insistir num exame, consentirei antes do casamento.

Ela me encara, estreitando os olhos.

— Seu jogo é perigoso — diz ela.

Preciso me esforçar para segurar uma risada.

— Já joguei piores.

· · ·

Blaise, Heron e Artemisia já estão à espera em meu quarto. Creio que eu já deveria saber – é claro que iam querer saber do jantar. E é claro que terei de lhes contar, por mais que a ideia me deixe mortificada.

Mas antes preciso sair da ferramenta de tortura que é esse vestido.

– Uma ajudinha, por favor, Art – peço, pegando uma camisola no armário e entrando atrás do biombo de três folhas ornado com pinturas. – Talvez seja bom trazer seu punhal.

Artemisia corta o vestido que a costureira ajustou em meu corpo, embora faça isso com menos graça, espalhando a pedraria pelo chão, o som parecendo o de uma tempestade.

Passo a camisola por cima da cabeça, saboreando algumas vezes o ato de inspirar profundamente. Embora só tenha ficado algumas horas com o vestido, eu me esqueci de como é bom deixar o ar encher os pulmões, em vez de respirar superficialmente. Talvez fosse por isso que Amiza e Lilia tenham permanecido tão caladas durante o jantar – não conseguiam respirar, muito menos falar.

– Tudo bem – digo, saindo de trás do biombo.

Tenho consciência de como devo estar ridícula, com a camisola larga de algodão e o rosto todo pintado, mas há assuntos mais urgentes. Junto-me aos outros na área de estar do quarto e ocupo a cadeira sem braços junto a Blaise.

Retomo a palavra:

– Vamos ter que falar em kalovaxiano por causa de Søren. Tudo bem?

Os outros resmungam, mas acabam concordando. Não os condeno; falar kalovaxiano me dá a sensação de estar de volta à corte do kaiser.

– Mas precisamos continuar ensinando astreano a você. Isso vai nos poupar muito tempo, no mínimo – digo a Søren.

Ele faz que sim com a cabeça.

– Eu me sinto um burro, mas acho que, aos poucos, estou pegando alguma coisa. Devagar.

– O que aconteceu esta noite? – pergunta Blaise em kalovaxiano. – Tentamos ir com você, mas não deixaram.

– Os sta'criveranos valorizam sua exclusividade – explica Søren. – Fiquei surpreso por terem me incluído, embora suponha que tenham achado divertido o fato de eu não entender uma palavra do que disseram.

Conto a eles sobre a família real e seu interesse no tratamento que o kaiser me dedicou, e que, mais que fascinados, eles pareciam hipnotizados pelos detalhes de meu cativeiro e das punições.

– É como se não me vissem como uma pessoa, mas uma rara peça de coleção com uma história associada a ela – resmungo.

– Os sta'criveranos da capital tendem a levar uma vida tranquila e encantadora – diz Søren. – Sobretudo a família real. Imagino que sintam alguma empolgação até com o seu sofrimento, porque não conseguem imaginar que seja real. É como se você fosse um personagem de uma peça.

Franzo a testa, mas, antes que possa responder, ele prossegue:

– O que foi aquela discussão no final? – pergunta ele, embora pareça pouco à vontade. – Entendi poucas coisas, mas... bom, parecia importante.

Parte de mim não quer responder, acima de tudo porque terei de explicar a Blaise, Heron e Artemisia o que significa virgindade, mas Søren tem razão. É importante. A discussão ainda não acabou e não posso ter segredos com eles novamente.

Assim, explico o conflito da forma mais simples que posso, embora sinta o rosto ruborizar. Preciso de todo o meu controle para não estremecer quando falo do exame proposto pelo rei. Embora ele não mencionasse os detalhes específicos, são bem fáceis de supor.

– É uma prática comum – observa Søren quando termino, um tanto enjoada. – Mas você acertou ao recusar.

Artemisia faz que sim, no entanto franze a testa.

– Vai fazer com que tudo seja mais significativo quando você finalmente consentir.

Eu a encaro, minha boca se escancarando.

– Não vou consentir com isso – digo. – Achei que você, mais que qualquer outra pessoa, entenderia... – Eu me interrompo. Artemisia me contou do ataque nas minas como confidência, embora Heron também estivesse lá. Duvido que ela queira que isso se torne público. – Você também é mulher – prossigo. – Deixaria que a examinassem como um tipo de experimento?

– Não – responde ela, dando de ombros. – Mas eu não quero me casar.

– Nem eu! – exclamo, a voz mais alta do que pretendia.

Artemisia se mantém impassível com minha explosão e mal ergue as sobrancelhas.

– Tudo bem. Eu não *preciso* me casar a fim de ter a ajuda do exército de outro país para recuperar meu trono. Assim é melhor? – pergunta ela.

Reviro os olhos, mas não consigo me forçar a responder.

– Esse é outro problema, para outro dia – digo simplesmente.

– Esses problemas vão se acumular – acrescenta Heron, a voz baixa e instável com as palavras kalovaxianas que ele provavelmente mais ouviu do que proferiu.

– Eu sei – replico, esfregando as têmporas. – E o rei Etristo falou que os pretendentes vão chegar amanhã. O que me dá a certeza de que teremos ainda mais problemas.

Um silêncio pesado cai sobre nós, pressionando de todos os lados. Amanhã, os pretendentes chegarão para fazer seus lances por mim e eu e meu país ficaremos expostos como um dos suvenires de guerra do theyn. A conversa do jantar de hoje será repetida dez vezes, para cada um deles, imagino, cada rei e imperador sondando detalhes de meu sofrimento, cada um deles me examinando como o leitão que estão prestes a abater para seu banquete.

– Logo – diz Artemisia com um suspiro, levantando-se. – Mas não hoje.

Ela atravessa o quarto até um pequeno armário ao qual não prestei muita atenção. Quando abre as portas com um leve toque do punho, vejo três prateleiras com garrafas de vinho. Ela pega uma ao acaso e a traz até onde estamos, usando o punhal para arrancar a rolha.

– Estamos fora de Astrea – continua ela, servindo o vinho nos copos d'água sobre a mesa. – Estamos a salvo, num lindo palácio de Sta'Crivero e a rebelião está *viva* por nossa causa. Isso merece uma comemoração, não acham?

O otimismo de Artemisia é inesperado, mas bem-vindo, e sorrio quando ela me entrega o copo. Um a um, ela os distribui a todos, até a Søren, que parece surpreso com o gesto.

– A Astrea – anuncia Artemisia, erguendo a garrafa. – Ao que já foi. Ao que voltará a ser. E a tudo o que sacrificamos por ela.

E, nesse momento, a ponta afiada das palavras de Artemisia se crava em minha pele. *Já sacrifiquei o suficiente por Astrea*, quero dizer. *Não posso dar mais nada*. Mas não é verdade, e ambas sabemos disso. Se for preciso, não há nada que eu não dê para salvar meu país.

Nem minha vontade.

Nem meu corpo.

Nem minha vida.

Não será preciso, digo a mim mesma, mas lá no fundo sei que é bem possível. Um mundo justo não me pediria mais nada, mas este mundo não é justo.

Todos tocamos os copos na garrafa de Art e bebemos.

– Não vamos falar do absurdo que é este lugar? – pergunta Heron, me surpreendendo. Ele está mais calado, desde que tiramos Søren da cela, mas parece estar se esforçando para voltar ao normal. – Tudo é coberto de ouro, pedras preciosas e cores. Aquele vestido que você estava usando deve ter custado o suficiente para alimentar uma família por um ano em Astrea, Theo.

Não consigo deixar de rir, me afundando na cadeira e tomando outro gole de vinho. Como o servido no jantar, este é escuro e condimentado, diferente do tipo a que estou acostumada, mas aos poucos começo a gostar.

– Sorte sua não ter de usá-lo. Era sufocante e pesava mais do que um monte de tijolos. E aquela invenção! – acrescento. – O... como é mesmo? Levantador?

– Elevador – diz Søren com uma risadinha. – Os homens que o operam... isso é tudo que fazem. Como a maioria não tem força suficiente, os que têm são muito bem pagos.

– Em algum momento eles usam camisa? – pergunta Heron. – Não estou me queixando, mas é um uniforme muito... estranho.

– Parece que as camisas atrapalham – responde Søren.

– Provavelmente uma desculpa – diz Artemisia com um muxoxo. – Soube de alguns casos entre os operadores e as mulheres nobres daqui. É bastante comum. Uma das vantagens do emprego, por assim dizer.

– Pelo menos até o marido descobrir – acrescenta Søren, rindo. – Aconteceu quando estive aqui, há alguns anos. Um lorde ficou furioso e pediu a execução do operador do elevador, mas o rei foi obrigado a não atender ao pedido porque um operador de elevador é mais valioso que um nobre.

– Daqui a alguns anos as torres vão estar cheias de crianças de peitoral largo que se recusam a usar camisa – digo com um sorriso debochado.

Os outros caem na gargalhada com a imagem, e os risos duram muito tempo. Assim que nos controlamos, alguns fazem contato visual e as risadas recomeçam.

É tão gostoso rir assim, livremente, nós cinco juntos. Esquecer por alguns momentos tudo que existe fora do quarto – e até algumas coisas dentro do quarto. Heron e Søren não se falam diretamente, mas não estou mais preocupada que Heron tente atacá-lo de novo e, levando em consideração tudo que aconteceu, suponho que é o melhor que posso esperar.

Quando terminamos a primeira garrafa, penso em encerrar a noite e mandar os outros para seus quartos, mas não consigo. Não quero ficar sozinha. Não quero parar de rir. Assim que fizer isso, a realidade do que o amanhã me trará vai tomar conta de mim, e não quero pensar nisso agora.

Então, me levanto para buscar outra garrafa, dessa vez um vinho mais leve, e a entrego a Artemisia para abrir.

Brindamos aos operadores de elevador.

Brindamos aos deuses.

Brindamos aos que perdemos.

Brindamos a nós mesmos.

Brindamos ao passado.

Brindamos ao futuro.

Mal percebo quando as primeiras luzes da aurora entram pelas janelas. Estou esparramada na cama, com Artemisia de um lado e Heron do outro, ambos roncando ruidosamente. Blaise se encontra estendido no pé da cama, disputando espaço com as pernas compridas de Heron. Ele não dorme, só fita o teto com olhos vidrados e distantes, mas isso é o mais perto do sono que já o vi chegar desde que tomou o chá com sonífero. Søren dorme no sofá, uma das almofadas decorativas sobre o rosto para bloquear a luz e o som.

A última coisa que penso antes de permitir que minha mente mergulhe na escuridão é se chegaremos a um ponto em que ele será verdadeiramente um de nós.

PRETENDENTES

❖

SINTO TUDO DORMENTE, EXCETO A CABEÇA, que lateja, intensificada dez vezes pelo sol forte que castiga os degraus do palácio. Minha boca está seca como areia e, embora eu tenha sido escovada, empoada e novamente ajeitada por Marial e sua equipe, tenho a sensação de que a noite de ontem está escrita às claras no meu rosto. A mente é uma névoa, mas, de certo modo, acho que isso é bom – estou exausta demais para me lembrar de ficar ansiosa.

Os pretendentes vêm chegando em uma longa procissão de carruagens com dossel, que serpenteia pelas ruas de pedras brancas.

– Não se preocupe, minha querida – garante o rei Etristo sentado ao meu lado, interpretando equivocadamente minha expressão. – Eles são muitos, mas será apenas uma rápida apresentação. O evento todo deve levar uma hora, duas no máximo.

Uma ou duas horas. Reprimo um gemido. Não consigo imaginar ficar aqui sentada mais do que alguns minutos, mesmo que as cadeiras trazidas para a família real e para mim sejam confortavelmente estofadas e à sombra de folhas de palmeira. Juntando o sol quente, a dor de cabeça e o vestido que aperta minhas costelas, sinto que vou desmaiar.

No entanto, sorrio para o rei Etristo, torcendo para que o gesto pareça natural. Seus modos comigo esfriaram desde minha explosão de ontem, embora por fora ele seja sempre educado. Quando pedi desculpas por minhas palavras, ele as aceitou com um sorriso tenso.

– Maravilhoso – digo a ele. – Estou muito empolgada para conhecer todo mundo. Muitíssimo obrigada por organizar tudo isso por mim.

Parece demais para meus ouvidos, mas o rei Etristo limita-se a retribuir meu sorriso e dá tapinhas de leve em minha mão, a pele da palma dele enrugada e úmida.

– É um prazer ajudar, minha querida, depois de tudo o que lhe aconteceu.

Então me recosto na cadeira e olho para Søren, em pé atrás de mim, um pouco para o lado. Os outros se apertam bem mais longe, na multidão de sta'criveranos reunida atrás de nós – inclusive Dragonsbane, para seu desagrado. Søren, porém, está ali bem visível, embora eu não saiba se o exibem como aliado ou apenas como um troféu. Já que o rei Etristo continua falando astreano, sem se dar ao trabalho de traduzir, é difícil imaginar que o veja como algo além de um objeto decorativo.

Traduzo o que o rei disse e Søren assente, mas seu rosto está mais pálido que de costume e ele está com olheiras. Os meus olhos também estavam assim pela manhã, antes de eu ser empoada até as manchas sumirem.

– Ontem à noite, parecia que eu era fluente em astreano – diz ele. – Mas hoje não consigo me lembrar de nenhuma palavra.

Rio, embora isso faça a cabeça doer ainda mais.

– O que quer que você tenha começado a falar ontem à noite *não* era astreano – digo a ele. – Você não parava de falar de *amineti*, mas fora isso não ouvi uma única palavra astreana.

O rosto dele cora.

– Acho que é uma das poucas de que me lembro – admite ele.

Meu próprio rosto arde quando me lembro da noite em que lhe ensinei a palavra, demonstrando-a com mais *amineti* – beijos – do que poderia contar.

– Bom, agora você está sóbrio – observo. – Pode me falar dos pretendentes quando chegarem? – Baixo a voz, lançando um olhar para o rei Etristo, que está absorto na conversa com o filho. – Estou com a sensação de que as apresentações oficiais serão muito mais cor-de-rosa do que a verdade, tanto do lado deles quanto do meu.

Ele faz que sim, embora surja uma ruga entre suas sobrancelhas.

Volto-me para o rei Etristo, desviando sua atenção do filho e trazendo-a para mim.

– Depois das apresentações, gostaria de visitar o campo de refugiados – peço a ele.

O rei Etristo me olha como se eu tivesse sugerido que pulássemos na lava.

– Por que raios você ia querer fazer isso?

É um grande esforço manter o sorriso.

– O senhor foi muito gentil ao receber meu povo ao longo dos anos, assim como o povo de outros países derrotados. Gostaria de ver o povo de

Astrea, e acho que seria bom para eles me verem e saber que estou tentando recuperar nossa pátria.

Mais uma vez, o rei Etristo me dá tapinhas na mão e sorri como se eu fosse um cachorrinho travesso e encantador.

– Você é a bondade encarnada, minha querida, mas o campo não é lugar para uma garota como você.

Abro a boca para discutir e logo volto a fechá-la. Depois da noite de ontem, tenho de agir com mais cuidado, mesmo que a tentação de arrancar a mão dele da minha seja quase grande demais para suportar.

O que ele quer dizer com "uma garota como eu"? Ele realmente consegue me ver como uma garota ao mesmo tempo que planeja meu casamento com homens que, se as informações de Søren forem dignas de crédito, são em sua maioria muitíssimo mais velhos do que eu? Os kalovaxianos acreditavam que as crianças se tornavam adultas aos 15 anos, mas pelo menos eram coerentes. Em Sta'Crivero, sou ao mesmo tempo infantilizada e sexualizada, e não sei direito como agir em relação a isso.

...

A fila de carruagens ziguezagueia pelo caminho até a primeira parar diante do palácio. Eu me endireito na cadeira ao perceber minha postura relaxada, nada majestosa. Finalmente, parece que vamos começar.

Dois homens saem correndo de seu lugar ao lado do rei Etristo para receber os recém-chegados. Um deles estende um fino tapete vermelho que vai dos degraus de nosso estrado até os degraus que se projetam da carruagem. O outro abre a porta do veículo com uma grande reverência que inclui alguns floreios a mais do que seria prático.

Vários segundos tensos se passam até que um homem saia pela porta da carruagem, evitando os degraus e simplesmente saltando para o tapete. É alto, mais até do que Søren, e tem ombros largos, pele ocre e cabelo preto cortado bem curto que já recua na testa, embora não possa ter mais do que 25 anos. Tem o rosto severo, anguloso e uma boca que parece permanentemente voltada para baixo. Os olhos são castanho-escuros e decididos sob as sobrancelhas grossas.

Ele avança pelo tapete vermelho e sobe os degraus do estrado, uma das mãos indo à toa até o quadril, onde imagino que uma espada normalmente descansaria em sua bainha. Devem ter lhe dito que a deixasse para trás hoje – é contra a lei de Sta'Crivero aproximar-se do rei portando armas.

A meu lado, Søren emite um murmúrio de reconhecimento quando o homem se aproxima.

– Arquiduque Etmond de Haptania – cochicha ele, a voz demonstrando assombro. – Irmão do rei de lá, mas todos sabem que o rei é estéril. Etmond é o próximo na linha de sucessão. Uma das melhores mentes militares que já encontrei. Já virou a mesa em batalhas com desvantagem numérica de dez para um.

Søren já soa meio apaixonado por Etmond, mas há algo naquele homem que não consigo identificar direito. Ele parece ter dificuldade em olhar os outros nos olhos, até quando me dirige uma reverência rígida.

– Arquiduque Etmond, permita-me lhe apresentar a beldade já famosa de Astrea, rainha Theodosia – anuncia o rei Etristo.

Os olhos do arquiduque dardejam na direção de Søren e se franzem antes de retornarem a mim.

– Rainha Theodosia – diz ele, estendendo a mão que ofereço. Ele se curva para mim outra vez e beija os nós dos meus dedos. Seu bigode espesso arranha minha pele. – Sua beleza é realmente lendária. É uma honra conhecê-la.

Ele fala como se tivesse decorado o que tem a dizer, proferindo as palavras com voz uniforme, os olhos sem encontrar os meus.

– É uma honra conhecê-lo também, arquiduque Etmond – respondo. – Estou muito contente por ter feito essa longa viagem até aqui.

Suas sobrancelhas grossas se unem.

– Haptania fica apenas a um dia de viagem, Vossa Majestade – diz ele. – Não tive de viajar muito. – Ele parece perceber as implicações de suas palavras ao dizê-las, porque se endireita e pigarreia. – O que quero dizer é que qualquer viagem para ter a oportunidade de conhecê-la seria considerada curta, e eu alegremente viajaria muito mais se fosse preciso.

O arquiduque é levado para o palácio, seu séquito de cortesãos haptanianos seguindo atrás dele como patinhos.

– Acho que não ligou muito para mim – cochicho para Søren.

Ele ri.

– Eu não levaria para o lado pessoal. A cabeça dele não funciona como a sua ou a minha. Ele entende de gráficos, números e diagramas e é um ás no xadrez, mas tem mais dificuldade com as pessoas.

Dou um sorriso irônico.

– Parece que talvez *você* devesse se casar com ele – digo a Søren. – Já parece bastante apaixonado.

Søren dá de ombros.

– Ele é brilhante, mas, do ponto de vista pessoal, acho que não seria um bom marido para ninguém, eu e você incluídos.

Dou um suspiro.

– Bom, não estamos vendo isso pelo lado pessoal, não é?

– Espere só – diz Søren, indicando com a cabeça a próxima carruagem a parar. – Tenho certeza de que vêm coisas piores por aí.

É difícil meus olhos não ficarem vidrados enquanto as apresentações se arrastam, ainda mais porque muitos deles parecem idênticos e não consigo me imaginar concordando em me casar com nenhum desses homens.

O rei Wendell de Grania, por exemplo, tem 50 anos e possui três esposas e um harém que Søren me diz ser o maior do mundo. É de estatura baixa, o cabelo, que está rareando, já embranqueceu e a pele parece leite coalhado. Quando se curva e beija minha mão com lábios molhados, seu olhar lascivo me dá vontade de tomar banho na mesma hora, embora eu tenha de me contentar limpando sutilmente as costas da mão no vestido. Grania tem um grande exército, me diz Søren com certo pesar.

Há tantos reis! Da carruagem seguinte saem dez, todos implicando uns com os outros, só dando uma pequena pausa para se apresentarem a mim. Seus nomes todos se confundem e não consigo me lembrar de nenhum. Todos têm o rosto rude e precisam se barbear. Quando desaparecem dentro do castelo, os cortesãos sta'criveranos mantêm-se bem afastados deles.

– Esstena é uma nação de clãs – explica Søren quando eles se vão. – Cada um daqueles homens é um rei menor tentando assumir o controle do país todo. Estão em guerra há séculos. Sem dúvida, acham que, casando-se com você, um deles será capaz de se intitular Grande Rei.

– É difícil imaginar que estarão ansiosos para recuperar Astrea com tanta coisa a fazer – murmuro.

Outra causa perdida. O arquiduque começa a parecer muito atraente.

O próximo é o príncipe Talin de Etralia, acompanhado do pai, o tsar Reymer – ou, como Søren diz que o chamam, Reymer, o Belo. Deve ter sido mesmo. Até hoje, aos 40 e tantos anos, é bem atraente. O filho, nem tanto. É aquele que, segundo boatos que Søren ouviu, é ilegítimo. Olhando os dois lado a lado, entendo o porquê dos boatos. Enquanto o tsar é moreno, de ombros largos, com um maxilar quadrado e forte e malares altos, o príncipe Talin é miúdo e esquálido, com cabelo cor de trigo e um rosto redondo sem estrutura. Ele se mantém atrás, fitando o chão, enquanto o pai faz as apresentações e beija minha mão.

– É uma criança – digo a Søren quando eles se vão. – Que idade ele tem, 10 anos?

– Acho que 11 – responde Søren, lutando contra o riso. – Não se preocupe. Aposto que vai levar alguns anos para ter pressão para consumar o casamento.

Luto contra a vontade de vomitar.

– Não – digo com firmeza.

Em seguida vem outro príncipe, esse de Brakka. O príncipe Tyrannius parece velho demais para ainda ser príncipe – tem cerca de 50 anos, a pele bronzeada exibindo as marcas do tempo, o cabelo grisalho. De acordo com Søren, é exatamente esse o problema.

– O pai não larga o trono. Tem mais de 90 anos e já quase não sai da cama, mas se agarra com força à coroa. Os boatos são de que Tyrannius planeja um golpe. Imagino que você faça parte do plano.

Suspiro de forma dramática e observo Tyrannius trocar amenidades com o rei Etristo.

– É extremamente rude todo mundo tentar me usar, pensando em seus próprios fins, quando estou tentando fazer a mesmíssima coisa com eles.

Quando a carruagem seguinte para e a porta se abre, tenho de engolir um arquejo. Depois do desfile de homens, a mulher que sai é um choque bem-vindo para mim, até me lembrar que ela também compete por minha mão. Outras mulheres jamais despertaram esse tipo de interesse em mim, embora eu reconheça que ela é linda – forte, de pele dourada, com o cabelo castanho comprido preso em tranças elaboradas. Até Søren parece um pouco encantado com ela.

– Imperatriz Giosetta de Doraz – sussurra ele para mim quando ela se aproxima, parecendo tão surpreso quanto eu. – Não achei que ela viria.

Tenho tantas perguntas a fazer, mas, antes que a chance de fazê-las apareça, ela se aproxima e beija minha mão, com as lisonjas e apresentações de praxe – será que o rei Etristo mandou com o convite as frases a serem recitadas? –, antes de cumprimentar nosso anfitrião.

– Uma imperatriz é como uma rainha? – sussurro para Søren.

– Doraz não é um matriarcado, mas também não é um patriarcado. Os pais de Giosetta não eram governantes. O último imperador a escolheu quando ela era pequena e a adotou. Ele a criou para ser imperatriz, assim como ela escolherá e criará seu sucessor.

Franzo os lábios.

– Na verdade é bem sensato, não é? – digo. – Escolher o governante em vez de deixar a escolha por conta da linhagem. O que ela quer de mim?

Søren dá de ombros.

– O casamento em Doraz não se limita à união entre homens e mulheres...

– Em Astrea também não – observo.

– Neste caso específico, não tenho certeza de qual seria o protocolo. Provavelmente, estará aberto a discussões... talvez você consiga que ela concorde que as duas governem juntas.

– Sem dúvida é preferível aos outros – comento.

Ele dá de ombros.

– Tenho certeza de que ela ainda vai querer um pedaço de Astrea. Por mais famosa que seja sua beleza, eles não viriam até aqui só por isso.

O próximo país é Bindor e um dos sumos sacerdotes que Søren mencionou. É mais jovem do que eu esperava, com pernas muito compridas com as quais ele ainda não parece acostumado e a cabeça cor de bronze raspada brilhando ao sol da tarde. Ele me olha com o nervosismo transparecendo com clareza.

– Sua Santidade, o sumo sacerdote Batistius, foi criado num mosteiro – sussurra Søren para mim. – E, na capital de Bindor, as mulheres são estritamente proibidas. É bem provável que ele não se lembre de ter visto uma mulher antes.

Tenho de sufocar um risinho quando ele se aproxima de mim, inseguro. Ao contrário dos outros, não beija minha mão, só faz uma reverência.

– Que Deus sorria para a Vossa Majestade, rainha Theodosia – diz ele, a voz trêmula.

– E para o senhor também – respondo, porque parece ser a resposta certa.

Ele faz um rápido cumprimento com a cabeça antes de se virar para o rei Etristo.

– Nada ainda – cochicho para Søren. – E vamos tentar mandá-lo para casa o mais cedo possível. Algo me diz que Sta'Crivero pode ser o bastante para matá-lo.

Quase relaxo de alívio quando percebo que chegamos à última carruagem.

Um homem apeia com um conjunto bem cortado de calça e jaqueta que combina perfeitamente com o lilás da carruagem. Deve ter uns 30 anos, com a pele pálida como leite e o cabelo escuro penteado com tanto gel que parece duro ao toque. Sua postura exibe um tipo de ar bem treinado que parece estranho, embora eu demore um instante para identificar exatamente por quê – é a postura de um homem que teve que aprender a parecer poderoso, não a de alguém para quem o poder é um direito inato. Em nossas aulas no navio, Søren e Artemisia mencionaram que havia alguns países cujos líderes eram escolhidos pelos próprios cidadãos, e eu apostaria que esse era um deles.

– Chanceler Marzen de Oriana – cochicha Søren, confirmando meu palpite. Os chanceleres são eleitos para assumir o poder e podem vir de qualquer casta da sociedade. – E aquela deve ser sua irmã, *salla* Coltania.

Coltania segue o irmão de perto, num vestido lilás combinando com a roupa dele e que modela seu corpo. É mais nova do que ele, porém mais velha do que eu – 20 e poucos, talvez. Seu olhar é sério e atento, os lábios, grossos e pintados numa linha permanentemente reta.

Abro a boca para perguntar a Søren o que significa *salla*, mas, antes que eu possa fazer a pergunta, o chanceler volta os olhos para mim. Ele tem o tipo de sorriso que provoca outro em resposta. Mesmo antes de abrir a boca, há algo intrinsecamente envolvente nele. Suponho que seja uma característica bastante útil quando se precisa convencer os outros a votar em você para um cargo de poder.

– Nossos vizinhos a oeste, querida – explica o rei Etristo. – Na verdade, eles estavam sob nosso domínio até exigirem administrar as coisas por conta própria séculos atrás.

Ele se vira para o chanceler.

– Pelo que andei sabendo, Marzen, muitos de seus conterrâneos devem sentir falta de nosso país unificado depois da tensão eleitoral.

Embora o tom de voz seja bastante jovial, não há como disfarçar que as palavras do rei Etristo foram pungentes. O sorriso do chanceler fica congelado, mas nunca vacila.

– Não consigo imaginar que seja esse o caso, a menos que eu quadruplicasse os impostos e cobrasse taxas sobre todas as importações e exportações, como fez seu avô – diz ele.

Os dois se calam e me pego quase esperando que o rei Etristo pule da cadeira – com ossos frágeis e tudo – para atacar o chanceler, mas dali a um instante ele dá uma gargalhada, um som alto e chiado. O chanceler também gargalha e eu forço uma risada, embora não tenha muita certeza de qual é a graça.

– Este aqui tem muito senso de humor – afirma a mim o rei Etristo. – E charme, é por isso que *quase* metade dos habitantes de seu país votou para elegê-lo.

A alfinetada é inconfundível, mas, novamente, o chanceler continua a sorrir como se todos no país o observassem.

– Minha casa é sua casa, Marzen – afirma o rei Etristo, estendendo a mão para apertar a do chanceler. – Pedirei a alguém que lhe explique como funciona a banheira. Sei que é um conceito desconhecido em Oriana.

– Ah, mas estou *empolgadíssimo* para experimentar o vinho sta'criverano de que me falaram – diz Marzen, com o mesmo tom de voz do rei. – É verdade que também pode ser usado para limpar tapetes? É magnífico ter tantos usos para um só produto!

Outra vez, os dois riem e apertam as mãos, embora os nós dos dedos de ambos fiquem brancos.

Quando Marzen some dentro do palácio, eu me inclino para Søren.

– Será que dormi em algum momento e perdi a parte em que compararam o tamanho de seus...

– Está vendo, minha querida – interrompe o rei, atraindo minha atenção de volta para ele –, encontrei alguns bons pretendentes para você. O que está achando até agora?

Peso as palavras com cuidado antes de responder.

– Foram todos maravilhosos, com certeza – digo com um sorriso. – E estou muito contente por terem saído de seus países para me conhecer.

– Você vai conhecer melhor alguns deles no jantar de hoje – conta ele.

Sem esperar minha resposta, ele acena e um grupo de atendentes corre para tirá-lo da cadeira e colocá-lo num meio de transporte semelhante ao que usava quando nos encontramos no deserto. Eles o levam para dentro e os sta'criveranos reunidos vão atrás.

– Ideias? – pergunta Søren quando também nos levantamos.

Acho que minha cara consegue dizer tudo melhor do que as palavras, porque Søren sufoca uma risada. Ele me olha por um longo momento.

– Por mais que eu queira voltar ao meu quarto e dormir até essa dor de cabeça infernal passar, parece que você tem outros planos.

– Eu estava querendo visitar o campo de refugiados – admito. – Mas o rei Etristo recusou. Disse que não era lugar para uma garota como eu.

– Algo me diz que isso não é o suficiente para dissuadi-la – responde Søren.

Sorrio.

– Avise aos outros. Saímos daqui a uma hora.

ÀS ESCONDIDAS

MARIAL NÃO PARECE NEM UM POUCO surpresa quando digo que não estou me sentindo bem e que gostaria de descansar, o que me faz pensar que minha aparência deve estar casando muito bem com como me sinto depois da noite passada: horrível. E isso significa que os pretendentes foram bem mentirosos ao dizer que eu estava linda a manhã toda.

Depois de me ajudar a sair do vestido sufocante e soltar meu cabelo do penteado elaborado, Marial e o resto das atendentes me deixam aconchegada na cama, em outra camisola fina. Quando a porta se fecha atrás delas, espero um instante para me assegurar de que ninguém vai voltar antes de afastar a colcha de cetim e sair da cama outra vez. Por mais confortável que seja, temo que, se ficar nela mais um instante, vou de fato cair no sono, e não posso fazer isso.

Meu guarda-roupa está tão cheio que não consigo afastar os cabides mais do que a largura de um fio de cabelo. E quase todos os vestidos são pesados e ornamentados, com camadas e mais camadas de tecido e tantos colchetes, botões e fitas que eu jamais conseguiria vestir um deles sozinha. Depois de procurar por alguns minutos, finalmente encontro um que talvez possa ser descrito como simples, ainda que só pelos padrões sta'criveranos. Seda verde-garrafa com mangas curtíssimas e um corpete um pouco mais largo do que o dos outros vestidos que usei. A saia se abre numa cascata de chiffon, debruada com pequenas pedras preciosas na cintura e na bainha. Mesmo com os enfeites, é bem mais leve e simples do que tudo mais no guarda-roupa. Terá de servir.

É uma luta fechar sem ajuda os colchetes enfileirados nas costas do vestido e, por um instante, quase peço ajuda a uma de minhas Sombras, até que me lembro de que este palácio é diferente, sem furos nas paredes.

Mal consegui prender o último colchete quando ouço uma batidinha na porta e, sem esperar resposta, Artemisia entra se esgueirando. Ela veste novamente a túnica e a calça do *Fumaça* e seu cabelo azul-celeste está preso num coque desarrumado no alto da cabeça. As sobrancelhas escuras quase chegam à linha do cabelo quando ela me olha da cabeça aos pés.

– Vamos ao campo de refugiados – diz ela devagar. – Não a um baile.

Meu rosto esquenta.

– Se encontrar algo menos chamativo ali, vou ficar feliz em trocar – digo, apontando o guarda-roupa.

– Hummm... – responde ela com o que pode ser um muxoxo ou uma risada, é difícil distinguir. – É quase como se o rei não *quisesse* que você saísse às escondidas do palácio para visitar o campo. Não trouxe as roupas do *Fumaça*?

– Não me ocorreu – admito. – E até o vestido violeta que usei para desembarcar seria melhor, mas acho que o mandaram à lavanderia quando cheguei. Ou à fornalha, talvez – acrescento, pensando no desdém com que as auxiliares de Marial pegaram o vestido remendado e puído que passou por muito mais do que foi feito para aguentar.

– Vou lhe arranjar algo para o futuro, mas desta vez...

Ela se interrompe quando a porta se abre de novo e Blaise, Søren e Heron se esgueiram, vestidos com roupas simples do *Fumaça* e capas longas.

– Ah, perfeito – declara Artemisia antes que eles possam dizer oi.

Ela vai até Heron e lhe tira a capa. A perplexidade dele é clara, mas permite que ela a pegue.

– Ela vai me engolir – digo quando ela me entrega a capa, que chega aos joelhos de Heron.

Ele é quase meio metro mais alto do que eu e os ombros têm o dobro da largura.

– Ou seja, esse vestido ficará bem coberto – responde ela.

Visto a capa, rindo quando a bainha se amontoa no chão à minha volta.

– Você terá de andar com cuidado – avisa ela com um sorriso forçado. – Mas duvido que seja mais difícil do que se equilibrar naqueles sapatinhos de salto que forçaram você a usar.

Ela tem razão. Junto o tecido da capa à minha frente e dou alguns passos hesitantes. Não é tão ruim, suponho. Com certeza, administrável.

– Muito bem, então qual é o plano? – pergunto a eles.

∙ ∙ ∙

No fim das contas, o plano – se é que pode ser chamado assim – envolve sair do palácio a pé e pegar cavalos no estábulo perto do portão da frente. É bem menos subterfúgio do que estou acostumada, e, enquanto andamos pela cidade pintada com cores vivas que explode de vida vespertina, não consigo deixar de me sentir nua, embora sue sob a capa grande demais de Heron.

– Isso aqui não é Astrea. Você não é prisioneira – garante Blaise ao ver meu desconforto.

– O rei Etristo não quer que eu vá ao campo – lembro a ele.

– E ele não vai saber – responde Blaise, agitando um saco de veludo cheio de moedas, o mesmo que usou para subornar o operador do elevador para que nos levasse ao andar térreo. – Descobri que o dinheiro resolve a maior parte dos problemas.

– E suponho que você não vai me dizer onde conseguiu tanto assim tão depressa depois que chegamos aqui.

Blaise dá de ombros e me mostra um sorriso que me lembra de como ele costumava sorrir nos anos antes do sítio. Ele está mais leve aqui, mais feliz do que vejo há muito tempo. Não que eu possa condená-lo por isso – é mais fácil se sentir feliz quando não há um machado pendurado acima do seu pescoço o tempo todo. Sta'Crivero pode não ser ideal, sou a primeira a admitir, mas é infinitamente preferível à corte do kaiser.

Blaise parece estar pensando na mesma linha. Ele olha a cidade à nossa volta com uma expressão peculiar no rosto, meio de assombro, meio de medo.

– É uma coisa e tanto, não é? – diz ele em voz baixa. – Todas essas cores, a arte, o povo feliz... Entendo o apelo.

Eu assinto, também correndo os olhos ao redor.

– Mas você tinha razão. Não é nossa casa – concluo.

Blaise fica um momento em silêncio.

– *Você* é a minha casa – afirma ele, finalmente, a voz pouco mais que um sussurro. – O lugar onde estamos é irrelevante.

Um sorriso ergue meus lábios e fico tentada a pegar a mão dele, mas, com os outros aqui, eu me detenho. Não é só por causa de Søren – há três dias, desde que foi tirado da cela, ele não disse nada que pudesse ser interpretado como romântico –, é pelos outros também. Somos uma equipe. Temos de ser, se quisermos salvar Astrea. Se Blaise e eu formássemos uma equipe própria, isso nos desonraria, de certa forma.

Ainda assim, deixo as costas de minha mão roçar nas costas da mão dele enquanto caminhamos e o calor de sua pele faz um tremor percorrer o meu corpo.

• • •

Blaise tinha razão – assim que algumas moedas trocam de mãos, os garotos do estábulo nos trazem quatro cavalos. Todos eles são altos, intimidadores e graciosos, variando em cores que vão do castanho-claro avermelhado ao negro como o céu noturno. Fico novamente espantada ao ver como até os *cavalos* sta'criveranos são enfeitados com pedras preciosas e fitas trançadas na crina e na cauda, como se estivessem prontos para ir a alguma festa.

Em outra vida, eu teria aprendido a cavalgar – talvez até fosse boa nisso, como minha mãe era –, mas, nesta vida, nem sei como começar. Tenho lembranças vagas de Ampelio me levando pelo terreno do palácio em seu cavalo, mas não era a mesma coisa.

Blaise, Artemisia e Søren montam em seus cavalos, enquanto Heron me ergue até a sela do animal que vamos dividir. Fiquei aliviada quando ele se ofereceu para cavalgar comigo, porque com ele, pelo menos, não terei de me atormentar com questões como onde pôr as mãos ou se estamos sentados perto demais ou se sua pele está quente demais. E me sinto muito mais segura com ele do que me sentiria com Artemisia, que, tenho certeza, aproveitaria todas as oportunidades para galopar, saltar e se exibir.

Heron monta, sentando-se na minha frente, e prendo as mãos em torno de sua cintura, me esforçando para não olhar o chão. Embora os cavalos parecessem bem grandes quando eu estava em pé no chão, estar sentada em cima de um deles é completamente diferente. É como se eu estivesse muito mais alto e as chances de cair... bom, não vou pensar nisso. Mantenho então os olhos bem fixos nas costas de Heron e finjo que estou em terra firme.

Mas, assim que partimos, é impossível fingir. Cada passo do cavalo sacode todo o meu corpo, e seguro Heron com mais força, certa de que serei jogada longe a qualquer momento. O vento quente e seco açoita meu cabelo quando entramos no deserto que cerca a capital, grãos de areia pinicando minha pele. Consigo puxar a capa sobre o rosto para cobri-lo sem cair. Não posso imaginar como os outros estão se virando, sem poder cobrir o rosto para não bloquear a tão necessária visão.

Não sei como, mas o tempo passa e eu não caio. Penso que nunca vou me acostumar ao ritmo sacolejante e ao vento, porém finalmente ele se torna quase calmante em sua previsibilidade. A jornada se abre à nossa frente, no entanto, antes que eu perceba, Heron faz o cavalo parar.

Ele salta para o chão e estende os braços para me ajudar.

– O *prinkiti* diz que será mais fácil entrar no campo se formos a pé.

Seguro seus braços e deixo que ele me ajude a descer, estreitando os olhos e mirando ao longe, onde mal consigo perceber outro muro – esse muito diferente do que cerca a capital. Aquele muro era alto, dourado e majestoso, uma promessa do que nos aguardava lá dentro, mas, embora o muro em torno do campo seja quase tão alto quanto o da cidade, trata-se também de uma coisa assustadora de pedras escarpadas e irregulares que parecem nunca ter sido limpas. Não há portão ornamentado e grandioso, apenas uma pequena porta de madeira num canto que pode facilmente passar despercebido.

O muro da capital foi feito para manter as pessoas no lado de fora, eu me dou conta. Este, para manter as pessoas no lado de dentro.

CAMPO

——◆——

Os dois guardas posicionados de ambos os lados da única porta nos deixam entrar sem perguntas, o que me parece estranho, até que percebo que as espadas embainhadas não são para quem tenta entrar no campo.

– Os visitantes são bastante frequentes – diz Heron, respondendo à pergunta não enunciada. – Eu estava invisível, dando uma volta pelo palácio ontem à noite e ouvi algumas pessoas conversando sobre isso. Os refugiados são mão de obra barata, então as pessoas os contratam quando precisam de algum serviço. Serviço que ninguém mais quer fazer: construção civil, costura de roupas baratas, limpeza de estábulos. E quem contrata paga uma ninharia, porque pode.

O horror envolve e aperta meu coração.

Mas, quando passamos para o outro lado da porta, quase perco totalmente as forças. Depois do brilho decorativo da capital, com suas cores vivas e torres elegantes, o estado decrépito do campo de refugiados parece ainda mais medonho. As ruas estão cheias e sujas, ladeadas por aglomerações de barracos, nenhum deles parecendo contar com mais de um único cômodo. Os telhados de palha parecem prestes a desmoronar e as portas de madeira estão mofadas, penduradas nas dobradiças. O cheiro de sujeira e podridão pesa no ar. Fico tentada a cobrir novamente a boca e o nariz com a borda da capa de Heron, mas resisto, temendo como as pessoas que moram aqui entenderão esse gesto.

E o povo! Homens, mulheres e um punhado de crianças enchem as ruas e espiam pelas frestas das portas, todos vestidos de trapos sujos que cobrem pouco mais do que o absolutamente necessário. Duas crianças que não podem ter mais de 5 anos estão completamente nuas, cobertas de sujeira. Os cabelos são embaraçados, cortados curto ou completamente raspados, inclusive os das mulheres. *Mão de obra barata*, disse Heron, e dá para ver.

Todos têm mãos calosas e a pele áspera, queimada de sol, esticada demais sobre ossos e músculos.

O modo como nos olham me esvazia até que não consigo sentir mais nada, nem mesmo o chão sob os pés. Seus olhos são famintos, cansados e temerosos, como se não tivessem certeza se estou ali para alimentá-los ou para cuspir neles.

– Deveríamos ter trazido comida – digo, mais para mim do que para os outros.

Eles não respondem e percebo que estão tão chocados quanto eu. Não esperava encontrar aqui a opulência do palácio, mas tampouco esperava que fosse assim. No entanto, tão logo esse pensamento me ocorre, percebo que fui ingênua. Há uma razão para ainda serem mantidos num campo, dez ou mais anos depois de sua chegada. Há uma razão para não terem sido levados para a capital nem para as aldeias que a cercam. São considerados inferiores.

Largo o braço de Heron e tento dar um passo à frente, correndo os olhos ao redor em busca de algum astreano, embora seja dificílimo saber como as pessoas são embaixo de toda aquela sujeira. Pigarreio e torço para minha voz não fraquejar.

– Queremos falar com algum encarregado – digo em astreano, tentando evocar minha mãe.

Seu jeito de falar parecia capaz de ir além de um quilômetro, embora ela praticamente não elevasse a voz.

Há cochichos diante dessas palavras, murmúrios baixos que não consigo entender, embora alguns trechinhos soem astreanos. Enfim, um homem avança. Deve ter quase 50 anos, a cabeça raspada e o rosto encovado. Sob a sujeira, sua pele se parece com a minha, alguns tons mais escura.

– Você fala bem o astreano – diz ele, na mesma língua, porém com um sotaque mais rude, semelhante ao jeito de Heron falar. – O que quer com a gente?

Embora fale comigo, seu olhar duro vai e volta, de mim a um ponto além. Os outros não são tão sutis: fitam pouco acima de meu ombro com uma intensidade que poderia ser descrita como ódio. Com um aperto no estômago, viro-me para ver o que olham.

Percebo imediatamente o erro que cometi ao trazer Søren. Como vão acreditar que estou aqui como amiga se trago seu inimigo? Mas agora é tarde demais.

Volto-me para o homem e me empertigo até minha altura máxima.

– Eu me chamo Theodosia Eirene Houzzara – começo. – Rainha de Astrea. Eu quero...

Eu me interrompo, de repente perdida. *O que eu quero?* Achei que queria ver o campo, conversar com outros astreanos que não foram escravizados pelo kaiser. Queria falar com os que tiveram a sorte de escapar, mas agora *sorte* não me parece a palavra certa.

– Quero ajudar – digo, por fim, embora minha voz trema na última palavra.

O homem me fita por um momento desagradavelmente longo antes de jogar a cabeça para trás e rir, mostrando uma boca com mais falhas do que dentes. O som é rouco e, depois de alguns segundos, vira uma tosse seca.

– *Rainha de Astrea* – repete ele, balançando a cabeça. – Você mal passa de uma criança.

Tento pensar numa resposta, mas não consigo. Ele tem razão, afinal de contas. Em Astrea, com 16 anos a pessoa ainda é criança, embora eu dificilmente me sinta assim. Em outra vida, eu seria, mas parei de me sentir criança no momento em que o theyn cortou a garganta de minha mãe.

Em vez de falar, dou de ombros.

– Pode ser – admito. – Mas minha mãe está morta, portanto esse papel agora cabe a mim. E você, quem é?

Ele não responde. Em vez disso, me lança um longo olhar que aprendi a reconhecer. Ele está me avaliando.

– Eu me lembro de você, Theodosia Eirene Houzzara – diz ele. – Você era um bebê pendurado na anca da sua mãe quando ela visitou minha aldeia, faz uns quatorze anos, com o dedo na boca e olhos teimosos e provocadores que desafiavam qualquer que mandasse você tirar o dedo de lá.

– Não chupo mais o dedo – respondo. – Mas acho que você ainda vai me achar teimosa e provocadora.

Com isso, ele ri outra vez, mas agora sei que não ri de mim.

– Suponho que sim, para ter chegado até aqui – concorda ele. – A última notícia que tive foi que você era um brinquedinho do kaiser. Gostaria de lhe perguntar como foi que conseguiu fugir, mas temo que seja uma história muito comprida.

– Talvez com o tempo eu lhe conte – digo. – Por enquanto, basta dizer que fugi depois de matar o theyn e que consegui trazer o prinz comigo como refém.

Faço um gesto na direção de Søren.

Não me parece certo assumir todo o crédito. Elpis matou o theyn, eu só lhe disse que o fizesse. E Søren só percebeu que era meu refém depois que fugimos. Não foi como se eu tivesse conseguido capturá-lo sozinha. E eu não faria nada disso sem Blaise, Artemisia e Heron. Mas não é isso que esse homem quer ouvir, nem é o que *precisa* ouvir. Ele precisa me ver como alguém formidável e intimidador, então é isso que serei.

Ele faz um sinal de cabeça na direção de Søren.

– Você o chama de refém? – pergunta o homem.

Dou de ombros.

– O kaiser é um homem cruel. Duvido que qualquer um aqui questione isso, inclusive o próprio filho dele. Acontece que o prinz se mostrou mais valioso ao nosso lado do que acorrentado.

O homem faz um ruído no fundo da garganta que não sei direito como interpretar, embora seus olhos ainda estejam cautelosos.

– Não parece justo que você me conheça, mas eu não saiba quem você é – digo.

Ele me olha por mais alguns segundos e então cospe no chão, no espaço entre nós, não tão perto que possa ser considerado um insulto, mas numa clara falta de respeito. Não sou sua rainha, sou só uma garota de nome comprido.

– Sandrin – apresenta-se ele, afinal. – De Astrea. Nevarin, especificamente.

Heron pigarreia.

– Cresci a menos de 10 quilômetros de Nevarin – diz Heron. – Em Vestra.

Um sorriso falhado se abre no rosto de Sandrin.

– Conheci uma moça em Vestra – diz ele. – Acho que teria me casado com ela se os kalovaxianos não tivessem chegado.

– Acho que eu teria feito um monte de coisas se os kalovaxianos não tivessem chegado – responde Heron.

Sandrin faz que sim, assim como a maioria das pessoas na multidão em torno dele.

– Quem são vocês? – pergunta ele.

– Heron – responde ele, depois indica Blaise e Artemisia e diz seus nomes também. – Passamos anos nas minas – continua, suscitando arquejos e murmúrios na multidão. – Até que um homem chamado Ampelio nos resgatou. Ele nos ensinou a usar nossos dons e nos disse que, se algo lhe acontecesse, deveríamos encontrar a rainha, salvá-la e segui-la.

– Fizemos o que Ampelio mandou – diz Artemisia, a voz incomumente aguda. Acho que nunca a ouvi dizer o nome dele antes. – E ela nos trouxe aqui.

– Vocês são Guardiões – afirma Sandrin, os olhos iluminados pela súbita compreensão.

Eu quase espero que Blaise negue, mas ele baixa a cabeça.

– Somos Guardiões – concorda. – E ela é a nossa rainha.

Sandrin nos olha por mais um momento, avaliando. Depois do que parecem séculos, ele assente.

– Então venham – concede ele, a voz cansada. – Vou apresentar vocês aos outros.

ANCIÃOS

S ANDRIN NOS GUIA PELAS TORTUOSAS RUAS de terra e vejo figuras fugidias e espectrais nos espiando dos portais quando passamos até chegarmos a uma casa no fim de uma das vielas. Parece igual às outras: o telhado de palha desmorona em alguns pontos e as paredes são uma miscelânea de restos de pedra que eu imagino serem sobras de outras construções. A porta de madeira é pequena demais para a moldura e deixa buracos. Na verdade, dificilmente cumpre a função de uma porta, pois não consigo imaginar que deixe muita coisa fora.

A porta se abre e surge uma mulher com um vestido esfarrapado que se rasgou e foi remendado tantas vezes que é difícil imaginar como era originalmente. Sua pele é de um castanho-avermelhado profundo, e o cabelo foi trançado perto do couro cabeludo, de modo que consigo ver faixas de pele entre as tranças. É difícil adivinhar sua idade, embora, se tivesse que dar um palpite, eu diria que já passou dos 50. O rosto é formado de ângulos agudos e ela tem os olhos estreitos e desconfiados de quem já viu tanto mal no mundo que não espera mais nada da vida.

– Tallah – diz Sandrin e se aproxima dela sozinho, dando início a uma longa torrente de palavras que mal consigo entender, embora pesque algumas palavras que parecem astreano. *Visitante. Ajuda. Rainha. Criança.*

Outras soam levemente conhecidas – há uma palavra que parece ser *traidor*, mas foi distorcida e ornamentada demais para que eu tenha certeza. No entanto, a maior parte do que diz eu não consigo entender.

– São cinco idiomas – diz Søren perto de mim. – Ouvi astreano, gorakiano e kotano. Acho que falaram tiavano e lyriano também.

– Seis – corrige Artemisia, um tanto convencida. – Você deixou passar o yoxiano. Acho que também ouvi manadoliano, mas é tão parecido com kotano que é difícil distinguir quando está tudo assim misturado.

– Todos esses são países conquistados por Kalovaxia – digo. – Todos os países que teriam refugiados aqui.

Não consigo deixar de pensar que Cress adoraria saber disso. Ela sempre teve bom ouvido para línguas e conseguia aprender um novo idioma em questão de meses. Dissecar e analisar uma língua formada por uma série de outras diferentes seria uma festa para ela.

Afasto o pensamento de Cress e me concentro em Sandrin e na mulher – Tallah? Era o nome dela ou algo em outra língua que não entendi? –, que agora estão concentrados numa conversa em voz baixa, pontuada de tantos em tantos segundos por uma olhadela em nossa direção.

– Só entendo o astreano – admito. – Alguém sabe o que eles estão dizendo?

Artemisia emite uma espécie de zumbido entre dentes.

– Só entendo por alto a maioria das línguas, mas *acredito* que estejam discutindo se devem confiar em nós ou roubar a comida e as coisas de valor que tivermos e nos mandar embora.

– Que encorajador – murmuro baixinho. – A gente trouxe comida?

– Só o almoço – responde Heron. – Mas posso esperar mais algumas horas para comer.

Meu estômago ronca em protesto, no entanto, eu ignoro e concordo:

– Eu também.

Os outros assentem, embora todos saibamos que não será suficiente. Almoço para cinco não adiantará muito para alimentar os milhares daqui.

Dou um passo na direção de Sandrin e da mulher.

– Só temos um pouco de comida, mas vocês podem ficar com ela – digo em astreano, fazendo-os interromper a discussão e me olhar. – Quanto a artigos de valor, temos algumas moedas e meu vestido, embora eu espere que vocês não tirem ele de mim, porque ia ser difícil explicar seu desaparecimento ao rei Etristo. Se ele souber que vim aqui, vi me impedir de voltar. Eu queria voltar e trazer mais comida.

Ambos me fitam por um tempo desconfortavelmente longo até a mulher soltar um suspiro alto e irritado e dizer algo a Sandrin de novo. Não entendo a maior parte, mas volto a ouvir a palavra astreana que significa *criança*. Abro a boca para protestar, mas, antes que eu consiga falar qualquer coisa, ela vai para o interior da casa, sinalizando para que a acompanhemos.

...

A casa da mulher tem um único cômodo, cujo tamanho é mais ou menos um quarto dos meus aposentos no palácio. Há um fogãozinho no canto, quatro colchões surrados no chão e praticamente mais nada. Porém, não sei como, existem mais seis pessoas amontoadas no espaço, três homens e três mulheres, todos com cabelo raspado ou trançado e roupas esfarrapadas. Nenhum usa sapatos, embora o chão não esteja muito mais limpo do que a rua.

A mulher que nos trouxe me faz um sinal.

– A rainha Theodosia de Astrea veio ser nossa salvadora – diz, seu astreano passável, mas com sotaque forte.

Os outros dão uma risadinha, mas tento não deixar que isso me perturbe. Não posso condená-los por me verem como uma criança ingênua e excessivamente ambiciosa, posso? Talvez isso nem esteja muito longe da verdade.

– O rei Etristo me convidou para me hospedar no palácio – explico. – Ele espera me arranjar um marido com exércitos que vão nos ajudar a derrotar os kalovaxianos e recuperar nosso lar.

Isso provoca mais risos, embora o mais alto venha de Sandrin.

– Rainhas não se casam – diz ele. – Ficou tanto tempo entre os bárbaros que esqueceu disso?

Meu rosto arde.

– É difícil manter algumas tradições em tempos de guerra – respondo, escolhendo as palavras com cuidado.

Não importa que as palavras sejam verdadeiras, Sandrin ainda as rebate com desdém.

– Também dá para dizer que é mais importante manter as tradições em meio às dificuldades.

A irritação espeta a minha pele. Também não quero me casar, e com certeza não faço isso por ser fácil.

– Se tiver um exército escondido em algum lugar, adoraria aceitá-lo, mas duvido que seja o caso. Se tiver outra sugestão, por favor, também adoraria ouvi-la.

Pelo menos, isso parece silenciá-los. Até Sandrin parece um pouco intimidado. Infelizmente, ninguém tem uma sugestão a apresentar.

– Ouvi falar deste campo de refugiados e suponho que pus na cabeça que encontraria astreanos felizes, que tiveram sorte suficiente para escapar da tirania do kaiser.

– A tirania está em toda parte, Majestade – diz Sandrin em voz baixa. – Os kalovaxianos não são donos do conceito.

– Isso é muito filosófico.

Ele dá de ombros.

– Eu também era – admite ele, a voz tornando-se aguda e saudosa. – Tinha gente que viajava centenas de quilômetros para me ouvir ensinar sobre filosofia.

– Você é Sandrin, o Sábio – diz Heron de repente. – Uma vez minha mãe ouviu uma palestra sua. Ela disse que sua mente fora abençoada pelos deuses.

Sandrin pigarreia, contendo um sentimento de modéstia.

– Ela não foi a única – responde ele. – Agora, sou Sandrin, o Ancião de Astrea. – Ele gesticula em direção às pessoas reunidas atrás dele. – Esses são os outros Anciãos, meus companheiros, um de cada país presente aqui. Mantemos a paz e fazemos o possível para tornar a vida mais fácil.

– Imagino que não seja uma tarefa simples – admito.

– Não é – diz outro homem de pele pálida, com cabelo cor de cobre cortado bem rente.

Lanço um olhar aos meus amigos e todos parecem estar no mesmo estado que eu. Abalados, como se o mundo tivesse se deslocado sob seus pés. E tão cheios de culpa que ela poderia nos afogar. *Não é nossa culpa, lembro a mim mesma, é do kaiser.* Ainda assim, eu deveria ter sabido sobre este campo. Deveria ter feito alguma coisa. Blaise percebe meu olhar e assente, mil palavras sendo transmitidas entre nós sem que digamos qualquer uma delas em voz alta.

Viro-me para os Anciãos.

– O que podemos fazer para ajudar? – pergunto.

...

A ajuda de que eles precisam é bastante simples. Precisam de comida, em primeiríssimo lugar, e nosso escasso almoço é uma gota nessa panela. Os sta'criveranos levam rações toda semana, restos da capital, porém é comum que a comida já chegue estragada. Podemos voltar com mais, pegar nas cozinhas do palácio algo que chegue ali fresco, mas sempre serão só gotas. Nunca o suficiente para cobrir seus ossos com carne ou impedir que os estômagos ronquem constantemente. No entanto, vai ser um começo, até pensarmos em outra solução.

Eles precisam de roupas novas, sabão e água limpa – mais coisas que podemos trazer apenas em pequena quantidade, embora haja um lago próximo e Blaise, Heron e Søren façam meia dúzia de viagens de ida e volta nos cavalos, enchendo todos os recipientes improvisados que os Anciãos encontram, para que os refugiados tenham água pelo menos por alguns dias.

Enquanto eles se ocupam com essa tarefa, Artemisia e eu consertamos um dos telhados caídos – processo que não conheço, mas no qual Art parece ter bastante prática. Ela sobe no canto de uma casa, ágil como um gato, e me instrui a lhe passar punhados de palha que estão no chão. Art tem bastante prazer em me dar ordens, contudo não levo para o lado pessoal, e não demora para que estabeleçamos uma conversa tranquila que atrai os vizinhos, que se escondem de nós desde que chegamos.

As crianças, como de costume, são as mais corajosas. Pequenas e magricelas, têm uma quantidade surpreendente de energia queimando dentro delas. Um grupinho desafia uns aos outros a se aproximar, como se Artemisia e eu fôssemos perigosas. Os mais novos nem precisam de desafios: vêm gingando com os pés nus e sujos e nos fitam com olhos que ocupam quase todo o rosto.

A princípio, Artemisia está preocupada demais com o telhado para notá-los, mas eu não.

– Olá – digo a uma das crianças, que não pode ter mais de 4 anos, com braços e pernas ossudos e barriga redonda.

A pele dourada e o cabelo preto do garotinho me lembram Erik e me pergunto se ele também é de Goraki... ou, pelo menos, se seus pais são.

Ele não diz nada em resposta, só continua a me fitar com olhos solenes, as mãozinhas fechadas ao lado do corpo. Pouso no chão a braçada de palha que estou segurando e tateio a capa de Heron, na esperança de encontrar algo enfiado nos bolsos – um pedaço de biscoito, um doce, uma moeda –, mas não há nada além de um pedaço de barbante e bolas de poeira. Mas, quando tiro a mão do bolso, ouço um tilintar e me lembro do vestido que estou usando. O vestido ornamentado com pedras preciosas.

Ergo a capa e pego a bainha do vestido, debruada com brilhantes. Cada pedra é do tamanho da unha do meu polegar. Com um puxão, arranco uma delas e a estendo para ele.

Ele a olha como se fosse uma arma, o que me parte o coração. Para alguém tão jovem, ele já conheceu crueldade demais. Mas, depois de fitar a pedra por alguns segundos, parece que percebe que ela não vai machucá-lo. Ele a pega, os dedos sujos e ásperos roçando nos meus. O diamante faísca ao sol quando ele o ergue, lançando arco-íris que dançam no chão. Antes que eu possa impedir, ele a enfia na boca.

– Não! – exclamo.

Ele parece perceber que não é comestível sem testar a teoria e a cospe de volta na mão, enxugando a saliva na túnica de tecido áspero. Então ele me olha e abre um grande sorriso, os dentes amarelos e lascados, antes de voltar correndo para uma mulher que, suponho, seja sua mãe. Sorrio para ela, que, depois de apertar o filho nos braços um segundo, devolve um sorriso contido, assentindo com a cabeça.

Depois disso, qualquer timidez que as outras crianças pudessem ter desaparece por completo. O bando todo se reúne à minha volta, o rosto ansioso, as mãos sujas e palavras que só entendo parcialmente.

– Epa, calma – digo, embora não consiga deixar de rir.

Dou um jeito de abrir um espacinho entre mim e eles antes de arrancar mais algumas pedras preciosas da bainha do vestido, entregando uma a cada criança ali.

– Você vai ter de dar algumas explicações quando sua camareira encontrar esse vestido – comenta Artemisia, me olhando do telhado com uma expressão divertida que, nela, parece totalmente deslocada.

Mas, enquanto olha as crianças, seu ar divertido se desfaz.

– Os sta'criveranos acreditam que os refugiados são amaldiçoados – diz, a repulsa marcando suas palavras. – Como se o infortúnio fosse contagioso.

– Essa é a coisa mais idiota que já ouvi – respondo.

– É mesmo – concorda ela. – Mas as pessoas acreditam em qualquer coisa que as faça pensar que têm mais controle do que têm neste mundo. Me dê um pouco mais de palha para acabarmos e você pode voltar à sua legião de devotos.

Passo-lhe outro punhado de palha e volto às crianças. Não tenho mais nada para lhes dar, mas elas não parecem se importar. Seus dedos se estendem para puxar o tecido da capa de Heron ou minhas mãos, qualquer coisa que alcancem para chamar minha atenção. Rio, virando-me de uma a outra, a outra e mais outra. Não consigo entender a maior parte do que dizem, mas não importa. Elas só querem ser ouvidas, e fico contente em escutar.

– É uma pena que sejam jovens demais para empunhar armas – comenta Artemisia antes de pular do telhado e aterrissar agilmente ao meu lado. – Mais alguns anos e formariam o início de um exército feroz e dedicado.

Sei que ela tem boa intenção, mas, ainda assim, essas palavras me afligem. A ideia de que essas crianças cresçam para travar batalhas, para sentir o sangue de outros em sua pele, para conhecer a mordida de uma espada – não quero isso para elas. Não em meu nome e nem no de qualquer outra pessoa.

MARIAL

A VOLTA À CIDADE É SILENCIOSA, MAS não é o tipo de silêncio desagradável. Acho que estamos todos fatigados e famintos demais para falar muito, porém, fora isso, sei que meus pensamentos ainda estão no campo de refugiados e tenho certeza de que os outros sentem o mesmo. Até o rosto de Søren está tenso e pálido, embora uma parte minha queira socá-lo. Ele não pode ficar horrorizado com o modo como os sta'criveranos estão tratando aquelas pessoas se, para começo de conversa, foi por culpa dos kalovaxianos que eles tiveram de buscar refúgio aqui.

Não é culpa de Søren, eu sei, mas às vezes é uma distinção fácil de esquecer.

Quando chegamos à cidade, devolvemos os cavalos aos estábulos e atravessamos as ruas movimentadas da forma mais discreta possível. O sol está começando a baixar no céu – ficamos fora mais tempo do que pretendíamos – e rezo a todos os deuses que possam ter nos seguido pelo mar Calodeano para que nossa ausência não tenha sido notada.

E se tiver sido?

O que eu mais gostaria era de contar ao rei Etristo exatamente onde estive e como acho que ele é vil pelo modo como trata os refugiados que vieram à sua terra em busca de segurança. Tenho vontade de dizer que acho que ele é um monstro e que, se não lhes mandar comida e água potável imediatamente, irei embora, e que se dane o casamento. Mas, mesmo enquanto penso, sei que é algo que não posso fazer. Por mais que deteste admitir, preciso de sua ajuda para salvar Astrea, para dar a essas pessoas um lugar para onde voltar.

Contudo, no segundo em que estiver de volta ao trono de Astrea, vou me assegurar de que ele saiba exatamente o que penso dele.

É somente quando estamos no elevador, a caminho do nosso andar, que Heron rompe o silêncio.

– Posso furtar comida nos próximos dias se usar meu dom – sussurra ele, lançando um olhar cauteloso ao operador, que não parece estar nos escutando. – Reunir mais, pouco a pouco, do que conseguiria de uma só vez. Então, a gente volta. Ou volto eu. Você não precisa...

– Eu vou – digo. – Se alguém quiser ficar para trás, que fique, mas, depois do que vimos hoje, não consigo imaginar que alguém queira.

Os outros não dizem nada, o que interpreto como concordância.

...

Quando entro em meu quarto, penso por um segundo abençoado que minha ausência não foi notada. Tudo parece exatamente como deixei: a cama desfeita, a camisola amontoada no chão, a porta do guarda-roupa aberta. Mas Marial está tão imóvel, empoleirada na cadeira junto à lareira, que só a noto quando ela se levanta.

– Sua garota tola – diz ela, a voz baixa, a expressão furiosa.

Dou um passo atrás, na direção da porta, mas não há para onde ir. Isso não é algo de que eu possa fugir.

– Eu me senti melhor – digo a ela. – Achei que uma caminhada fosse me fazer bem.

Ela me lança um olhar de descrença, uma sobrancelha se arqueando perfeitamente.

– Uma caminhada? – replica ela, seca. – Suponho que seja por isso que está cheirando a esgoto e se encontra coberta de sujeira da cabeça aos pés.

Não consigo pensar numa resposta com rapidez suficiente.

– Depois de tratarmos você tão bem, de todas as coisas bonitas que lhe demos, você decide nos pagar mentindo e saindo furtivamente, nas costas do rei? – pergunta ela, a voz baixa e perigosa.

Algo se rompe dentro de mim e, antes que eu possa impedi-las, as palavras forçam seu caminho por meus lábios.

– Eu não me importo com as suas coisas bonitas. Sou grata pela gentileza que o rei me demonstrou ao me deixar ficar, mas estou aqui pelo meu povo, os acorrentados em Astrea e os que passam fome presos naquilo que vocês têm coragem de chamar de campo de refugiados. *Refúgio* significa segurança, e o que vi hoje dificilmente poderia ser chamado assim.

Só quando Marial recua, horrorizada, com minhas palavras é que percebo que falei demais.

– Você foi ao campo de refugiados? – pergunta ela baixinho, a voz hesitante. Embora sempre pareça tão destemida, pela primeira vez aparenta ter medo.

Quero negar, mas agora não há mais como. Fico furiosa comigo mesma por deixar isso escapar.

– Pedi ao rei que me levasse lá – explico a ela, decidindo que, se não posso retirar as palavras, melhor admiti-las. – Ele se recusou. Disse que não era lugar para uma garota como eu, e tinha razão. Aquilo lá não é lugar para ninguém.

Marial balança a cabeça.

– Eles são amaldiçoados – diz. – Tivemos pena deles, mas não vamos nos arriscar por estrangeiros. Agora você carrega o azar e a imundície deles.

Ela diz isso como uma frase que ouviu tantas vezes que decorou.

– Se acredita nisso, a tola é você – rebato. – Pode contar ao rei, se quiser, mas imagino que isso vai causar mais problemas a você do que a mim. Afinal de contas, saí quando estava sob a sua responsabilidade. E tenho certeza de que ele consegue outra camareira muito mais fácil do que encontraria uma nova rainha desalojada para casar e fazê-lo lucrar com isso.

As palavras não parecem minhas e, quando Marial tropeça, dando um passo atrás, como se eu a atingisse fisicamente, a culpa cresce dentro de mim. Então, lembro a mim mesma do que ela disse sobre os refugiados e que ela dará um jeito de me impedir de voltar ao campo se eu não a deter, porém essa lógica não faz com que eu me sinta melhor. Mais uma vez, ouço o kaiser em minha mente, guiando minhas ações. Quero pedir desculpas, mas não consigo me forçar a dizer as palavras.

Em vez disso, ficamos nos encarando durante um momento dolorosamente longo. A expressão de Marial é inescrutável. Quando o silêncio começa a se tornar insuportável, ela finalmente fala.

– Você precisa de um banho. Não é bom as meninas verem você assim. Eu mesma vou cuidar disso.

CHARME

◆

No elevador com Dragonsbane, a caminho do jantar com alguns dos pretendentes, cometo o erro de bocejar. Não consigo evitar: depois da noite passada e das horas trabalhando ao sol no campo, fico surpresa por ainda estar em pé. No entanto, Dragonsbane não pode saber de nada disso e, quando me vê bocejar, estreita os olhos.

– Esta noite é importante.

Ela diz cada palavra devagar, como se falasse com uma criancinha. Está usando outro vestido preto, esse justo como a bainha de uma espada e bordado com pérolas negras. É um contraste perfeito com meu vestido de chiffon branco com babados. Em Astrea, branco é a cor do luto, mas Marial me disse, sem rodeios, que em Sta'Crivero ele simboliza a virgindade. Isso não é nem um pouco sutil, mas nada sobre os sta'criveranos parece sutil.

– Sei que é importante – respondo. – Mas desculpe se não me apresso. Se eu vou conhecer todos os pretendentes, vamos ter muitas outras noites como essa nos próximos dias.

– Esses três primeiros serão sua melhor opção – diz ela.

Franzo a testa.

– Como assim?

Dragonsbane dá de ombros.

– Todos os países do mundo foram convidados a pedir sua mão, menos Elcourt, que é aliada de Kalovaxia. Etristo está recebendo um dote de cada pretendente e não se sentiu muito motivado a limitar a lista aos que realmente têm forças para atacar os kalovaxianos. Muitos países são fracos demais para poder ajudar de fato, embora eu suponha que a presença deles só faz você parecer mais desejável.

Ela faz uma pausa, deixando as palavras assentarem, embora elas não cheguem a me surpreender.

– Haptania, Oriana e Etralia provavelmente são os países mais fortes do mundo depois de Sta'Crivero – continua. – Qualquer um desses três tem poder para recuperar Astrea. Os outros *talvez* tenham poder, mas é mais provável que só prolonguem a inevitável derrota.

– Se Sta'Crivero é o país mais forte do mundo, por que não nos ajuda diretamente?

Dragonsbane sorri para mim como se eu fosse um bichinho de estimação que acabou de fazer um truque engraçadinho.

– Porque ajudá-la diretamente não lhes traz nada. Eles não querem a magia de Astrea... você viu como vivem. Que uso teriam para ela? Querem dinheiro, e isso é mais fácil de conseguir em outros lugares, com muito menos derramamento de sangue.

Engulo minha frustração. Ninguém parece entender que existem astreanos *morrendo* nas minas. Eles só se preocupam com dinheiro, pedras preciosas e sua própria segurança. Se todos deixassem de lado o egoísmo, os kalovaxianos seriam eliminados com tanta facilidade quanto uma formiga sob o salto de uma bota, com risco e esforço mínimos. Mas não há dinheiro a ganhar, então ninguém se importa.

...

Pensei que o jantar fosse acontecer no mesmo salão de ontem, mas somos levadas a um grande pavilhão ao ar livre, sem mesa de jantar, só sofás e cadeiras macios e mesas baixas cobertas de pratos dourados com petiscos e taças de vinho tinto.

Somos as últimas a chegar. O rei Etristo já se encontra sentado em uma cadeira de espaldar alto, os ombros frágeis curvados no que parece ser sua postura costumeira, um criado segurando uma taça de vinho a seu lado. Os três pretendentes estão espalhados por ali, cada um conversando com o próprio séquito. Reconheço a irmã do chanceler Marzen – *salla* Coltania, foi o nome que Søren usou – e o tsar Reymer, pai do príncipe Talin.

Quando me notam, todos se levantam. Somente o rei Etristo permanece sentado, mas não vejo isso como sinal de desrespeito. Não creio que ele conseguisse ficar em pé sozinho se quisesse.

– Eu lhes disse que valeria a pena a espera, não disse? – brada o rei

Etristo para os pretendentes com uma risada, pegando a taça de vinho e dando um golinho antes de empurrá-la de volta ao criado sem lhe dirigir um único olhar.

– Espero não tê-los feito esperar muito – digo, notando que Søren não está ali.

Sua presença foi requisitada em todos os outros eventos oficiais, mas compreendo por que foi deixado fora deste. O rei Etristo já mencionou os boatos sobre mim e Søren. A última coisa que quer esta noite é a tal sombra, principalmente quando me recuso a fazer o exame de pureza. De repente, o vestido branco parece um enredo ainda mais óbvio.

– De modo algum, de modo algum. Só achei que seria melhor vocês todos se conhecerem num ambiente mais confortável. Nada de jantar formal aqui, só uma noite tranquila de conversa. Que tal?

Parece tudo, menos tranquilo e confortável.

– Parece maravilhoso, Vossa Majestade – digo com um sorriso que torço para parecer gracioso. – Obrigada.

Ele inclina a cabeça antes de estender a mão novamente para o vinho.

Dou uma olhada no pavilhão, sentindo o olhar dos pretendentes e de seus convidados pesando em meus ombros. O chanceler Marzen e a irmã estão sentados mais perto de mim, então vou até eles primeiro, Dragonsbane atrás de mim como uma sombra.

– Olá, chanceler – digo, estendendo-lhe a mão.

Ele se levanta e se curva para beijá-la com um floreio gracioso antes de largá-la e apontar a irmã. Esta noite, o cabelo preto e lustroso dela está preso em um coque trançado no alto da cabeça. Com a boca pintada de vermelho vivo e os olhos delineados com kohl, ela parece o tipo de mulher que morderia com a mesma facilidade com que sorri.

– Rainha Theodosia, permita-me lhe apresentar minha irmã Coltania – diz ele em astreano fluente, porém afetado.

A boca vermelha da irmã exibe um sutil sorriso, com certa frieza.

– Prazer – responde ela. – Ouvi falar muito de Vossa Majestade.

Seu astreano é um pouco mais duro que o do irmão, mas não tenho dificuldade em entendê-la.

– Então, estou em desvantagem – digo com leveza. – Mas também é muito bom conhecê-la. Esta é minha tia, princesa Kallistrade – acrescento, indicando Dragonsbane.

Por mais mesquinho que seja, tenho um certo prazer quando a vejo se encolher com seu título formal.

Dragonsbane e eu nos sentamos enquanto o chanceler nos serve uma taça de vinho.

– O que está achando de Sta'Crivero? – pergunta ele, me passando a taça.

A ideia de beber depois da noite passada me dá vontade de vomitar, mas me forço a tomar um golinho.

– É linda – digo, sem pensar muito a respeito.

Mas não importa. Uma resposta superficial é tudo o que se espera de uma pergunta superficial.

– É muito colorida – acrescenta Coltania, embora em sua boca isso não pareça um elogio.

O chanceler Marzen faz um muxoxo.

– Os sta'criveranos são excessivos e...

Ele se interrompe e diz algo à irmã numa língua que imagino ser oriânico.

– Cafonas – termina ela, com um grande sorriso.

– Cafonas – responde o chanceler Marzen com uma risadinha. – É essa a palavra.

– Desculpem interromper – diz uma voz grave quando uma sombra cai sobre mim. Ergo os olhos e vejo o tsar Reymer com o príncipe Talin escondido a seu lado, como se tentasse sumir no ar. – Majestade, podemos roubar sua atenção por um instante?

Olho para o chanceler e a irmã, mas, embora pareçam ter vontade de protestar, ambos concordam com um aceno de cabeça.

– Voltaremos a conversar em breve, Vossa Majestade – despede-se o chanceler com um sorriso que só posso descrever como untuoso.

– Aguardarei ansiosamente – replico antes de pegar a mão estendida do tsar Reymer e permitir que ele me ajude a levantar e me conduza, com Dragonsbane, a outro canto do pavilhão.

• • •

O restante da noite se arrasta em um torpor em que eu me vejo passada de um pretendente a outro, me esforçando ao máximo para manter uma conversa agradável, de forma que me achem encantadora, o que parece mais fácil do que pensei.

Logo fica claro que Marzen vê uma união entre nossos países como algo inevitável – quando converso com ele e com a irmã durante a noite, eles fazem parecer que a proposta já foi feita e aceita, e descubro que não me importo com isso. Uma parte muito grande da minha vida aconteceu sem meu consentimento. Perceber que não tenho controle algum, mesmo aqui e agora, me faz ter a sensação de que meu peito está afundando. Creio que Marzen vê como charme a própria arrogância, principalmente quando associada ao carisma e ao sorriso untuoso, mas, na realidade, recuo tanto para me afastar dele que Dragonsbane acaba beliscando meu braço.

– Sorria – cochicha ela, inclinando-se em minha direção, como se ajeitasse meu cabelo. – Parece que você engoliu um sapo.

Por mais repulsivo que Marzen seja, prefiro a companhia dele e de sua irmã à do tsar Reymer e do príncipe Talin. Tenho a sensação de que o príncipe e eu poderíamos mesmo nos dar relativamente bem sem a presença do pai, mas parece pouco provável que isso vá acontecer. O tsar paira sobre todas as conversas como o sol, nos cegando e desorientando com seus belos sorrisos e ar superconfiante. Começo a ter pena do príncipe Talin – embora deva estar acostumado à presença do pai, ele ainda murcha diante dela, uma mudinha condenada a crescer fraca à sombra do grande carvalho.

E, se por um lado ele se mostra intimidado pelo pai, por outro parece absolutamente *aterrorizado* comigo. Durante toda a conversa, seus olhos dardejam pela sala, como se ele procurasse algum jeito de fugir, e fazem de tudo para evitar encontrar os meus.

Se estivéssemos sozinhos, eu o tranquilizaria dizendo que também não tenho a mínima vontade de me casar com ele, mas, se o rei Etristo souber disso, temo que sua paciência comigo finalmente chegue ao fim.

Concluo que o arquiduque Etmond é o mais agradável do lote, embora esse título lhe caiba sobretudo por falta de opção. A maior parte de nosso tempo se passa num silêncio desconfortável, mas pelo qual fico realmente grata – esse intervalo me dá um momento de paz num dia extremamente caótico. No entanto, às vezes ele me surpreende, como quando pergunta muito timidamente como fugi do palácio astreano e parece de fato interessado na resposta.

Então lhe conto a história, surpresa ao perceber que isso tudo ocorreu há menos de quinze dias, embora pareça outra vida. Deixo de fora as partes sobre Søren, consciente do que os outros podem pensar de nosso relacionamento, mas conto todo o resto.

Os olhos dele se arregalam e se assombram e aproveito a oportunidade para remover as luvas de cetim branco que Marial me fez usar e lhe mostro as cicatrizes claras nas palmas de minhas mãos, de quando escalei o rochedo. Heron tentou, porém não conseguiu me curar por completo. Eu as achava feias, mas o modo como o arquiduque Etmond as olha me faz pensar que há algo de bonito nelas. Com certeza eu as prefiro às cicatrizes nas costas, embora suponha que agora elas signifiquem a mesma coisa: passei pelo inferno e sobrevivi para contar a história.

Infelizmente, meu tempo com o arquiduque é curto demais. O tsar e o chanceler parecem perceber que é fácil tirar vantagem dele – pelo menos em situações sociais, se não no campo de batalha – e, toda vez que me aproximo para conversar com ele, mal se passam alguns minutos antes que um dos outros surja e peça para falar comigo em particular. Na terceira vez que isso acontece, quase recuso, mas Dragonsbane a meu lado é um lembrete claro de que isso seria malvisto.

Faça com que eles gostem de você, dissera ela no elevador, mas, ao que parece, não há qualquer dificuldade nesse aspecto. Eles gostam de mim, sem problemas, com pouco esforço de minha parte. Gostam de mim porque, quando me olham, veem magia e dinheiro, e isso basta para que se embeveçam. O arquiduque é o único que me olha como se realmente *me* visse, embora não haja nada romântico nesse olhar. Imagino que seja semelhante à maneira como olha os soldados que comanda – com respeito.

Essa percepção me atinge como um tapa – ele é a única pessoa que conheci em Sta'Crivero que me olha dessa maneira. Todos os outros me tratam como uma boneca frágil, a ser guardada no alto da estante, para brincar de vez em quando e proteger a todo custo, mas nunca respeitar como um igual.

GORAKI

❖

Conforme a noite se arrasta, meus braços e pernas vão ficando pesados e preciso me esforçar para manter os olhos abertos, embora tenha tomado o cuidado de só beber goles bem pequenos de vinho. Sinto-me uma bola de lã sendo puxada para lá e para cá por um grupo de gatos, a cada momento que passa me desenrolando mais e mais. O charme que consegui reunir no início da noite já está bem desgastado agora e não sou a única a perceber isso.

— Aprume-se — sibila Dragonsbane quando me leva de volta ao tsar Reymer e ao príncipe Talin.

— Se o tsar me contar de novo de seus cavalos premiados, acho que durmo de vez — aviso.

— Nada disso — diz ela, ríspida. — Você vai sorrir, assentir e falar que ele é fascinante, e então vai se esforçar ao máximo para fazer aquele filho dele dizer mais de duas palavras. Preciso lhe lembrar que Astrea está em jogo?

As palavras dela semeiam a vergonha sob minha pele. Embora o que eu mais queira seja arrancar meu braço do dela e sair correndo da sala o mais depressa que minhas pernas cansadas me permitiriam, sei que ela tem razão. Não sei se posso realmente chamar Dragonsbane de aliada, mas também não posso dizer que é minha inimiga. Estamos no mesmo lado: o lado de Astrea.

— Tudo bem — digo, abrindo um sorriso mais largo e mais cheio de dentes, embora isso faça minhas bochechas doerem.

No entanto, antes de chegarmos ao tsar e ao príncipe, a porta de bronze se escancara com um clangor que faz todos pularem de surpresa. A entrada fica no outro lado do pavilhão, com uma dúzia de vasos de plantas no caminho até lá, por isso não consigo ver quem acabou de chegar. Outro pretendente, é bem provável, embora a ideia de ter mais alguém para jogar charme e impressionar faça um gemido escapar dos meus lábios. Por sorte, Dragonsbane é a única que percebe e me lança um olhar duro.

O rei Etristo, que tinha cochilado na cadeira, acorda de repente, olhando a entrada com olhos cansados, mas estreitados.

– O que é isso? – indaga ele, espichando o pescoço para ver o motivo da interrupção. – Este é um jantar reservado! Quem é você?

– Minhas desculpas – diz uma voz.

Algo nela me cutuca a memória, mas não consigo identificar o que é. Franzo a testa, dando um passo naquela direção e puxando Dragonsbane comigo, embora ainda não consiga ver quem é. Um retalho de brocado roxo e dourado, um tufo de cabelo preto, mas não consigo vislumbrar o rosto.

– Sei que estamos atrasados, mas me disseram que o senhor estava recebendo alguns pretendentes aqui.

É, *sim*, outro pretendente, no fim das contas, mas tenho certeza de que conheço essa voz. Aquela fanfarronice em voz tão alta para disfarçar a insegurança, o charme em pinceladas tão espessas que não se nota o tom de dúvida logo abaixo. Conheço essa voz.

Solto o braço de Dragonsbane e me dirijo à entrada, contornando os vasos de plantas até finalmente ter uma visão clara do intruso.

– Erik – digo, o nome um pouco mais alto do que um suspiro.

Por um momento, só consigo fitá-lo e piscar, esperando que ele desapareça diante dos meus olhos. Afinal, isso não deve passar de uma ilusão criada por minha mente exausta e entediada, pois Erik não pode estar aqui, desfilando como um de meus pretendentes. Mas ele não desaparece. Em vez disso, continua empertigado na entrada, vestido com roupas tão estranhas que está quase irreconhecível. Só o vi em trajes kalovaxianos – calça justa, túnica, casaco pesado de veludo –, mas agora ele usa uma túnica de brocado até os tornozelos, com mangas largas e ondulantes. É coberta de desenhos complexos de árvores e animais que parecem pintados à mão. Há uma faixa grossa amarrada na cintura. O cabelo, sempre comprido e rebelde, foi puxado para trás e preso num coque.

Contudo, quando seus olhos pousam em mim, ele sorri, e de repente é o Erik de quem me lembro.

Ele faz uma profunda reverência.

– Rainha Theodosia.

Não é a primeira vez que me chama pelo nome. Ele também o pronunciou no jardim, depois que mandei que pegasse sua mãe, Hoa, e partisse da capital. Está claro que ele obedeceu.

– O que está fazendo aqui? – pergunto, andando até ele.

Quero abraçá-lo, mas sei que não devo, considerando os presentes.

– Achei que era óbvio – responde ele. – Estou aqui para competir por sua mão.

Embora diga isso com leveza, vejo a dúvida atrás de seus olhos, o desconforto pairando sob a superfície polida e confiante. Basta olhá-lo do ângulo certo e as ilusões que cria se esvaem, revelando um garoto que brinca de se fantasiar, recitando frases que lhe foram ditas.

– Sir – rosna o rei Etristo em sua cadeira –, quem *exatamente* é o senhor?

– Ah, onde estão meus bons modos? – diz Erik, virando-se para o rei, fazendo outra reverência e lhe apresentando um envelope tirado do bolso da túnica. – Acabei de chegar de Goraki.

O rei Etristo faz um muxoxo desdenhoso, mas pega o envelope.

– Goraki são apenas ruínas – declara ele, abrindo o envelope, os olhos examinando o pergaminho. – Enviamos um convite como mera formalidade, mas todos sabem que não há família reinante lá desde que os kalovaxianos mataram o último imperador e seus filhos.

– Isso é o que todos *pensavam* – diz Erik, pegando calmamente uma taça de vinho tinto das mãos de um dos criados.

Eu me pergunto se alguém mais olha com atenção suficiente para ver que a taça treme em sua mão, a superfície do líquido escuro ondulando como um lago quando um cardume de peixes passa nadando.

– Imagine a surpresa geral quando a filha mais nova do último imperador retornou depois de presa pelos kalovaxianos durante duas décadas. E imagine a surpresa do filho quando ela lhe passou seu direito ao trono – continua ele.

Ele faz uma pausa, mas ninguém mais fala.

– O filho sou eu – acrescenta ele. – Caso não tenha ficado claro.

– Minhas congratulações – diz o rei Etristo, de maneira seca. – Mas o fato é que Goraki é uma terra devastada, sem dinheiro nem soldados. O senhor está desperdiçando nosso tempo.

Erik dá de ombros, embora seus olhos dancem pela sala.

– A quantia que Vossa Majestade requisitou foi apresentada – diz ele, olhando novamente para o rei Etristo. – Deixei-a com seu filho quando ele me recebeu com as mesmas perguntas que Vossa Majestade me faz agora. Ele mesmo a contou antes de permitir que eu entrasse no palácio. Tenho tanto direito de estar aqui quanto qualquer outro pretendente.

O rei Etristo ergue uma sobrancelha grossa e grisalha.

– E quanto resta em seus cofres depois dessa despesa, imperador?

Erik torce a boca.

– O bastante – diz, mas não dá mais detalhes. Em seguida, vira-se para mim e me oferece o braço livre: – Posso ter um minuto do seu tempo, rainha Theodosia?

Preciso me esforçar ao máximo para não parecer ansiosa demais ao concordar, embora essa empolgação logo esmoreça quando Dragonsbane nos segue até um canto afastado do pavilhão. Os olhos dos outros pretendentes nos acompanham, mas nenhum é mais sombrio do que os olhos do rei Etristo.

– Que bom ver você de novo, Erik – digo, lançando um rápido olhar para Dragonsbane, um passo atrás de nós.

Ela não faz qualquer esforço para esconder sua desaprovação. Viro-me para Erik:

– Ou agora devo chamá-lo de *imperador*?

– Pode me chamar de Erik, se eu puder chamar você de Theodosia – responde ele com um sorriso breve e triste. – Todo esse negócio de títulos é cansativo, não é?

– Só entre amigos – digo. – Pode me chamar de Theo.

– Que pena, não posso encurtar *Erik* sem soar ridículo – replica ele com um suspiro dramático.

Quando chegamos aos sofás reunidos no canto, solto o braço de Erik e afundo em um deles.

– Se já acabamos com as brincadeiras, você poderia me dizer o que de fato veio fazer aqui? – pergunto.

A fanfarrice de Erik desaparece quando ele se senta à minha frente, inclinando-se com os cotovelos apoiados nos joelhos. Dirige um olhar cansado a Dragonsbane quando ela se senta ao meu lado.

– Posso confiar nela? – indaga ele.

É uma pergunta complicada, mas não consigo imaginar o que Erik possa dizer que Dragonsbane não deva ouvir. Além disso, se ela achar que confio nela, será mais fácil manter outros segredos.

Faço que sim com a cabeça.

– Como Søren está? – indaga ele, baixando a voz. – Imagino que não esteja acostumado a ficar preso.

Embora mantenha um tom indiferente, há um lampejo de preocupação real por trás de suas palavras. São irmãos, afinal de contas, e também amigos.

– Ele foi um prisioneiro excepcional, na verdade – respondo, recostando-me nas almofadas macias.

– Foi? – pergunta Erik, os olhos arregalados. A fachada despreocupada cai mais alguns centímetros. – Ele não...

– Ele não está mais preso – esclareço. O alívio atravessa o rosto dele. – Tem seu próprio quarto aqui, sem correntes. Não lhe recomendaria que tentasse ir embora, mas não creio que ele queira.

Se a notícia da virada de Søren o surpreende, Erik não demonstra.

– Vecturia fez ele mudar – diz ele. – Fez isso com muitos de nós, mas acho que mudou mais Søren. A maioria dos kalovaxianos não via os astreanos como pessoas, mas como armas. Quando Søren deu a ordem...

Ele se cala quando vê que me encolho. Não consigo evitar. Não quero saber o que aconteceu depois. Não quero ouvir detalhes do modo horrível como meu povo foi assassinado. Não quero ouvir como Søren se sentiu mal ao dar a ordem de matar centenas dos meus e milhares de vecturianos inocentes, que só estavam protegendo sua pátria.

– Como foi que você se sentiu, Erik, quando assistiu a homens e mulheres astreanos sendo forçados a se destruir para protegê-lo? – pergunto, minha voz saindo como combustível à espera de uma fagulha.

Ele não responde de imediato.

– Fico contente de enfim podermos falar francamente, Theo – é o que acaba dizendo, a voz baixa. – A franqueza não é fácil para mim, depois de tantos anos com os kalovaxianos, mas vou tentar. – Ele respira fundo. – Quando a batalha de Vecturia aconteceu, acho que eu estava anestesiado para o sofrimento alheio. Eu tinha 9 anos quando saímos de Goraki, quando vi minha terra natal ser totalmente queimada. Mesmo antes disso, vi os kalovaxianos tratarem meu povo do mesmo modo que agora tratam seus escravos astreanos. O kaiser surrava minha mãe na minha frente e, quando ela tentou se rebelar, ele me obrigou a assistir enquanto um homem costurava sua boca. Não é uma boa resposta dizer que eu estava anestesiado, mas é a verdade. Sinto muito pelo que aconteceu, sinto mesmo, e vou fazer de tudo que eu puder para evitar que aconteça outra vez.

O espanto me cala, mas não cala Dragonsbane.

– E que poder é esse? – pergunta ela. – O rei Etristo está certo: Goraki não tem mais nada em seu nome. Não existem mais sedas caras para vender, nenhuma mercadoria, até onde sei. Vocês também não têm um exército. Estima-se que menos de dois mil gorakianos sobreviveram à invasão kalovaxiana. Esse número é falso?

Erik, para seu crédito, não se intimida com o olhar fixo de Dragonsbane.

– Não os contei pessoalmente – diz ele. – Mas essa estimativa parece exata.

– Então, como? – insiste ela.

Erik, porém, não tem a resposta.

– Somos mais fortes juntos – diz ele, falando comigo. – Contra os kalovaxianos, nossos países unidos são mais fortes do que seríamos sozinhos.

– Sim – concordo, com um sorriso triste. – Mas não fortes o bastante.

PHIREN

De volta ao quarto, toco a campainha que convoca Marial e ela aparece alguns instantes depois. Enquanto me ajuda a tirar o vestido e pôr a camisola, ela me dirige um olhar de alerta, como se desconfiasse que estou quebrando regras mais uma vez. Em troca, sorrio com inocência, mas acho que isso não a engana. Depois do que parece ser uma eternidade, ela finalmente pede licença com uma reverência rígida. Espero alguns minutos e saio no corredor, encontrando Erik à minha espera. Ele se encontra encostado na parede diante de minha porta, os braços cruzados no peito, ainda vestido com a túnica de brocado do jantar, embora agora pareça um pouco mais desarrumado. O cabelo se soltou do coque e pende solto até os ombros.

– Muito atrevido da sua parte, Theo – diz ele com um sorriso afetado. – Pedir a seu pretendente que a encontre em seu quarto.

– *Fora* do meu quarto – corrijo. – Achei que você fosse gostar de ver Søren.

O sorriso petulante desaparece do rosto dele.

– Obrigado – diz, mas há um toque de medo em sua voz.

– O que foi? – pergunto, conduzindo-o pelo corredor até o quarto de Søren.

– Sei que se passaram umas duas semanas desde a última vez que o vi, mas a sensação é de que foi uma vida inteira. Eu também talvez seja uma pessoa totalmente diferente – admite.

– Você ainda me parece você – digo. – Além disso, Søren também passou por algumas mudanças.

– Isso me preocupa ainda mais – admite Erik. – Conheço Søren desde o dia em que ele nasceu. Não gosto da ideia de sermos desconhecidos.

Lembro-me de Blaise aparecendo do nada naquele banquete, meses atrás, na primeira vez que o vi depois de uma década. Era um desconhecido para mim, embora antes tivéssemos sido íntimos.

– Ser desconhecido é uma coisa bastante fácil de resolver – respondo, apertando seu braço. – Mas você precisa começar em algum momento.

Há um guarda diante da porta de Søren que nem tenta esconder sua desaprovação com minha visita tarde da noite.

– O imperador está aqui para ver o prinz Søren – digo ao guarda com um sorriso doce. – Eles foram criados juntos, sabe?

O guarda solta um grunhido cético, mas se afasta para passarmos. Levanto a mão e bato.

– Entre – diz Søren, a voz abafada pela porta.

Empurro a porta e entro primeiro. Søren está deitado na cama, com um livro encadernado em couro nas mãos. Quando me vê, ele deixa o livro de lado e se senta, confuso, franzindo a testa.

– Theo? O que você... – Ele se cala quando Erik surge atrás de mim, e passa de apenas confuso para perplexo. Então rapidamente se levanta. – *Erik?* – Sua voz é hesitante, como se estivesse imaginando coisas.

Erik sorri, tímido, esfregando a nuca.

– Oi, Søren.

– O que é que você está fazendo aqui? – pergunta Søren, dando um passo em sua direção.

Mas não espera a resposta. Envolve Erik num abraço tão forte que parece que vão quebrar os ossos um do outro. Dali a um instante, Søren se afasta, segurando Erik com os braços estendidos.

– E que roupa é *essa*?

Erik ri.

– É uma longa história – diz, mas conta assim mesmo.

...

Quando faço menção de deixá-los a sós para conversarem, Erik me segue até a porta.

– Minha mãe quer ter uma palavrinha com você – diz ele.

– Hoa está aqui? – pergunto, surpresa. – Por que não me disse antes?

Ele dá de ombros, embora pareça pouco à vontade.

– Achei que o rei Etristo provavelmente ia querer conhecê-la, a concubina do kaiser que fugiu. Não queria submetê-la a esse tipo de atenção antes que fosse necessário.

Penso no modo como o rei Etristo e sua família me trataram no jantar da minha primeira noite aqui.

– Algumas pessoas gostam de se deleitar com o sofrimento dos outros – concordo.

– A *maioria*, pelo que descobri. Parece que se trata de uma característica humana. – Ele hesita um momento. – Removemos os pontos e ela voltou a falar – diz. – Mas ficou tanto tempo muda que às vezes é difícil entender o que ela diz. E ela ainda está um pouco... – Ele se interrompe, balançando a cabeça.

– Dez anos sob o controle do kaiser foi um pesadelo que não consigo descrever completamente a ninguém – digo. – Não imagino como ela aguentou vinte.

• • •

Hoa está esperando em meu quarto quando abro a porta. Senta-se delicadamente na borda de uma cadeira junto à lareira de mosaico vazia, que imagino ser puramente ornamental, as costas retas e rígidas e as mãos corretamente cruzadas sobre o colo. Como Erik, ela veste uma túnica longa de brocado, mas a dela é de um tom claro de pêssego, amarrada na cintura com uma faixa de seda vermelha. As mangas largas engolem seus braços finos e só as mãos pálidas como ossos são visíveis. O cabelo preto está entremeado de prata e ela agora o usa solto sobre os ombros, não no coque apertado que sempre vi. Os pontos sobre a boca se foram, mas os furos permanecem, três em cima, três embaixo. Duvido que algum dia se fechem por completo.

Ela deve ter me ouvido entrar, mas não ergue os olhos, fixos na lareira vazia, como se esperasse que o fogo ganhasse vida a qualquer momento.

– Hoa – digo com cuidado.

Embora eu saiba que está realmente ali diante de mim, ela parece efêmera, e quase espero que desapareça se eu a assustar.

Ela não desaparece. Em vez disso, vira-se para me olhar. Embora ainda não tenha 40 anos, parece muito mais velha, como se uma dúzia de vidas lhe tivessem sido sugadas. A kaiserin tinha a mesma aparência antes de morrer. Suponho que o kaiser tenha o talento de fazer isso com as mulheres, dená-las.

É o sorriso de Hoa que me abala, porque nunca o vi. Acho que ela não era capaz quando sua boca estava costurada e, mesmo que fosse, não havia muita razão para sorrir. É uma pena, porque seu sorriso é luminoso a ponto de limpar o céu durante uma tempestade.

– Minha *Phiren* – murmura ela, levantando-se.

A palavra é estranha, mas eu mal a ouço. Meu corpo está paralisado, mesmo quando ela vem até mim e toma meu rosto entre as mãos. Ela me beija numa bochecha, depois na outra.

De repente percebo que nunca esperei vê-la de novo. Em minha mente, ela é um fantasma, já morta e enterrada. Mas não, ela está aqui, em carne e osso, e não sei o que dizer a ela.

– Odeio essa língua – diz ela em kalovaxiano. – Tem gosto de terra de cemitério na minha boca, mas é a única que nós duas compartilhamos, não é?

– Você não deveria ter vindo para cá – digo. – Deveria ter ido para muito longe, para algum lugar onde o kaiser não a encontre.

Ela ergue as sobrancelhas finas como linhas.

– Se é seguro para você, é seguro para mim.

– E se não for seguro para mim? – pergunto. – O kaiser ofereceu uma recompensa tentadora por minha morte ou minha captura. O rei Etristo me prometeu segurança, mas não sou tola a ponto de acreditar que essa promessa seja uma garantia. Você pode ir para outro lugar, onde o kaiser nunca procure.

Hoa fica um momento em silêncio.

– O medo dá poder aos monstros – diz ela, enfim. – Não tenho medo dele. Ele não tem esse poder sobre mim. Não mais, minha *Phiren*.

Franzo a testa. É a segunda vez que ela usa essa palavra que não conheço. Erik disse que às vezes é difícil entendê-la. Talvez eu não esteja ouvindo direito.

– *Phiren* – repito, tentando entender.

Ela ri, um som bastante gutural que, de algum modo, é ainda mais bonito.

– É assim que sempre chamei você na minha cabeça – explica ela. – Esqueço que você nunca me ouviu. Tive muitas conversas com você durante todos aqueles anos, mas você nunca ouviu nenhuma delas.

Ela me conduz para a área de estar e se instala no sofá, puxando-me para que eu me sente ao lado dela.

– Em Goraki, temos a lenda da ave de fogo – diz ela. – Ela nunca morre, a *Phiren*. Primeiro, é feita de brasas e brilha muito antes de explodir em chamas. A *Phiren* arde luminosa durante muitos anos, mas nenhum fogo queima intensamente para sempre. Quando enfraquece, quase extinto, torna-se uma ave obscura vestigial, com uma fumaça que deixa tudo turvo, formando uma espécie de névoa. Fica assim por algum tempo, às vezes séculos, mas sempre chega o dia em que uma brasa dentro dela reacende e a vida recomeça.

– É uma ave de verdade? – pergunto.

Ela ri.

– Isso não sei dizer – admite ela. – É uma história que contamos às crianças para mantê-las ocupadas. *"Procure a Phiren enquanto os adultos falam coisas de gente grande. Se a vir, um desejo seu se realiza!"* Ou um modo de explicar o mau tempo, ou a colheita ruim. Dizíamos que a *Phiren* tinha se transformado em uma espécie de névoa, mas logo voltaria às chamas, e a sorte de Goraki voltaria com ela. Às vezes, as pessoas afirmavam que a tinham visto, mas acho que a maioria acredita que não passa de um mito.

Ela para e me olha, pensativa.

– Ainda assim, você me lembrava essa lenda. Com seus olhos brilhantes, a coroa de cinzas e sendo filha da Rainha do Fogo. *Lady Thora*, era como a chamavam, mas eu pensava em você como *Dama da Névoa*. Sabia que era apenas uma questão de tempo até que seu vigor reacendesse, até que você voltasse a arder o suficiente para fugir dele.

O nó em minha garganta aumenta e as lágrimas fazem meus olhos arderem.

– Às vezes eu sentia ódio de você – admito. – Queria que você fizesse alguma coisa, que me ajudasse, que me salvasse. Acho que não percebi que você também era prisioneira. Até Erik me contar, não percebi que o kaiser tinha... – Paro de falar, incapaz de dizer a palavra. Ela, porém, entende o que quero dizer.

– Que divide a cama com ele – completa ela, balançando a cabeça em seguida. – Não, isso não é verdade. Soa como se eu tivesse escolha, embora eu ache que você entende o que quero dizer melhor que a maioria.

– Ele não me tocou – digo a ela. – Não dessa maneira.

Ela suspira devagar.

– Sempre serei grata por isso – afirma ela. – Eu temia o dia em que isso aconteceria. Gosto de pensar que eu daria um jeito de impedir, que conseguiria tirar você de lá antes disso, mas não sei se é verdade. Não existia saída para nós, não até você mesma abrir o caminho.

Ela descansa a mão sobre a minha e a aperta. Seus dedos são osso puro, como os da kaiserin, mas os de Hoa são quentes. Ela está viva, eu estou viva e, às vezes, a kaiserin tem razão e isso basta.

– Tenho orgulho de você, minha *Phiren*. Talvez você seja corajosa... e tola... o suficiente para triunfar.

PIQUENIQUE

Em Sta'Crivero, a palavra *piquenique* tem um sentido diferente do que tinha em Astrea. Lá, o piquenique significava uma toalha ao ar livre, à sombra de uma árvore. Significava um cesto com petiscos e uma jarra de suco de frutas. Um dia tranquilo de descanso lânguido sob o sol.

Em Sta'Crivero, porém, é rebuscado como tudo o mais. O fato de ser ao ar livre é a única diferença entre o piquenique e um banquete comum. Uma robusta mesa dourada, com cadeiras estofadas, foi montada no alto de uma duna de areia do lado de fora das muralhas da cidade. Um grande toldo de tecido protege os participantes do sol implacável e dois criados se postam perto de nós, agitando grandes leques de tecido para manter o ar numa temperatura tolerável. Os pratos e utensílios são de ouro, cravejados de pedras preciosas. A comida é uma refeição completa com cinco pratos, sendo um deles um peru inteiro – o que parece um exagero, considerando que somos só quatro pessoas, três delas mulheres com a cintura tão apertada pelo espartilho dos vestidos sta'criveranos que mal conseguimos respirar, muito menos comer.

O chanceler Marzen organizou esse passeio particular comigo, embora eu me pergunte quanto terá pagado ao rei Etristo por minha companhia. Não fosse pela presença de Dragonsbane e de *salla* Coltania como acompanhantes, eu me sentiria uma cortesã cuja companhia pode ser contratada por hora.

– Está muito elegante nesta cor, rainha Theodosia – elogia o chanceler, enchendo meu copo de água com limão, embora eu só tenha tomado alguns golinhos.

Dou uma olhada no vestido que Marial escolheu para mim hoje, de chiffon azul-claro. Essa nunca foi a minha cor. Cress costumava dizer que eu era feita de fogo e ela, de gelo, pelo modo como nos vestíamos: eu, com cores quentes; ela, com cores frias.

– Obrigada – é tudo que consigo pensar em dizer.

Dragonsbane me dá uma cotovelada com mais força do que seria necessário e, com a cabeça, indica o chanceler, que aguarda, ansioso.

– Ah – digo, quando me dou conta. – O senhor também está muito elegante, chanceler Marzen.

Mas, naturalmente, minha resposta vem tarde demais e muito desanimada para soar genuína. No entanto, não acho que isso tenha importância. O chanceler já está suficientemente encantado com a própria companhia. Ele não precisa de mim aqui.

Ele pigarreia, dirige um rápido olhar para minha tia e sua irmã e volta a atenção para mim, baixando a voz:

– Mal posso esperar para conhecê-la melhor – comenta ele de um jeito que desliza como graxa por minha pele.

– Digo o mesmo – rebato, mantendo a voz controlada. – Esses passeios não servem para isso, chanceler? Para nos conhecermos melhor?

– É claro – interrompe Coltania com um sorriso ofuscante, toda dentes brancos e lábios vermelhos. Ela passa preguiçosamente os dedos manicurados pela borda do prato de ouro à sua frente. – Sabe, Marzen e eu não tivemos coisas como essas quando éramos crianças.

– Coltania – repreende o chanceler, a voz pesada com o aviso.

Ela apenas ri e dá uma cutucada implicante no irmão.

– Ora, vamos, foi o fato de poder se identificar com você que levou nosso povo a elegê-lo – diz ela antes de se virar para mim. – Crescemos num sítio, se é que realmente podemos chamar o lugar assim. Tinha animais, sim, mas a maioria era velha ou doente demais para ter alguma utilidade.

– Sinto muito – respondo, porque parece a única coisa a dizer.

Ela ergue os ombros angulosos.

– Era a única vida que conhecíamos – comenta ela. – Era normal. Minha mãe morreu ao dar à luz um terceiro bastardo, o que acabou sendo a melhor coisa que nos aconteceu.

– Coltania – adverte o chanceler mais uma vez, a voz mais ríspida.

Ela o ignora.

– Não é o que ele conta em seus comoventes discursos, mas mesmo assim é verdade – diz ela. – Depois que ela morreu, Marzen e eu... devíamos ter 9 e 10 anos na época... deixamos nosso barraco para trás e fomos para a cidade grande tentar a sorte. Marzen sempre teve mais charme do que se dava conta. Ele conseguiu convencer as pessoas a lhe darem vagas de aprendiz no lugar de garotos mais qualificados. Primeiro foi como ferreiro, não foi? – pergunta ela. – Você voltava para casa coberto de suor e carvão.

O chanceler faz que sim, mas seus olhos ficam distantes.

– Depois, ourives – acrescenta ele.

– Você não era bom em nenhum dos dois ofícios – admite ela com uma risada. – Mas fez amigos. Ele sempre foi muito bom em fazer amigos – diz ela a mim e a Dragonsbane. – Eu, não. As pessoas tendem a não gostar de mim.

– Você as intimida – afirma Marzen, com certa gentileza. – Diz o que pensa, e isso deixa as pessoas desconfortáveis.

Coltania reflete um pouco antes de dar de ombros.

– Bom, não gosto da maioria das pessoas porque elas não dizem o que pensam. Mas a questão não é essa – continua ela.

– *Qual é* a questão? – pergunta Dragonsbane, parecendo entediada.

Coltania sorri de novo, mas dessa vez há algo de duro e feroz em seu sorriso. Ela mal olha para Dragonsbane. Toda a sua atenção se concentra em mim.

– Os outros governantes que estão aqui receberam tudo de mão beijada – diz ela. – A coroa deles é um direito hereditário, não foi *conquistada*. Nenhum deles sofreu como nós sofremos, nenhum pode entender você como nós a entendemos.

Não vacilo diante da intensidade de seu olhar, embora a vontade seja grande. Há uma certa sofreguidão em seus olhos, como se fosse me engolir inteira, se isso significasse nunca mais ter que sentir fome. Deveria me assustar, mas não assusta. Reconheço esse olhar – tenho certeza de que já o usei vezes sem conta.

– Somos como irmãs, não acha? – pergunta ela.

Considerando que nossa conversa não durou mais do que cinco minutos no total, a palavra *irmãs* parece um pouco exagerada, mas respeito a tática. Ela não sabe que a palavra esfola minha pele, que me recorda a última garota que me chamou de irmã.

Eu me obrigo a não pensar em Cress, não aqui, não agora. Não posso sentir falta dela, não posso me sentir culpada. Onde quer que esteja, ela com certeza não sente minha falta.

– O que seu título significa, *salla* Coltania? – pergunto para mudar de assunto. – Ouvi outros usarem, mas não conheço a origem.

Coltania sorri.

— É uma simples forma de tratamento, como *lady* ou *senhorita* — explica ela.

— Um pouco mais do que isso — completa Dragonsbane, rindo. — É um título honorífico oriânico. Significa que ela é especialista em seu campo.

— Ah — digo, surpresa. — Eu não sabia, *salla* Coltania.

Ela balança a cabeça, o rosto corando.

— É uma formalidade boba.

— Qual o seu campo de especialidade? — pergunto.

— Ciência — responde o chanceler Marzen. — Ela estudou com as melhores mentes do mundo e aprendeu biologia, química e coisas que nem consigo começar a pronunciar.

Seu sorriso autodepreciativo é tão charmoso e bem treinado como tudo mais nele.

— Admito que não sei muito sobre ciência — digo, me inclinando à frente.

— É tudo muito chato — comenta o chanceler Marzen, rindo. — Ela afasta todos os pretendentes falando de compostos químicos. Um verdadeiro talento.

— Que emprego intencionalmente — replica ela, mas dessa vez o sorriso é mais caloroso. — Como mulheres, precisamos ter nossas armas neste mundo, sejam elas a mente, os punhos, as artimanhas ou as lágrimas.

Sinto meu próprio sorriso mais real quando ergo a taça e digo:

— Concordo plenamente.

...

— Não gosto dele — revelo a Søren mais tarde, enquanto caminhamos juntos pelo jardim no terraço do palácio, que, segundo Søren, é famoso no mundo inteiro.

Posso ver por quê: há mais flores aqui do que consigo citar, num prisma de cores que eu não sabia que existiam na natureza. Trilhas com pavimento dourado serpenteiam por um verdadeiro labirinto de folhagens, enquanto réstias de sol se filtram pelos ramos das árvores no alto. Uma teia complexa de encanamentos se estende sobre o jardim como um dossel, soltando uma névoa leve e constante que nega o ar seco de Sta'Crivero. Não há mais ninguém à vista.

– O chanceler? – pergunta Søren, franzindo a testa. – Ele não parece tão terrível. Sem dúvida é ambicioso, mas essa não é uma característica negativa.

– Em si e por si, não – admito, parando para examinar um cacho de flores brancas em formato de estrela. Por mais bonitas que sejam, não têm cheiro algum. Endireito-me e pego de novo o braço de Søren. – Tem alguma coisa nele e na irmã me incomoda. Eles formam uma equipe: ele é suave e bem falante, ao passo que ela é o cão que ataca quando o charme dele não basta. Penso que um não funciona sem o outro.

– Acha que tem algo impróprio entre eles?

Levo um momento para perceber o que ele está insinuando. Franzo o nariz.

– Pelos deuses, não, não me refiro a *isso*. Só que são como duas metades separadas da mesma pessoa.

Ele fica um momento em silêncio.

– Existem boatos em torno da eleição que ele venceu, embora eu tenha certeza de que estavam distorcidos e enredados quando chegaram até mim – diz ele com cautela.

– Que tipo de boato?

Søren dá de ombros.

– Suborno. Ameaças. Assassinos contratados, em algumas das histórias mais extravagantes. Dizem que ela cavou o caminho dele até a chancelaria e que esse caminho é pavimentado com sangue e ganância. Duvido da veracidade da maioria das histórias. Eles têm muitos inimigos em Oriana. Muitas famílias ricas e antigas ainda ficam furiosas com a ideia de um jovem arrivista ocupando seu cargo mais alto. Em geral, os boatos só têm um grão de verdade, se tanto.

– Acho que sabemos disso melhor do que ninguém, pelo que andam dizendo sobre nós – observo com uma risada.

Por um instante, parece que Søren quer dizer alguma coisa, mas ele apenas balança a cabeça, como se se livrasse de um pensamento.

– Já tem algum favorito? – indaga ele.

Solto um gemido e ele reformula a pergunta.

– Tem algum pretendente que não seja tão horrível quanto você esperava?

Reflito sobre a pergunta.

– Conheço Erik, confio nele mais do que nos outros e ele aceitaria uma aliança sem casamento, mas essa aliança não nos daria nada. Goraki está fraco demais depois da invasão kalovaxiana. Não podem nem se proteger, quanto mais declarar guerra a outro país.

Embora eu saiba que é verdade, meu coração se aperta quando Søren não me contradiz.

– Dos pretendentes com poder bastante para me ajudar a recuperar Astrea, prefiro o arquiduque – digo, embora proferir essas palavras me dê vontade de vomitar. – Haptania tem um exército suficientemente grande para ajudar e ele me trata com mais respeito do que os outros. Acho que poderíamos ser amigos a longo prazo.

Não consigo me forçar nem mesmo a pensar no que significaria unir nossos países, dar a ele e a seu país alguma fatia de controle sobre o meu.

Søren pensa um pouco, a testa franzida em profunda concentração. *É assim que ele fica no campo de batalha, examinando o terreno e elaborando estratégias.* Quando vira a cabeça para me olhar com essa mesma intensidade, sinto um frio na barriga. Por um momento, é como se estivéssemos de volta a Astrea, antes de trairmos um ao outro e salgar a terra entre nós.

Ele era assim em Vecturia, antes de dar a ordem de usar meu povo como arma. Desvio o olhar.

– Tem alguma opção que não inclua casamento? – pergunto, embora saiba que, se houvesse, ele já teria dito.

Mesmo assim, tenho esperanças.

Ele pensa, erguendo a mão para tocar as folhas baixas de uma árvore quando passamos sob sua sombra.

– Hipoteticamente – começa ele, – se você pegasse os poucos guerreiros que Erik tem a oferecer, mais talvez sessenta por cento da tripulação de Dragonsbane que pode ser convencida a segui-la... e isso é uma previsão otimista... Não, não basta. Não chega à metade. Nem a um quarto.

Esfrego as têmporas e fecho os olhos com força, como se pudesse deixar de fora a realidade da situação.

– Então, suponho que é o arquiduque, a menos que surja outra opção.

Ele hesita.

– E se... e se eu me apresentasse? – pergunta ele.

Rio.

– Søren, fale sério – digo.

Ele para de repente, estende a mão para mim, os dedos calosos segurando meu braço, de modo que não tenho opção senão olhar para ele.

– Estou falando sério. Esse era o seu plano original quando estávamos em Astrea, não era? Dividir os kalovaxianos, para que alguns me seguissem e outros seguissem meu pai?

– Era mais complicado do que isso – digo. – E o restante do plano era matar você para dar início a uma guerra civil, caso tenha esquecido.

Ele faz uma careta.

– *Dessa* parte não gosto muito.

Balanço a cabeça.

– Metade dos kalovaxianos acham que você é um traidor. A outra metade acha que você é fraco demais por ter sido capturado por uma garota. Você se lembra do que Mattin disse no navio? Ele achava que eu tinha enfeitiçado você. Tenho certeza de que não é o único a pensar assim.

Ele reflete, aquela mesma intensidade silenciosa gravada em seus traços.

– Lutei durante anos ao lado de homens que ainda podem ser mais leais a mim do que a meu pai – pondera ele. – Não faria mal escrever uma carta.

– Faria, se mostrasse a nossos inimigos onde estamos e o que fazemos aqui – observo. – Minha cabeça está a prêmio, Søren, e se o kaiser descobrir que estou aqui, acho que nem Etristo vai conseguir me proteger, principalmente se souber que a gente planeja roubar a parte dele em meu dote.

– Podemos trabalhar por outros canais – diz ele. – Enviar as cartas por vários mensageiros, para que não sejam rastreadas.

– E o que todo esse esforço nos traria? Algumas dúzias de guerreiros? Ainda assim não seria suficiente.

Ele fica um momento em silêncio, mas a intensidade de seu olhar não abranda.

– Só não quero que você tenha que fazer isso – diz ele por fim. – Não quero que se case com nenhum deles.

– E eu aqui pensando que você gostava do arquiduque – respondo, mantendo a voz leve e brincalhona. – Você idolatra o homem.

– Ele é um guerreiro brilhante – concorda Søren, e, em seguida, baixando a voz: – Mas isso não significa que mereça você.

Suas palavras tiram o ar de meu pulmão e me perturbam e irritam ao mesmo tempo. A raiva vence, porque é muito mais simples.

– Não sou um prêmio a ser merecido – digo-lhe com rispidez. – O rei Etristo pode me tratar assim, mas eu esperava mais de você.

– Não foi isso que eu quis dizer – rebate ele, suspirando. – Mas tem sido... difícil observar todos eles brigando por você, embora eu saiba que só lutam por um país distante, por pedras preciosas, por dinheiro. Venho segurando a língua, Theo, e não vou falar mais nada sobre isso depois, juro, mas você tem que saber que essa situação está me deixando louco.

Durante um longo momento, não consigo pensar em nada para dizer. Achei que estivéssemos na mesma sintonia, que o que houve entre nós estivesse enterrado tão profundamente que agora podíamos ignorá-lo. Não gosto de ser lembrada de que não faz muito tempo pensei que estava me apaixonando por ele, de que mesmo agora ele tem o poder de acelerar meu coração, virar meus pensamentos de cabeça para baixo.

Como não respondo na mesma hora, Søren se aproxima de mim, a pressão de sua mão em meu braço aumentando. Sua pele ainda tem aroma de madeira e, apesar de todas as razões pelas quais sei que não deveria, eu me aproximo dele. Sua boca está tão perto que consigo sentir o cheiro de café em seu hálito, tão próxima que basta eu inclinar a cabeça para cima e seus lábios encontrarão os meus. O desejo de fazer isso é avassalador, mas levo a mão livre até seu ombro e o afasto.

– Foi um teatro, Søren – digo em voz baixa, embora não consiga enfrentar seu olhar. – Tudo aquilo. Eu vi você, sabia o que você queria e me *tornei* o que você queria. Mas nunca fui eu. Aquela garota era uma farsa.

Søren se retesa antes que sua máscara também volte ao lugar. Ele se afasta mais um passo de mim, seus dedos soltando meu braço. A pele que ele tocava de repente fica fria demais, mesmo no calor sta'criverano.

– Como já disse – afirma ele, as palavras com bordas afiadas –, voltarei a segurar a língua.

Ele me deixa sozinha no jardim. A raiva que senti dele logo se esvai, mas não sei descrever direito o sentimento que fica. É como descer uma escada e pensar que há um degrau a mais. De repente, todo o meu mundo parece fora de prumo. Nada do que eu disse foi mentira – talvez tenha sido a coisa mais franca que já disse a Søren –, mas, ainda assim, o gosto das palavras é ruim.

TREINO

A ESPADA QUE SE APROXIMA DO MEU rosto não tem corte, mas ainda assim vai doer bastante se me atingir de fato. Abaixo a cabeça, ao mesmo tempo que levanto o braço para me proteger. A lâmina me acerta com um ruído surdo e tenho certeza de que deixará um hematoma.

– *Ai* – digo a Artemisia, afastando a espada.

Estamos no meu quarto depois do almoço, enfim tendo uma das aulas que discutimos no *Fumaça*. É difícil treinar no quarto, com toda aquela mobília enorme e pesada, porém conseguimos abrir espaço suficiente para nós duas nos movermos. Não tinha ilusões quanto à minha habilidade com a espada, mas esperava que Artemisia pelo menos me poupasse um pouco no começo.

Não tive essa sorte. Ela nem queria usar espadas próprias para o treino, embora eu esteja feliz por ter insistido nisso. Se as espadas fossem afiadas, ela já teria me matado. Agora estou no chão, perto da lareira, e ela se encontra em pé sobre mim, uma das mãos no quadril, a outra ainda segurando a arma como se fosse uma extensão do braço.

– Agora você perdeu o braço – comenta ela, entediada. – Mas não o dominante. Então suponho que, tecnicamente, você ainda tenha uma chance.

Uma chance. Eu poderia ter quatro braços e ainda assim não teria qualquer chance.

– Eu me rendo – digo. – Podemos começar do começo? Como me posicionar? O jeito certo de segurar a espada?

Artemisia ergue uma sobrancelha, parecendo insolente.

– Pode ser – diz ela, o desdém pingando de cada palavra. – Levante-se.

Não é tão fácil quanto parece. Ela já deixou sua marca nas minhas duas pernas e no braço esquerdo e todos os meus músculos gritam quando tento me levantar. Pelo menos ela trouxe do *Fumaça* uma roupa *para mim*. Acho que não conseguiria nem erguer a espada num de meus vestidos sta'criveranos, rígidos e enfeitados. É mais fácil me movimentar de calça e túnica, embora seja difícil imaginar que eu pudesse lutar pior do que já luto.

– Pernas separadas na distância equivalente aos ombros – diz Artemisia, chutando a parte interna das minhas panturrilhas até meus pés estarem suficientemente separados. – Um ligeiramente à frente do outro, para equilibrar.

Obedeço, embora me sinta um tanto ridícula. Artemisia me examina com olho crítico antes de me dar um bom empurrão com a mão livre. Eu me desestabilizo, mas consigo me manter no lugar. Ela assente.

– Muito bom – diz ela. – Agora, levante a espada.

Levanto e ela segura minha mão, ajustando os dedos. Mais uma vez, parece esquisito. No entanto, estou mais firme do que antes. A arma é maior que meu punhal e muito mais pesada, mas Art diz que é um bom tamanho para começar.

– Quando estiver se defendendo, é bom cruzar o corpo com a espada. Digamos que o ataque venha de cima. – Ela posiciona meu braço para que a espada fique acima da minha cabeça, paralela ao chão. – Então eles tentam atingir sua perna esquerda – continua ela, movendo a espada diante do meu tronco até ela estar na frente da perna esquerda, um pouco para o lado. – Atacar de fora para dentro só vai empurrar a arma do seu adversário para você, dificilmente o efeito desejado.

– Não dava para você ter me dito isso *antes* de me cobrir de hematomas?

Ela dá um sorrisinho afetado.

– Achei que eles dariam um pouco mais de peso à aula. Vamos recomeçar?

– Acho que sim – digo com um suspiro. – Você não vai me ensinar a contra-atacar?

– É claro que vou – responde Artemisia, dando de ombros. – Assim que você entender como se defender. Um passo de cada vez.

Agora consigo me defender de alguns golpes, até que sua espada atinge meu cotovelo com força suficiente para provocar uma onda de dor no corpo inteiro. Largo a espada, que cai com estrondo no chão.

– Estou com a sensação de que você está gostando disso – murmuro, a mão no cotovelo dolorido.

Artemisia não nega e seus olhos cintilam quando ela pega a espada e me entrega com o punho virado para mim.

– Minha mãe não era bem uma professora cuidadosa. Praticamente aprendi com os meus erros.

– Bom, se sua habilidade serve como prova, funcionou – digo. – Você é um dos melhores lutadores que já vi.

Talvez seja a primeira vez que fiz Artemisia sorrir de um jeito que parece totalmente genuíno, não zombeteiro, nem sarcástico, nem causado pelo infortúnio de alguém. É um sorrisinho delicado, quase tímido, embora essa não seja uma palavra que eu usaria para descrever Art.

– Minha mãe nunca soube direito o que fazer comigo – admite ela. – Achei que, se conseguisse ser boa, forte, durona, ela se orgulharia de mim. Agora, acho que essa possibilidade morreu com meu irmão.

O irmão dela, o que morreu nas minas. O guarda que o assassinou foi a primeira pessoa que Artemisia matou, embora com certeza não a última.

– Sinto muito – digo.

Ela dá de ombros outra vez, mas seus ombros estão tensos e o movimento parece brusco e violento.

– Mais ou menos nessa época, deixei de esperar a aprovação de minha mãe e chegamos a um impasse. – Ela franze a testa para mim. – Falar não fará você ficar melhor, sabia? Vamos de novo.

Eu preferia mantê-la falando, mas ergo a espada e firmo a postura, apesar do meu braço começar a tremer com o peso.

Desta vez, quando ela ataca, parece ser com uma dose extra de força e, embora eu bloqueie seu golpe, a intensidade do ataque me faz dar um passo atrás. Ela não me dá chance de me recuperar, acompanhando meu movimento e atacando de novo, agora meu quadril direito. Faço a defesa, dou outro passo atrás, mas meu pé se prende na borda do tapete e caio no chão, sentada.

– Isso ajuda? – pergunto, enquanto me levanto com dificuldade. – Bater em alguém em vez de falar?

Ela me olha carrancuda.

– Quer tentar? Se você lutasse metade do que fala, conseguiríamos chegar a algum lugar.

Sinto o rosto esquentar.

– As pessoas esperam que as rainhas sejam melhores em falar do que lutar – observo. – Algum dia, Astrea não vai estar mais em guerra e vai precisar de um líder.

– Melhor você do que eu – replica ela. – Vamos de novo.

Solto um gemido.

– Preciso de uma pausa e de um pouco d'água – peço. – Dez minutos.

Artemisia franze os lábios.

– Cinco – diz ela, embora, misericordiosamente, baixe a espada e se sente no sofá que empurramos até a parede.

Vou até a bacia e sirvo dois copos d'água. Depois de entregar um a ela, eu me sento ao seu lado.

– Está sendo difícil com Søren.

As palavras forçam o caminho até a boca, embora eu não queira pronunciá-las. Mas a confissão que ele me fez no jardim me pesa muito e não existe mais ninguém com quem eu possa conversar. Blaise e Heron estão fora de questão e a ideia de confidenciar a Dragonsbane é risível. Tomo outro gole d'água e continuo:

– Achei que estava tudo certo entre nós, mas ontem ele disse que não quer que eu me case com outra pessoa porque ainda sente alguma coisa por mim.

Artemisia toma um longo gole d'água, me encarando, severa, por sobre a borda do copo.

– E...? – começa ela quando acaba de beber, enxugando com a manga as gotículas no lábio superior. – Quer que eu pergunte como você se sente? Não consigo nem expressar o quanto seus sentimentos pouco me interessam, Theo – diz ela.

– Eu só estava conversando – digo, tentando esconder a mágoa. – É o que as amigas fazem.

Ela ri com desdém.

– Não somos amigas desse tipo – rebate ela antes de me olhar como se conseguisse enxergar até meu coração. – Eu não sou ela, você sabe. Não sou sua amiga kalovaxiana.

Artemisia sabe o nome de Cress, mas não o diz em voz alta. Fico quase feliz com isso, porque acho que não conseguiria manter uma expressão neutra. Mesmo agora, titubeio.

– Eu não disse que era – replico. – Só quis...

– Minha preocupação com Søren só diz respeito a quanto ele é útil para mim – acrescenta ela. – Se quiser conversar sobre alianças que ele pode ter com outros países ou informações que possua sobre a estratégia de combate kalovaxiana, fico feliz em ouvir. Mas, se quiser fazer poesia sobre seus músculos, olhos ou qualquer bobagem que ache bonita, recomendo procurar outra pessoa. Ou melhor, guarde para si mesma. Isso faz você parecer uma garota fracote de 16 anos e dificilmente é essa a imagem que quer passar àqueles que buscam a sua liderança.

As palavras dela me aferroam e me queimam. Pouso o copo d'água e pego a espada.

– Vamos de novo – digo.

Ela dá um sorriso afetado e se levanta, pegando sua espada.

Ainda perco, mas dessa vez consigo fazer alguns ataques sem vigor antes que ela me atinja com força no ombro.

– Assim está melhor – diz ela, aprovando com a cabeça. – Vou precisar irritar você mais vezes.

Solto o ar com força pelo nariz.

– Não sei se isso é possível – respondo.

Somos interrompidas por uma batida forte na porta. Fico paralisada, o pânico percorrendo meu corpo, mas Artemisia se limita a rir.

– Relaxe – diz ela. – Não estamos em Astrea. Não estamos fazendo nada errado.

Abro um sorriso leve.

– Ainda assim. Duvido que esgrima seja a ideia que o rei Etristo tenha do comportamento feminino ideal.

Ela balança a cabeça.

– Deuses! Fico feliz de não ter que ficar perto dele tanto quanto você. Acho que o mataria.

Ela diz isso de forma bem casual, mas não consigo deixar de me perguntar até que ponto está falando sério.

– Ele deve ter mais de 80 anos – observo, atravessando o quarto para abrir a porta. – Não seria uma luta justa.

Quando abro a porta, vejo uma criada à espera, vestida com a libré do rei, nas cores branca e laranja, que provavelmente custa mais do que a mulher ganha em um ano. Seus olhos se arregalam ao ver minha roupa.

– Rainha Theodosia? – pergunta ela, corada.

– Sim, sou eu – respondo com um sorriso que espero que a deixe à vontade, mas que parece surtir o efeito contrário.

Ela estende uma carta com mãos trêmulas, os olhos baixando para o chão.

– De Sua Majestade, o rei Etristo – anuncia ela.
– Obrigada – replico, pegando a carta.
Antes que eu possa perguntar se deseja mais alguma coisa, ela sai correndo de volta pelo corredor.
– Coisinha assustada – comenta Artemisia atrás de mim.
Eu a ignoro e abro a carta com a unha do dedo mínimo.
– Então? – insiste ela.
Examino a carta rapidamente, é bem curta.
– *"Cara rainha Theodosya"*... Ele escreveu meu nome errado – digo.
Ela dá de ombros e fala:
– Provavelmente não foi ele. Imagino que tenha sido ditada.
Sei que é uma coisa pequena e que não deveria me incomodar, mas meu nome me foi tirado durante dez anos. Agora que é meu outra vez, vê-lo mutilado dói mais do achei que doeria. Continuo.
– *"Outro pretendente chegou na esperança de cortejá-la. Vossa Majestade conhecerá o chefe Kapil, das Ilhas Vecturianas, no jantar desta noite."*
– O chefe de Vecturia? – pergunta Artemisia, franzindo a testa. – Mas ele deve ter mais de 100 anos. Não será um de seus filhos?
– Não é o que diz aqui – respondo, franzindo o nariz. – Parece que é o chefe em pessoa.
Artemisia pensa por um momento.
– Bom – diz, finalmente. – Suponho que seja o mesmo caso do príncipe menino, não é? Duvido que o homem seja capaz de consumar o casamento, portanto você pode estar com sorte.
Ela consegue dizer isso com o rosto sério, contudo dá para ver que está segurando o riso.
Pego uma almofadinha num dos sofás e a jogo nela, mas é claro que ela se esquiva habilmente, rindo ainda mais.
– Não que isso me adiante muito – digo. – Vecturia não tem os recursos necessário para atacar os kalovaxianos. Ainda mais depois da batalha de algumas semanas atrás. Eles mal têm o bastante para comprar comida, quanto mais para exércitos.
– O chefe deve saber disso também – ressalta Artemisia. – Por que vir até aqui e pagar toda essa quantia se não tem chance?
– Não sei – admito. – Mas acho que vou descobrir.

ASSASSINATO

Marial tem dificuldade para cobrir as marcas que o treino com Artemisia deixou, mas agora elas mal são visíveis, cobertas por tantos cremes e pós que minha pele parece artificial, como a de uma boneca pintada. Também coça terrivelmente.

– Pare de se remexer – ralha Dragonsbane enquanto seguimos pelo corredor em direção ao pavilhão do jantar. – E, pelo amor dos deuses, tente se controlar perto do imperador.

Meu rosto esquenta.

– Erik é meu amigo.

– Um amigo inútil – contrapõe ela. – Seria melhor você dedicar seu tempo a fazer novos amigos.

Forço-me a engolir a resposta.

– O que você sabe sobre o chefe vecturiano? – pergunto, para mudar de assunto.

Ela faz um muxoxo.

– É um idiota velho e caduco. Você não vai querer se casar com ele.

– Eu não quero me casar com *ninguém* – lembro a ela. – Mas farei o que for preciso por Astrea.

Dragonsbane me olha de lado, um sorriso surpreso repuxando os cantos de sua boca.

– Boa garota – diz ela, antes de abrir a porta do pavilhão.

Ela não vê o efeito que essas duas palavras exercem sobre mim. Não tem como saber que são as mesmas que o kaiser costumava me dizer quando eu fazia algo que ele aprovava. Não é a mesma coisa, eu sei, mas soa um tanto parecido.

Afasto esse sentimento e a sigo, entrando no pavilhão iluminado por velas, que está praticamente como na noite anterior, com os sofás e cadeiras primorosamente dispostos, as incontáveis almofadinhas, as lanternas de papel pendendo do teto de tecido.

Os pretendentes também estão no lugar de sempre, mas agora existem mais deles. A imperatriz Giosetta encontra-se aqui hoje, sentada num canto com uma garota de cabelo trançado. Também há alguns dos reis esstenianos ruivos, brigando com tanta ferocidade sobre quem toma a última gota de vinho da garrafa que temo que cheguem à pancadaria. Erik e Hoa estão sentados juntos no outro lado do pavilhão, ambos vestidos com suas túnicas gorakianas tradicionais, e um senhor estranho, de pele cor de cobre, careca e de nariz de gavião, encontra-se sentado sozinho perto deles, com uma túnica marrom e larga, semelhante às usadas em Astrea, porém bem mais simples, sem ornamentação nem cores. O chefe Kapil, imagino. É tão velho quanto Artemisia me fez acreditar, mas para ele os anos não têm o mesmo peso que têm para o rei Etristo. Embora deva ser pelo menos uma década mais velho, seus movimentos têm uma vivacidade que o rei não possui.

Todos os pretendentes se levantam quando me veem, até o chefe Kapil, embora tenha que se apoiar com força na bengala. O único que não se levanta é o rei Etristo, que cochila em sua cadeira. Rezo aos deuses para que não acorde antes do fim da noite. Se eu tiver que ouvi-lo me chamar de *minha querida* esta noite, posso acabar voando em cima dele.

– Por favor, sentem-se – digo, sorrindo para cada um deles. – Os que estiveram aqui ontem à noite sabem que é tudo bem informal, só uma oportunidade de nos conhecermos um pouco melhor para assegurar que nossos interesses se alinham. – Faço um gesto na direção de Dragonsbane. – Minha tia e eu passaremos um tempo com todos, embora vocês sejam muitos e eu, só uma, então pode demorar um pouco. Por sorte, o rei Etristo fez a gentileza de nos oferecer o que parece ser um banquete delicioso e bastante vinho.

O rei Etristo se remexe um segundo ao ouvir seu nome, mas volta a dormir. Isso suscita alguns risos, e Erik ergue sua taça.

– Perfeito – diz para mim.

– Devemos cumprimentar o chefe Kapil primeiro? – pergunto a Dragonsbane. – Ele é o único que ainda não conheci.

– Não, não – responde ela com um gesto de desdém. – Começaremos com os mais importantes. Venha, vamos cumprimentar a imperatriz.

Sigo-a sem reclamar. Embora preferisse conhecer o chefe e descobrir por que veio até aqui, também estou curiosa para falar mais com a imperatriz Giosetta.

Quando caminhamos na direção dela, a imperatriz sorri e se levanta, a garota se levantando um segundo depois. Usam vestidos iguais de seda verde-azulada com um drapeado elegante em um dos ombros, deixando o outro nu, num estilo parecido com o dos vestidos astreanos. Mas, enquanto os astreanos são soltos e leves, esses são mais justos e tão ornamentados que mais parecem armaduras em vez de vestidos. O cabelo da imperatriz está solto, as ondas castanhas entrelaçadas com pedras preciosas.

– Rainha Theodosia – diz ela com uma reverência que a menina tenta imitar. – Quero lhe apresentar minha filha e herdeira Fabienne.

Sorrio para a menina, que me devolve um sorriso luminoso.

– Muito prazer em conhecê-la – cumprimento-a antes de apresentar minha tia.

– Estava ansiosa para conversar com outra mulher governante – digo à imperatriz depois que todas nos sentamos.

Ela ri.

– Sim, os homens são maioria absoluta aqui, não é? – responde ela. – Acho que é isso que faria de nós um par perfeito. Ouso dizer que a respeito bem mais do que todos aqui.

– Não duvido – concordo. – Mas tenho algumas perguntas.

A imperatriz sorri.

– Gostaria de saber se nossa parceria seria de natureza romântica? – adivinha ela. Faço que sim, lançando um olhar inseguro para Fabienne, que não parece nem um pouco impressionada. – Bom, eu me sinto atraída tanto por homens quanto por mulheres.

– Ah – digo. – Eu... não.

– Uma pena – lamenta ela. – Mas nunca tive dificuldade para encontrar o amor, e ficaria mais do que feliz com uma parceria platônica, se assim preferir.

Sorrio e aquiesço, embora a verdade da questão seja que, mesmo que se contente em não me levar para a cama, duvido que seria tão compreensiva se eu pedisse para reinar sozinha sobre Astrea.

Dragonsbane se levanta, alegando que precisamos conversar com os outros. Eu concordo, despedindo-me com educação de Giosetta e Fabienne.

...

Dragonsbane me surpreende. Em vez de me levar até o arquiduque Etmond, os reis esstenianos ou o tsar Reymer, como eu esperava, ela toma a direção do chefe Kapil. Ele fica tão surpreso quanto eu quando vê que estamos nos aproximando. Faz um esforço para pegar a bengala e se levantar, mas o detenho.

– Não precisa, realmente, chefe Kapil – digo, sentando-me à sua frente. – Não gosto muito de reverências e não faço questão de mais uma.

O alívio é evidente em seus olhos quando ele pega minha mão e a beija.

– É um prazer conhecê-la, rainha Theodosia. Ouvi falar tanto de Vossa Majestade que é como se já nos conhecêssemos.

Ali está aquela sensação desconfortável novamente. Ele ouviu falar muito de mim, mas eu não sei nada sobre ele além do nome. Porém, ao contrário dos outros, ele não me olha com pena.

– Vossa Majestade é uma jovem corajosa – diz ele, me surpreendendo. – E sei que tenho com Vossa Majestade uma dívida de gratidão.

Levo um momento para entender por que ele me agradece: por interferir quando os kalovaxianos foram invadir Vecturia.

– Sinto não ter podido fazer mais – respondo. – Soube que queimaram as reservas de alimentos de seu país. Como está seu povo?

O rosto dele se tolda, mas ele sacode a cabeça.

– Vecturia já enfrentou coisa pior do que a fome. Sobreviverá a isso.

Vecturia sobreviverá, pode ser, contudo não todo o seu povo. E foi Søren quem deu aquela ordem. Eu posso ter perdoado muitos de seus pecados, mas alguns pecados não cabe a mim perdoar.

– Gostaria que houvesse algo que eu pudesse fazer – digo a ele.

– Que nada – replica ele, recostando-se no sofá. – Estou mais preocupado com o que posso fazer por você.

Engulo em seco, temendo aonde isso vai dar. Ele tem idade para ser meu avô, e uma aliança com Vecturia não seria suficiente para retomar Astrea.

– Não posso me casar com o senhor – afirmo com a máxima gentileza possível.

Ele ri baixinho e, com a mão gasta e coberta de manchas senis, dá tapinhas na minha.

– Sei disso, Vossa Majestade – diz ele. – Nem todos nós, velhos, buscamos noivas novinhas para recuperar a juventude perdida. Minha juventude foi bem aproveitada, mas já passou há muito tempo. Não tenho nenhum desejo de roubar a sua.

– Então por que é que está aqui? – interrompe Dragonsbane.

Ele não olha para ela, toda a sua atenção concentrada em mim.

– Precisava conhecê-la – diz ele. – Precisava olhá-la nos olhos e lhe dizer que me arrependo por Vecturia não ter ajudado Astrea quando os kalovaxianos atacaram. Vou passar a vida que me resta tentando compensar esse erro. Fico grato por Vossa Majestade ter sido mais corajosa e generosa do que eu.

– Era o passo certo em termos estratégicos – respondo, pouco à vontade com o jeito como me olha, como se eu fosse um tipo de salvadora, o que não sou.

– Então foi corajosa, generosa e *sábia* também – diz ele com um sorriso. – Não tenho nenhum desejo de me casar com Vossa Majestade, rainha Theodosia, mas mesmo assim Vecturia é sua aliada, se assim desejar. Temos nosso exército, ainda que pequeno.

Não preciso consultar Søren para saber quanto é pequeno. Forte o bastante para vencer uma facção de guerreiros kalovaxianos, tendo a vantagem do solo vecturiano, mas não o suficiente para realizar um ataque. Ainda assim, o gesto significa mais para mim do que posso expressar em palavras.

...

O chefe Kapil vai embora pouco depois – seu país não pode se dar ao luxo de deixá-lo passar mais de uma noite em Sta'Crivero. Lamento que ele tivesse de gastar dinheiro para uma conversa tão curta, mas ele não quis me ouvir. Manteremos contato, promete ele, e leva minha mão aos lábios para um rápido beijo.

Descubro que fico triste ao vê-lo partir. Depois que ele sai, vou na direção do arquiduque Etmond e Dragonsbane não tenta me desviar. Ela aprovaria o casamento, tenho certeza. Haptania é um país rico, com forte presença militar. O fato de sua companhia não me sufocar é meramente um bônus, suponho.

– Eu esperava ter a oportunidade de conversar com Vossa Majestade hoje – diz o arquiduque Etmond, a voz baixa. – Temo que toda esta situação seja... bom, é difícil para mim, e tenho certeza de que é duplamente difícil para Vossa Majestade.

Dou um leve sorriso.

– Sim, *é* avassaladora – admito.

O sorriso dele fica um pouco menos tenso.

– Meu irmão me mandou aqui – admite ele. – E acho que fez isso mais como um trote do que qualquer outra coisa. Não sou... Nunca fui muito bom em falar com as pessoas, sabe? E as mulheres... – Ele se cala e balança a cabeça. – Sem dúvida ele acha que voltarei envergonhado e rejeitado.

Ele não diz isso como se procurasse piedade. Só está constatando um simples fato. Antes que eu possa dizer alguma coisa para acalmar sua mente, ele prossegue:

– Mas... estou certo ao supor que Vossa Majestade não está procurando exatamente um par... romântico? – pergunta.

A meu lado, Dragonsbane fica imóvel. Eu a ignoro e me aproximo do arquiduque.

– Sim – respondo. – O senhor tem razão. Mas o casamento parece a única maneira de recuperar Astrea. Então, farei o que for preciso.

Pela primeira vez desde que o conheci, o arquiduque sustenta meu olhar, assentindo uma vez antes de desviar os olhos.

– Acredito que podemos nos ajudar – diz ele, baixando a voz. – Vossa Majestade precisa de um exército para derrotar os kalovaxianos. Eu tenho um exército.

– Seu *irmão* tem um exército – interrompe Dragonsbane.

O arquiduque balança a cabeça.

– Meu irmão usa a coroa, mas seu exército obedece a mim. Ele sabe muito bem disso, e está feliz com o arranjo. Afinal, raramente precisamos do nosso exército. Há anos não travamos uma guerra. Posso conseguir tropas que lutem para Vossa Majestade.

– Quantos? – indago.

– O suficiente – responde ele.

Tento manter minha expectativa sob controle, mas mesmo assim uma esperança estúpida abre caminho até meu peito.

– E do que o senhor precisa em troca? – pergunto. – Soberania sobre Astrea?

Ele balança a cabeça.

– Não, não. Nada disso. A ideia de herdar Haptania se meu irmão não produzir um herdeiro já me causa horror o bastante. Não. Vários anos atrás, o theyn visitou Haptania e meu irmão o presenteou com meu jogo de xadrez favorito. Uma peça secular, esculpida em ônix e osso.

Eu me lembro do jogo de xadrez. Sempre via o tabuleiro quando visitava Crescentia. Ficava guardado numa estante, como decoração, nunca realmente usado.

– Meu irmão deu o jogo para me deixar chateado – continua o arquiduque. – Mas sempre lamentei sua perda. Soube que agora o theyn está morto.

– O senhor quer seu tabuleiro de xadrez de volta – diz Dragonsbane devagar, a incredulidade marcando cada palavra.

– Uma herança de família – responde ele. – Para mim, é mais precioso do que tudo. – Ele se endireita, um sorriso tímido repuxando sua boca. – Além disso, faz muito tempo desde que Haptania travou uma guerra. Parece que seria um desafio bem interessante.

Troco um olhar cético com Dragonsbane antes de assentir com a cabeça.

– Acho que podemos concordar com essa parceria – digo a ele.

Ele abre um amplo sorriso e faz sinal a uma jovem criada, que traz uma garrafa de vinho. É a mesma garota assustada que entregou a mensagem do rei mais cedo. Ela está ainda menos à vontade aqui, as mãos trêmulas ao servir duas taças do rico líquido rubro. Dragonsbane a dispensa antes que ela sirva uma terceira taça, pois a sua ainda não está vazia. Quando o arquiduque me passa uma taça, forço um sorriso. Na verdade, sei que não posso beber mais nada. Não comi a noite inteira porque o vestido é apertado demais e já sinto o pouco vinho que tomei nublando minha mente.

– Aos novos amigos – diz o arquiduque Etmond, erguendo a taça para mim.

Ergo a minha para brindar com ele, mas, quando ele toma um gole, eu só finjo beber. Tenho de me controlar para não me levantar e gritar de alegria. A vontade que sinto é de jogar o vinho na cara do rei Etristo e lhe dizer exatamente o que penso dele. Quero dançar até os pés sangrarem. Pela primeira vez em muito tempo, a esperança dentro de mim não é uma coisa frágil. Está crescendo, tornando-se mais firme, mais ousada.

Abro a boca para agradecer ao arquiduque, mas, antes que possa dizer qualquer palavra, uma expressão perplexa surge em seu rosto. As mãos dele se erguem para segurar o pescoço, e os olhos se arregalam em pânico. Ele tenta se levantar, derruba a mesa, lançando as duas taças no chão, e desmorona ao lado delas.

Todos se levantam, mas minha mente ainda é um borrão atônito. Dragonsbane agarra meu pulso, os dedos se enterrando dolorosamente em minha pele enquanto me afasta dali.

– Recuem! – grita uma voz, rompendo o burburinho apavorado.

Coltania corre na direção dele, movendo-se com uma velocidade surpreendente naquele vestido pesado. Ela se abaixa sem qualquer elegância ao seu lado, virando-o e apalpando seu peito.

– Ele não está respirando. Terei de fazer isso por ele.

Ela se inclina sobre o arquiduque, ajusta seus lábios aos dele, no que a princípio parece um beijo, mas não é. As bochechas dela inflam, depois as dele e então ela repete tudo de novo.

Solto meu braço da mão de Dragonsbane e vou na direção dele, o horror percorrendo meu corpo enquanto a pele do arquiduque vai ficando arroxeada. Tenho a sensação de estar em um sonho, a mente incapaz de compreender o que está acontecendo bem diante dos meus olhos.

– Theo – diz uma voz cortando a névoa.

Erik fica à minha frente, bloqueando minha visão do arquiduque. Ele agarra meus ombros e me sacode de leve, mas eu mal percebo. Não sinto absolutamente nada.

– Theo, você precisa sair daqui. Isso é veneno e pode ter mais. O vinho... você bebeu?

Recupero a voz.

– Não – digo, embora não pareça minha voz. – Não bebi.

Erik faz que sim, aliviado.

– Precisamos tirar você daqui até que seja seguro.

Finalmente arrasto meus olhos até os dele e percebo o que ele está ou não dizendo. Veneno, mas talvez não fosse para o arquiduque. Não é ele que tem um prêmio de um milhão de moedas de ouro por sua cabeça. Não é ele que o kaiser quer vivo ou morto. Erik engole em seco, os olhos arregalados. Ambos sabemos muito bem que o kaiser sempre consegue o que quer, mais cedo ou mais tarde, e que nenhum decreto do rei Etristo pode detê-lo.

Sem esperar uma resposta, Erik me tira da sala e me leva pelo corredor, deixando o clamor do pânico para trás.

PROTEÇÃO

O PERCURSO DE VOLTA AO MEU QUARTO é uma mistura de confusão e choque. Não recordo sequer da subida no elevador. A única coisa de que tenho consciência são as batidas descompassadas do coração trovejando em minha cabeça. Quando chegamos ao quarto, minha mente está desanuviando devagar, como réstias de sol através de uma floresta densa.

– Ele morreu, não foi? – pergunto a Erik, embora minha voz soe muito longe.

Incerto, ele se demora na soleira da porta.

– Talvez a irmã do chanceler o tenha salvado – diz ele, mas acho que nenhum de nós acredita nisso.

Ambos vimos o rosto do arquiduque ficar roxo e Coltania disse que ele não estava respirando. Quando vi a kaiserin cair da janela depois do *maskentanz*, uma parte de mim, tola e esperançosa, acreditou que ela sobreviveria, até eu ver seu rosto. Mas, assim como a confiança, a esperança tola é algo a que não posso mais me dar ao luxo.

É somente nesse momento que percebo quanto Erik também está abalado. Ele é bom em disfarçar – suponho que por já ter visto a morte tantas vezes no campo de batalha. Mas isso é diferente. O palácio deveria ser seguro. Se o kaiser consegue me alcançar aqui, será que existe algum lugar realmente seguro enquanto ele viver?

Mas talvez não seja o kaiser. O pavilhão estava cheio de pessoas no poder, cada um com seus próprios conflitos e inimigos. O veneno não era necessariamente para mim. Mas, mesmo enquanto entretenho esse pensamento, o rosto do kaiser assoma em minha mente e sinto seu hálito quente e bêbado em minha pele. Cinco milhões de moedas de ouro por mim, se viva, um milhão, se morta. Um milhão ainda é muito dinheiro.

– É melhor eu ficar aqui algum tempo até sabermos que a ameaça foi contida – diz Erik.

De repente, me pergunto se ele sabe da recompensa. Por um instante traiçoeiro, me pergunto se posso confiar nele, mas logo expulso o pensamento. Se Erik fosse leal ao kaiser, não teria me trazido de volta ao quarto. Teria se aproveitado do caos e me tirado de Sta'Crivero. Teria ido buscar os cinco milhões de moedas de ouro.

Afundo-me no sofá, amassando o material rígido do vestido.

– Eu gostava dele – digo a Erik. – Pelo menos, gostava mais dele do que dos outros. Ele era... esquisito, mas gentil. Não me olhava como se eu fosse um pedaço de carne assada fatiada e servida à mesa para ele. E tinha acabado... tinha acabado de me oferecer seu exército. Sem nenhuma condição, nenhuma parte da magia, nenhum casamento, só queria um tabuleiro de xadrez seu que estava com o theyn.

Somente depois de dizer essas palavras é que percebo que já estou usando o tempo verbal passado.

Erik balança a cabeça, desviando o olhar de mim.

– Com o poder do exército haptaniano, poderíamos ter liquidado os kalovaxianos em um mês – comentou ele.

Um mês. Meu coração dá um salto no peito. Em um mês, eu poderia estar de volta a Astrea, sentada no trono da minha mãe. Em um mês, meu país teria sido libertado e eu teria levado o kaiser a pagar por tudo que fez conosco. Tudo o que sempre quis esteve tão perto, ao meu alcance, só para me ser tirado.

Fecho os olhos, mas não há como esconder as lágrimas que vêm. Tapo os olhos com a mão e deixo os soluços agitarem meu corpo.

Você está chorando sua perda enquanto um homem jaz morto, me repreendo. *É tão egocêntrica quanto o kaiser.*

Isso só me faz chorar ainda mais.

Erik não sabe o que fazer, imagino que não tenha visto muitas mulheres chorarem durante seu treinamento. Mas, passado o primeiro instante, ele estende a mão, sem jeito, para me dar tapinhas nas costas. Assim mesmo, fico grata pela tentativa.

No corredor, ouço o trovejar de pessoas se deslocando, seguidos por gritos de pânico. O palácio inteiro deve estar em alvoroço.

– Você tem uma arma? – pergunta Erik em voz baixa.

Ele não tira os olhos da porta.

Faço que sim, me levanto e vou até a cama. Eu havia enfiado o punhal embaixo do colchão, mas agora o puxo e o mostro a Erik, que o avalia com os olhos.

– Muito bonito – diz ele. – Você sabe usar?

Penso na aula de Artemisia mais cedo, mas de repente tudo aquilo parece muito distante. A lâmina era de tamanho diferente e nem estava afiada. O pouco que consegui aprender numa única aula me parece inútil de repente. Erik está perguntando se eu conseguiria me defender se fôssemos atacados. Isso é muito diferente de treinar com lâminas compridas e sem corte, é uma questão de vida ou morte.

– Fique com ele – digo, entregando-lhe o punhal e voltando ao meu lugar no sofá.

Ele vira a lâmina nas mãos, os dedos percorrendo a filigrana do cabo.

– É tão delicado... Acho que é capaz de eu quebrar seu punhal se tentar usá-lo.

Meu sorriso vacila.

– É mais forte do que parece – asseguro.

Mais passos ecoam no corredor lá fora, mas dessa vez não passam. Erik encontra-se de pé entre mim e a porta, a lâmina preparada. No instante em que a porta se abre, porém, ele dá um passo para o lado.

Søren lidera o ataque ao quarto, com Blaise, Heron e Artemisia em seu encalço. Quando me veem, todos eles soltam um suspiro coletivo de alívio.

– Ficamos sabendo que alguém foi envenenado no jantar – diz Blaise, ofegante. – Achamos que...

Ele não conclui, mas não precisa.

– Foi o arquiduque Etmond – informo, e conto tudo que aconteceu.

Søren engole em seco, seus olhos encontrando os meus.

– Isso não faz sentido – diz em voz baixa. – Haptania não tem muitos inimigos e, mesmo que tivesse, assassinar Etmond não adiantaria muita coisa. Além disso, se alguém queria ele morto, seria mais fácil fazer isso em Haptania, até durante os meses que ele passa no quartel. A segurança de Sta'Crivero é mais alta.

– Ninguém disse nada sobre ele ter sido assassinado – rebate Heron, erguendo as mãos. – Não devemos tirar conclusões apressadas. Pode ter sido de causas naturais.

– Ou o veneno era para Theo – intervém Artemisia. – Ela é que está com a cabeça a prêmio.

Erik franze a testa, olhando deles para mim.

– Quem são essas pessoas? – pergunta.

– Ah, claro – digo, me dando conta de que, na verdade, Erik nunca conheceu Heron, Art e Blaise, embora eles o tenham visto de longe.

Faço uma rápida apresentação e explico o que Erik está fazendo em Sta'Crivero.

– Veneno é coisa nova para mim – diz Erik a Heron quando termino. – Mas sei o que vi, e não teve nada de natural naquela morte.

Os olhos de Heron se arregalam, mas ele assente, solenemente.

– E não consigo imaginar que o veneno fosse para Etmond – opina Søren, olhando para mim. – Artemisia tem razão. De todos naquele pavilhão, você é o alvo mais provável.

– Todos que estavam presentes ali são importantes em seu país – digo, embora minha voz esteja trêmula.

– Importantes, sim – observa Artemisia. – Mas eles não estão no caminho de ninguém, não são odiados. Ninguém mais recebeu ameaças graves, muito menos está com a cabeça a prêmio.

– Talvez a gente não saiba quem ministrou o veneno, mas a gente sabe quem deu a ordem – afirma Blaise em voz baixa.

Embora eu não tenha comido no jantar, meu estômago se revira, minha mente perdida em pensamentos que não vou – não posso – incentivar. Pensei que estivesse segura aqui, que finalmente estivesse fora do alcance do kaiser, que nunca mais ele seria capaz de me tocar. Foi uma esperança tola, e agora um homem está morto por causa disso. Por minha causa.

...

Já passa da meia-noite quando uma batida forte e oficial soa à porta. Estávamos todos tensos demais para conversar, então Artemisia insistiu em aproveitar ao máximo o tempo e treinar mais um pouco. Foi até divertido, com todos assistindo e fazendo suas críticas à minha postura e técnica, e pelo menos me distraiu do nervosismo.

Com o som da batida, todos ficam alerta, as armas em punho. Artemisia troca a espada de treino pela real.

– No canto do fundo do quarto – diz Blaise para mim, e mais que depressa obedeço, o coração batendo com força no peito, embora eu perceba, logicamente, que um assassino não se daria ao trabalho de bater.

De fato, quando Heron abre a porta, é apenas um dos guardas do rei. Mas até ele parece nervoso, os olhos vasculhando o quarto como se esperasse um ataque a qualquer momento.

– Rainha Theodosia – diz ele, voltando os olhos para mim. Se acha estranho eu estar encolhida no canto, não demonstra. – A ameaça foi neutralizada. Se Vossa Majestade for ao encontro do rei Etristo na sala do trono, poderá ver o inimigo com seus próprios olhos.

INTERROGATÓRIO

O GUARDA ME CONDUZ ATÉ A SALA do trono. Søren, Erik e minhas Sombras seguem logo atrás de mim. Devo estar ficando cansada de toda a opulência sta'criverana, porque minha mente mal registra os afrescos nas paredes, o piso de mármore e os elaborados candelabros de ouro. Tudo que vejo é o trono no centro, tão grande e maciço que, a princípio, nem noto o corpo frágil do rei Etristo. Ele praticamente desaparece nas luxuosas almofadas de veludo.

Desço o corredor entre as filas de assentos, sentindo os olhos dos pretendentes sobre mim à medida que passo por eles. Devemos ser os últimos a chegar, porque todos os lugares da câmara de audiências estão ocupados, afora algumas cadeiras na frente e uma na delegação gorakiana, que Erik ocupa. O que essas pessoas estão esperando? Pesar? Medo? Embora eu sinta as duas coisas, nesse momento me encontro anestesiada. Todos parecem cautelosos e desconfiados, como se quem quer que tenha envenenado o arquiduque estivesse sentado ao seu lado. Um pensamento apavorante que tento descartar.

O guarda nos escolta até a primeira fila de cadeiras e a ocupamos. Søren senta-se ao meu lado, Artemisia, do outro.

– Aí está você, minha querida – diz o rei Etristo, com seu costumeiro sorriso condescendente. Ele se empertiga um pouco no trono. – Fico feliz em dizer que pegamos a pessoa responsável pelo assassinato do arquiduque.

Assassinato. Então ele *está* morto. O fiapo de esperança ao qual eu me agarrava se desfaz e morre. Eu não o conhecia o bastante para realmente me sentir de luto, não depois de todas as pessoas que já perdi, mas, ainda assim, sinto sua morte como uma pontada entre as costelas. Embora me odeie por isso, sinto mais a perda de sua promessa. Lamento ter chegado tão perto de recuperar Astrea, só para que ela me fosse arrancada mais uma vez.

– Quem foi o responsável? – pergunto.

O rei Etristo bate palmas duas vezes. Um guarda diferente entra pela porta atrás do trono, escoltando uma garota algemada. Levo um momento para reconhecer a criada, a garota assustada que me entregou a carta essa tarde, que serviu o vinho ao arquiduque e a mim. Seus olhos estão ainda mais apavorados agora, percorrendo rapidamente a sala, em busca de um rosto amistoso. Não encontra nenhum.

Pigarreio e torno a olhar para o rei Etristo.

– É claro que confio em seu julgamento, Vossa Majestade, mas que ressentimento essa mocinha poderia nutrir em relação ao arquiduque?

O sorriso do rei é sombrio.

– Isso, minha querida, é exatamente o que estamos aqui para descobrir. – Ele se vira para onde o chanceler Marzen e sua irmã estão sentados. – *Salla* Coltania – diz. – Soube que a senhora nos trouxe o soro da verdade de Oriana.

Coltania se levanta de seu lugar ao lado do irmão, na fileira atrás de mim. Seu rosto está pálido, a expressão, tensa.

– Sim, Vossa Majestade – responde ela, a voz falhando. – Sempre o temos à mão em viagens, caso precisemos descobrir se algum desconhecido tem a intenção de nos prejudicar. É claro, nunca esperamos algo como o que aconteceu hoje.

– Nenhum de nós esperava, minha querida – diz ele com um suspiro, antes de fazer um gesto para que ela avance. – Deixarei que administre, já que a senhora é a profissional.

Coltania caminha até a criada com um frasco na mão e, na mesma hora, a garota começa a se debater, tentando se livrar do guarda que segura suas mãos algemadas, como se houvesse algum modo de fugir. Imediatamente, penso em Elpis numa situação semelhante. No entanto, Elpis não merecia o que havia naquele frasco, e essa garota merece. Não a matará, só fará a verdade vir à tona. Por que ela lutaria tanto se não tivesse algo a esconder?

Coltania a força a engolir a poção e o corpo da garota deixa de protestar. Ela amolece, apoiando-se no guarda que a segura, e pisca, incerta.

– Leva um minuto para fazer efeito – explica Coltania ao rei Etristo.

Se de fato é apenas um minuto, ele se prolonga até parecer uma eternidade. Por fim, Coltania volta a falar, dessa vez com a garota.

– Por favor, diga seu nome.

A garota engole em seco, parecendo sair de um transe.

– Rania – responde ela em voz baixa.

Coltania examina as pupilas da criada e mede seu pulso antes de fazer que sim para o rei Etristo.

– O senhor pode prosseguir – diz ela.

O rei Etristo se inclina à frente, os olhos na garota.

– Você envenenou a comida do arquiduque? – pergunta ele.

– Não – responde ela, parecendo distante e sonhadora, como se estivesse do outro lado de uma parede de vidro. – Envenenei o vinho.

Um murmúrio corre entre todos ali reunidos, inclusive minhas Sombras. Afinal, eu bebi o vinho – todo mundo bebeu.

– Com o quê? – continua o rei Etristo.

Os olhos da garota correm pela sala antes de pousar no rei mais uma vez, esforçando-se para manter o foco.

– Com veneno – diz ela, soando confusa. – Não sei o tipo, foi o que me deram.

– Quem deu? – pergunta o rei Etristo.

Ela engole em seco. O soro da verdade a deixa cambaleante e ela oscila de um lado para outro, firmada pelo guarda.

– O kaiser – responde. – O kaiser o enviou com o pagamento.

Mais murmúrios, porém dessa vez não presto atenção a eles. Era o que eu imaginava, mas ao ouvir a confirmação tenho a sensação de que todo o ar foi sugado da sala. Quase não ouço o que ela diz em seguida.

– Ele não vai parar – afirma ela, a voz começando a se arrastar. – Só vai parar quando ela estiver morta. – Ergue as mãos algemadas e me aponta.

O chão desaparece sob mim e quase caio da cadeira, mas a mão de Artemisia em meu braço me ancora.

A garota oscila ainda mais, até que o guarda tem de segurar com firmeza para mantê-la em pé. A cabeça vai de um lado para o outro.

O rei Etristo olha para Coltania.

– Isso é normal? – pergunta ele.

Coltania está perplexa. Ela vai até a criada, agarra com força seu queixo e a faz abrir a boca. Não sei traduzir as palavras que ela murmura entre os dentes, mas sei com certeza que são imprecações.

– A língua dela está preta. Cuspa! – ordena, a voz ríspida.

A garota pisca, confusa, antes de obedecer e cuspir no chão. A saliva é preta como alcatrão, mas ali também há outra coisa. Coltania se agacha, toca a saliva e esfrega um pouquinho entre os dedos. Depois, ergue-a até os olhos.

– Cacos de vidro – diz Coltania, limpando a saliva na bainha do vestido. Ela ergue os olhos para o rei Etristo. – Uma cápsula de veneno que ela deve ter colocado na boca antes de a prenderem. Dada a ela para tomar se fosse interrogada – explica ao rei.

Então por que ela só a quebrou agora? Por que não fez isso assim que os guardas a prenderam?

Antes que eu possa seguir essa linha de pensamento, a voz do rei Etristo perfura o ar num grito de pânico:

– O que está esperando? Salve-a!

Coltania olha para ela e balança a cabeça com tristeza.

– Não posso – diz. – Ela já estava morta assim que rompeu a cápsula. Não existe cura para o dragão-da-morte. Ela só tem mais um instante de vida, e não vai estar lúcida nele. Não tem nada a fazer senão deixar que ele a leve.

Uma espuma negra começa a sair da boca da garota e ela cai contra o guarda, o corpo sacudido por tremores. Gostaria de poder perguntar por que fez aquilo, se foi só pelo dinheiro ou se havia maldade também. Gostaria de entender qual é o novo jogo que o kaiser está fazendo de seu trono no outro lado do oceano. Mas a vida já está deixando os olhos dela e não consigo ficar ali, observando outra pessoa morrer.

Faço uma oração silenciosa aos deuses e me levanto, meus conselheiros me seguindo na mesma hora. Começo a me dirigir para a saída da sala, mas a voz do rei Etristo me detém.

– Só um instante, minha querida – pede ele, mas agora não há aquela doçura enjoativa em sua voz.

Em vez disso, ele parece zangado e em pânico, como um animal encurralado. Vagamente, penso que é isso que o torna perigoso, mas me forço a me virar em sua direção.

– Sim, Vossa Majestade? – digo.

Em vez de responder, o rei se inclina na direção dos seus guardas e murmura algo que não consigo identificar, fazendo um gesto em minha direção antes de se levantar. Assim que ele deixa a sala do trono, os guardas vêm até nós. Só noto que sacaram as armas quando já é tarde demais.

– Prinz Søren, por ordem do rei Etristo, o senhor está preso pelo assassinato do arquiduque Etmond.

Sem pensar nas armas em punho nem nos pretendentes ainda presentes, me coloco entre os guardas que se aproximam e Søren, que está chocado.

– O prinz Søren não foi responsável pelo envenenamento do arquiduque – digo, enunciando cada palavra com cuidado para que toda a sala do trono possa me ouvir. – Se quisesse me matar, Søren teria tido muitas oportunidades para isso – afirmo. – Ele não usaria uma coisa tão covarde quanto veneno e, se *usasse*, tenho certeza de que teria conseguido me matar.

Não parece uma defesa sólida, nem mesmo a meus ouvidos.

– Eu vou, sem resistência – declara Søren em voz baixa, a mão pousando em meu ombro. – Não fiz nada errado e tenho certeza de que o rei Etristo verá isso.

Ele avança rumo aos guardas, as mãos erguidas e claramente visíveis. Antes de perceber o que estou fazendo, estendo a mão e seguro a dele, forçando-o a se virar para me encarar. Só então me lembro de que não estamos sozinhos e que há uma dúzia de pretendentes assistindo, que eles verão coisa demais nesse simples toque. Retiro a mão rapidamente e a deixo cair ao lado do corpo.

– Tiraremos você de lá – digo em voz baixa. – Fiz isso uma vez, vou fazer de novo.

O sorriso de Søren é frágil, mas pelo menos ele finge acreditar em mim quando os guardas põem algemas cravejadas de pedras preciosas em seus pulsos e o levam embora.

PRISÃO

— E LE FAZ PARTE DO *MEU* CONSELHO — argumento junto ao rei Etristo, me esforçando para fazer as palavras passarem por meus dentes trincados. — Quando o senhor me prometeu proteção, tive a impressão de que essa proteção se estendia a todo o meu grupo.

De seu lugar atrás da grande mesa de mármore, o rei Etristo mal me dirige um olhar. Ele solta um suspiro e revira os olhos. Um gesto nada respeitoso, mas ele não me vê como igual. Para ele, sou um corpo feminino que fala muito mais do que o estritamente necessário. Ele só aceitou me receber depois de tomar café da manhã, o que significa que Søren está enfiado há mais de oito horas numa prisão sta'criverana.

— Como já expliquei várias vezes, minha querida, não posso garantir a segurança dos que desobedecem às leis de Sta'Crivero. Em Astrea, vocês não consideram assassinato um crime?

O calor se infiltra por minha pele até minhas mãos começarem a esquentar. Fecho-as com força ao lado do corpo, embora isso traga pouco alívio. O calor que corre por minhas veias aumenta cada vez que ele diz as palavras *minha querida*. Eu me obrigo a respirar fundo. Não aconteceu nada semelhantes aos lençóis chamuscados desde que desembarcamos, somente um calor ocasional em minhas mãos e braços, e quase consigo me convencer de que imaginei a coisa toda. Mas, em ocasiões como esta, sei que não. Sinto o fogo dentro de mim e sei que, se ele sair agora... Não posso permitir.

— É claro que sim — respondo, forçando minha voz a se manter calma e equilibrada. Olho para Heron, Blaise e Artemisia em pé atrás de mim antes de me virar de novo para o rei. — Mas uma acusação tão grave exige provas e o senhor não ofereceu nenhuma, além da linhagem dele. Se essa for uma razão suficiente para prender alguém, fico surpresa de suas prisões não estarem transbordando.

O rei Etristo junta as mãos, os dedos se tocando, sobre o maço de papéis que desconfio que ele só estava fingindo ler para me evitar.

– Enquanto conversamos, *salla* Coltania está ensinando meus boticários a preparar outra dose de soro da verdade. Creio que o processo leva algum tempo – anuncia ele. – Se isso o inocentar, eu o libertarei com minhas mais humildes desculpas, mas temos de tomar todo o cuidado com sua segurança, minha querida. Principalmente porque, pelo que sei, ele andou passando algumas noites em seu quarto.

A insinuação em sua voz me faz corar e fico contente porque minhas Sombras são os únicos a ouvi-lo, embora eu tenha certeza de que essa fofoca já se alastrou, sem dúvida auxiliada por minhas próprias atitudes na sala do trono. Eu me coloquei entre Søren e os guardas armados, afinal.

– Duas noites – digo antes de apontar minhas três Sombras. – Juntamente com meus outros conselheiros. Se ele realmente me quisesse morta, não teria ocasião mais fácil do que enquanto eu dormia.

Os cantos da boca do rei baixam numa carranca e ele finalmente olha para mim.

– Bom, então a poção de *salla* Coltania o livrará de todas as acusações e ele será libertado em poucos dias – argumenta ele, como se falasse com uma criança irritante.

Sinto vontade de gritar, mas forço um sorriso.

– Muito bem – digo com firmeza. – Mas, como o prinz Søren é meu conselheiro de confiança sobre questões internacionais, não posso, em sã consciência, me encontrar com outros pretendentes sem que ele esteja livre para me aconselhar. O senhor compreende, é claro. Preciso proteger meus interesses.

O rei Etristo parece estar com vontade de me bater, mas, dali a um segundo, uma expressão agradável se assenta em seu rosto.

– Se assim insiste, minha querida – diz ele. – Porém temo que sua falta de confiança seja vista como ofensa.

Os homens que exigiriam prova da minha virgindade ficarão ofendidos porque não confio neles. Eu riria com a ironia se não estivesse tão furiosa.

– Não tenho qualquer intenção de ofender ninguém, é claro – respondo com doçura. – Enquanto isso, gostaria de visitar o prinz Søren na masmorra quando desejasse, para me assegurar de que está sendo tratado com justiça.

A expressão do rei Etristo fica novamente gelada.

– Minha querida, agora *eu* estou começando a me sentir ofendido com sua falta de confiança.

Mantenho o sorriso no rosto.

– Mais uma vez, não é essa a minha intenção, Vossa Majestade. Mas acho necessário para minha paz de espírito.

O rei Etristo rilha os dentes, mas depois do que parece uma eternidade, assente com a cabeça.

– Muito bem.

Faço uma breve reverência antes de me virar e deixar a sala, minhas Sombras em meu encalço.

...

Artemisia, Heron, Blaise e eu mal temos tempo de nos instalar em meu quarto antes de Dragonsbane entrar de supetão, seu rosto, uma nuvem de tempestade. Por um instante, penso que está zangada com a prisão de Søren, mas é claro que isso é ridículo. Se fosse por ela, ele ainda estaria preso no porão do *Fumaça*.

– Você não deveria pedir uma audiência ao rei sem minha presença – diz ela de maneira ríspida. – Tem ideia do papel de boba que você fez?

Deixo o veneno de sua voz passar sem rebater.

– O rei prendeu meu conselheiro e fui cuidar do assunto – respondo com frieza. – Ouso dizer que fui além do que você iria, já que pouco faz além de sentar e rolar quando ele manda.

Ela recua como se tivesse levado um tapa. Por um momento, parece que quer me esfolar viva ali mesmo, mas não me intimido.

– Tenho no coração os interesses de Astrea – diz ela. – E é do interesse de Astrea não insultar o aliado mais poderoso que temos.

Não posso deixar de bufar com desdém.

– Ele não é nosso aliado – rebato. – Se fosse, ele mesmo cederia suas tropas. Ele simplesmente fica ao lado de quem lhe trouxer mais dinheiro. Se o kaiser se dispusesse a pagar o suficiente, ele nos entregaria na mesma hora. Neste momento, o dote de meu casamento vale mais, por isso tenho algum poder. E vou usá-lo da melhor maneira possível e, se você não fizer a mesma coisa, a boba aqui é *você*.

– Theo – sussurra Artemisia, um aviso ao qual não dou atenção.

Os olhos de Dragonsbane estão cheios de uma fúria gelada.

– Deixem-nos a sós – ordena ela a minhas Sombras, sua voz pouco mais que um sibilo.

– Ficamos com a rainha – diz Heron com firmeza.

Enfrento o olhar de Dragonsbane sem me encolher. O que eu mais queria nesse momento era manter minhas Sombras comigo, mas tenho a sensação de que o que Dragonsbane tem a dizer não é algo que eu queira que alguém mais ouça.

– Podem ir – digo. – Não vai demorar.

– Theo... – avisa Blaise.

– Podem ir – repito.

Minhas Sombras se entreolham, cautelosas, mas saem em fila, deixando-me sozinha com Dragonsbane. Eu estaria mentindo se dissesse que não tenho mais medo dela, mas tomo o cuidado de não deixar que o medo apareça: ela pressente quando alguém está com medo e se aproveita disso.

– O kaiser tentou acabar com a minha vida – digo, cruzando os braços diante do peito. – Aqui, onde o rei Etristo me prometeu segurança. Um homem está morto porque ele subestimou o alcance do kaiser e, em vez de procurar o verdadeiro agente do kaiser, o rei prendeu Søren. Enquanto isso, quem realmente deu o veneno àquela moça ainda está à solta, e é só uma questão de tempo até atacar de novo. Não estou segura aqui.

– Não – responde ela, a voz equilibrada. – Você não está segura aqui. Mas você não quer ficar segura.

Com isso, não consigo segurar o riso, mas até eu me surpreendo com quanto ele soa mordaz.

– Está dizendo que *quero* ser assassinada?

A expressão dela continua plácida.

– Estou dizendo – prossegue devagar – que você quer ser rainha e que esse papel não é seguro.

– Eu não *quero* ser a rainha. Eu *sou* a rainha – corrijo. – E esse é um fato que você costuma esquecer, a menos que possa usá-lo para tirar vantagem.

Agora é a vez de Dragonsbane rir.

– Rainha de um país que não existe mais – replica. – Rainha sem coroa, sem trono, sem coroação. Do que exatamente você imagina que é rainha? Três súditos bobos que a seguem como patinhos porque um homem lhes disse que você era especial e eles foram bobos a ponto de acreditar?

Dou um passo atrás, mas ela ainda não acabou.

– Estou tentando ajudá-la, mas você é teimosa e prepotente demais para entender – diz, a voz se elevando. – Deuses, você é igualzinha à sua mãe.

Não é a primeira vez que me dizem isso, mas é a primeira vez que a intenção é de insultar.

– Não fale da minha mãe! – Só percebo que gritei quando vejo a expressão de surpresa em seu rosto e seus olhos correm, cautelosos, até a porta. – Minha mãe era cinquenta vezes melhor do que você – continuo, tomando o cuidado de manter a voz baixa.

Ela me olha durante um longo momento antes de soltar uma gargalhada ríspida e ir até o armário dos vinhos. Fica um momento em silêncio, escolhendo uma garrafa, tirando a rolha e servindo-se de um copo cheio quase até a boca. Ela toma um longo gole, esvazia quase um quarto da taça e então volta a me olhar.

– Você não é a primeira pessoa a dizer isso, sabe – replica ela. – Talvez não *cinquenta vezes* exatamente, isso é um pouco dramático, mas o mesmo tipo de coisa. *"Melhore essa postura, como Eirene." "Sorria como Eirene." "Por que você não é como Eirene?"* Acho que não se passou um dia sem que eu ouvisse isso pelo menos uma vez. Foi assim que o som do nome dela passou a ser como um prego que alguém martelasse na base do meu crânio.

Ela para e toma outro gole, mas já ouvi o bastante.

– Não era culpa dela você ser invejosa – digo.

Mas isso só a faz rir outra vez.

– É claro que eu era invejosa. Mas não mais do que ela. *"Kallistrade"*, dizia, *"você tem muita sorte de não precisar de aulas de etiqueta."* E: *"Queria não ter que me levantar ao nascer do sol para saudar os Guardiões com a mamãe."* E: *"Por que não posso passar a tarde andando a cavalo como você?"* Ela me pedia para trocar de lugar com ela muitas vezes, mas eu nunca queria. Não queria ser a princesa herdeira, ela também não.

– Isso é mentira – respondo. – Minha mãe adorava ser rainha.

Dragonsbane dá de ombros.

– Não tenho como saber disso – diz ela. – Fui embora antes que ela fosse coroada e nunca mais voltei, mas com certeza ela não gostava do treinamento. – Ela toma outro gole, menor dessa vez, antes de me olhar, pensativa, e continuar: – Você tem sorte de não a ter conhecido de verdade.

As palavras dela parecem água fria escorrendo em minhas costas.

– Você acabou de dizer que tenho sorte por minha mãe ter morrido?

– Não foi o que eu disse – responde Dragonsbane, revirando os olhos. – Mas, de certa forma, é bom conservá-la com tanta pureza na memória: uma mãe perfeita, uma rainha perfeita, brilhante, generosa e valente. Ela é praticamente uma deusa na sua cabeça, não é? Imagino que todas as garotas sintam isso em relação às mães em algum momento. Mas sempre chega a hora em que essa ilusão de perfeição se estilhaça e a gente percebe que a mãe é só uma pessoa... como nós, com defeitos, vícios e pontos fracos. Você nunca vai ter essa revelação, e, sim, eu acho que tem sorte por isso. De certa forma.

Por um instante, ela parece tão arrasada que não sei se lhe dou um tapa ou peço desculpas, mas, com a mesma rapidez com que aparece, essa fresta de vulnerabilidade volta a desaparecer, oculta atrás de seus olhos duros e impenetráveis.

– Sua mãe foi uma boa rainha, pelo que ouvi dizer – observa ela. – Cumpriu seus deveres sem se queixar e o povo gostava dela, mas sempre vai ser a rainha que perdeu Astrea.

– Não foi culpa dela – protesto. – Ela não tinha como saber que os kalovaxianos estavam chegando.

Pela primeira vez, Dragonsbane hesita. São poucos segundos, mas o suficiente para eu ver, por trás de seus olhos, que avalia uma decisão, antes de endurecer novamente.

– Ela sabia – diz devagar. – Eu avisei, por uma carta enviada meses antes do ataque, que eles viriam.

– É mentira – replico, mas sinto um buraco no estômago.

Não quero ouvir nada disso, mas também não consigo me forçar a sair dali.

Ela me ignora e continua:

– Ela me chamou de mentirosa. Respondeu que eu era um constrangimento, navegando por aí dizendo que era pirata.

Quero gritar um monte de insultos a ela, negar aquilo tudo, mas nenhuma palavra vem aos meus lábios. Tenho que me lembrar de respirar.

Passado um instante, sua expressão se suaviza um pouquinho.

– Talvez eu devesse ter deixado você passar o resto da vida com essa imagem pura e não corrompida na mente.

– Eu não acredito em você – afirmo, embora uma pequena parte de mim acredite.

Ela não tem qualquer razão para mentir, afinal.

Dragonsbane toma mais um gole.

– Eu amava muito minha irmã, apesar de parecer o contrário. Ela era meu oposto completo, e também minha outra metade. Mas era uma mulher com defeitos.

Ela faz uma pausa, termina o vinho e me olha com olhos lúcidos, assustadores em sua ferocidade. Não me permito desviar o olhar.

– Sua mãe foi uma rainha medíocre – diz Dragonsbane em voz baixa. – Já você pode ser uma grande rainha. Se eu não acreditasse nisso, não estaria aqui. Mas não se trata de uma conquista fácil. Muito menos uma que venha da justiça. Nem sem sacrifícios, e eu estou cansada de ser tratada como sua inimiga por ressaltar isso. Se você não abrir mão de tudo por Astrea... de seu orgulho, sua independência, seus amigos... nunca vai reconquistá-la.

Como não digo nada, ela pousa a taça vazia no aparador e se encaminha para a porta. Com a mão na maçaneta, ela se detém.

– Todos os seres humanos cometem erros e sua mãe não foi exceção. Ela a amava muitíssimo, amava Astrea e acredito que achava que fazia a coisa certa. Era humana, nada mais, nada menos.

SONHO

Pela primeira vez desde que saí de Astrea, meus sonhos não são assombrados pelo rosto acinzentado de Cress. Em vez disso, vejo minha mãe, mas não como me lembro dela. Vejo-a como seria agora, com as mesmas rugas que Dragonsbane tem em torno dos olhos e da boca. Seu cabelo não tem o mesmo tom castanho-avermelhado vibrante, embora ainda não esteja grisalho. Está apenas desbotado, jogado sobre o ombro numa única trança comprida. No alto da cabeça está a coroa, só que não é a sua coroa de fato, é uma das coroas de cinzas que o kaiser costumava me obrigar a usar. Embora mamãe esteja imóvel, as cinzas caem sobre sua túnica branca.

Ela me olha com olhos tristes e pesados, mas, quando fala, a voz é de Dragonsbane.

– Sinto muito – diz ela.

Espero que diga mais, que me explique por que ignorou o aviso da irmã e deixou os kalovaxianos tomarem nosso país, por que – com uma decisão – permitiu que Astrea se transformasse em ruínas. Como me entregou tão facilmente a um homem que, durante uma década, aterrorizou minha vida.

Mas é só um sonho e ela não pode ter respostas que eu já não conheça, então tudo que faz é pedir desculpas e mais desculpas até que, enfim, acordo. Na boca, sinto o gosto de cinzas.

O céu visto pela janela ainda está escuro, iluminado apenas por estrelas e uma lasca de lua, mas sei que não serei capaz de voltar a dormir. Minha mente ainda gira, repetindo várias e várias vezes as palavras de Dragonsbane sobre minha mãe.

Artemisia dorme profundamente no outro lado da cama, tão grande que ela nem se mexe quando me levanto e contorno na ponta dos pés a forma grande de Heron, que não cabe direito no sofá. Ele disse não a Art e a mim quando sugerimos trocar de lugar com ele. Blaise deve ter ficado inquieto e voltado a seu quarto em algum momento.

Eu me lembro de ter adormecido com todos eles à minha volta. Nunca houve uma conversa sobre ficarem ou não. Quem quer que esteja de fato trabalhando para o kaiser ainda está à solta e acho que nenhum de nós confia nos guardas sta'criveranos.

Eu deveria acordar um deles, principalmente porque alguém tentou me matar na noite anterior, mas não me parece certo forçá-los a se levantar a uma hora dessas só porque não consigo dormir.

Além disso, não quero nenhum deles comigo quando visitar Søren.

O mais silenciosamente possível, visto um roupão e pego meu punhal onde o deixei, na mesinha de cabeceira, enfiando-o entre o roupão e a faixa da cintura. Calço os chinelos ao lado da cama e me dirijo na ponta dos pés até a porta, fechando-a atrás de mim com um ruído que é pouco mais que um suspiro.

Ainda assim, mesmo com o punhal, eu não deveria ir sozinha – sobretudo porque duvido que consiga fazer mais do que brandir a arma e tentar parecer ameaçadora. Andar pelo corredor já me deixa nervosa e olho para trás a cada intervalo de poucos segundos, como se outro assassino fosse pular das sombras. O que de fato seria possível.

Essa foi uma ideia idiota, mas, mesmo reconhecendo o fato, não consigo me forçar a dar meia-volta. Chego ao elevador e entro, aliviada por estar perto de outra pessoa.

Até onde sei, *ele* poderia ser um assassino. Mas, se for, não está com pressa. Ele me fita com o olhar vazio, aguardando que eu diga para onde vou.

– Quinze, por favor – anuncio, citando o andar que Erik me informou, onde a delegação gorakiana se encontra hospedada.

Ele faz que sim e começa a girar a manivela, levando-nos para baixo. Por mais suave que seja a descida, ainda não consigo não agarrar as barras na parede do elevador atrás de mim. A despeito de quantas vezes faça isso, acho que nunca me acostumarei. Por sorte, logo paramos abruptamente e ele abre a porta.

Assim que saio, ele fecha a porta outra vez e o elevador desce, deixando-me sozinha num corredor escuro, iluminado apenas pelo luar que se filtra pelas janelas. À minha frente, o corredor é ladeado por várias portas, mas não faço ideia de qual é a de Erik. Embora tenha vindo visitar Hoa aqui, o lugar parecia totalmente diferente, cheio de vida e com gente para me indicar o caminho certo. Agora, eu sequer sei como começar a tentar descobrir qual quarto é qual.

Ando devagar pelo corredor, na esperança de ver algum tipo de sinal, mas todas as portas de carvalho são exatamente iguais. Até os desenhos entalhados nelas e as maçanetas de cristal facetado são idênticos. Estar outra vez sozinha está começando a deixar os pelos em minha nuca todos arrepiados. Se um assassino quisesse atacar, esse seria o momento perfeito – ele poderia fazer o serviço sem qualquer dificuldade e, então, pôr a culpa nos gorakianos, que, para começar, não parecem ter muitos amigos em Sta'Crivero.

Inclino a cabeça e olho o batente das portas atrás de alguma luz, de um sinal de que alguém lá dentro está acordado. Já passa bastante da meia-noite e a maioria delas está escura, mas acabo achando uma que não está e bato de mansinho.

Faz-se uma longa pausa até que ouço passos leves vindo em minha direção e a porta se abre um pouquinho. Um gorakiano pequeno e magro aparece, com uma calva brilhante e óculos redondos empoleirados na ponta do nariz adunco. Ele me espia irritado, a testa muito franzida. Não parece contente comigo por interromper o que fazia, mas pelo menos há pouca probabilidade de que seja um assassino.

– Eu... me desculpe por incomodá-lo – digo. – Estou procurando Eri... quer dizer, o imperador. Qual é o quarto dele?

Ele franze a testa e me dou conta de que não entende astreano. Abro a boca para me repetir em kalovaxiano, porque provavelmente ele entende essa língua depois de ter vivido sob a ocupação, mas ele fala primeiro.

– Imperador – repete.

O alívio passa por mim e concordo com um gesto de cabeça.

O homem se inclina para fora da porta e aponta o lado do corredor contrário ao elevador, mas há portas demais para eu identificar qual está sendo apontada. Ele também deve ter percebido isso, porque, com um suspiro profundo, sai do quarto arrastando os pés e me leva até a porta que indicou, batendo com muito mais força e durante muito mais tempo do que eu faria. Mas suponho que isso seja bom, pois pouco tempo depois Erik finalmente atende, os olhos semicerrados de sono. Ele nos olha, piscando cansado, por um instante, como se tentasse entender a cena à sua frente.

– Tho... Rainha Theodosia? – pergunta em kalovaxiano. – Mestre Jurou? O que está acontecendo?

O homem – mestre Jurou – franze a testa e começa a falar bem rápido em gorakiano, do qual nada entendo. Não creio que Erik tampouco o entenda, porque tudo que faz é ficar olhando mestre Jurou e esperar que termine. Quando acaba, o mestre olha Erik, à espera de uma resposta que Erik não faz ideia de como dar. Mestre Jurou percebe, resmunga alto e volta para o seu quarto, pisando forte e fechando a porta com estrondo.

Erik se encolhe com o barulho.

– Vejo que conheceu mestre Jurou – diz ele.

– Eu não sabia qual era o seu quarto – admito. – Quem é ele?

Erik abre a boca para responder, mas em seguida a fecha e franze a testa, pensando na pergunta.

– Ele é... alquimista – diz. – O melhor de Goraki, mesmo antes do cerco. Para ser franco, não sei direito o que ele faz, mas todos parecem achar muito importante. Como pode ver, não falo gorakiano, embora minha mãe esteja se esforçando ao máximo para remediar isso. Tem algo a ver com ouro, acho.

A testa dele se franze ainda mais e ele sacode a cabeça, voltando a concentrar a atenção em mim. E pergunta:

– O que está fazendo aqui, Theo? No meio da noite.

– Não consegui dormir.

– E decidiu dividir comigo seu sofrimento? É muita consideração da sua parte, mas preferia que não tivesse feito isso – diz ele, bocejando nas últimas palavras.

– Quero ir ver Søren – explico. – E, como o kaiser pôs minha cabeça a prêmio, acho que não é sensato descer sozinha até a masmorra.

– Mas não está desarmada – observa ele, indicando com a cabeça o punhal em meu quadril.

– É mais exibição do que qualquer outra coisa – admito. – Você me viu ontem. É mais provável que eu me machuque se tentar usá-lo.

– Muito bem – diz ele com um suspiro. – Deixe-me pegar a espada e vamos juntos. Eu também gostaria de ver Søren. – Ele entra no quarto, mas, antes que a porta se feche, ouço-o murmurar: – Só que preferiria esperar o dia nascer.

MASMORRA

❖

A MASMORRA SOB O PALÁCIO STA'CRIVERANO É o tipo de lugar que não recebe muitos visitantes – na verdade, a impressão que dá é a de um lugar onde quem entra não espera sair. O operador do elevador se recusou a nos transportar quando Erik e eu pedimos que nos trouxesse aqui embaixo, mas quando eu lhe disse que o rei me dera permissão ele aquiesceu, relutante. Assim que descemos do elevador, ele saiu a toda, a engrenagem gemendo para voltar à superfície antes mesmo que as portas se fechassem atrás de nós.

– Não inspira nenhuma confiança – murmura Erik, olhando a semiescuridão do corredor à sua volta, iluminado apenas por filas de pequenas arandelas.

O ar aqui embaixo é abafado e rançoso e me deixa nauseada. Não quero dar nome a esse cheiro. Não parece vir de nada – nem de ninguém – vivo.

Seguimos o corredor até chegarmos a um portão de ferro que se estende do teto ao chão, de parede a parede. Encostado nele, do nosso lado, está um jovem sta'criverano que parece meio adormecido. Quando ouve nossa aproximação, porém, de repente se empertiga, os olhos arregalando-se de surpresa. Parece ter uns 20 anos, mas a pele é amarelo-acinzentada e há círculos escuros sob os olhos. Eu me pergunto quando foi a última vez que esteve na superfície.

– O que estão fazendo aqui? – pergunta ele, atrapalhado, antes de engolir em seco e tentar de novo. – Quer dizer, em que posso ajudar?

– Viemos visitar o prinz Søren. O rei Etristo me deu permissão de visitá-lo quando quisesse.

Ele franze a testa, pasmo.

– Mas estamos no meio da noite – diz.

Dou de ombros.

– É quando quero – explico. – Sou a rainha Theodosia e gostaria que o prisioneiro fosse levado a uma cela segura e separada de outros prisioneiros. Ele comeu?

– Eu... sim, Vossa Majestade – responde ele.

– Fico contente em saber – digo. – Ele pode ser um pouco teimoso com esse tipo de coisa. Vocês têm um local como o que descrevi?

– O prinz Søren está numa cela solitária – informa ele. – É bastante confortável... para uma cela, quero dizer. Sem dúvida, melhor do que todas as outras aqui, e longe dos outros presos.

– Parece que servirá muito bem – anuncio com um sorriso. – Qual é o seu nome?

– Tizoli – responde o rapaz e se apressa a fazer uma reverência.

Em seguida, vira-se para o portão, atrapalhando-se com o chaveiro pendurado no cinto. Depois de algumas tentativas, o rapaz finalmente destranca a porta e nos conduz por ela.

• • •

A cela de Søren é um pouco maior do que a do porão do *Fumaça* e tem pelo menos o triplo do tamanho da cela que ocupei em Astrea. Ele não está algemado, como se encontrava no *Fumaça*, e pode ficar em pé, andar e fazer o que quiser entre aquelas paredes. Infelizmente, o que ele quer é dormir, o que faz de maneira profunda, enroscado no canto com o rosto voltado na direção contrária à nossa.

– Søren! – grito pela grade da porta pelo que parece ser a centésima vez, mas nem assim ele se mexe. Viro-me para Tizoli, que continua atrás de nós, sem saber se deve ficar ou ir embora. – Ele está bem?

– Eu... ahn... acho que sim, Vossa Majestade – diz ele, olhando à volta, nervoso.

– Ele está bem – garante Erik. – É capaz de dormir no meio de um furacão... como, aliás, já dormiu.

Ele põe as mãos em concha em torno da boca e berra tão alto o nome de Søren que tenho de tapar os ouvidos. Mas Søren limita-se a rolar, chegando mais perto da parede.

– Se você pudesse abrir a porta por um instante, poderíamos tentar acordá-lo e sair de novo – digo a Tizoli, mas ele mais uma vez balança a cabeça negativamente, assim como fez todas as vezes que lhe pedi desde que descemos aqui dez minutos atrás.

Essa deve ser pelo menos a quinta vez.

Erik respira fundo, preparando-se para berrar de novo, mas eu o interrompo, segurando o botão da manga de seu casaco e arrancando-o com um puxão forte.

– Por que você fez isso? – pergunta Erik, olhando com descrença o casaco rasgado. – Estava novinho em folha... minha mãe vai me matar.

Eu o ignoro, vou até a grade e enfio o braço, apertando o botão na mão. Então, jogo-o na cabeça de Søren com toda a força que tenho e o atinjo bem no meio da testa. O botão era pequeno, mas foi suficiente. A mão de Søren voa até o rosto, atrasada, para afastá-lo antes que seus olhos se abram e ele nos fite, sonolento.

– Finalmente – digo. – Você dorme feito pedra.

Søren se senta, ainda meio zonzo.

– Acho que ainda estou dormindo – admite. – O que vocês estão fazendo aqui? E que horas são?

– Ainda falta um pouco para o sol nascer, acho – digo, antes de me virar para Tizoli.

– Você se importaria de nos dar um pouco de privacidade? – pergunto. – Vamos buscar você quando terminarmos.

Tizoli hesita, mas depois de um instante faz que sim e volta pelo corredor. Espero o som dos seus passos desaparecer antes de tornar a falar.

– Que inversão de papéis – digo a Søren, sorrindo, embora não haja qualquer graça na situação.

Søren retribui o sorriso, desanimado.

– Veio aqui me resgatar, Theo? – pergunta ele com ironia.

Balanço a cabeça, dizendo que não.

– Estão preparando o soro da verdade e, assim que o aplicarem em você, estará livre. Mas o rei Etristo disse que pode levar algum tempo.

Søren faz que sim, mas não parece convencido.

– Alguma pista de quem realmente *está* trabalhando para meu pai?

– Nenhuma – responde Erik, a voz pesada. – Literalmente, pode ser qualquer um. Diabos, se soubessem que somos parentes de sangue, é muito provável que eu estivesse aí com você.

– Sim, vamos manter isso em segredo – digo, soltando um suspiro. – Pelo menos, consegui uma trégua dos pretendentes. Falei que não poderia me reunir com ninguém sem você presente para me aconselhar.

Søren bufa.

– Tenho certeza de que sua tia está contente com isso – diz.

Ele quis fazer uma piada, mas a menção de Dragonsbane é como lixa contra minha pele e Søren deve ter percebido que me encolho.

– O que foi? – pergunta.

Hesito.

– Tenho uma pergunta sobre o cerco de Astrea. – Inspiro fundo e penso em não perguntar. Talvez eu não queira saber a resposta. – Se tivéssemos sido avisados de que vocês estavam vindo, o que teria acontecido? Teria sido como Vecturia? Vocês seriam rechaçados?

Søren franze a testa e fica tanto tempo pensando que começo a temer que não vá responder, mas por fim ele balança a cabeça.

– Talvez demorasse mais. Talvez se transformasse numa guerra em vez de um cerco, mas ainda assim venceríamos. Astrea não estava preparada para um ataque daqueles. Nunca tinha enfrentado nada parecido. Sinto muito se não é a resposta que você esperava.

– Na verdade, é, sim – digo. – Mas não faz com que eu me sinta melhor.

Despejo sobre eles então o que Dragonsbane disse. Erik e Søren escutam. Quando termino, minhas palavras mal passam de um sussurro.

– Sempre imaginei minha mãe como uma rainha perfeita, mas essa imagem foi arruinada e não sei como recuperá-la.

Erik e Søren se entreolham, contudo é Erik quem finalmente fala.

– Bom, nosso pai é o kaiser – diz ele, devagar. – Não temos muita experiência com a destruição de ilusões a respeito de figuras parentais.

– Mas teve alguma época em que o admiraram? – pergunto, olhando de um para o outro.

Ambos ficam em silêncio.

– Não – diz Søren finalmente. – Mesmo antes de entender o que ele estava fazendo com outras pessoas, eu sabia o que ele estava fazendo com a minha mãe. Não me lembro de nenhuma palavra gentil. Lembro que ela tremia de medo toda vez que ele chegava perto e que se encolhia toda vez que ele falava com ela, como se tivesse levado um tapa. Vi meu pai como um monstro desde o começo. Só não percebia como seu alcance era grande.

Erik pigarreia.

– Acho que existiu um tempo em que sonhava ser como ele – admite. – Não durou muito tempo, mas existiu. Ele nunca me reconheceu como filho, nem mesmo falava comigo, porém isso não era segredo. Eu sabia. E, quando criança, achava que, se fosse maior, se fosse mais forte, se fosse melhor, ele me amaria. Eu odiava você – diz a Søren.

Søren franze a testa.

– É? Eu não sabia disso.

Erik dá de ombros e desvia os olhos. A luz é fraca demais para ter certeza, mas acho que ele enrubesce.

– Na época, eu não conhecia você, só de longe. Você era só aquele garoto que tinha tudo o que eu tanto queria e que parecia não dar o menor valor ao que tinha. É claro que o odiava. Mas, quando fomos aprendizes juntos e ficamos amigos, entendi. Acho que foi então que as minhas ilusões foram destruídas, embora a situação seja diferente.

– Não, acho que entendo – digo. – Obrigada.

Søren solta um suspiro pesado.

– Então, você vai voltar ao campo de refugiados agora que não tem de se preocupar com pretendentes por alguns dias?

– Acho que vou – respondo, embora a ideia me dê tanto empolgação quanto pavor.

Adoraria ajudar e conversar com outros astreanos, mas a culpa era quase insuportável. Como posso me hospedar no palácio do rei Etristo, fazendo refeições suntuosas até sentir que a barriga vai explodir, usando vestidos que custam uma fortuna cada um, enquanto todos eles estão sujos, com fome e doentes? Mas é claro que tenho de ir. Se não fizer tudo o que puder para ajudá-los, nunca me perdoarei. Sem dúvida não poderia me intitular sua rainha.

Uma ideia me ocorre e me viro para Erik.

– Você devia ir também – digo. – Há gorakianos lá. Você devia ir vê-los, se pretende ser seu imperador. Acho que não sabem que Goraki está seguro outra vez. Talvez queiram voltar.

Erik pensa um pouco.

– Não conto com isso – responde, balançando a cabeça. – *Seguro* é um termo relativo e, francamente, devem estar melhor aqui.

A ideia me deixa enjoada.

– Não diga isso antes de ver – aviso a ele, e me volto para Søren: – Você precisa de alguma coisa?

Søren pensa um momento.

– Só que o tempo passe mais depressa. Tem algum lugar para ir antes do café da manhã?

– Não – digo. – Podemos ficar mais um pouco.

Søren se estica no chão sujo, encostado na parede de tijolos.

– Bom, então... O que acha de mais uma aula de astreano? – sugere ele.

– Agora? – pergunto, franzindo a testa. – Sem dúvida teremos hora e lugar melhores.

– Sou literalmente um aluno cativo – diz ele. – E vai desviar meu pensamento de outras coisas, como o rei Etristo decidindo me executar.

A ideia me dá um nó no estômago.

– Eu nunca permitiria que isso acontecesse – afirmo.

Søren sorri, embora o sorriso não chegue a seus olhos.

– Acho que você já fez milagres suficientes por mim, Theo. Talvez esse esteja além até da sua capacidade. – Ele se senta ereto. – Está vendo? Estou provando meu ponto de vista: precisamos de uma distração. Erik também poderia aprender algumas palavras.

– Na verdade, acho que tentar aprender duas línguas ao mesmo tempo só vai me confundir – diz Erik com um bocejo. Ele se encosta na parede do corredor, cruza os braços no peito e fecha os olhos. – É só me acordar quando estiver pronta, Theo.

Eu o fito, incrédula.

– Você não pode simplesmente dormir desse jeito.

Embora seus olhos continuem fechados, a boca se torce num sorriso.

– Sou um marinheiro – responde. – Consigo dormir em qualquer lugar.

Ou ele é fiel à palavra, ou faz uma ótima imitação – com ronco e tudo –, enquanto ensino a Søren algumas palavras astreanas básicas. *Eu, você, tem, faz, água, pão.*

É difícil dizer quanto tempo se passa sem a luz do sol para orientar, mas, quando Erik e eu saímos da masmorra, Søren parece um pouco mais animado. Prometemos voltar em breve, porém Søren não parece acreditar.

AMOR

ASSIM QUE RETORNO AO MEU QUARTO, sou recebida com um bombardeio de gritos de pânico.

– Achamos que estivesse morta – diz Heron, seus olhos normalmente tranquilos queimando com um brilho cor de âmbar. – O que deu em você para sair assim no meio da noite?

– E levou o punhal? – acrescenta Artemisia. – Estava tentando poupar trabalho ao assassino enviado pelo kaiser?

– Você poderia ter sido *morta* – diz Blaise.

A raiva irradia dele com tamanha intensidade que praticamente posso vê-la tremeluzindo no ar. As mãos dele tremem, mas ele não parece perceber.

Eu, porém, percebo, assim como Heron e Artemisia. Naquele instante, a raiva e o medo deles desaparecem, abafados pelos de Blaise. O piso sob meus pés treme tão levemente que eu poderia atribuir à trepidação do elevador na extremidade do corredor, mas não se trata daquele tipo de tremor. É um zumbido, como se as pedras estivessem falando, como se alguém estivesse falando com elas em resposta.

– Blaise – digo, tomando o cuidado de manter a voz suave.

Mas, quando seus olhos escuros fixam os meus, estão estranhos e distantes, como se ele não estivesse me vendo.

O tremor no piso se torna mais forte, até que os copos deixados sobre a mesa começam a chacoalhar. Eu sei que deveria fazer alguma coisa, dizer alguma coisa, mas estou paralisada, incapaz de qualquer atitude que não seja olhá-lo fixamente. Uma camada de poeira cai do teto, cobrindo-nos como as cinzas costumavam fazer quando o kaiser me obrigava a usar aquela coroa.

Artemisia é a primeira a reagir. Em algumas passadas rápidas, ela atravessa o quarto até Blaise e o esbofeteia com força, o som ecoando acima do zumbido, mas isso não tem qualquer efeito sobre ele.

Já vi Blaise perder o controle sobre seus poderes antes, mas ele sempre lutou para recuperá-lo. Nunca como agora. Não sei se ele sequer está em seu corpo.

O vaso na penteadeira tomba e cai no chão, espatifando-se e lançando água e rosas murchas por toda parte. Tenho que me agarrar à parede para me firmar antes de ir até Blaise, meu coração batendo violentamente contra a caixa torácica. De repente me ocorre como isso é perigoso, não só para Blaise, mas para todos nós. As torres de Sta'Crivero já são precariamente altas. Um terremoto poderia derrubar esta em que estamos, e o restante cairia como peças de dominó, esmagando a cidade abaixo. Se não detivermos Blaise, ele pode destruir a cidade e matar milhares de pessoas.

– Blaise – repito, pousando as mãos em seus ombros.

Sinto que ele está pelando mesmo através do tecido da camisa. É como se eu tocasse o fogo, mas eu o seguro com força. Tento sacudi-lo, mas ele está preso ao chão.

– Por favor, Blaise. Eu estou bem – insisto.

Ele estremece e os tremores cedem um pouquinho, embora ainda sejam consideráveis. Ainda são perigosos.

Sem pensar, lanço os braços em torno de seu pescoço e o abraço o mais apertado que consigo, mesmo com o calor de seu corpo se espalhando pelo meu. Passo os dedos por seus cabelos e, antes que me dê conta do que estou fazendo, começo a cantar uma cantiga de ninar astreana que ele cantou para mim quando precisei.

> *"Atravesse a neblina comigo,*
> *Minha linda criança.*
> *Estamos indo para a terra dos sonhos,*
> *Onde a loucura do mundo avança.*
> *Hoje já passou, chegou a hora*
> *De os passarinhos voarem.*
> *O amanhã está perto, esta é a hora*
> *De os velhos corvos morrerem.*
> *Sonhe o sonho de um mundo desconhecido,*
> *Onde qualquer coisa pode acontecer.*
> *Amanhã você fará de seus sonhos realidade,*
> *Mas esta noite me deixe estar neles com você."*

Aos poucos, o mundo à nossa volta se estabiliza. Blaise, porém, não. Ele continua tremendo mesmo quando seus braços me envolvem e ele enterra o rosto na curva do meu pescoço. Só quando sinto lágrimas quentes em minha pele é que me dou conta de que ele está chorando. Nenhum de nós fala pelo que parece uma eternidade, mas eu sei quais são seus pensamentos, tanto quanto sei quais são os meus.

Blaise não tem mais controle sobre seu dom e isso está se agravando. Mais alguns minutos e ele poderia ter nos matado a todos, assim como a outros milhares de sta'criveranos. Não temos como impedir isso.

Lentamente, Blaise se solta do meu abraço e ergue a cabeça.

– Tenho que ir embora – diz ele, a voz pouco mais que um sussurro. – Não posso ficar aqui. Não posso... – Sua voz falha antes que ele possa terminar a frase.

Uma parte de mim sabe que ele tem razão. Ele representa um perigo aqui, para si mesmo e para todo mundo à sua volta. Mas não suporto a ideia de mandá-lo embora.

– Não – respondo, forçando a voz a não tremer. – Isso... Não foi sua intenção.

Artemisia me encara, incrédula.

– Não importa qual era a intenção dele – diz ela. – Ele quase... – Ela deixa a voz morrer, balançando a cabeça. – Eu não sabia que estava tão grave.

– Nenhum de nós sabia – afirma Heron. – Mas sabíamos que acabaria chegando a esse ponto. Não existe cura para a loucura das minas.

Foi exatamente o que Søren me disse no *Wås*. Eu não acreditei naquela ocasião, no fundo não. Ainda não quero acreditar, mesmo com a evidência bem diante de mim.

– Não pode ser loucura das minas – digo, tentando demonstrar segurança, mesmo quando de repente não tenho mais certeza de nada. – Ele já estaria morto se fosse. – Fecho os olhos, buscando alguma explicação. – O dom dele é forte e por isso que é instável. Você só precisa de prática para controlá-lo – falo para Blaise, mas não consigo convencer ninguém, muito menos eu.

Blaise engole em seco.

– Theo, eu também não quero ir embora, mas...

– Então, não vá – peço. – Fique e lute contra isso. Fique comigo.

Eu não tinha intenção de dizer essa última parte, mas as palavras saem antes que eu possa impedi-las.

Blaise sustenta meu olhar por um momento de silêncio. Posso ver em sua expressão as emoções em conflito.

– Nunca tinha sentido isso tão forte. Meu corpo não parecia meu, eu estava simplesmente assistindo, impotente. – Ele torna e engolir em seco e sacode a cabeça. Após o que parece uma eternidade, volta-se para Artemisia, os olhos firmes e decididos: – A próxima vez que ficar ruim assim, Art, crave um punhal em meu coração.

Os olhos de Artemisia se arregalam e, por um segundo, fico na expectativa de que ela recuse.

– Se eu achar que você vai machucar pessoas, vou fazer isso – responde ela, com cuidado.

Blaise assente, embora ainda pareça confuso.

– Não sei o que está acontecendo comigo – declara ele.

– Talvez isso já tenha acontecido antes – sugere Heron. – Talvez tenham existido Guardiões cujos poderes não eram estáveis.

– Nunca ouvi nenhuma história assim – digo.

– Nem poderíamos – replica Heron. – Quem contaria esse tipo de coisa a crianças?

É verdade que todos os Guardiões que conheci quando criança tinham o controle de seus dons, mas só poderia ser assim, não é, para estarem tão perto da rainha? A ideia de outros Guardiões – como Blaise – nunca me ocorreu, mas o argumento de Heron é bom. Como eu poderia saber deles?

Um pensamento me ocorre e se une a outro: uma ideia tola e desesperada ganhando forma.

– Erik e eu fizemos planos de voltar ao campo de refugiados hoje para levar mais comida – digo. – Era onde eu estava... fui fazer uma visita a Søren com Erik. Se ainda existe algum astreano que possa saber alguma coisa sobre loucura das minas, talvez esteja lá.

– Pode ser – diz Artemisia, embora não pareça acreditar.

– Quanta comida você conseguiu juntar, Heron? – pergunto a ele.

É um esforço conversar normalmente com os detritos da explosão de Blaise à nossa volta, mas eu me obrigo a isso. Se ficar pensando nisso e no que significa, sou eu quem vai enlouquecer. É um problema que preciso resolver, só isso, o que pode ser feito ao mesmo tempo que ajudo os refugiados. Então me concentro nisso – na solução, em vez de no problema – e essa é a única coisa que me impede de desmoronar.

– Não o suficiente – diz Heron. – Mas também não acho que seja possível roubar o suficiente para alimentar todos eles sem que alguém dê falta. Porém, se eu fizer mais umas duas incursões na cozinha, devo ter tudo que conseguiremos carregar até o campo.

Faço que sim com a cabeça.

– Então vá – peço. – Erik e Hoa vão nos acompanhar. Nós os encontraremos daqui a uma hora. Art, você pode descobrir o que as pessoas estão falando sobre o terremoto? Duvido que alguém vá pensar que não se trata de um fenômeno natural, mas quero ter certeza.

Ambos assentem e saem apressados, me deixando sozinha com Blaise. Torço as mãos. Blaise e eu demos tantas voltas para evitar falar sobre a piora de sua instabilidade que não tenho certeza de como abordar o assunto agora.

– Não posso ficar no palácio, Theo – diz ele após um momento de silêncio. – Posso armar uma barraca fora das muralhas da capital, longe o bastante para não machucar ninguém, mas perto o suficiente para ajudar se você precisar de mim.

– Você me deixaria sozinha aqui? – pergunto.

Ele estremece.

– Não faz assim – pede. – Você não estaria sozinha. Ainda teria Heron e Art.

– Não é a mesma coisa. Eles não me veem do mesmo jeito que você. Não me conheciam antes de tudo isso. Preciso de você, Blaise. – Minha voz falha e balanço a cabeça. – Vamos ao campo primeiro. Vamos descobrir informações. Se ainda quiser ir depois disso, não vou detê-lo.

Ele sacode a cabeça,

– Não podemos simplesmente perguntar sobre isso a estranhos. Se alguém mais descobrir...

– Heron e Artemisia sabem e não fizeram nada – ressalto. – Eles não tratam você de um jeito diferente.

– Porque são meus amigos – argumenta ele. – Mas até Art vai agir, se acontecer de novo. Estranhos? Vão tentar me matar na mesma hora.

– Bem, não vamos contar a eles que é você. Vamos só fazer umas perguntas hipotéticas, coletar informações de caráter geral.

– Não tem como isso não parecer suspeito – insiste ele.

– Então vamos esconder um questionamento em outro – digo, uma ideia me ocorrendo. – Vamos ver se alguém sabe alguma coisa sobre o que aconteceu com Cress, por que ela tem o dom de Houzzah depois de tomar o encatrio. E, então, partimos daí.

Blaise deixa escapar um suspiro sofrido, mas não discorda, e isso já é alguma coisa.

– É provável que isso não leve a nada – diz ele após um momento, brincando com o bracelete de Pedras da Terra que eu dei a ele meia vida atrás. Em geral, ele o mantém guardado no bolso, mas agora o gira entre os dedos, distraidamente. – Não existe cura para a loucura das minas.

Isso não é a loucura das minas, quero dizer, mas não tenho mais certeza de que não é. O que é a loucura das minas, afinal, senão um dom dado a alguém incapaz de lidar com ele? Talvez não seja algo completamente diferente de ser abençoado. Talvez sejam dois lados da mesma moeda. Eu me dou conta, com um sobressalto, de que sei muito pouco sobre meu próprio país. Embora agora eu seja mais adulta do que criança, entendo pouco mais sobre os deuses e as minas do que entendia aos 6 anos.

Blaise segura o bracelete de Pedras da Terra com tamanha força que os nós de seus dedos estão brancos.

– Talvez você não devesse ficar com isso – sugiro, apontando a joia. – Talvez esteja fazendo você piorar.

Ele aperta ainda mais.

– Não, me ajuda – afirma. – Na maioria das vezes, canaliza o dom para algo mais controlável.

Mordo o lábio e olho para ele.

– Não posso perder você, Blaise – digo a ele, baixinho. – Se tiver a mais remota chance de o ajudarmos, temos de aproveitá-la.

Blaise não fala nada por um tempo, o maxilar cerrado com força. Por fim, ele concorda:

– Muito bem, Theo. Vamos tentar. Mas, se não der em nada, eu vou embora.

Um mal-estar se espalha pelo meu estômago só de pensar nisso, contudo faço que sim com a cabeça. Hesitante, dou um passo à frente e o abraço novamente. A princípio, seu corpo se mantém rígido e tenso, mas por fim ele relaxa, segurando-me como se eu fosse tão frágil quanto o vaso que ele estilhaçou.

– Eu te amo – digo a ele, minha voz abafada de encontro ao seu ombro.

Talvez seja outra manipulação, mais palavras brandidas como a única arma ao meu alcance, mas isso não as torna falsas. Experimento uma sensação boa ao dizê-las em voz alta.

A respiração de Blaise se torna mais pesada e uma parte de mim se sente culpada. Por mais sinceras que essas palavras possam ser, sei que minha motivação para dizê-las aqui e agora é distorcida. Estou dizendo a ele o que ele precisa ouvir para me dar o que eu quero.

Deixo a culpa de lado e me concentro em Blaise, parado à minha frente. Blaise, que precisa continuar lutando, haja o que houver. Blaise, sem o qual eu não sei – e nem quero aprender – como sobreviver. Eu só o quero, saudável e feliz ao meu lado, pronto para reivindicar nossa pátria, salvar nossa gente e vingar nossos pais.

– Eu também te amo, Theo – diz ele, a voz pouco mais que um sussurro.

Embora eu já soubesse disso, suas palavras ainda fazem meu peito palpitar. Afasto-me ligeiramente para olhar seu rosto.

– Então, não ouse me deixar. Não me importo se a própria Glaidi tentar levar você para o Além. Você vai dizer: "Hoje não." Está me ouvindo?

Blaise engole em seco, o pomo de adão se movendo.

– Estou – diz ele.

As palavras não querem dizer muita coisa. Nós dois sabemos que as pessoas não têm escolha quando a morte vem – perdemos pessoas demais antes da hora. Mas é bom fingir por um momento que temos algum controle sobre isso.

DISFARCE

Assim que tomamos o café da manhã e nos vestimos, nós quatro vamos ao encontro de Erik e Hoa na entrada do palácio. O sol está tão ofuscante que cega, e eu tenho de proteger os olhos com a mão ao passar pela porta de entrada do palácio. Artemisia relatou que os danos causados pelo terremoto, felizmente, foram mínimos – praticamente apenas danos aparentes à torre principal do palácio. Nada além de algumas bugigangas e objetos decorativos quebrados, algumas arandelas de parede caídas, pequenas rachaduras nos ladrilhos do piso. Nada que o rei Etristo não possa mandar consertar rapidamente.

Nada desta vez, penso, embora afaste esse pensamento.

– Rainha Theodosia – chama uma voz.

Quando meus olhos se ajustam à claridade, percebo que é Coltania, trajando um vestido de seda vermelho colado ao corpo, que destaca a curva de sua cintura e o volume dos quadris e dos seios.

Embora eu esteja aliviada por ser ela e não um cortesão sta'criverano, ainda sinto uma ponta de irritação. Por que ela está passeando por aí quando Søren se encontra trancado em uma masmorra úmida? Ela deveria estar trabalhando no soro da verdade para que ele possa provar sua inocência. Não consigo imaginar que ela esteja trabalhando com aquele vestido.

– *Salla* Coltania – digo, forçando um sorriso.

Ela estende as mãos para tomar as minhas antes de se inclinar e beijar cada uma de minhas bochechas duas vezes. Ela ri quando vê minha surpresa.

– Um costume oriânico para cumprimentar amigos – explica ela. – Um velho hábito, me desculpe.

– Sem problemas – digo, embora possa sentir vestígios de seu batom vermelho e grudento em minhas bochechas.

Resisto à urgência de limpá-las. Sei que não é a mesma coisa, mas me faz me lembrar do kaiser, nos banquetes, deixando em minha pele a marca da mão carimbada em cinzas.

– Vocês sentiram o terremoto mais cedo? Que coisa apavorante. Mas agora está um dia lindo. Marzen e eu vamos fazer outro piquenique... Devia vir com a gente. – Ela olha para minhas Sombras, reunidas atrás de mim. – Seus... acompanhantes também são bem-vindos, é claro.

Forço um sorriso.

– Foi um terremoto apavorante, sim, mas entendo que são comuns na área – digo, embora não saiba se é verdade.

Coltania franze a testa, porém antes que ela possa questionar a informação prossigo:

– É muita gentileza sua nos convidar, mas, com o prinz Søren preso, decidi não me encontrar com nenhum pretendente. Ele é meu articulador diplomático, afinal, e eu preciso de sua orientação nessas questões. Com certeza você compreende... Esta não é uma decisão que deva ser tomada de maneira leviana.

As sobrancelhas de Coltania se erguem.

– Eu não sabia que a orientação dele era tão necessária para Vossa Majestade – diz ela.

Dou uma risada.

– Por que outra razão eu o manteria em meu conselho? – Finjo um olhar de surpresa. – Ah, *salla* Coltania, você não acreditou nos boatos, acreditou? – pergunto.

Ela parece dividida por um momento antes de sua expressão abrandar.

– Que boatos? – questiona, com uma piscadela.

Mudo de assunto.

– Soube que é você quem está ajudando os boticários do rei Etristo com o soro da verdade...

– Sim, é o mínimo que posso fazer para chegar ao fundo dessa confusão. Depois do que aconteceu com o pobre arquiduque... e quase aconteceu com Vossa Majestade!

– Trágico – concordo. – Fico feliz que esteja ajudando. Com todas as suas habilidades científicas, tenho certeza de que o nome de Søren vai ser inocentado logo, e então vamos poder voltar aos nossos assuntos.

Ela inclina a cabeça.

– É claro, Vossa Majestade. Farei tudo que puder, embora isso possa levar até uma semana, dependendo da disponibilidade de alguns dos ingredientes mais raros.

Estendo a mão e aperto seu braço.

– Acredito em seus talentos. Por favor, aproveite seu piquenique e diga ao seu irmão que mandei lembranças. Tomara que eu possa desfrutar da sua companhia e da do chanceler Marzen novamente em breve.

Quando nos afastamos de Coltania, descendo a escada do palácio, Artemisia posiciona-se ao meu lado, deixando Heron e Blaise seguindo a poucos passos de distância.

– Sinceramente, não sei dizer se você gosta dela ou não – observa ela.

– Acho que eu mesma não sei – admito. – Eu a respeito, pelo menos.

Enquanto descemos os degraus, procuro Erik e Hoa na multidão agitada. Em seus trajes gorakianos de brocado, eles deveriam se destacar, mas não vejo qualquer sinal deles. Quando chegamos à base da escada, duas figuras se aproximam, cobertas da cabeça aos pés em túnicas de cor crua. Com os capuzes levantados sobre a cabeça, os rostos encontram-se encobertos. A princípio, penso que se trata de dois dos sacerdotes manadolianos, que sempre usam roupas austeras e conservadoras, mesmo no calor escaldante. No entanto, quando um deles puxa o capuz um pouco para trás, me permitindo ver seu rosto, percebo que é Erik. O que significa que a figura menor ao seu lado deve ser Hoa.

– É um disfarce e tanto – digo a ele em kalovaxiano. – Embora pareça um pouco desnecessário.

– Fácil para você dizer – murmura ele. – Os sta'criveranos não a xingam pelas costas e chamam você de *enta crusten*.

Franzo a testa.

– *Enta crusten?* – repito.

O rosto dele fica vermelho.

– Pelo que pude entender, significa "os amaldiçoados" em sta'criverano. Um termo que aplicam genericamente aos gorakianos. Parece que aquele terremoto está sendo atribuído à nossa presença. Aparentemente Sta'Crivero não tem um terremoto há séculos.

Eu me esforço para manter a expressão neutra.

– É mesmo? – pergunto antes de me lembrar de uma coisa. – Søren disse que os sta'criveranos veem os refugiados como amaldiçoados, que os trancaram atrás daquele muro para impedir a maldição de se espalhar.

Como se ser conquistados pelo kaiser e saqueados pelos kalovaxianos fosse uma doença contagiosa que pode ser passada de uma pessoa a outra, de um país ao outro. Como se fosse simples assim.

– Então é melhor continuarem com os capuzes – diz Heron a Erik, olhando ao redor para ver se alguém o notou. – Pelo menos até a gente sair da cidade.

Erik suspira, mas puxa o capuz de novo sobre a cabeça, não sem antes piscar para Heron.

– É uma pena esconder do mundo este rosto, mas suponho que você tenha razão.

Enquanto nosso grupo atravessa as ruas da cidade, lanço um rápido olhar e vejo que o rosto de Heron está da cor de geleia de morango.

• • •

Erik, Hoa e eu ficamos para trás, para que Blaise, Heron e Artemisia possam negociar os cavalos sem se preocuparem em sermos reconhecidos. O lado ruim é que só podemos levar três cavalos. Concordo com o arranjo, até porque não sei mesmo cavalgar. Mas Erik parece um pouco aborrecido com a ideia de partilhar um cavalo com outro cavaleiro.

– Não cavalgo como passageiro desde que era criança – reclama ele.

– Se preferir guiar o cavalo, não tem problema para mim – observa Heron, embora tenha dificuldade em olhar Erik nos olhos ao falar. – Quer dizer... se *quiser* ir comigo. Pode ir com Blaise também, ou com Art, suponho, mas duvido que qualquer um dos dois deixe as rédeas com você.

Erik fica surpreso por um momento, olhando para Heron como se não tivesse muita certeza sobre o que pensar dele.

– Muito bem – diz, por fim. – Obrigado.

Heron dá de ombros e torna a desviar o olhar.

– Eu levo Theo, então – oferece Artemisia em astreano, antes que Blaise possa oferecer. – Blaise, você leva Hoa.

Hoa parece confusa, tendo entendido apenas seu nome. Eu traduzo rapidamente para ela.

Hoa reflete por um momento, avaliando Blaise antes de fazer um sim enérgico com a cabeça.

– Ele serve – diz para mim.

– Por mais doloroso que seja, acho que vamos ter que falar kalovaxiano para que todos nos entendamos – digo. – Caso contrário, vamos ter que ficar traduzindo para Erik e Hoa.

Artemisia revira os olhos.

– Odeio falar essa língua – observa em um kalovaxiano com sotaque áspero, errando a pronúncia de algumas palavras. – Parece mais uma violação.

Hoa olha para ela como se a visse pela primeira vez.

– Me desculpe – fala.

Seu kalovaxiano é mais fluido, mas ainda irregular.

Artemisia é pega de surpresa pelo pedido de desculpas e fica um pouco atrapalhada – uma reação nova para ela, mas que não posso deixar de achar divertida.

– Está tudo bem – diz Art a Hoa depois de um tempo. – Eu só quis dizer... Não é nada contra você. Só estava me queixando.

– Ela faz isso muito – observo, me dirigindo a Hoa. – Não leve para o lado pessoal.

Artemisia me lança um olhar feroz, mas não protesta, só belisca meu braço.

– E, por causa disso – diz ela –, vou cavalgar com velocidade *extra*.

Meu estômago se revira diante dessa perspectiva.

– Então, eu vou vomitar em cima de você – replico.

Hoa ri, um som que nunca ouvi antes. É uma risada melódica que me faz me lembrar do canto de um pássaro no começo do dia. É linda.

OJO

MINHA AMEAÇA DE VOMITAR PARECE TER funcionado – o cavalo praticamente desliza sobre a vastidão plana do deserto com Artemisia nas rédeas. Ela lidera o grupo durante todo o trajeto, mas percebo que não me importo com a velocidade tanto quanto pensei.

Quando chegamos, Heron, Blaise e Erik descarregam os pacotes de comida presos aos nossos cavalos, enquanto Hoa, Artemisia e eu nos encaminhamos para o portão. Não posso deixar de olhar para Blaise por cima do ombro enquanto seguimos, procurando sinais da explosão que teve apenas horas antes. Mas ele está como sempre e eu me sinto ao mesmo tempo reconfortada e desconcertada em relação a isso.

Os guardas diante do portão são os mesmos da última vez, com seus rostos de pedra e as lâminas curvas guardadas na bainha na altura do quadril. Quando nos aproximamos, eles mal nos dirigem o olhar.

– Estamos aqui para... – começo, mas minha voz morre. Como foi que nos apresentei da vez passada? – ... procurar mão de obra. E trouxemos pagamento para trabalhos passados – acrescento, apontando para os garotos atrás de mim carregando a comida.

Os guardas trocam olhares céticos, mas, ao que parece, não dão importância a ponto de chamar atenção para a minha mentira. Com um suspiro de aborrecimento, um deles abre o portão, permitindo nossa entrada.

Mais uma vez, é como bater em uma parede de ar quente e viciado, cheirando a doença e podridão. Desta vez, sei o que esperar, portanto não tenho reação. Hoa, porém, não está preparada. Ao meu lado, ela tosse e engasga, cobrindo o nariz e a boca com um braço para bloquear o fedor. Seus olhos escuros correm pelo campo decrépito: as casas pequenas se desmantelando, as ruas sujas, as pessoas vestidas com trapos, algumas tão magricelas que seus ossos se sobressaem sob a pele como se não fossem totalmente deste mundo.

Por um momento, veem-se horror, nojo e tristeza em sua expressão, mas, tão rápido quanto surgiram, esses sentimentos são lacrados por trás de sua máscara de plácido estoicismo.

De repente, vejo aquela outra vida que ela teve antes de eu conhecê-la, a filha do imperador que um dia ela foi, criada para encarar qualquer situação com diplomacia e a cabeça erguida. Nunca emotiva, nunca vulnerável. Não posso acreditar que um dia a vi de outra forma.

– Aqui existem refugiados de todos os países que os kalovaxianos conquistaram – explico. – Algumas famílias estão aqui há gerações. Elas falam uma língua que é a mistura de palavras e frases tiradas de um país ou de outro. E existe um conselho de Anciãos que representa cada comunidade. É com eles que vamos nos reunir.

Um grupo de crianças – as mesmas de nossa última visita – aproxima-se correndo com as mãos estendidas, sorrisos largos abertos revelando os dentes tortos. Não posso deixar de retribuir o sorriso, por mais que a visão deles, com suas costelas salientes e rostos sujos, parta meu coração. Enfio a mão nos bolsos e pego um punhado de pedras preciosas que tirei dos vestidos no armário do meu quarto. Uma a uma, eu as distribuo entre as crianças que se agarram à minha saia e puxam meus braços.

– *Ojo!* – grita uma delas, e as outras logo a acompanham, entoando a palavra até que suas vozes se misturam, formando uma só.

Ao meu lado, Hoa enrijece. Eu não sei o que essa palavra significa. Ela, porém, sabe.

Hoa pigarreia.

– *Prinzessin* – diz ela para mim. – É o que significa *ojo*, em gorakiano, é como chamávamos a filha do imperador. Era como me chamavam. É como estão chamando você, embora você seja mais do que uma prinzessin. Eles ainda não sabem disso, mas você vai mostrar a eles.

Ela parece tão segura em relação a mim, mais segura do que jamais me senti. Por tantos anos, sofremos lado a lado. Ela era uma estranha, isolada atrás de seu silêncio e da distância que mantinha para proteger a nós duas. Mas eu não era uma estranha para ela – era uma menina que ela banhava, vestia e colocava na cama todas as noites. Ela me conhecia melhor do que ao próprio filho.

Estendo a mão e seguro a sua, apertando-a com firmeza na minha. Seus olhos se enchem de lágrimas, porém Hoa pisca, reprimindo-as, antes que possam cair.

– *Ojo Hoa* – diz ela, tão baixinho que quase não a ouço.

De qualquer maneira, Hoa não está falando comigo. As palavras se destinam apenas a seus próprios ouvidos, um nome que lhe foi tirado da mesma forma que o meu.

– Estamos procurando os Anciãos – digo às crianças em astreano.

Elas piscam, confusas, se entreolhando. Provavelmente entendem apenas uma ou duas palavras.

– Pode perguntar a eles em gorakiano onde estão os Anciãos? – peço a Hoa em kalovaxiano.

Ela assente e traduz. A compreensão aparece em alguns dos rostinhos à medida que juntam as peças, usando algumas palavras astreanas e outras gorakianas.

Uma das meninas mais velhas, talvez de uns 9 anos, segura minha mão e me conduz pelas ruas. Um garoto mais novo, de cerca de 4 anos, pega a outra mão e, quando olho para Hoa e Artemisia, vejo as crianças disputando para ver quem segura a mão delas também – até Artemisia amolece um pouquinho quando um menino pega a sua mão e lhe dá um sorriso em que falta um dente frontal.

Eles nos guiam pelas ruas sujas e hesito apenas o tempo suficiente para me certificar de que Blaise, Heron e Erik entraram sem problemas. Eles já estão dentro dos muros do campo, descarregando seus pacotes de comida enquanto um grupo de refugiados adultos observa com olhos famintos. Não sei como podemos dividir de maneira justa a comida que trouxemos – mesmo que conseguíssemos, ainda não seria suficiente. Um curativo em uma ferida aberta, nada mais.

Olho para as duas crianças que seguram minhas mãos como se estivessem apavoradas com a possibilidade de eu me afastar. Deve haver mais que eu possa fazer, mas não consigo pensar em nada. Acho que nunca em minha vida me senti tão impotente, nem mesmo quando o theyn pairava sobre mim com o chicote na mão.

...

As crianças nos levam ao mesmo barraco de antes. No momento em que avançamos para a porta da frente, ela se abre e surge Tallah, ali parada, com uma das mãos nos quadris, a expressão inescrutável.

— Você de novo – diz ela para mim em astreano com forte sotaque. Seus olhos correm para Artemisia, depois para Hoa. – E uma nova amiga desta vez. Isto aqui não é um parque para você vir brincar, sabia?

Sinto meu rosto ficar quente.

— Trouxemos comida, o máximo que conseguimos. Ainda não vai ser suficiente, mas é... é tudo que deu para a gente carregar.

As narinas dela inflam enquanto ela me encara tão intensamente que tenho a sensação de que vou virar pedra.

— Esta é Hoa – digo, vendo que Tallah permanece em silêncio, e gesticulo na direção de Hoa, que se encontra à minha direita.

Percebendo que está sendo apresentada, Hoa se empertiga um pouco mais, erguendo o queixo alguns centímetros.

— Ojo Hoa – diz ela. – *Ta Goraki*.

Algo brilha nos olhos de Tallah.

— Houve um tempo em que nunca imaginei que conheceria uma princesa. Agora vocês parecem estar se multiplicando.

— Na verdade, sou uma rainha – digo, embora possa ouvir a voz de Dragonsbane ecoando em minha mente.

Rainha do quê, exatamente? Afasto essa voz, mas seu fantasma permanece. Tallah ri e abre mais a porta.

— Muito bem, rainha. Entrem, vocês três – convida ela antes de baixar os olhos para as crianças e dizer algo que não compreendo, agitando as mãos.

Elas riem e saem correndo enquanto entramos.

Os Anciãos estão todos aqui. Eles devem partilhar a casa, embora seja bem pequena. Sandrin se encontra sentado em um colchão surrado tendo nas mãos um livro que parece ter perdido mais da metade das páginas. Quando ele nos ouve entrar, ergue os olhos, enrugando o espaço entre as sobrancelhas.

— Vossa Majestade – diz, levantando-se. – Pensei que a tivéssemos visto pela última vez.

A culpa me consome, mesmo que eu não saiba como poderia ter voltado mais cedo. Talvez eu nunca devesse ter saído. Não importa quanto o palácio de Sta'Crivero seja bom, acho que me sinto mais confortável aqui, onde fazer o bem ao meu povo significa distribuir comida e pedras preciosas e fazer um telhado em vez de me vender a um governante desconhecido de um país estrangeiro. No entanto, contrabandear alimentos e fazer telhados de palha é uma solução temporária. A única maneira de ajudar de verdade essas pessoas é dar a elas um país que possam chamar de pátria.

– Desculpem – digo a ele. – É difícil escapar, mas a gente trouxe comida. Blaise e Heron estão desembalando tudo com... outro amigo. Erik.

Ele parece confuso.

– O prinz não veio desta vez? Nós o assustamos?

Ele não parece lamentar o fato. Na verdade, acho que posso ver um sorriso puxando os cantos de sua boca.

– Ele hoje está ocupado com outras questões – digo. – Mas esta é Ojo Hoa, de Goraki. Seu filho, o imperador, está ajudando a desembalar a comida perto do portão.

Sandrin volta a atenção para Hoa, mas, antes que possa dizer qualquer coisa, outra voz interrompe.

– Ojo – diz um homem, sua voz um arquejo. Ele é gorakiano e usa o cabelo preto tão curto que aparecem falhas em alguns pontos. Seu rosto é descarnado e os olhos, de um castanho intenso. – Ojo Hoa.

Hoa olha para ele, perplexa, ao vê-lo se jogar no chão aos pés dela. É só quando ele levanta a cabeça para dizer o nome dela novamente que percebo que está chorando. Por um momento, Hoa fica perdida, mas, depois de correr o olhar pela sala, ela se abaixa ao lado dele e pousa a mão em seu rosto e em seguida fala baixinho em gorakiano, as palavras fluindo, unidas, tão perfeitamente quanto gotas d'água em um riacho. O homem assente com fervor, os olhos fixos nos dela. Depois de um momento, Hoa se levanta, pegando a mão do homem e o trazendo com ela. Os olhos dela se transformaram em aço.

– Não basta – diz ela para mim, em kalovaxiano. Não entendo a que está se referindo até que ela pigarreie e tente outra vez. – Não basta trazer comida aqui. Também devemos trazer esperança para eles.

• • •

Hoa insiste em ver todo o campo, e não me resta outra coisa senão segui-la. Eu não sei como ela faz isso – como pode ver tanta feiura e dor sem se encolher. Como pode pedir para ver ainda mais. Eu não quero ver mais – quero dar meia-volta, ir embora e trazer mais comida daqui a alguns dias, se puder, mas não quero entender esse lugar da maneira que ela entende. Não aguento.

Eu a sigo de qualquer maneira, indo de casa em casa, percorrendo todas as ruas, e tentando copiar sua elegância, como ela consegue manter-se calma diante de tanta miséria.

"Também devemos trazer esperança para eles", disse ela, como se fosse um objeto físico que pudéssemos entregar em uma cesta amarrada com fita. Como se fosse fácil partilhar com outros quando já é difícil o bastante evitar que minha própria esperança feneça.

Quando digo isso a Artemisia, ela balança a cabeça.

– A esperança é contagiosa – diz ela. – Quando se tem o suficiente, ela se espalha naturalmente.

MINA

De volta à casa dos Anciãos, reencontro Sandrin com seu livro. Embora levante os olhos para mim quando me aproximo, ele volta a ler logo a seguir. Quase penso que é falta de educação da parte dele, mas tento não levar para o lado pessoal. Se o estado gasto do livro é indicação de alguma coisa, deve se tratar de uma história fascinante. Com cuidado, eu me sento perto dele no colchão e espero que ele acabe. Quando termina, marca a página com um pedacinho de papel e põe o livro de lado.

– Sabe ler? – pergunta ele.

Eu pisco.

– É claro – respondo, antes que consiga me segurar. – Quero dizer, posso ler em kalovaxiano perfeitamente. Posso ler um pouco de astreano... a professora me disse que eu era adiantada para uma criança de 6 anos, mas agora... bem, eu não diria que estou nem na média para alguém de 16. O astreano era proibido no palácio. Eu era proibida de falar, escrever ou ler.

Ele franze a boca.

– Vamos ter de ensinar a você, quando chegar a hora.

Não posso imaginar quando haverá tempo para isso, mas não falo nada. É uma oferta generosa e eu a aceito com um sorriso.

– Sua amiga é bastante popular – comenta ele. – Onde ela está agora?

– Hoa está ajudando a distribuir a comida – respondo. – Os Anciãos estavam preocupados com a possibilidade de essa tarefa causar um alvoroço, mas Hoa está mantendo a multidão calma e organizada.

Ele assente.

– Ela tem um dom com as pessoas – afirma ele. – Em Astrea, diríamos que ela é uma *storaka*.

– Uma filha do sol? – pergunto, separando as raízes da palavra.

– Quem não ama o sol, afinal? Algumas pessoas têm essa mesma energia... elas atraem as outras, transformam estranhos em amigos com um único sorriso – explica ele. – Você não é uma *storaka* – acrescenta.

Eu deveria me sentir ofendida, mas não posso negar que ele tem razão. Eu não tenho o dom que Hoa tem. Não sou uma pessoa fácil de amar.

Ele me olha com olhos que avaliam.

– Tinha uma história em Astrea que você talvez se lembre de ter ouvido quando criança. Sobre o coelho e a raposa, lembra?

Fragmentos dela vêm à minha mente... Havia um coelho que queria agradar a todo mundo, então ele rolava na lama por causa do porco, prendia penas em si mesmo para agradar a galinha, pintava manchas em sua pelagem para impressionar a vaca. Até que encontrou a raposa.

– A raposa disse que gostaria mais do coelho em uma vasilha com água fervente – digo. – O coelho pulou na água e a raposa o cozinhou vivo e comeu na ceia.

Sandrin abre um sorriso sombrio.

– Não se pode agradar outras pessoas sem perder a si mesmo – constata ele. – E você está cercada por raposas. O que vai fazer você feliz?

– Não é tão simples assim – respondo, a frustração transparecendo em minha voz. – Não se trata só de mim, são eles... – Faço um gesto na direção da porta, para todos os refugiados famintos no campo. – E as pessoas acorrentadas em Astrea. Minha felicidade é irrelevante se vier à custa da deles.

Ele reflete sobre essas palavras.

– E salvá-las custará quanto a você? – indaga ele.

– O preço é... – começo, mas minha voz falha. – O preço é me casar com um estranho que tenha um exército suficientemente forte para derrotar o kaiser.

Espero sua advertência, que ele me diga de novo que rainhas não se casam, mas não é o que acontece. Em vez disso, ele dá tapinhas na minha mão.

– É uma decisão difícil – diz ele.

– É, sim – concordo, minha garganta se fechando. Pisco, afugentando as lágrimas, me concentrando no motivo de eu ter vindo falar com ele. – Sandrin, você conhece alguém que saiba sobre os Guardiões?

Sua mão se afasta da minha e ele se senta um pouco mais ereto.

– O que tem os Guardiões? – pergunta.

Hesito, uma confissão sobre o surto que Blaise teve mais cedo emergindo aos meus lábios. Eu a empurro de volta e escolho as palavras com cuidado.

– Eu fiquei amiga de uma garota kalovaxiana... ou suponho que éramos amigas. Não sei muito bem o que éramos, na verdade. Antes de fugir, eu a envenenei e também seu pai com encatrio, e ele morreu. Ela, porém, sobreviveu.

Sandrin fica tenso.

– Ela sobreviveu – ecoa ele. – Mas não é mais a mesma.

Balanço a cabeça.

– Ela ficou desfigurada e agora tem... ela agora tem o dom de Houzzah.

Ele absorve a informação, a expressão inescrutável.

– Eu sei que é impossível – digo, vendo que ele permanece em silêncio. – Houzzah jamais abençoaria uma kalovaxiana. Ele deixaria que o veneno a derrotasse e acabasse logo com ela.

O sorriso dele é tenso e sombrio.

– Tentar compreender o raciocínio dos deuses é cortejar a loucura.

– Não – repito. – Não acredito que seja possível. Não acredito...

Minha voz perde a força porque não tenho escolha senão acreditar. Eu vi com meus próprios olhos, senti o calor que seu toque deixou nas grades da cela que nos separavam, quentes o bastante para queimar.

– O que se pode fazer, então? – pergunto. – Um kalovaxiano com esse tipo de poder... E, ainda por cima, ela agora é a kaiserin.

– Não tenho resposta para essa pergunta – admite ele. – Nenhuma que você já não saiba.

Engulo em seco.

– Você quer dizer que vou ter que matá-la.

Não é a primeira vez que me dizem isso, mas, da última vez, Cress era inocente. Era apenas uma garota que gostava de vestidos bonitos e que queria se casar com um prinz. A sensação ainda é a de um punho se fechando em torno do meu coração, mas agora é diferente. Sandrin está certo; bem lá no fundo, eu sabia que matar Cress era a única maneira de detê-la. Todos aqueles pesadelos que vêm me assombrando terminam com ela pondo fim à minha vida e, sonhos ou não, sei que há alguma verdade neles.

Afasto esse pensamento antes que Sandrin possa ver quanto esse assunto me afeta.

– E...

Deixo a voz sumir novamente, sem saber como formular a próxima pergunta.

Blaise estava certo. Se alguém suspeitar de sua instabilidade, vai matá-lo. Não sou ingênua a ponto de acreditar que Sandrin é uma exceção.

– Você já ouviu falar de alguém que tenha adquirido a loucura das minas e sobrevivido? – pergunto a ele.

Sandrin franze a testa.

– Isso, por si só, já é uma contradição. A loucura das minas, por definição, resulta em morte. Se isso não acontece, não é loucura das minas. – Ele faz uma pausa. – Mas, por outro lado, a morte chega para todos nós no fim das contas, então talvez isso não seja legítimo. Quanto tempo faz?

– Não faz... – digo a ele. – É hipotético.

Ele não acredita em mim, dá para ver. Por um segundo, espero que ele me pressione para obter detalhes, mas ele acaba balançando a cabeça.

– A loucura das minas não é uma doença, quer a tratemos assim ou não. É a magia agindo nas minas... algumas pessoas conseguem lidar com ela, outras não – explica ele.

– Depende da bênção dos deuses – observo, assentindo. Até aí eu sei.

Ele inclina a cabeça para um lado, pensativo.

– Essa é a explicação mais comum, sim. Sempre foi aquela em que acreditei. Mas existem outras. Menos poéticas. Tem aqueles que acreditam que depende de outros fatores. Por exemplo, o sangue de uma pessoa ou sua constituição física. Talvez seja tudo verdade, de certa forma.

– Se isso é filosofia, não vejo qual a sua utilidade – argumento. – Como ambas podem ser verdadeiras?

– Sempre pensei que acreditar em uma coisa empresta uma espécie de verdade a ela. Nesse caso, talvez nunca tenhamos uma resposta certa, então essa crença é a única verdade que temos.

A frustração borbulha dentro de mim.

– Isso não é uma resposta, são só mais perguntas – digo. – Você já ouviu falar de alguém que contraiu a loucura das minas e sobreviveu?

Ele me olha com cautela por um momento antes de balançar a cabeça.

– Não – responde. – Nunca ouvi falar de um caso de loucura que durasse mais de três meses antes que a vítima perecesse.

Perecer. Uma palavra bonita, mais bonita do que *morrer*.

– Como isso acontece? – pergunto, embora não tenha certeza se quero saber a resposta.

Ele balança a cabeça.

– Uma vez, vi com meus próprios olhos. Não em batalha... aconteceu anos antes do cerco. Um pobre homem assustado fugiu do templo quando percebeu que tinha sido acometido pela loucura das minas. Eles costumavam matá-los, mesmo antes do cerco, embora eu imagine que fosse um ato mais misericordioso. Ainda assim, ele entrou em pânico e fugiu para uma vila próxima em busca de abrigo. Ninguém mais se machucou quando ele finalmente perdeu todo e qualquer controle, mas mesmo assim foi terrível de se ver. Não sobrou muito dele depois e a vila foi totalmente destruída. É melhor que você não saiba nada além disso, e espero que nunca precise ver isso por si mesma.

Tenho vontade de pressioná-lo a dar detalhes, mas me seguro. Não quero essas imagens em minha mente. Não quero ver o mesmo acontecendo com Blaise todas as vezes que fechar os olhos. Por mais terríveis que sejam meus pesadelos com Cress, sei que preferiria eles a isso.

– E se durar mais de três meses? – pergunto. – E se alguém sobreviver à mina, se tiver um dom, como um Guardião... mas às vezes não conseguir controlar esse dom?

Mais uma vez, ele se mantém em silêncio por um tempo, os olhos se tornando distantes enquanto ele revira a mente, buscando uma resposta.

– É perigoso? – pergunta ele.

Faço uma pausa, apesar de saber muito bem a resposta. Faz apenas algumas horas que Blaise quase destruiu toda a capital sta'criverana. Quantas pessoas teriam morrido em um desastre dessas proporções? Eu ficaria surpresa se alguém conseguisse escapar vivo.

– Ninguém nunca se machucou – digo.

Essa não é uma resposta completa e Sandrin parece perceber isso. Ele se levanta com um gemido e estende a mão para mim.

– Venha – pede ele. – Quero apresentá-la a uma pessoa.

• • •

Sandrin me conduz pelo labirinto de ruas tortuosas. Elas estão vazias, visto que todos estão esperando a comida nos portões, mas há algo desconcertante no silêncio. Parece, mais do que nunca, um lugar morto. Esse pensamento me leva a reprimir um calafrio e a acelerar o passo para acompanhar Sandrin.

Por fim, chegamos a outra casa com o telhado caído e uma porta que mal cobre a entrada. Em vez de se dirigir à porta, porém, ele me leva, dando a volta pela casa, a um pequeno pedaço de terra seca, onde crescem algumas plantas de folhagem irregular. Há pimentões amarelos brilhantes, berinjelas violeta e globos de melão de um tom pálido de verde. É um bem-vindo choque de cores.

Perto do jardim, uma mulher de ombros caídos e cabelos pretos curtos cuida de um fogo fraco. Acima dele, suspensa por uma estrutura de metal enferrujada, vê-se uma panela grande de ferro fundido.

– Mina – diz Sandrin quando nos aproximamos, e a mulher se vira para nos olhar por sobre o ombro.

Sua expressão é severa, mas se suaviza quando vê Sandrin.

– Veio ser útil? – pergunta ela, indicando com um gesto da cabeça um saco de aniagem ao seu lado, cheio de batatas-doces oblongas e alaranjadas. – Elas precisam ser descascadas.

– Na verdade, viemos conversar sobre uma coisa – informa Sandrin, pigarreando em seguida. – As minas.

Uma centelha passa pela expressão de Mina.

– Você pode falar e descascar ao mesmo tempo – diz ela. – Me dê um segundo.

Voltando-se para o fogo, ela estende as mãos em sua direção, girando-as no ar em torno dele. Impulsionado por ela, o pequeno fogo cresce, até as chamas lamberem o fundo da panela. Não há instrumentos, fósforos, nada além dela.

– Você é uma Guardiã – deixo escapar.

Outro Guardião! E de antes do cerco – alguém que entende seu poder e os deuses mais do que Heron, Art e Blaise. E uma Guardiã do Fogo ainda por cima! Penso em minhas próprias mãos esquentando e formigando, penso no dia em que acordei com marcas de queimadura nos lençóis. Talvez ela tenha respostas para isso também.

Mina torna a se virar para nós, dessa vez olhando para mim.

– Quem é você? – pergunta ela, a voz incisiva.

– Esta é a rainha Theodosia – apresenta Sandrin.

Mina faz um ar de pouco-caso.

– Não existe nenhuma rainha Theodosia – diz ela, os olhos fixos em mim. – Somente uma princesinha assustada sob o domínio do kaiser.

– Eu disse que a rainha veio, lembra? – pergunta Sandrin.

– Claro que lembro. O campo inteiro só falava disso. Mas esse fato não muda nada. Você não é uma rainha – insiste para mim. – Não pode ser rainha de um país que não existe.

É mais ou menos o que Dragonsbane me disse, mas não há nada de cáustico em sua voz. Na verdade, ela parece triste.

– Sandrin contou que a senhora poderia me ajudar – digo a ela. – E estava certo. Eu não sabia que existiam Guardiões aqui. Achava que os kalovaxianos tinham matado todos depois do cerco.

Mina sustenta meu olhar por mais um momento e então desvia os olhos e balança a cabeça.

– Não sou uma Guardiã, criança – diz ela.

Minha testa se franze.

– Mas acabei de ver você...

– Você já viu Guardiões do Fogo, não? – pergunta ela. – Você já os viu criar fogueiras com um estalo dos dedos, já os viu segurar uma bola de fogo nas mãos como se fosse um brinquedo, já os viu tocar o fogo sem se queimar.

Faço que sim com a cabeça. Vi Ampelio fazer tudo isso e muito mais, quando eu era criança.

Ela faz um gesto na direção do fogo.

– Isso é o máximo que consigo fazer. E mesmo isso exige de mim um esforço – explica ela. – O que você sabe sobre a magia dos Guardiões?

Dou de ombros.

– A magia existe nas cavernas sob os velhos templos... que agora são minas. Algumas pessoas que passam um período prolongado lá são abençoadas pelos deuses e conquistam dons, como o Dom do Fogo. Mas a maioria não é. O poder as faz serem acometidas pela loucura das minas. A pele fica febril, elas não dormem, seu dom se torna instável, até acabar por matá-las.

Mina franze os lábios.

– Você está mais ou menos certa, embora tenha uma compreensão muito juvenil sobre o assunto... toda cheia de arestas aguçadas e regras muito preto no branco. Nada no mundo é tão simples, e a magia muito menos.

— Como assim? – pergunto.

Ela reflete por um momento, olhando ao redor até que uma ideia ilumina sua expressão. Faz sinal para que eu me aproxime. Quando estou diante dela, pega um balde e o ergue, para que eu possa ver a água movimentando-se lá dentro.

— Um pouco do que resta do que seus amigos trouxeram quando vieram da última vez – explica ela. – Agora, imagine que a água é a magia nas minas... Essa quantidade exata é o que impregna quem permanece lá por um período prolongado. E agora imagine que a panela é uma dessas pessoas.

Ela despeja o conteúdo do balde na panela, enchendo quase três quartos de sua capacidade.

— Podemos chamar essa pessoa de abençoada – explica ela. – A magia a preenche, mas não transborda. Fosse a pessoa um recipiente menor, digamos assim, a magia seria excessiva e ela seria afetada pela loucura das minas, como dizemos.

Minha testa se franze.

— Mas isso não faz sentido – afirmo. – Tenho uma amiga que é Guardiã e ela tem praticamente o mesmo tamanho que eu. E pessoas maiores do que isso já foram vítimas da loucura das minas.

— Não é ao tamanho físico que ela está se referindo – explica Sandrin.

— É algo interno, incompreensível, que determina essa condição, não relacionado à genética ou a qualquer outro fator, até onde nós sabemos – acrescenta Mina.

— "Nós"? – pergunto.

— Antes do cerco, eu estudava as cavernas com um grupo de pessoas que eram curiosas. Eu queria saber o que tinha acontecido comigo – explica ela.

— E o que foi que aconteceu? – pergunto a ela.

Mina se volta para a panela.

— Imagine uma panela maior – continua ela. – A magia ainda está lá, mas não enche tanto a pessoa. Não é algo tão fácil para elas. No meu caso, eu podia sentir a magia, mas trazê-la à superfície era difícil e raramente valia o esforço quando eu conseguia. Pessoas como eu não eram fortes o bastante para servir como Guardiãs, então voltávamos à nossa vida normal. Era, de certa forma, uma vergonha... Não ser escolhido por um deus, nem morto por um deles, mas apenas ignorado. Ninguém gostava de falar sobre isso. Imagino que é o que acontece com muitos nas minas agora... Porque não foram afetados pela loucura das minas, mas porque tampouco manifestam dons. A magia está neles, porém numa concentração pequena demais para permitir que façam muita coisa... se é que conseguem fazer algo.

Tenho dificuldade de entender essas palavras.

– Então, para ser abençoado pelos deuses, você deve ser precisamente o recipiente do tamanho certo? – pergunto.

– Alguns acreditam que os deuses ainda escolhem aqueles capazes de carregar o volume da magia – responde Sandrin. – Que ainda são eles que abençoam certos indivíduos, elevando-os acima dos outros.

– E alguns acreditam que é tudo mais imprevisível e aleatório do que isso – acrescenta Mina, dando de ombros.

– Você acha que os deuses não têm absolutamente nenhuma influência nisso? – pergunto, surpresa.

Mina fica calada por um momento.

– Não sei – admite ela, por fim. – Mas acreditar que eles escolhem os abençoados significa que eles também são responsáveis por todos aqueles que não sobrevivem à magia. Não acredito que os deuses sejam capazes desse tipo de crueldade e, se forem, certamente não quero adorá-los por isso.

Por mais sacrílega que seja, tenho que concordar com essa visão.

– E o que me diz de alguém que tem um dom... um dom forte... mas nem sempre consegue controlá-lo, principalmente quando está com raiva? E se não dorme e tem a pele sempre quente, mas está assim há mais de um ano?

Mina olha para Sandrin, que balança a cabeça.

– Ela diz que é hipotético – explica ele, ao que Mina bufa, sarcástica, e então se aproxima da panela.

– Então, em relação ao uso da magia, imagine que esta chama é a energia que você está dispendendo para usar a magia. O que isso faria com a água?

– Faria com que fervesse – respondo, uma compreensão lentamente tomando forma.

– Isso. Para mim, quanto mais me esforço para usar a magia, mais forte ela fica. Assim como a água fervente borbulha e chega ao topo da panela. Para o Guardião médio, o uso de seu poder para coisas grandes, por longos períodos, os leva até a borda. Você diz que seu amigo hipotético é mais poderoso do que a maioria, certo? Então, quando esses usam seu dom com muita intensidade ou por muito tempo...

– Ele transborda – adivinho.

Ela inclina a cabeça.

– Li em textos antigos sobre tais pessoas, mas nunca conheci nenhuma.

Sandrin pigarreia.

– Pelas histórias que li, elas em geral aparecem em tempos difíceis. Uma seca no Ocidente fez surgir um Guardião da Água extraordinariamente poderoso, capaz de produzir água suficiente para saciar uma vila inteira sem se cansar. Um ano, a fome foi compensada por um Guardião da Terra, que tinha a capacidade de transformar solo árido em fértil. Os estudiosos observavam que era como se os deuses tivessem respondido a suas orações.

– O que aconteceu com esses Guardiões? – pergunto.

Sandrin e Mina se entreolham.

– Usaram seu poder e salvaram milhares de pessoas – afirma Sandrin.

– Até transbordarem – conclui Mina.

É muita coisa para pensar agora e ainda há muitas perguntas a serem feitas, então afasto Blaise da minha mente e olho para Sandrin.

– O que falamos antes sobre o encatrio – digo. – Está relacionado a isso? Sei que é água da mina do Fogo e pessoas já sobreviveram antes, mas como?

– Estamos saindo do meu campo de conhecimento – diz Mina, sacudindo a cabeça. – Mas, pelo que entendo, o encatrio é uma dose muito concentrada de magia. Mais do que a água que estava no balde... o dobro, talvez. Pouquíssimos conseguem lidar com isso.

– No entanto, quando conseguem, seu dom se equipara ao daqueles que entraram nas minas – afirma Sandrin.

– Maior – corrige Mina. – É difícil saber sem fazer testes, mas imagino que seja possível que esse amigo hipotético e seu outro amigo hipotético estejam de fato em situações semelhantes.

Por um breve segundo, não penso que isso torna Cress vulnerável ou ainda mais perigosa. Não penso no imenso poder que ela deve ter, em quantas pessoas ela poderia machucar. Só penso em quanto ela deve estar sofrendo, assim como Blaise. Eu gostaria de poder ajudá-la, mas logo me lembro de que não posso.

– Mais uma pergunta – digo, forçando minha mente a aclarar. – Como é possível alguém que nunca pôs os pés nas cavernas... nas minas... nem tomou uma gota sequer de encatrio... como essa pessoa poderia ter um dom?

Sandrin parece perplexo, mas algo brilha nos olhos de Mina.

– Essa pessoa – responde ela –, hipoteticamente, é claro, teria mais ou menos a sua idade?

– Sim – confirmo. – Por quê? O que isso tem a ver com a questão?

– Pouco antes do cerco, um fenômeno começou a surgir. Rumores e relatos de crianças com dons... pequenos dons, nada semelhante ao poder de um Guardião, nem mesmo ao meu. Uma vez uma mãe me disse que a pirraça do filho fez com que um copo de água tombasse. Outra jurou que o choro da filha fez cair as folhas de uma árvore. Eram relatos de segunda mão, fenômenos que poderiam ter sido causados por outras coisas. Mas tinha um padrão se formando. Antes que pudéssemos aprofundar as pesquisas, os kalovaxianos chegaram.

Pode haver outros como eu. A ideia é ao mesmo tempo ofuscante e reconfortante.

– Você aprendeu mais alguma coisa antes de eles chegarem? – pergunto.

Mina balança a cabeça.

– Mas, se esse seu amigo hipotético quiser encontrar respostas, talvez eu possa ajudá-lo.

Parte de mim quer pedir ajuda aqui e agora, mas me seguro. Essa não é a preocupação mais urgente. Estou bem e não tive qualquer episódio real desde o navio. Embora no fundo eu não acredite, não posso deixar de torcer para que o que quer que estivesse acontecendo comigo tenha desaparecido espontaneamente.

– Obrigada – é o que digo.

SACRIFÍCIO

O RETORNO À CAPITAL É MAIS DIFÍCIL que a saída. O sol está a pino, tão inclemente que consigo senti-lo queimar minha pele mesmo através da roupa. Temos de parar no meio do caminho, sob a sombra exígua de um grupo de rochedos. Artemisia usa seu dom para produzir um fluxo de água para cada um de nós beber, mas até seus poderes fraquejam no calor seco e o esforço a deixa sem fôlego. Ela se senta, encostada na face de um rochedo.

– Só preciso de alguns minutos – diz.

No entanto, mal termina a frase e já está cochilando.

Decidimos também descansar na sombra e despertá-la em meia hora. Com as palavras de Mina ainda me assombrando, aproveito a oportunidade para ir atrás de Blaise quando ele vai ver os cavalos, embora a ideia de deixar a sombra seja quase insuportável.

– Precisa de ajuda com alguma coisa? – pergunto enquanto ele dá aos cavalos o que resta da água.

– Não, já resolvi – diz ele, sem me olhar. – Você deveria ficar na sombra.

– Conheci uma pessoa no campo – conto a ele, as palavras saindo às pressas antes que eu possa impedi-las. – Alguém que estudou as minas e a magia que existe nelas.

Ele me lança um olhar, a testa franzida.

– Você falou sobre mim?

– Não – minto. – Só perguntei sobre Crescentia, como disse que faria.

Blaise assente, embora os olhos ainda pareçam perturbados.

– E...? – pergunta ele.

Conto sobre Mina e as teorias que ela e Sandrin me explicaram sobre os deuses e as minas. Falo da água fervente e de seu significado – que, na verdade, ele não estava com a loucura das minas e que, se mantivesse a calma e não usasse seu poder, poderia continuar assim. Digo que ele não é o primeiro, que houve outros, mas que acabaram morrendo. Blaise fica em silêncio enquanto falo, passando as mãos nas costas dos cavalos para espalhar o restante da água e refrescá-los.

Ponho a mão sobre a dele e a aperto, abrindo um sorriso tão largo que o rosto dói.

– Então, você só precisa se abster de usar seu dom – digo. – Você vai ficar bem. Vai sobreviver.

Blaise, porém, não parece partilhar do mesmo alívio que eu. Em vez disso, sua boca se curva para baixo e ele evita me olhar. Meus olhos buscam a pulseira que lhe dei – a que furtei de Cress, com as centenas e minúsculas Pedras da Terra –, mas não a vejo.

– Cadê a pulseira? – pergunto.

Ele enfia a mão no bolso da calça e a pega. À luz clara do sol da tarde, as pedras marrons brilham.

– Você não deveria mais usá-la – afirmo. – Ela aumenta seu poder. Erik disse que, quando mandavam os *berserkers* para o combate, davam uma pedra para "dar um empurrãozinho neles". Não entendi o que isso queria dizer então, mas acho que agora entendo.

Avanço para pegá-la, mas ele me detém, a mão envolvendo meu pulso.

– Theo – diz, a voz baixa –, preciso dela.

– Não, não precisa – replico. – Ela só vai fazer você piorar.

Ele sacode a cabeça, por fim me olhando.

– Vai me deixar mais forte – insiste, a voz pouco mais que um sussurro. – Você não entende? Esses Guardiões que você mencionou, os que eram como eu, eles apareciam em tempos de dificuldade e eram os únicos que podiam ajudar. Você mesma disse.

– E eles *morreram* – lembro a ele.

– Foram heróis que serviram a seu país – corrige ele. – É o que todos os Guardiões devem fazer.

Torço o braço, soltando-o de sua mão.

– Você me prometeu. – Ouço minha voz se tornar cada vez mais aguda, mas não consigo impedir. – Você me prometeu que ficaria bem, que a gente faria o que fosse preciso para consertar isso.

– Para me consertar – acrescenta ele, baixinho. – É o que você quer dizer. Para *me* consertar.

– Para curar essa coisa que está matando você – corrijo.

Ele não diz nada por um bom tempo, o olhar concentrado na areia sob seus pés.

– Quem sou eu sem o meu dom? – pergunta, enfim, a voz tão baixa que quase não escuto. – Porque é disso que você está falando.

– Seu dom – repito devagar. – O dom que quase matou todos nós hoje de manhã?

Ele tem a decência de corar ao ouvir isso.

– Ampelio disse que eu era mais forte do que qualquer outro Guardião da Terra que ele conheceu. Disse que, se eu conseguisse controlar esse poder, poderia ajudar a mudar o curso desta guerra. Poderia ajudar a salvar Astrea.

– Mas você não consegue controlar – rebato, com mais rispidez do que pretendia.

Ele se encolhe, como se eu tivesse lhe dado um tapa. Suavizo a voz e tento de novo:

– Seu controle está ficando mais fraco e não mais forte. E quem vai poder ajudar você?

Os maxilares dele se contraem e ele se volta outra vez para o cavalo, afastando os olhos de mim.

– Os deuses têm suas razões para fazer o que fazem. Tiveram suas razões para fazer isso comigo. Você também já acreditou nisso, antes que Søren a convencesse de que tinha algo errado comigo.

Dou um passo para longe dele.

– Não é disso que estou falando e você sabe. Você provocou um terremoto hoje, Blaise. Você é perigoso... para você, para mim, para todo mundo à sua volta. Isso não é um dom.

– Pode não ser um dom para você, Theo, mas vai ser para os kalovaxianos quando finalmente nos encontrarmos no campo de batalha e eu liberar todo esse poder, seja do tipo que for... Dom ou maldição, eu vou usar esse poder contra eles do mesmo jeito.

Essa declaração me deixa sem fôlego. Imagino uma panela fervendo e transbordando.

– Isso seria suicídio – afirmo. – É o que você quer? Morrer com 17 anos ao se transformar numa arma?

Ele se cala por um momento, estremecendo ao respirar fundo.

– Quero salvar Astrea – responde, por fim. – O que quer que tenha me acontecido naquela mina me deixou mais forte. Mais forte do que os outros

Guardiões. Mais forte do que eu jamais seria sem esse acontecimento. Se me tirar isso... não vou ter mais nada.

Tento engolir as palavras para impedi-las de sair, mas elas escapolem mesmo assim:

– Você tem a mim.

As palavras são um sussurro, quase perdidas no vento áspero do deserto. Ele balança a cabeça.

– Eu amo você, Theo. Estava falando sério quando disse isso. Mas prefiro você a salvo no seu trono sem mim do que ficar com você pelo resto de uma longa vida de fuga e medo, nos escondendo do kaiser.

– Não precisa ser uma coisa ou outra – argumento, contornando o cavalo para que não haja nada entre nós. – Quero tomar aquele trono com você ao meu lado, como Ampelio esteve ao lado da minha mãe.

O sorriso dele é amargo.

– Acho que você não aprendeu nada com aquelas histórias dos deuses que adorávamos quando crianças – diz ele. – Você nunca percebeu o que todas elas tinham em comum?

Faço que não com a cabeça.

– Monstros, heróis e atos de bravura estúpida? – pergunto. – Finais felizes para sempre?

– Sacrifício – responde ele. – O herói nunca vence se não sacrificar o que ama. Você quer tudo e não se dispõe a abrir mão de nada para conseguir... nem de sua liberdade, nem de mim, nem do *prinkiti*. Mas acho que eu posso sacrificar o suficiente por nós dois quando chegar a hora.

Blaise finalmente se vira para me olhar, embora seus pensamentos estejam tão bem guardados atrás dos olhos que parece que estou olhando para um desconhecido, e não para a pessoa que mais conheço neste mundo.

– Sem abrir mão de suas pedras, você é um perigo para todos nós – digo, me esforçando para manter a voz firme enquanto me obrigo a proferir as palavras mais duras que já falei. – E vai precisar ir embora.

O choque e a mágoa duram apenas um instante antes de serem novamente lacrados atrás de sua expressão plácida. Ele assente.

– Levarei Hoa de volta à capital, mas, depois disso, vou embora. Não vou para longe... Acamparei a uns 2 quilômetros da muralha. Se precisar de mim, pode mandar Heron ou Art me chamar.

Eu sempre preciso de você, é o que quero dizer. *Eu não teria escapado do kaiser sem seus planos. Não seria rainha de jeito nenhum. Ainda seria uma menina assustada, morrendo de medo diante do kaiser. Sem você, eu não sei quem sou.*

As palavras morrem antes de deixarem minha boca, sufocadas pelo orgulho e pela raiva. Essa é a escolha dele, lembro a mim mesma.

De qualquer forma, Blaise não espera minha resposta. Ele se vira e volta para junto dos outros com o balde vazio, deixando-me sozinha no sol quente com o coração aos pedaços.

MÁSCARA

❖

OUVI ALGUNS SOLDADOS KALOVAXIANOS QUE PERDERAM membros em combate falarem que ainda sentiam braços e pernas que não estavam mais lá. Para mim, o mesmo acontece em relação a Blaise. Quando voltamos ao palácio sem ele, ainda sinto sua presença. É um choque toda vez que o procuro e só encontro Heron e Artemisia. Eles também parecem sentir sua ausência e, quando nos retiramos todos para meu quarto naquela noite, um manto de silêncio cai sobre nós.

Deitada na cama, tento não imaginar Blaise sozinho fora da muralha da capital, com o calor sta'criverano castigando-o mesmo no escuro, ampliado pelo calor que arde dentro dele. Mas, é claro, falho, e sei que o sono não virá tão cedo.

Dormir, no entanto, não é o que planejo fazer esta noite.

Dessa vez, quando deixo Heron e Artemisia adormecidos para visitar Søren, escrevo um bilhete para que não se preocupem. E levo meu punhal. De pouco adianta, mas é afiado, e isso contará para alguma coisa caso tenha de recorrer a ele. Assim espero.

Erik já está aguardando quando saio do quarto e fecho a porta em silêncio. Ele se apoia na parede oposta, com os braços cruzados no peito. Ainda não parece à vontade com suas roupas gorakianas, mas não posso evitar pensar que fica melhor nelas do que com o deselegante traje kalovaxiano.

– Não podemos fazer isso durante o dia? – pergunta ele ao me ver. – Você não pode me dizer que não está exausta... Eu pelo menos dormi um pouco ontem à noite, mas você não dormiu nada.

Só quando ele fala é que percebo que tem razão. Com tudo o que aconteceu nos últimos dois dias, dormir foi o pensamento mais distante da minha mente.

– Estou bem – garanto a ele. – Posso dormir até tarde amanhã. O rei

Etristo me deu licença para visitar Søren quando quisesse, já que ele ainda é meu conselheiro, mas temo que, se tentar ir quando o rei estiver acordado, ele vai dar um jeito de me impedir.

Erik ri.

– Gostaria de vê-lo tentar – diz ele antes de fazer uma pausa. – Você está muito diferente de como era em Astrea. Não deixa ninguém lhe dizer o que fazer aqui, nem mesmo seus amigos.

Dou de ombros e saio andando na direção do elevador. Ele me segue, acompanhando meu passo.

– Sempre levo as ideias deles em consideração – explico. – Mas, quando o assunto é Søren, a opinião deles é sempre tendenciosa. Eles o toleram e acho que talvez até gostem dele até certo ponto, mas, no fim das contas, é kalovaxiano. Não confiam nele.

– E por que você confia? – questiona Erik.

É uma pergunta que já me fiz incontáveis vezes sem jamais conseguir uma resposta satisfatória. Dessa vez não é diferente, mas tento.

– Søren me ama. Ou pensa que ama, pelo menos. Talvez ainda me confunda com Thora, mas isso não importa, porque suas intenções são alimentadas por esse sentimento – explico. – Não me entenda mal. O ódio que ele sente pelo pai é real, a culpa pelos *berserkers* é real, suas convicções são reais. – Paro para refletir por um momento. – Mas também conheço a posição dele. Sei o que ele quer e sei especificamente o que quer de mim. Por causa disso, confio mais nele do que no rei Etristo ou em qualquer um dos pretendentes. Confio nele ainda mais do que confio em Dragonsbane.

Erik pensa por um instante em minhas palavras.

– Mais do que confia em mim? – pergunta.

Eu o olho de lado.

– Sim – admito. – Confio em suas intenções, Erik. Mas ainda não sei o que espera conseguir com sua presença aqui e, enquanto não entender, você ainda é um enigma.

– Gosto de ser um enigma – diz ele com um sorriso, me fazendo rir.

Tocamos a campainha para chamar o elevador e Erik se apoia em outra parede para esperar, mesmo sendo só por um momento. Parece que quer me fazer uma pergunta, mas não sabe como. É uma demonstração de insegurança que não estou acostumada a ver nele, que geralmente mascara suas dúvidas com camadas de falsas bravatas.

– O que é? – pergunto.

Ele sacode a cabeça, olhando para o chão.

– Nada.

– Bom, agora você atiçou ainda mais minha curiosidade. Vamos lá, não vou morder você.

Ele hesita mais um momento e, quando volta a me olhar, seu rosto está cor-de-rosa.

– Você sabe se... se Heron gosta... se está interessado em outros garotos?

Não sei o que esperava que ele dissesse, mas a pergunta é tão repentina que só consigo rir, embora não saiba direito por quê. Afinal de contas, Heron se interessa por garotos... no mínimo se interessou por *um* garoto, e o modo como já olhou Erik me faz pensar que não foi um caso único.

O rosto de Erik assume um tom de rosa ainda mais intenso.

– Só fiquei curioso. Alguns garotos são assim, sabe, do mesmo jeito que algumas garotas gostam de outras garotas.

– Sei disso – digo, conseguindo me controlar. – Desculpe, não estava rindo de você. Você só me surpreendeu. *Você* gosta de garotos?

Ele dá de ombros.

– Em geral, acho que gosto de todo mundo.

– Não percebi – digo.

– Não saio por aí conversando sobre isso – responde ele. – Tem gente que acha que isso me torna... anormal.

– Algumas pessoas são idiotas – rebato, e em seguida hesito: – Søren... – A voz perdendo a força.

Erik faz que sim.

– Acho que ele sabe há tanto tempo quanto eu. Nem precisei contar a ele.

Dou um suspiro.

– Como duvido que você queira que eu comente com desconhecidos seus assuntos pessoais, não vou falar sobre os de Heron. Se quiser saber, você mesmo pode perguntar a ele.

Erik reflete por um instante.

– Talvez eu pergunte – responde.

Pressiono os lábios, pensando em Heron e em seu coração partido. Depois de todo mundo que ele amou e perdeu, não sei se sobreviveria a outra mágoa.

– Só... tome cuidado – peço. – Gosto de você, Erik, mas, se tiver de escolher entre você e minhas Sombras, vou escolhê-las sempre.

Ele me olha.

– Hum – diz.

– O que foi?

– Nada. – Ele se afasta da parede e se apruma no momento em que o elevador chega. – Acho que vi um lampejo da verdadeira Theodosia sob todas essas máscaras. E ela é muito mais terna do que eu pensava.

IMPOTENTES

O MESMO GUARDA, TIZOLI, NOS PERMITE ENTRAR na masmorra outra vez e nos deixa diante da cela de Søren, prometendo voltar assim que chamarmos. Por sorte, dessa vez Søren já está acordado, sentado junto à parede dos fundos da cela, parecendo nos aguardar. Embora eu saiba que ele não dirá uma só palavra de queixa, esse tempo aqui embaixo o está consumindo. Mesmo à luz fraca da tocha, sua pele parece amarelada e consigo distinguir círculos escuros sob seus olhos. Ele também está começando a cheirar mal.

Mas, quando nos vê, consegue dar um sorriso.

– Estava esperando que voltassem – diz.

– É claro que voltamos – zombo. – Como estão tratando você? Estão lhe dando água e comida suficientes?

Exatamente como eu esperava, Søren dispensa minhas preocupações.

– Estão me tratando bem – afirma. – Água, comida, tudo isso.

– E desta vez você está mesmo comendo? – pergunto. – Não está fazendo aquele truque idiota de novo, está?

Ele ri, mas não é o riso alto e cheio de vida a que estou acostumada.

– Estou comendo bastante e acho que eles prefeririam que eu bebesse um pouco menos de água, para falar a verdade.

– Como assim?

Se ele estivesse se referindo a desperdiçar comida, eu entenderia. Comida custa dinheiro, comida custa recursos. Mas a água não tem custo.

– Estão no meio de uma seca – diz Søren, surpreso com a pergunta. – Você não sabia? Não chove há anos.

– Mas a cidade foi construída sobre uma nascente – argumento, me lembrando do que Dragonsbane me contou quando chegamos. – É por isso que o ar é mais fresco aqui, é por isso que me preparam banhos pela manhã e à noite.

– As nascentes secam – responde Erik, dando de ombros. – Mas acho que eles não gostam que as pessoas saibam. Querem que Sta'Crivero seja vista como um paraíso.

– Então como *você* sabe? – pergunto.

Erik faz um muxoxo.

– Posso ser hóspede do rei, mas ainda sou gorakiano. Eles sabem que não valho nada para eles. Acha que desperdiçam comigo mais água do que o necessário? Dosam cada copo que bebemos e nos cobram cada gota. Quanto a banhos, ninguém da minha comitiva se lavou desde que chegamos e, acredite, alguns de nós estão começando a passar do ponto.

A revelação é uma luva de quatro dedos: falta algo importante.

– Mas os sta'criveranos usam muita água. Só o jardim deve gastar centenas de litros por dia, sem falar do necessário para todo mundo beber e tomar banho.

– Os *cortesãos* usam muita água – diz Søren. – Mas, para quem vive no chão, ela está estritamente racionada. Ouvi alguns guardas reclamando disso. Sta'Crivero parece tão próspera e exuberante porque é assim que querem que pareça, mas de que adiantarão os vestidos cravejados de joias e as torres ornamentadas quando não tiverem mais água para beber?

– Eu odeio este lugar – digo dali a um momento. – Odeio o palácio, as pessoas rasas que agem com tanta superioridade, mesmo quando os que as cercam passam sede. Odeio o rei Etristo e o jeito como me chama de "minha querida", como se eu fosse uma criança ignorante que não pode tomar as próprias decisões. E odeio aquele campo e tudo o que fizeram com aquelas pessoas. Eu...

Minha voz morre antes que eu termine o pensamento.

Søren me olha com incerteza.

– Theo – diz ele, baixinho. – Ir embora agora seria um insulto ao rei Etristo e ao país inteiro. Eles são o único aliado que você tem.

– Tecnicamente, não é verdade – diz Erik. – Ela tem a mim e a Goraki.

– E Vecturia – acrescento. – O chefe me disse que posso chamá-los quando precisar.

Søren balança a cabeça.

– Grãos de areia ao lado de uma montanha.

– Eu *sei* disso – replico, ríspida. – Sei que não é suficiente, que nunca vai ser suficiente. Sei que tenho de me casar com alguém com um exército maior. Eu só... gosto de imaginar circunstâncias em que poderia ir embora e mandar o rei Etristo comer cocô.

Durante um longo momento, os dois me fitam, boquiabertos. Finalmente, Erik começa a rir e, logo depois, Søren também.

– *Comer cocô?* – pergunta Erik. – É o pior insulto em que consegue pensar?

– Acho que nunca mandei ninguém comer cocô desde que tinha 6 anos – acrescenta Søren.

– Tenho quase certeza de que você *me* mandou na época e eu disse que isso era coisa de bebezinho – responde Erik, levando os dois a rirem ainda mais.

Meu rosto fica quente.

– Foi a primeira coisa que me passou pela cabeça – respondo. – O que vocês diriam?

Søren para de rir para refletir.

– Eu diria ao rei Etristo que comesse um prato de esterco – responde ele, pensativo.

Erik balança a cabeça e estala a língua.

– Ainda amador – comenta.

– Sua vez, então – desafia Søren.

Erik pensa e pensa, acariciando o queixo, até que um sorriso se abre em seu rosto.

– Eu diria: *Rei Etristo, faço-lhe o mais humilde convite para que experimente uma iguaria de escorpiões embebidos em mijo e um ânus de porco recheado de bosta de besouro.*

Para enfatizar, ele acrescenta uma profunda reverência.

Dobro o corpo, como quem vai vomitar, mas Søren gargalha alto até seu rosto ficar vermelho. Dali a um instante, tenho de rir também. Gostaria que Erik *pudesse* dizer isso ao rei Etristo, mesmo que só pelo prazer de ver a cara do rei ouvindo aquilo.

Depois, cansados de rir, as lágrimas escorrendo, me inclino, me apoiando na grade que me separa de Søren.

– Você sabe que eu não iria embora de qualquer jeito, não é? Nem que pudesse ir sem consequências – afirmo em voz baixa. – Eu não iria embora sem você nem que o rei Etristo me prometesse um exército de milhões.

Søren abre um sorriso triste, olhando as próprias mãos.

– Você poderia – diz ele.

Mesmo quando passamos à aula de astreano, suas palavras continuam ecoando em minha mente e me pergunto se ele tem razão. Se chegássemos a esse ponto, será que eu conseguiria deixar Søren para trás, apodrecendo aqui? Mesmo que isso significasse salvar Astrea? Não tenho certeza da resposta e não tenho certeza de que quero saber.

...

Horas depois, quando saímos da masmorra, Erik está estranhamente calado. A princípio, acho que é só cansaço, e não posso condená-lo – eu mesma estou quase dormindo em pé –, mas, quando o olho de lado, vejo que tem a testa franzida e está absorto em seus pensamentos.

– Em que está pensando? – pergunto quando descemos do elevador em meu andar.

Erik se ofereceu para me acompanhar até o quarto e não sou tão orgulhosa a ponto de recusar, não com um assassino ainda à espreita por aí.

Erik me olha como se eu tivesse acabado de despertá-lo de um sono profundo.

– Em nada – diz, mas a mentira é óbvia. Ele percebe e dá um suspiro. – Só estava pensando no campo. Acho que não parei de pensar nele.

– Eu sei – respondo. – Eu também não. Odeio me sentir impotente.

Erik faz que sim.

– Mas é estranho, porque eles *não* estão impotentes, não é? Muitos adultos fazem trabalhos braçais para os sta'criveranos. São fortes. E não teriam sobrevivido se não fossem inteligentes. Acho que não querem pena nem caridade, de verdade. Só querem uma oportunidade de lutar por uma vida justa e um lugar para chamar de pátria, o mesmo que todos nós.

Eles querem lutar. As palavras ecoam repetidamente em minha cabeça até que paro de repente, ofegante.

– Erik – digo.

Ele para também e se vira para mim, preocupado.

– Está tudo bem? Não vai me dizer que foi algum tipo de dardo envenenado ou coisa assim. Acho que suas Sombras me matariam se algo acontecesse com você sob meus cuidados...

Eu faço com que ele se cale, erguendo a mão. Uma pequena parte de um plano se junta a outra e mais outra até começar a fazer sentido. Até se tornar algo sólido.

– Quantos refugiados você acha que estão naquele campo? – pergunto.

Erik encolhe os ombros.

– Uns três mil – estima.

– E se tirarmos as crianças e os idosos? E quem não possa nem queira lutar? Quantos deles poderiam ser guerreiros?

Algo em sua mente dá um clique e ele sorri, percebendo meu raciocínio.

– Mil, talvez mais – diz. – Não é suficiente, Theo. Nem mesmo contando com o exército gorakiano e o vecturiano.

– Não, não o suficiente para uma guerra – concordo. – Não o suficiente para retomar Astrea. Mas seria suficiente para assumir o controle de uma mina?

Ele franze a testa, pensando.

– Talvez, por algum tempo. Se for um ataque de surpresa contra apenas os guardas da mina – pondera. – Mas, mesmo assim, só poderíamos mantê-la por algumas semanas, até o kaiser receber a notícia e enviar mais soldados. Então, qualquer vitória que tivéssemos seria logo anulada. Ele tem homens demais, guerreiros treinados demais. Mesmo com o elemento surpresa a nosso favor, não seria suficiente. Apenas ganharíamos tempo, só isso.

– Tempo – concordo. – E a mina do Fogo. Existem mais 2.500 astreanos lá, mais ou menos. E não ficaríamos muito tempo. Quando o kaiser mandasse mais tropas, já teríamos partido.

– Para outra mina – completa Erik. – Para libertar mais gente e recrutar mais guerreiros ao mesmo tempo. Quando tomássemos todas as quatro minas, você teria um exército de verdade.

– Todos teriam escolha – acrescento com firmeza. – Se não quiserem lutar, ainda lhes daremos toda a proteção possível. Mas acho que não será uma escolha difícil, depois de tudo que aconteceu. Estão com raiva... vamos lhes dar uma oportunidade de usar isso contra o povo que tirou tudo deles.

Erik assente devagar, os olhos determinados.

– Mas, se você for embora agora, o rei Etristo não vai ter motivo para manter Søren vivo... A menos que o venda de volta ao kaiser de maldade – ressalta ele.

Há poucos minutos, Søren me disse que, se eu tivesse a oportunidade de salvar Astrea, deveria deixá-lo para trás. Mas agora que tenho essa possibilidade sei que não posso fazer isso.

– Posso arranjar mais gente – diz Erik após um momento. – Existem outros campos de refugiados... Um em Timmoree, outro em Etralia. Podem não ser tão grandes quanto este, mas ainda serão consideráveis. Posso ir e tentar recrutar mais gente e, pelo menos, me assegurar de que não estão sendo tão maltratados quanto aqui. Vou levar alguns dias para chegar a cada um deles e voltar a Astrea. Isso lhe dará tempo para tirar Søren daquela masmorra, tempo para mandar uma mensagem ao chefe Kapil, em Vecturia, e cobrar a oferta de ajuda. Isso significa fazer o jogo deles por mais algum tempo.

– Acho que consigo fazer isso – digo de maneira seca. – Depois do kaiser, deve ser fácil.

– Talvez fosse, se você não precisasse enfrentar também um assassino – lembra ele.

É um bom argumento.

– Vou ficar bem – asseguro com um gesto de desdém. – Quando você pode partir?

– Daqui a algumas horas – responde ele. – Os outros gorakianos estão prontos para partir desde que chegamos aqui. Eles não gostam de Sta'Crivero.

Depois do que Erik contou sobre como eram maltratados e ofendidos, não posso culpá-los.

– Como vamos fazer para manter contato? – pergunto. – Que os deuses não permitam que algo dê errado, mas seria bom termos algum plano de comunicação, caso isso aconteça.

Erik assente, o rosto contraído, pensativo.

– Vou falar com mestre Jurou – diz ele em seguida. – Ele tem algumas invenções que mantém em segredo, mas uma delas pode funcionar para esse propósito.

– Que tipo de invenção? – indago, desconfiada. – Você disse que ele era alquimista, não foi? Isso não envolve criar ouro?

Com isso, ele abre um sorriso malicioso.

– Mais ou menos – diz ele. – Como acha que pagamos o rei Etristo pelo privilégio de disputar sua mão?

Por um momento, só consigo fitá-lo.
– Mestre Jurou criou ouro? – pergunto, falando devagar.
– Mais ou menos – repete ele. – É parecido o suficiente para enganar o rei, mas a ilusão talvez não se sustentasse por muito mais tempo.
Balanço a cabeça.
– Magia ou ciência? – questiono.
Erik dá de ombros.
– Pelo que entendo, e admito que é pouquíssimo, é um pouco dos dois.

MOLO VARU

EMBORA O QUE EU MAIS QUEIRA seja me enfiar no quarto o dia inteiro e planejar nossa fuga de Sta'Crivero, me vejo me preparando para um passeio no jardim com Coltania. O convite dela foi muito insistente e espero conseguir convencê-la a acelerar o processo de preparo do soro da verdade para tirar Søren da prisão o mais depressa possível.

Artemisia encontra-se sentada em um canto do meu quarto, polindo sua crescente coleção de punhais, enquanto Heron tenta remendar um de meus vestidos. Por mais hábil que ele seja, é difícil esconder todas as pedras preciosas que arranquei para dar às crianças no campo.

Depois do que Søren e Erik disseram sobre a seca de Sta'Crivero, não posso deixar de temer que o Dom da Água de Artemisia a transforme em alvo. Mas Art é só uma garota – não poderia fazer muito por eles a longo prazo – e isso significaria para o rei Etristo mostrar sua fraqueza, o que é improvável que ele faça por uma recompensa tão pequena. Ainda assim, fico contente por estarmos indo embora desse lugar em breve.

– Conte de novo o que Blaise disse quando você o informou do nosso plano – peço a Artemisia de meu lugar no pé da cama, abraçando com força o travesseiro no colo.

Artemisia revira os olhos.

– Não sei como você espera que eu repita o que ele disse de forma mais direta do que já fiz. Ele disse: "Tudo bem."

– Só isso? Mais nada? – pergunto.

– Ele quis saber o que você precisava que ele fizesse. Pedi que levasse sua carta a alguém que a fizesse chegar ao chefe vecturiano. Ele me agradeceu e pegou a carta, a comida e a água que levei e eu voltei para cá – diz ela, a voz clara e impaciente.

É um aviso para eu não insistir mais, um aviso que ignoro.

– Mas que cara ele tinha quando disse isso? Achou que era uma boa ideia ou ficou relutante?

Ela lança o punhal no chão a seu lado com um ruído cortante que ecoa pelo quarto.

– Cara de quem estava com calor. E sede.

Diante disso não sei o que dizer. Parte de mim quer pedir desculpas, mas desconfio que ela me chamaria de boba se eu fizesse isso. Pelo que pediria desculpas? Por deixar que ele saísse do palácio? Ele é perigoso e não tem vontade alguma de mudar isso. Tudo que posso fazer é tentar me assegurar de que ele não machuque mais ninguém.

Uma batida soa à porta e, antes que eu consiga piscar, Heron e Artemisia se colocam de pé num salto com suas armas em punho.

– Duvido que um assassino se desse ao trabalho de bater – observo, mas Artemisia me faz um gesto para ficar quieta e vai até a porta, abrindo-a do mesmo jeito que sempre faz, com a ponta do punhal no rosto do visitante.

Dessa vez, na outra extremidade da lâmina, vê-se um muito alarmado Erik. Quando o vê, Artemisia suspira alto, como se ele fosse uma inconveniência por *não* tentar me matar, antes de baixar a arma com relutância.

– Erik – digo, quando ela se afasta para deixá-lo entrar. – Tudo pronto para a viagem?

Ele faz que sim, lançando um olhar para Artemisia e Heron.

– Eles sabem de tudo?

Antes que eu responda, Artemisia se antecipa.

– *Eu* acho que é um plano imbecil, mas Heron acha corajoso – diz ela.

Fecho a cara para ela.

– Você me disse que achava um bom plano – contesto.

– Eu *não* disse isso – afirma ela, bufando. – O que eu disse foi que é marginalmente melhor do que se casar com alguém sem nenhum interesse pessoal em Astrea além de forrar os bolsos.

– Bom, vindo de você isso realmente soa como uma enérgica aprovação – diz Erik com ironia.

Para minha surpresa, Artemisia ri. Ela também parece surpresa com a própria reação e franze a testa antes de voltar a se sentar na cadeira de espaldar alto e recomeçar a polir a coleção de punhais.

– Se algum de vocês quiser vir comigo, eu não dispensaria a companhia – acrescenta Erik, o olhar se demorando em Heron.

Os olhos de Heron encontram os de Erik e, pode ser minha imaginação, mas acho que seu rosto cora um pouquinho. Há uma pausa suficiente para que, por um momento, eu ache que ele pode concordar, mas, por fim, Heron balança a cabeça fazendo que não.

– Nosso lugar é com a rainha – diz, enfim.

Por mais egoísta que seja, fico contente. Não sei o que faria sem ele e Artemisia.

– Parece que vocês não são os únicos que se sentem assim – comenta Erik com um suspiro antes de se virar para mim. – Minha mãe também decidiu que quer ficar com você, o que estou tentando não levar para o lado pessoal.

Sorrio.

– Fico feliz de ter Hoa comigo – admito. – É como se só agora estivesse começando a conhecê-la.

Erik revira os olhos.

– Sim, sim, ela disse o mesmo sobre você – afirma, soando um tanto aborrecido. – Ela também disse que as camareiras sta'criveranas estão vestindo você com excesso de espalhafato para uma rainha e que ela precisava ficar para dar um fim nisso.

Balanço a cabeça.

– Ela não é mais minha criada e tenho certeza de que agora tem muito mais preocupações, como mãe do imperador.

Erik dá de ombros.

– É o que se imaginaria, mas mamãe diz que a aparência é importante para uma governante, mais do que para um homem, pois é o primeiro aspecto por que ela é julgada. Ao que parece, você precisa mais da ajuda dela. O que realmente quer dizer alguma coisa, porque ela era minha intérprete de gorakiano.

Ergo as sobrancelhas.

– E como você vai se virar sem ela?

Ele franze a testa, concentrado.

– *En kava dimendanat* – diz ele. – Isso pode significar "Vou ficar bem" ou "Tenho um burro gordo". Mas quero dizer o primeiro. Todos os meus burros estão esqueléticos.

Eu rio.

– Então peça a ela para escrever algumas frases antes de você ir – sugiro.

Ele concorda e diz:

– Ah, quase esqueci por que vim aqui na verdade. – Ele enfia a mão no bolso e tira duas pepitas de ouro idênticas, do tamanho de meu polegar, e me entrega uma. – Um presente do mestre Jurou. E se chama *molo varu* – explica ele.

– É aquele ouro falso que você mencionou que ele fazia? – pergunto, aproximando a pepita dos olhos e examinando-a.

– Não, esse material é genuíno. Só que foi... como direi, mexido?

Passo o olhar da pepita de ouro para ele.

– Mexido como?

Erik faz um gesto de pouco-caso com a mão.

– Ele me explicou todo o tedioso processo, com a ajuda da minha mãe, é claro, mas até traduzido era bem ininteligível. Em resumo, o ouro é um metal maleável. Com pressão suficiente...

Ele se cala, enfia sua pepita de ouro na boca e a morde com força.

Sob meus dedos, sinto a minha pepita mudar. Quase a largo no chão. Quando a levanto, vejo uma série de marcas rasas de dente na superfície do ouro.

– Como... – começo, mas me calo, olhando-a de todos os ângulos, esperando que desapareça.

Mas não desaparece.

– Em gorakiano, *molo varu* significa "pedra que imita". Elas estão ligadas. O que acontece a uma, acontece à outra.

– Isso é... incrível ou assustador – concluo, fitando a pedra.

– Os dois, eu acho – diz Erik, tirando a pedra da minha mão e jogando-a para Heron, que a pega com agilidade. – Pode ficar de olho nela? Não precisa mordê-la, é claro. Com uma ferramenta quente, dá para talhar palavras nela. Guarde-a no bolso e, se sentir que esquenta, vai saber que tenho uma mensagem para vocês. E vice-versa.

– Perfeito – digo.

Erik sorri.

– Por mais ranzinza que seja, mestre Jurou é praticamente um gênio – admite ele de má vontade.

– Transmita-lhe meu obrigada – digo. – E viaje em segurança, Erik.

Erik faz que sim, lançando um olhar para Artemisia e Heron antes de se voltar para mim.

– Cuide da minha mãe. Vejo vocês duas na mina do Fogo.

TRATO

O JARDIM ESTÁ QUASE VAZIO QUANDO ENCONTRO COLTANIA. Apenas alguns grupos de sta'criveranos passeiam com suas sedas coloridas e muito ornamentadas, que parecem projetadas para competir com as flores exóticas que nos cercam. No meio de tanta cor, Coltania parece uma flor especialmente letal, com um vestido preto de gola alta que se ajusta ao seu corpo. O cabelo escuro está arrumado no alto da cabeça e preso com uma única presilha de azeviche. Como sempre, os lábios estão pintados de um vermelho intenso, seu único toque de cor.

Quando me vê, esses lábios se abrem num sorriso que revela duas linhas de dentes brancos e perfeitos.

– Aí está você – saúda ela, vindo em minha direção. – Estava começando a ficar preocupada.

– Desculpe o atraso – digo. – Um amigo apareceu sem avisar.

Ela faz um gesto dispensando o pedido de desculpas.

– Você está aqui agora e é isso o que importa – responde, passando o braço pelo meu e começando a andar por um dos muitos caminhos do jardim.

De repente, sinto tanta saudade de Crescentia que é como se uma faca fosse enfiada e se torcesse em minha barriga. Quantas vezes não andamos juntas assim, de braço dado, no jardim cinzento? Conversávamos sobre tudo e sobre nada, só risos e piadas que ninguém mais entendia. Era fácil, era simples e era mentira, mas há uma parte de mim que daria tudo para voltar àquilo.

Coltania não é Crescentia, lembro a mim mesma, embora tenha certeza de que Coltania espera dar a impressão de que é uma *socialite* sem qualquer preocupação além de ter um vestido novo para a próxima festa. Mas não é muito boa nisso. Não sabe que sempre há algo sob a superfície com meninas como Cress, seja uma mente arguta e estratégica, seja o amor à poesia, seja um coração bondoso. Não, Coltania cresceu observando a distância meninas assim, ressentida e faminta por uma vida como a delas, e por isso só consegue uma imitação barata do que acredita que são.

Mas posso seguir facilmente o jogo dessa ilusão.

– Foi muito gentil em me convidar para um passeio, *salla* Coltania – digo, apertando seu braço. – Tenho certeza de que se sente exausta com todo o esforço que está fazendo para limpar o nome de Søren. E pensar que você deveria estar descansando do seu trabalho. Espero que não seja tão grande a inconveniência que estamos lhe causando.

Isso parece pegá-la desprevenida.

– Não, de jeito nenhum, Vossa Majestade – diz ela depois de um breve instante. – Fico contente em ajudar como puder, de verdade.

– É muita bondade sua – respondo com um sorriso tão largo que chega a doer. – Com certeza vou me sentir *muito* mais à vontade quando Søren estiver livre e eu puder voltar à questão de escolher um marido. Quanto tempo ainda leva para o soro ficar pronto?

O sorriso de Coltania vacila por um segundo. Ela é muito boa em esconder as emoções, mas não o bastante. Não tão boa quanto seria se tivesse sido criada para ser vigiada desde a infância, como Cress. Como eu, de certa forma, também fui.

– Poções desse tipo demoram, Vossa Majestade, e estamos longe de meu laboratório. Estou fazendo o que posso aqui – explica ela.

– Tenho certeza que sim – digo, dando tapinhas tranquilizadores em seu braço. – Tem alguma indicação de quando a poção vai ficar pronta?

Coltania é inteligente o bastante para sopesar com cuidado as palavras seguintes.

– Mais umas duas semanas – diz ela, finalmente.

– Não era uma semana da última vez que conversamos? – pergunto.

Ela só dá de ombros.

– O tempo pode ser muito caprichoso. Essas são só estimativas. No entanto, temo que alguns pretendentes se tornem impacientes se Vossa Majestade se recusar a se encontrar com eles por tanto tempo, dada a quantia que têm de pagar ao rei Etristo a cada dia que ficam aqui.

Ela diz isso com bastante tranquilidade, mas percebo a ameaça subjacente em suas palavras. Ela quer saber qual de nós recuará primeiro. Não serei eu.

– Também me preocupo com isso – digo. – Mas suponho que qualquer um que esteja tão impaciente para que eu tome uma decisão monumental como essa não é a escolha certa, não concorda?

– É claro, Vossa Majestade. A paciência é de importância primordial – concorda ela, voltando as palavras contra mim.

Cerro os dentes.

– Pois então, é uma pena – afirmo com um grande suspiro. – Outro dia mesmo eu estava dizendo a meus conselheiros, antes que todas essas coisas horríveis acontecessem, que me encontrava disposta a pôr um fim em tudo isso. É claro que o rei Etristo quer que isso se arraste quanto for necessário – digo, baixando a voz de forma conspiratória. – A senhora sabe como ele é.

Coltania faz que sim.

– Em Oriana, temos uma expressão: "Ganancioso como um rei sta'criverano."

Dessa vez não preciso fingir a risada e Coltania também ri.

– É bem verdade – digo. – E pensar que eu estava prestes a aceitar o pedido de casamento do chanceler.

As costas de Coltania ficam muito eretas.

– O prinz Søren concordou com a decisão – acrescento. – Na verdade, eu diria que ele foi um dos mais fortes defensores do chanceler.

– É mesmo? – pergunta ela de maneira seca. – Nunca tive a impressão de que o prinz gostasse do meu irmão. Meu palpite seria que ele preferia o falecido arquiduque... isso se ele mesmo não estivesse planejando se lançar na disputa, é claro.

Søren de fato dissera que o arquiduque era a melhor opção caso eu tivesse de escolher alguém, eu me lembro, mas não acho que ele tenha dado essa impressão em público.

– Céus, não sei qual ideia é mais ridícula – digo, com uma gargalhada.

Dessa vez, Coltania não me acompanha.

– Corre um boato sobre o qual acho que tenho que alertá-la, como amiga – diz ela, baixando a voz para um sussurro. – Um dos guardas da prisão diz que Vossa Majestade tem visitado o prinz Søren no meio da noite e que passa horas com ele. A maioria das pessoas não acha que isso pareça uma reunião de estratégia.

– *A maioria das pessoas* talvez não perceba que, com o prinz Søren preso, as reuniões têm que ocorrer à noite, quando a prisão não está barulhenta e movimentada, e que, como grande parte dessas reuniões é dedicada a me assegurar de que ele está sendo alimentado e bem tratado, é claro que demorarão mais do que deveriam – retruco, mas logo me recomponho e forço um sorriso. – Mais uma razão para eu estar ansiosa para tirá-lo daquela prisão: para que eu desperdice menos tempo e possa resolver a questão dos pretendentes. Temo que duas semanas seja muito tempo. Tanta coisa pode mudar, não acha?

Coltania franze os lábios.

– A senhora está dizendo que, se a inocência do prinz fosse provada mais prontamente, escolheria um marido? – pergunta ela. – O marido *certo*.

Aí está, um suborno mal disfarçado. Mas, se ela sabe jogar, eu também sei. Olho bem nos seus olhos e gesticulo afirmativamente com a cabeça.

Ela faz uma breve pausa.

– Talvez eu consiga apressar a poção para resolvermos tudo oficialmente.

Antes que eu possa responder, somos interrompidas por gritos que estilhaçam a paz frágil do jardim. Uma voz que reconheço imediatamente é a do rei Etristo.

– Isso é inaceitável – ruge, mais alto do que eu achava que lhe seria possível. – Temos um trato, Reymer.

Os sta'criveranos que perambulam pelo jardim também reconhecem a voz e, imediatamente, se dispersam, entrando no palácio para lhe dar espaço. Parte de mim quer fazer o mesmo, mas, se ele está conversando com o tsar Reymer, receio que tenha algo a ver comigo.

– Aqui – cochicha Coltania, me puxando para um grupo de árvores de tronco grosso e arbustos densos que nos esconde por completo.

Os arbustos espetam, arranham e rasgam meu vestido, mas o coração bate com tanta força em meus ouvidos que mal os sinto. Quando olho para Coltania, ela está espiando com olhos atentos, o dedo diante dos lábios para me calar antes mesmo que eu pense em falar.

Sigo seu exemplo e encontro um espaço entre os arbustos de onde consigo ver a clareira vazia no jardim segundos antes de avistar o tsar Reymer surgir andando com passos duros, seguido a uma velocidade bem menor pelo rei Etristo, curvado sobre uma bengala cravejada.

– Não é *seguro* – sibila o tsar Reymer, virando-se para encará-lo. – Primeiro o arquiduque, agora isso. Não vou arriscar a minha vida e a vida de meu filho pela remota probabilidade de que uma rainha insensível se digne a fazer dele seu marido sem poderes. Nem mesmo um rei! Um mero consorte. Talin tem outras perspectivas, bem melhores, aliás.

Os pelos da minha nuca se eriçam, o coração acelera. O que ele quer dizer com "*e agora isso*"?

O rei Etristo ri, mas o riso é ríspido demais para ser genuíno.

– Você vai perder uma joia rara, Reymer – diz ele. – A rainha Theodosia não é lá grande coisa como prêmio, com certeza, mas o verdadeiro tesouro é Astrea e a magia de lá. Você já viu o que aquelas pedras podem fazer. Com os kalovaxianos eliminados, você pode controlar a venda. Exceto as Pedras da Água, como discutimos.

As Pedras da Água. As palavras se encaixam, são a peça que faltava no quebra-cabeça. O que Etristo ganha me hospedando. A combinação que fez com Dragonsbane. Nunca foi para me ajudar; a motivação não foi nem mesmo o dinheiro. Era água. Antes que meus pensamentos se demorem muito nesse fato, a briga continua.

– Isso é problema seu, Etristo – desdenha o tsar Reymer. – Você sempre quer mais, mais, mais, só que quer demais. Etralia já é rica o bastante.

O rei Etristo cospe no chão, perto de sua cadeira.

– Não existe isso de *rico o bastante* – replica ele.

– Existe, sim, quando temos kalovaxianos envolvidos – diz o tsar. – Não se deve atravessar o caminho do kaiser. Sem dúvida, esses assassinatos são prova suficiente disso.

Assassinatos. Não *assassinato*, no singular, somente o do arquiduque. O tsar disse *assassinatos*. Meu coração dá um salto e minha mente gira, pensando em quem mais foi morto em meu lugar dessa vez. Penso em Blaise, Artemisia e Heron, ocupados demais em me proteger para cuidar das próprias costas. *Se o assassino achou que eu estava em meu quarto e os encontrou...* Não me permito terminar esse pensamento.

– O kaiser está atrás da garota. Não tem nenhum interesse em ferir você, nem em transformar Etralia em inimiga – argumenta o rei Etristo.

É a vez de o tsar Reymer rir, embora soe vagamente histérico. Ele cobre o rosto com as mãos e sacode a cabeça antes de deixá-las cair ao lado do corpo outra vez.

– Você com certeza não é cego, Etristo... A garota nunca foi o alvo desses ataques. Se o kaiser a quisesse morta, ela já estaria morta. O kaiser está atacando os *pretendentes* e mandando uma mensagem a quem se erguer contra ele. Ouço essa mensagem alta e clara e você também deveria escutar.

O rei Etristo joga as mãos para cima.

– Muito bem. Vá. Fuja de volta para Etralia com o idiota do seu filho, como os covardes que são, mas não vou reembolsá-lo do que já me pagou.

Com isso, o rosto do tsar Reymer fica vermelho vivo e ele dá um passo na direção de Etristo.

– Esse dinheiro é *meu*. Fizemos um trato, Etristo, e você me garantiu que a garota escolheria Talin. Como não escolheu, o dinheiro foi cobrado de má-fé e será reembolsado antes que eu parta daqui a uma hora.

O rei Etristo só o fuzila com o olhar e, embora esteja em desvantagem na altura, não daria para perceber pela intensidade de seu olhar.

– Não faço tratos com covardes – diz ele, praticamente cuspindo a palavra.

O tsar Reymer dá um passo na direção do rei Etristo, avultando-se diante dele.

– Você passou a vida em sua torre alta, Etristo, cercado por suas muralhas e seus desertos. Não deveria sair cuspindo essa palavra por aí com tanta facilidade. Não sabe como é uma guerra de verdade, mas eu ficaria contente em lhe mostrar.

Com isso, o rei Etristo é silenciado pela primeira vez desde que o conheci.

– Quero aquele dinheiro de volta daqui a uma hora, e então meu filho e eu partiremos deste lugar antes que acabemos mortos também.

Sem esperar resposta, o tsar Reymer gira nos calcanhares e sai enraivecido, deixando o rei Etristo sozinho com uma tempestade no rosto.

...

Coltania e eu esperamos o rei Etristo sair do jardim antes de deixarmos nosso esconderijo nos arbustos. Embora minha mente esteja tomada pelo pânico com a ideia de outro assassinato, Coltania se mantém bastante calma. Mais do que isso: ela fervilha com uma raiva calada.

– Aquele rei moleque – murmura ela, os olhos fixos no ponto onde o rei se encontrava segundos atrás. – Mal posso acreditar que prometeu sua mão ao tsar quando fez a mesma promessa a Marzen.

Eu a olho, boquiaberta.

– Você não ouviu o que eles disseram? Teve outro assassinato, Coltania, e do jeito que o tsar falou parece que era outro pretendente. Pode ter sido seu irmão.

Ela emerge de seus pensamentos e me olha.

– Não – diz. – Não, não poderia ser Marzen. Contratamos testadores de comida e mais guardas depois do arquiduque.

Repasso na cabeça a lista dos pretendentes, mas no fundo já sei quem foi envenenado. Afinal de contas, se o assassino vai atrás dos pretendentes que favoreci, há uma probabilidade gritante. Antes que possa seguir essa linha de raciocínio, já estou correndo pelo jardim, ignorando os gritos de Coltania para que vá mais devagar.

VÍTIMA

D ESSA VEZ, EU REALMENTE ANSEIO PELAS escadas, por mais longo que fosse o percurso, porque, pelo menos, não teria de ficar parada e esperar, observando andares incontáveis passarem por mim no elevador. A sensação que tenho é de que todos os níveis se arrastam devagar, dando à minha mente um tempo interminável para imaginar o que encontrarei quando finalmente chegar.

Erik morto. Erik sofrendo o mesmo destino do arquiduque. Erik envenenado. Por minha causa. Porque o kaiser não quer me matar. Ele quer me fazer sofrer, me assustar, brincar comigo do jeito que um gato brinca com o camundongo antes de devorá-lo.

As portas finalmente se abrem no andar dos gorakianos e nem agradeço ao operador antes de sair a toda pelo corredor já fervilhante. Cortesãos sta'criveranos, com suas roupas coloridas, andam de um lado para o outro, especulando sobre o que poderia ter acontecido. Quando passo correndo, ouço apenas fragmentos.

Que tragédia.

Depois de tudo o que passaram, são mesmo amaldiçoados.

O garoto era íntimo demais da rainha Theodosia.

Talvez ela também seja amaldiçoada.

Não, não, não, grita minha mente, ignorando essas vozes enquanto disparo rumo ao quarto de Erik. Assim que avisto a porta, uma mão pousa em meu braço.

– Theo – diz Dragonsbane, a voz baixa em meu ouvido. – Vamos, você não vai querer fazer uma cena.

Embora as palavras sejam incisivas, há algo subjacente em sua voz, algo que não consigo identificar, embora, vagamente, eu pense que pode ser algo próximo da gentileza.

Há mil coisas que quero lhe dizer sobre nossa última conversa, mas nenhuma delas importa agora. Nenhuma palavra importa agora. Arranco o braço de sua mão e apresso o passo até me ver correndo, serpenteando entre os cortesãos sta'criveranos, ignorando a voz dela chamando meu nome.

Só paro quando chego à entrada do quarto de Erik, onde dois guardas estão em posição de sentido, impedindo os curiosos de se aproximarem demais. Quando finalmente paro à sua frente, eles trocam olhares de incerteza.

– Deixem-me entrar – ordeno.

– Rainha Theodosia, o rei deu instruções específicas para que Vossa Majestade não... – começa um dos guardas, mas não espero que termine.

Pegando-os de surpresa, me enfio entre eles, abrindo caminho à força até o quarto, mas não encontro qualquer sinal de Erik.

Em lugar dele, é Hoa que jaz no chão, ao lado de uma mesa onde se vê um prato de uvas. Seu corpo se encontra retorcido em um ângulo estranho, com um cacho de uvas caído perto da mão direita aberta. O rosto está virado para o outro lado, me fitando com olhos vidrados que nada veem. Um fio de sangue enegrecido escorre do canto da boca aberta.

Cambaleio, dando um passo para trás, e levo a mão à boca. Vou passar mal. Vou me desfazer em pedaços. Não sei como conseguirei me recompor. Não dessa vez.

De repente, tenho 7 anos e ela me segura enquanto o jardim de minha mãe queima por ordem do kaiser. Tenho 8 anos e acordo de mais um pesadelo no qual vejo o theyn matar minha mãe. Desperto chorando, mas Hoa está lá com um copo d'água e um lenço – o único consolo que pode me oferecer sob a vigilância das minhas Sombras. Tenho 9 anos, 10, 11, e daí em diante, e com ternura ela aplica pomada e ataduras nos vergões de meus castigos. Durante uma década, Hoa pairou na periferia da minha vida, mas não há dúvida de que me manteve viva do único jeito que lhe era possível.

E eu não pude fazer o mesmo por ela.

Só percebo que estou no chão chorando quando braços fortes me levantam e me vejo soluçando de encontro a uma camisa de algodão. Sou levada do quarto, para longe de Hoa, e quero gritar, fazer essa pessoa me pôr no chão para que eu possa voltar para ela, para que possa ficar com ela como ela sempre ficou comigo, mas as palavras morrem em minha garganta, afogadas por mais lágrimas do que eu pensava que ainda me restavam.

Blaise me carrega de volta ao meu quarto. Uma parte de mim sabe que ele não deveria estar aqui, que é perigoso, mas ele está, e isso é tudo o que importa agora. Nada existe além das minhas lágrimas e da imagem de Hoa gravada a fogo na minha mente. Não me importa o porquê de ele estar aqui, ou se sua pele está quente, desde que continue me abraçando. Não consigo parar de chorar, por mais que tente forçar a respiração a ficar mais lenta.

Ele me põe no chão sobre pernas bambas, mas mantém o braço em torno de meus ombros.

– Alguém deveria lhe dar um tapa – ouço Artemisia dizer, mas não de modo rude. – Ela vai desmaiar se continuar respirando assim.

Ouço um suspiro que soa muito parecido com os de Heron e, de fato, ele surge à minha frente, ocupando todo o meu campo de visão. Parece dilacerado e, por um segundo, temo que realmente vá seguir o conselho de Artemisia.

– Não – diz Blaise, olhando-o com alarme. – Heron, não ouse...

– Vai ser pior para ela se você não agir – diz Artemisia. – Faça logo de uma vez.

Heron olha de um para o outro, os olhos arregalados, antes de finalmente voltá-los para mim. Ele se firma antes de dar um passo em minha direção. Blaise avança para se pôr entre nós, mas Artemisia o pega de surpresa e o joga no chão.

Então, Heron toca minha mão de leve, e tudo escurece.

•••

Acordo em minha cama, enrolada sob as cobertas e, por um momento abençoado, esqueço o que aconteceu. Por um momento, Hoa ainda está viva. Então, o momento passa e quero me enterrar ainda mais sob as cobertas e mergulhar no sono profundo do esquecimento mais uma vez.

– Você está bem?

A voz de Blaise interrompe meus pensamentos, baixa e cautelosa.

Olho o quarto iluminado pela lua e o vejo me observando do sofá. Heron dorme profundamente no chão e Artemisia ocupa o outro lado da cama, de costas para mim.

Eu me forço a sentar. Tenho a sensação de que alguém acertou a minha cabeça com uma pedra e todo o meu corpo lateja. Na boca, a impressão de que engoli algodão.

– Você não deveria estar aqui – digo, ignorando a pergunta.

Afinal, é uma pergunta idiota. Como eu poderia estar bem?

Ele sacode a cabeça, levanta-se do sofá e vem até a cama, agachando-se ao meu lado.

– Dei minhas pedras para Art guardar. Só até eu ir embora de novo amanhã – diz ele em voz baixa. – Estava buscando comida na cidade quando ouvi a notícia. Achei... Não sei o que achei.

– Você achou que eu precisava de você – replico, o coração doendo. – Que bom que estava aqui.

A confissão exige todas as minhas forças. *Ele me deixou*, lembro a mim mesma, mas de repente isso não tem mais importância, porque, quando precisei dele, ele me escolheu em vez de seu poder. Nesse momento, isso é tudo que importa.

Blaise pega minha mão na dele e a aperta com força, a pele ardendo contra a minha.

– Mesmo sem as pedras, ainda existe a possibilidade de que eu perca o controle. Se eu começar, mesmo que de leve, Artemisia concordou em me matar antes que eu machuque alguém – informa ele.

– Foi muita gentileza dela – digo, olhando o ponto onde nossas mãos estão unidas, entrelaçadas.

Seus dedos são ásperos, cheios de calos, mas me dão conforto, mesmo assim. Não quero largá-lo nunca.

Ele respira fundo e temo que vá falar de Hoa. Não quero que faça isso. Ainda não posso falar sobre ela, senão sei que vou desmoronar. Mas, como sempre, Blaise parece conhecer minha mente tão bem quanto eu.

– Dragonsbane tentou vir mais cedo. Disse que queria se certificar de sua segurança, mas eu respondi que você estava segura conosco – conta ele.

Solto um riso sem alegria.

– Tenho certeza de que ela entendeu – respondo. – Ela fez um trato com Etristo, sabe? Por isso ele está nos ajudando, em troca das Pedras da Água.

Ele não diz nada por um instante. Depois, solta um longo suspiro.

– Gostaria de poder fingir que estou surpreso.

– Eu a achava capaz de muitas coisas – digo. – Mas isso parece pior. Ampelio tinha razão... a ajuda dela vem a um preço alto demais, Blaise. Não quero mais essa ajuda.

Espero que ele discuta comigo, que me lembre de que precisamos dela e de sua frota, que não teríamos chegado até aqui sem sua ajuda, independentemente das condições. Em vez disso, ele me surpreende ao concordar.

– Então, corte os laços – sugere ele. – Você tem os gorakianos, os vecturianos e os refugiados. A ajuda de Dragonsbane não é suficiente para virar a balança para um lado ou para o outro. Esse plano viverá ou morrerá por conta própria.

Engulo em seco.

– Falaremos sobre isso com os outros amanhã. Não devemos fazer planos sem eles. Afinal de contas, ela é mãe de Art – digo, antes de inspirar fundo e fazer a pergunta cuja resposta temia descobrir. – O que aconteceu? Como Hoa...

Mas não consigo terminar. Minha voz falha ao dizer seu nome.

Blaise afasta os olhos, entendendo o suficiente.

– Até onde pudemos deduzir, as uvas eram para Erik, mas, depois que ele partiu, Hoa entrou no quarto dele e...

Blaise se cala, e fico contente por ele não terminar a frase.

– O kaiser está matando os pretendentes – digo. – Eu nunca fui o alvo.

– Mas por quê? – pergunta ele, franzindo a testa. – Não faz sentido nenhum. Os marinheiros kalovaxianos foram muito claros: o kaiser quer você viva ou morta. Ele não tem nada a ganhar atacando-os.

Balanço a cabeça, que grita em protesto.

– Porque ele pode até me querer morta, mas viva ele me quer muito mais. Lembre-se da discrepância entre as recompensas. Ele quer que eu sofra. Quer ser a pessoa por trás disso, mesmo que não seja ele a segurar o chicote.

Blaise assente devagar.

– Sinto muito, Theo – diz ele dali a um instante.

As palavras são uma facada em minha barriga e, novamente, vejo Hoa como a vi por último, vazia e sem vida.

– Como vou contar a Erik? – pergunto, passado um momento, a voz falhando. – Ele acabou de tê-la de volta e eu... Ele me pediu que tomasse conta dela e não consegui, nem por algumas horas.

– Ele não vai culpá-la – diz Blaise. – Não tinha nada que você pudesse fazer. É o kaiser... é *sempre* o kaiser.

– Ele tirou todas as nossas mães, não é? – comento em voz baixa. – A sua, a minha, a de Heron. Até a de Søren. E agora, a de Erik. Artemisia é a única de nós que ainda tem mãe.

– Acho que ele me tirou a minha também, de outra maneira – diz Artemisia de repente.

Eu me pergunto há quanto tempo ela está acordada – se nos ouviu falar de sua mãe um momento atrás –, mas, antes que eu possa perguntar, ela rola na cama e me olha. Solto a mão de Blaise para me virar para ela também e ficamos as duas de frente uma para a outra, como uma espécie de espelho enfeitiçado. Não nos parecemos em nada, mas, fitando seus olhos ao luar, acho que vejo neles uma levíssima semelhança. Ambas devemos ter os olhos de nossos pais; não é uma semelhança física, mas um reflexo de algo mais profundo. Um fogo que acho que herdamos de nossas mães.

– Ela era diferente antes do cerco. Mais *suave*, suponho, embora eu ache que ela nunca foi suave. Mais feliz. Menos gananciosa o tempo todo. Menos hostil com aqueles que não podem saciá-la. Mas aí os kalovaxianos capturaram a mim e ao meu irmão e só eu consegui retornar... Acho que ela nunca me perdoou por isso.

Por um momento, não sei o que dizer. Blaise também é dominado pelo silêncio. Ele se concentra no edredom ao meu lado, mexendo ociosamente nos pontos de costura para evitar olhá-la. Deve temer fazer isso e abrir algo entre eles que preferia manter fechado.

– Acho que ela não está zangada com você por sobreviver, Art – digo.

Por mais dura e inflexível que Dragonsbane seja, essa atitude parece de uma crueldade de que não a julgo capaz.

– Não – admite ela. – Mas foi por minha causa que fomos pegos... Eu é que fui imprudente e idiota, e foi por minha culpa que acabamos naquela mina. O mínimo que eu poderia ter feito era tirá-lo de lá, mas não fiz isso.

É um momento de vulnerabilidade tão raro em Artemisia que não sei direito como responder. Temo que até se eu respirar profundamente vá quebrar o feitiço que caiu sobre nós.

– Sinto muito – digo, por fim.

Ela dá de ombros e rola de novo na cama, voltando a me dar as costas.

– Não preciso de sua piedade – responde ela. – Mas o kaiser arruinou minha família também, mesmo a nós, que sobrevivemos a ele. Ele arruína tudo.

Veneno não é nada inédito para Artemisia – ele está presente em todas as suas palavras desde que a conheço. Enche todos os seus olhares e torna todos os seus movimentos potencialmente letais. Ainda assim, acho que nunca a ouvi falar tão cheia de ódio.

Eu me aproximo dela e estendo o braço para tocar seu ombro com gentileza. Espero que ela me rechace, mas, em vez disso, dali a um momento, ela relaxa e eu a abraço. Ela se vira para mim e enterra o rosto em meu ombro. Não percebo que está chorando até sentir as lágrimas em minha pele.

BOLENZA

Devo ter voltado a dormir, porque a próxima coisa de que tenho consciência é de uma leve batida na minha porta. Eu me sento, piscando para espantar dos olhos a exaustão. Heron e Artemisia ainda estão dormindo, alheios ao visitante, e não há absolutamente qualquer sinal de Blaise – ele deve ter ido embora outra vez, me dou conta com uma pontada de dor. As batidas recomeçam e eu saio da cama, vestindo o roupão por cima da camisola e ajustando o punhal por baixo dele, assegurando-me de que esteja firmemente preso na altura do meu quadril.

Ando na ponta dos pés até a porta, tomando cuidado para não acordar os outros. Embora eu saiba que um assassino não bateria, ainda hesito em abrir a porta.

– Quem é? – sussurro.

– Coltania – uma voz sussurra de volta.

Deixo escapar um suspiro de alívio, mesmo que a irritação faça comichar minha nuca. Penso que já tive minha cota de Coltania e de seus subornos e barganhas. Basta para mim de fingir que quero alguma coisa com seu irmão bajulador.

Ainda assim, talvez eu ainda precise dela para tirar Søren da prisão, então abro a porta.

Coltania encontra-se ali, com o mesmo vestido preto de gola alta que usava mais cedo. Em suas mãos, duas canecas de chá.

– Espero não a tenha acordado – diz ela, embora suas palavras sejam secas e superficiais.

– Acordou – respondo, passando do quarto para o corredor e fechando a porta atrás de mim para não acordar minhas Sombras.

Estarei de volta à cama antes que eles possam sentir minha falta.

– Minhas desculpas, então – diz ela, embora não pareça nem um pouco arrependida. – Eu só estava acordada e pensando em como você deveria estar aborrecida depois de ontem. Entendo que você e a Ojo eram próximas.

A Ojo. Ela quer dizer Hoa. Fico feliz por ela não dizer o verdadeiro nome – não acho que eu pudesse suportar ouvi-lo nesse momento, principalmente dos lábios de alguém que não a conhecia.

E você conhecia?, sussurra uma voz em minha cabeça.

– Eu convivi com ela a maior parte da minha vida – digo, e isso pelo menos é a verdade.

A expressão de simpatia de Coltania vacila diante da declaração direta.

– Bem, pensei que talvez você quisesse um chá e uma amiga para conversar. Vamos dar uma volta, para não acordar seus conselheiros?

Eu tenho amigos com quem conversar, penso. *Amigos que não estão tentando tirar mais alguma coisa de mim.*

Mas *eu* ainda preciso de alguma coisa *dela*. Preciso de Søren fora da prisão. Então me obrigo a pegar uma das canecas.

– É muita gentileza. Obrigada, *salla* Coltania – digo, seguindo-a pelo corredor em direção ao elevador. – Como você e seu irmão estão? Imagino que estejam ambos bastante abalados, depois de todos os acontecimentos.

– Está sendo difícil – admite ela. – Discutimos sobre seguir o exemplo do tsar e partirmos também, mas Marzen decidiu em contrário. Ele é muito corajoso.

A última coisa que quero é ouvi-la recitar loas ao irmão. Estou exausta e arrasada demais para sequer fingir que me importo um mínimo que seja com o chanceler. Em vez disso, tomo um gole do chá, estremecendo porque está quente demais e também amargo demais. Mesmo depois que engulo, fica um amargor em minha boca. Lembra o cheiro de madeira, misturado à grama depois da chuva, e com um sabor subjacente que não consigo identificar. Talvez seja a coisa mais horrível que já provei.

– Desculpe – diz Coltania, vendo minha expressão. – Eu não sabia de que tipo você gostava, então simplesmente fiz meu preferido. Aparentemente, não temos o mesmo gosto.

– Está tudo bem – replico, embora não esteja. Ela abre a porta do elevador e eu a sigo, cumprimentando o operador com um gesto de cabeça. – Estou acostumada com café, suponho. A maneira como o preparamos em Astrea é muito mais doce. Só preciso me acostumar.

– Gostos adquiridos em geral são os mais deliciosos, depois que de fato os adquirimos – comenta ela. – O jardim, por favor – pede ela ao operador.

A porta se fecha com um ruído metálico e o homem começa a girar a manivela. O elevador dá início à sua subida.

Levo a xícara aos lábios novamente, porque seria rude não fazê-lo, mas tomo apenas um pequeno gole de lábios cerrados.

– Melhor? – pergunta ela.

– Melhor – minto. – Houve algum avanço com o soro da verdade?

– Receio que não – diz ela, embora mais uma vez seu tom não pareça lamentar nada. – Com toda a animação de ontem, não tive tempo para trabalhar nele.

Animação. Resisto ao impulso de bater nela, por muito pouco.

– Para mim, agora é mais importante do que nunca que Søren seja libertado – digo, tentando pensar em uma mentira que a comova. – Søren era muito próximo de Ho... da Ojo.

Não consigo dizer o nome de Hoa. Fica preso na minha garganta.

– Com certeza ele vai ficar muito aborrecido – concorda ela.

– Não só isso. Sabe por que o kaiser a manteve viva por tanto tempo? Mesmo depois que deixou Goraki para trás?

– Ouvi boatos. Dizem que ela foi muito bonita – afirma ela.

Foi. O pouco-caso com que ela diz isso fica atravessado em minha garganta. É verdade que a juventude de Hoa já a havia deixado, que ela parecia mais velha do que sua idade real, que o kaiser havia deixado sua marca nela de tantas maneiras que não dava para contar, mas penso na atitude de Hoa no campo de refugiados e acho que ela era mais bonita que Coltania com os lábios pintados e sua graça felina.

– Não creio que o kaiser seja capaz de amar, mas obsessão é outra conversa – digo, me forçando a continuar. – Quando o kaiser descobrir que ela foi morta no lugar do filho, vai ficar furioso. É importante resolvermos esse assunto do casamento o mais rápido possível e irmos embora antes que ele ataque Sta'Crivero. Sei que já mencionei isso antes, mas agora vou deixar bem claro: quando Søren estiver livre, escolherei seu irmão como meu marido e nós, todos nós, vamos sair deste lugar antes que o kaiser chegue. Penso que isso é do interesse de todos nós.

Coltania reflete sobre isso por um momento.

– Eu não poderia concordar mais – diz antes de indicar com a cabeça a xícara ainda aninhada em minhas mãos. – Termine o chá antes que esfrie.

Olho para o líquido verde. O travo dos primeiros goles ainda permanece na minha boca, como se eu tivesse comido galhos e ferrugem. Dessa vez, quando levo a caneca aos lábios novamente, eu os selo contra o líquido amargo.

– Está vendo? Você está se acostumando, não é? – pergunta Coltania com um sorriso.

O elevador para com um solavanco, fazendo com que um pouco do chá transborde da caneca. Ele cai no chão do elevador, manchando o tapete cor de creme com um amarelo doentio. O que eu não daria por uma xícara de café – forte, doce, com especiarias.

– Venha – diz Coltania, puxando meu braço livre e me levando a descer do elevador. – Um pouco de ar fresco fará bem ao seu coração.

• • •

O jardim está deserto a essa hora da noite, o que faz os pelos da minha nuca se arrepiarem. Perigo à parte, porém, vazio e escuro, ele parece fazer parte de um sonho febril, cheio de cores esfumaçadas e esmaecidas e fragrâncias tão esmagadoras que me sinto embriagada delas. Isso basta para me deixar tonta. Aperto a caneca de chá em minhas mãos com mais força. Ainda resta a metade do líquido e eu não quero mais beber. No entanto, a atenção de Coltania está tão concentrada em mim que não sei se posso recusar. Ela ainda tem o destino de Søren nas mãos. Meu olhar encontra o dela e tomo mais um falso gole com os lábios fechados.

– Delicioso – minto, mas isso suscita um sorriso dela.

– As flores são lindas ao luar, não são? – pergunta ela enquanto percorremos um dos caminhos do jardim. Seus dedos se arrastam pelo topo de um arbusto cheio de botões brancos que parecem quase brilhar. – A maioria das flores fica mais bela à luz do sol, mas algumas florescem à noite... como estas. *Bolenzas*... cujo nome significa "flores noturnas" em yoxiano. Suas pétalas são revestidas por um composto natural que as faz brilhar assim. Não é incrível?

– São lindas – respondo, embora não esteja com vontade de falar sobre flores.

– Lindas – concorda. – Mas esse mesmo composto pode ser extraído das pétalas e fervido até se tornar um concentrado líquido que pode ser letal se ingerido.

Ela pronuncia essas palavras de maneira bastante casual, mas elas me deixam completamente sem ar. As peças vão se encaixando. Um quadro se torna claro.

– Você nunca se mostrou preocupada com seu irmão – digo devagar. – Mesmo quando o tsar disse que outro dos pretendentes tinha sido assassinado. Você já sabia quem era o alvo.

Coltania não nega. Ela pisca languidamente para mim, como se já estivesse entediada com a conversa.

– Mas por quê? – pergunto. – Por que trabalhar para o kaiser?

Diante dessa pergunta, ela solta uma gargalhada, dando um passo na minha direção. Eu recuo, arranhando as pernas em um arbusto, mesmo através do tecido do penhoar.

– Em Oriana existe uma história que contamos às crianças sobre um monstro grotesco que vai arrancá-las da cama e comê-las, caso se comportem mal... O kaiser é o seu monstro. Uma simples menção a ele é o suficiente para assustá-la. Eu quis assustá-la porque pensei que isso a forçaria a tomar uma decisão mais rápido. O kaiser era apenas uma história para empurrar você.

– Mas a criada disse que era o kaiser – recordo. – Ela tinha tomado o soro da verdade. Ou aquilo era falso?

Coltania dá de ombros.

– Ela contou a verdade que conhecia e só sabia o que tinham lhe contado... que o kaiser estava por trás disso e que ela seria bem recompensada por ajudá-lo.

Eu me lembro da garota desabando no chão, seu corpo convulsionando enquanto ela morria, e me sinto enjoada.

– Mas por que o arquiduque? – pergunto, minha voz se elevando com a vã esperança de que haja alguém no jardim que vá ouvir.

Alguém que me ajude.

Ela torna a dar de ombros.

– Ouvi você conversando com o prinz Søren neste mesmo jardim, dizendo a ele que o arquiduque Etmond era sua primeira escolha entre os pretendentes. O rei Etristo tinha me prometido que você escolheria Marzen, mas eu temia que ele não tivesse tanto controle sobre você como acreditava.

Se ela ouviu isso, então também deve ter ouvido a conversa que se seguiu. Quando Søren disse que me amava. É por isso que ela tem tanta certeza de que existe algo entre nós.

– E foi por isso que você incriminou Søren – constato. – E também por isso que o soro da verdade está demorando tanto. Você nem começou a prepará-lo, não é?

Ela balança a cabeça.

– Eu não queria que você se distraísse. Não queria que considerasse a proposta dele – afirma ela.

Em seguida, dá outro passo em minha direção, mas dessa vez não tenho para onde ir. Minha visão fica turva e de repente vejo duas dela antes que ela volte a ser uma única e nítida figura, com olhos brilhantes e alertas. Um predador. Que, até agora, eu fora cega demais para enxergar.

Preciso mantê-la falando para poder recuperar o controle.

– Mas serviram o mesmo vinho a nós dois – digo, me forçando a me concentrar, embora minha mente pareça um borrão. – Como você sabia que eu não seria envenenada? Era a taça?

– Não, a taça não – responde ela. – Muita coisa poderia dar errado com esse método... são tantos criados neste palácio. Eu não poderia controlar todos eles. Não, eu não envenenei o vinho, mas o misturei com suco de morango. O que não é perigoso para você, mas o arquiduque era alérgico.

Eu me lembro do rosto do arquiduque Etmond inchando e ficando vermelho, ele levando as mãos ao pescoço. Coltania respirando em sua boca, numa tentativa de salvá-lo, ou assim parecia.

– Você não estava tentando salvá-lo, não é mesmo? – pergunto.

– Eu estava garantindo que ninguém mais pudesse fazer isso. Ele talvez tivesse se recuperado sozinho, se eu deixasse – explica ela.

– O veneno estava em você – adivinho.

Ela sorri, os lábios vermelhos distendendo-se sobre os dentes brancos. Com minha visão embaçando, por um instante poderia jurar que ela tem presas.

– Garota esperta. Meu batom é misturado com bolenza destilada... Essa não foi a primeira vez que o usei para esse propósito. Ao longo dos anos adquiri uma tolerância a essa substância.

Os rumores, recordo, as mortes misteriosas dos rivais políticos de seu irmão. O caminho limpo para a chancelaria.

Abro a boca para fazer outra pergunta, querendo ganhar mais tempo, mas antes que eu possa fazê-la uma dor lancinante atravessa minha cabeça e eu grito, deixando cair a caneca, que se estilhaça no caminho pavimentado com pedras, derramando o restante do chá sobre as pedras. Ao luar, o líquido brilha.

Coltania me observa por um momento, curiosa, até a dor passar tão rapidamente quanto veio. Eu arquejo, lutando por um pensamento coerente.

– Desculpe por isso – diz ela. E, mais uma vez, não parece lamentar nem um pouco. – Um efeito colateral do veneno. Mas não se preocupe. Assim que ele a deixar inconsciente, vai parar de doer.

Outra onda de dor me atinge. A sensação é de que minha cabeça está sendo partida ao meio. Eu me curvo, as mãos nos joelhos para me sustentar. E grito o mais alto que posso. Alguém deve estar aqui, alguém deve me ouvir.

– Por que me envenenar? – pergunto a ela quando a dor recua de novo a um latejar entorpecido. – O que você pode ganhar com isso?

– Ah, isso não vai matar você – assegura ela. – Vai só... deixá-la mais fácil de lidar. Agora que sabemos que o acordo de Etristo com Marzen e comigo não era exclusivo, não vou mais correr riscos. Não seria nada fácil tirar você de Sta'Crivero se estivesse se debatendo e gritando.

Tirar-me de Sta'Crivero. Ela não vai me matar, mas me sequestrar não é muito melhor. E, se ninguém veio depois daquele último grito, ninguém virá mesmo.

Eu ainda sinto o punhal junto ao meu quadril, mas, se tenho dificuldade em manuseá-lo quando estou em perfeitas condições de saúde, com certeza não posso fazê-lo agora, nesse estado.

Outra onda de dor sobrevém, dessa vez mais forte. Tão forte que eu vomitaria se tivesse alguma coisa no estômago. No entanto, vazio como está, eu apenas tenho o reflexo, que só passa quando a dor volta a diminuir.

– Se tivesse bebido mais do seu chá, como eu lhe disse para fazer, ele já teria surtido efeito a essa altura – observa Coltania com um profundo suspiro, como se minha dor fosse um inconveniente para ela.

Eu desabo no chão, pontos pretos nadando diante dos meus olhos. Parte de mim quer se entregar à escuridão e escapar à realidade para me poupar de outra onda de dor, mas luto contra esse desejo. Eu me obrigo a me agarrar ao que está acontecendo à minha volta. As beiradas afiadas das pedras debaixo de mim, a aspereza dos galhos nas minhas costas. O rosto de Coltania pairando acima de mim, me observando como se eu fosse um espécime peculiar que ela não consegue identificar.

A dor retorna e eu enterro as unhas na palma das mãos para me ancorar no presente – um truque que usava durante as punições aplicadas pelo kaiser, também para que eu não desmaiasse. Torno a berrar, tentando emitir um grito ainda mais alto.

– Ninguém vai ouvir você – garante Coltania.

Mas, no momento em que ela pronuncia essas palavras, ouço passos vindo em nossa direção.

Meu coração salta, porém qualquer esperança que eu pudesse ter desaparece quando o chanceler Marzen surge, olhando em choque da irmã para mim.

– Coltania – diz ele, perplexo. – Você disse que ia só conversar com ela.

– Colocamos dinheiro demais neste plano para arriscar que ele falhe por causa da indecisão de uma garota. Favorecendo você um dia, o prinz no seguinte, o imperador no outro. Quem sabe quem ela vai escolher amanhã? – pergunta ela, sem tirar os olhos de mim um segundo sequer. – Fiz o que tinha que fazer, Marzen, como sempre. Quando a afastarmos de seus conselheiros e guardas, ela vai ficar bem mais cordial. Mas você estava certa sobre uma coisa, Theodosia: o kaiser virá quando de fato descobrir onde você está. E imagino que não demore muito para que o tsar o alerte, em uma vã tentativa de obter favores. No entanto, nós já estaremos longe quando ele chegar. Vamos mantê-la em segurança, não é mesmo, Marzen?

Mas o chanceler não olha para ela. Seus olhos estão em mim, arregalados de perplexidade, a boca escancarada.

– Não foi isso que planejamos – diz ele, mais para si mesmo do que para uma de nós.

– Planos mudam, Marzen – responde ela, ríspida. – Você nunca reclamou da maneira como eu resolvi as coisas no passado, não vejo por que deva começar agora. A dor vai parar daqui a pouco e ela vai apagar. Eu vou ficar com ela. Vá e cuide para que todos em nossa comitiva estejam prontos para partir imediatamente. Se alguém der falta dela enquanto ainda estivermos aqui, não teremos como escapar.

Por um momento, Marzen não se move. Permanece enraizado no lugar, com os olhos presos em mim. Outra onda de dor me carrega, enviando espasmos pelo meu corpo. Grito de novo, menos na esperança de que alguém ouça do que para suscitar alguma simpatia da parte dele.

No entanto, qualquer simpatia que ele possa ter não é suficiente. Desviando os olhos de mim, ele fita a irmã e assente.

– Rápido – diz. – Se alguém descobrir sobre isso, não vão nos deixar sair vivos desta cidade.

E então ele endireita os ombros e se afasta, apressado, sem olhar para trás.

Minha mente vai se distorcendo nas margens. Os pontos pretos vão aumentando. A dor se intensifica. Não vou aguentar por muito mais tempo, mas preciso. Não serei prisioneira de outra pessoa, não serei um peão novamente para alguém. A próxima vez que a dor me domina, dobro o corpo para a frente e grito outra vez, buscando no penhoar o cabo do meu punhal. Eu o encontro, mas minha mão está fraca. Mal consigo segurar a arma, mesmo ela sendo leve. Não sei como vou reunir forças para empunhá-la.

Mas preciso. Não há outra escolha. Seguro o punhal o mais forte que posso antes de me sentar. Reviro os olhos e deixo o corpo cair, flácido, de encontro ao arbusto.

– Finalmente – murmura Coltania.

Ouço seus passos se aproximando e sinto quando ela se abaixa ao meu lado. Aperto ainda mais os dedos em torno do punhal oculto nas dobras do meu penhoar. Meu coração troveja no peito e é tudo que está me mantendo desperta e alerta. Uma chance, é tudo que tenho.

Eu me lembro das aulas de Artemisia, como segurar o punhal, onde alvejar. Dela alimentando minha raiva, mas não preciso de suas provocações agora. Coltania matou Hoa. Vejo o corpo dela em minha mente, como a vi pela última vez, a imagem que jamais me deixará. Coltania a matou e saber desse fato é todo o fogo de que preciso.

Quando Coltania me segura sob os braços para me erguer, não desperdiço a oportunidade e cravo o punhal em sua barriga.

Não é o melhor lugar para golpear. Não é o coração, nem a garganta, nem a coxa, ou nenhum dos pontos que Artemisia me disse que causaria uma morte instantânea. Esses pontos são difíceis de atingir desse ângulo, difíceis de trespassar com precisão em meu atual estado. A barriga é fácil, mesmo que seja mais lento. A lâmina entra, dilacerando pele e músculo, como se não fossem nada além do ar.

Coltania arqueja em meu ouvido, afastando-se. Seus olhos se arregalam e se enchem de pânico ao esquadrinharem o meu rosto, tentando entender o que fiz. Eu a encaro enquanto ela desaba no chão e caio ao lado dela.

Muito tempo se passa até a vida deixar seus olhos, mas eu não desvio o olhar até isso acontecer.

CHOQUE

Não sei quanto tempo se passa. Estou paralisada, caída ao lado do corpo de Coltania. Seu veneno arrasta-se em minhas veias, turvando minha visão e me deixando tonta, mas pelo menos a dor cessou. Agradeço aos deuses por não ter tomado mais do que dois goles. Imagino acordar em Oriana, ou a caminho de lá, sozinha. Teriam minhas Sombras deduzido onde eu estava? Gosto de pensar que sim, mas não posso ter certeza. Fico feliz de não ter que descobrir.

Um graveto se quebra atrás de mim e eu viro a cabeça, ficando ainda mais tonta. Não há ninguém ali, porém, apenas flores e árvores e... Agora eu vejo, um revelador tremeluzir no ar.

– Heron – digo, levando a mão ao coração para acalmar seus batimentos acelerados.

A imagem de Heron entra em foco, os olhos arregalados enquanto avalia a cena, meu penhoar ensanguentado e Coltania morta aos meus pés, o cabo do meu punhal se projetando de sua barriga. Eu o vejo juntar as peças do que deve ter acontecido, embora ele não possa entender o porquê.

– Era ela a assassina – revelo a ele. – Mas não estava a serviço do kaiser. Agia em seu próprio nome e no do irmão. Para ter certeza de que eu o escolheria. Cansaram de esperar, então iam me sequestrar e me obrigar a me casar com ele. Eu... – Não consigo continuar. – Fiz o que tinha que fazer.

Os olhos de Heron se mantêm arregalados como a lua lá no alto, mas ele assente.

– Venha – diz, estendendo a mão para mim.

Sua mão envolve a minha, a âncora de que preciso desesperadamente nesse momento.

– Isso muda as coisas.

É um eufemismo tão grande que quase dou uma gargalhada. Eu passara dias olhando por sobre o ombro, pensando que o kaiser havia me encontrado. Que eu nunca estaria a salvo dele. Isso talvez seja verdade, mas não nesse momento. Nunca foi o kaiser – apenas uma mulher brilhante com mais ambição do que bom senso. Somente uma mulher *morta*. Uma mulher que eu matei. Ainda não sei bem como me sinto a esse respeito; quando penso no que fiz, fico anestesiada. Portanto, não vou pensar nisso agora.

– Pelo menos o rei Etristo vai ter que libertar Søren – digo. – E então vamos embora, exatamente como planejamos.

Heron me conduz novamente para o interior do castelo e para o elevador, onde o mesmo operador está à espera. Ele observa minhas roupas ensanguentadas e o que certamente deve ser minha expressão meio desavorada sem dizer palavra, embora alguém vá ser alertado a qualquer momento. Então, vão encontrar o corpo de Coltania e...

– Eles não vão acreditar em mim – afirmo, mais para mim do que para Heron.

Ele replica assim mesmo.

– Acho que você tem provas suficientes para sustentar sua história – diz ele.

Balanço a cabeça.

– Tínhamos provas suficientes para tirar Søren da masmorra também, mas o rei Etristo não quis ouvir porque não se encaixava na história que ele precisava contar. Ele precisava de Søren preso para usar como moeda de troca – explico devagar. – E ele vai ter muito a ganhar me prendendo agora também, principalmente porque a maioria dos pretendentes foi embora. Ele está perdendo dinheiro.

Estou pensando em voz alta, mas paro ali, olhando para o operador com cautela. Meu coração troveja no peito ainda mais forte agora do que com Coltania pairando sobre mim. Heron olha para o operador também e a cor some de seu rosto. Seus olhos encontram os meus e sei que o mesmo pensamento ocorre a nós dois.

Precisamos de mais tempo do que temos e só há uma forma de corrigir isso.

Heron age tão rapidamente que eu quase não consigo ver, auxiliado por seu Dom do Ar, sem dúvida. Antes que o operador possa sequer reagir,

Heron tem um braço em torno de seu pescoço, pressionando a traqueia. Enquanto luta, o homem solta a manivela, o que faz o elevador parar de maneira muito brusca e meu estômago se revirar com isso. O operador é maior do que Heron e luta desesperadamente contra ele, mas certa paz toma conta do rosto de Heron e ele segura com força até que, enfim, os olhos do homem se fecham e o corpo fica flácido em seus braços.

Heron não comete o mesmo erro que Coltania cometeu comigo, porém – ele não supõe que o operador esteja inconsciente porque está imóvel.

– Pode operar a manivela? – pergunta ele, continuando a segurar o homem. – Deve ser mais fácil na descida do que na subida.

Faço que sim com a cabeça, não confiando em minha voz para falar. Então, me concentro na manivela. Mesmo descendo, é preciso muita força para virá-la. Depois de percorrer somente dois andares, Heron me manda parar.

– Vamos descer aqui e ir de escada – diz ele, finalmente soltando o corpo do operador.

Ele abre a porta e me apressa a sair.

É somente nesse momento que dou voz ao pensamento que está me incomodando.

– O rei Etristo perdeu muito dinheiro comigo – informo a Heron. – A única maneira que ele tem para compensar essa perda é vendendo a mim e Søren para o kaiser.

Heron deve ter chegado à mesma conclusão, pois não parece surpreso.

– Precisamos ir embora agora – diz ele.

Meu coração martela no peito, mas eu consigo assentir.

– Sim – concordo. – Mas não sem Søren.

•••

Artemisia está à espera no meu quarto, sentada em uma cadeira perto da lareira, quando Heron e eu entramos correndo. Ela se vira para mim, a princípio irritada, mas então avista a roupa ensanguentada e a minha expressão de pânico.

Antes que ela possa dizer qualquer coisa, conto tudo que aconteceu desde que saí do quarto com Coltania apenas uma hora atrás. Estou surpresa com a calma em minha voz, mesmo enquanto não sinto nada além de pânico.

– O que precisamos fazer agora? – pergunta Artemisia em tom enérgico, quando termino. – Buscar Søren. Avisar Blaise. Os refugiados... vamos precisar encontrar navios suficientes para carregá-los. Comida para alimentá-los. Armas para quem quiser lutar.

Ela vai contabilizando os itens nos dedos e meu estômago se contrai a cada tarefa.

– Não temos tempo para tudo isso – digo, balançando a cabeça. – Não podemos fazer nada disso...

– Não tão rápido – interrompe ela. Um sorriso toma conta de seu rosto, e até dos olhos. É um raro sorriso para Artemisia, e tão assustador quanto ela é. – Felizmente para nós, o porto de Sta'Crivero mantém muitos navios comerciais grandes abastecidos com todo tipo de coisas, mas, principalmente, comida e armas.

– Então, tudo que a gente precisa fazer é marchar até o porto e roubar um punhado de navios – diz Heron lentamente, fitando-a como se ela fosse maluca. – Não tem como fazermos isso. Somos só nós três... cinco, se conseguirmos encontrar Blaise e libertar Søren, e mesmo assim isso parece uma possibilidade pouco viável nesse momento.

– Seremos cinco, com Søren e Blaise – concorda Artemisia. – Mas três de nós são Guardiões, agindo na calada da noite. – Ela faz uma pausa, olhando de Heron para mim. – É um plano louco, mas pode funcionar.

– Posso ir buscar Søren, se vocês cuidarem de encontrar Blaise e conseguir os navios – digo a eles. – Três mil refugiados. Essa foi a estimativa de Erik. De quantos navios vamos precisar?

Heron balança a cabeça.

– Precisaríamos de uma frota, Theo – diz ele, a voz pesada. – Acho que até mesmo Art vai concordar que isso não é possível.

Artemisia de fato vacila, mas seus lábios e testa se franzem, e sei que ela já tem um esboço de plano se formando.

– E se... – começa Heron. – Sei que não queremos falar sobre isso, mas e se não levarmos todos os refugiados? Nós só estaríamos arrastando todos eles para uma guerra que a maioria não vai poder lutar. Seria perigoso...

– Não tão perigoso quanto ficar aqui depois que o rei Etristo descobrir que fugi... e roubei uma de suas esquadras e a mão de obra mais barata de Sta'Crivero no processo – observo. – Ele vai matar os refugiados se não os levarmos. Não vou deixar ninguém para trás, quer queiram lutar ou não. Art, no que você está pensando?

Ela solta um leve suspiro, balançando a cabeça.

– Tem uma opção, mas é um tiro que pode sair pela culatra – adverte ela. – Precisaríamos da ajuda da minha mãe e de sua tripulação.

– Ela pode muito bem me entregar para o rei Etristo – digo. Com tudo que aconteceu, quase me esqueci do que ouvi o rei dizer ao tsar mais cedo. – Ela ofereceu a ele as Pedras da Água, alguma quantidade delas. Foi por isso que ele concordou em me hospedar. Sta'Crivero está à beira de uma seca total.

Por um instante, Artemisia parece que vai contestar minhas palavras. Mas não pode. Melhor do que ninguém, ela sabe do que a mãe é capaz.

– Precisamos dela, Theo – insiste. – Caso contrário, Heron tem razão. Nossa única chance é deixar dois terços dos refugiados para trás.

A frustração queima em mim, cáustica. Tudo está ruindo à minha volta e não enxergo uma saída que eu possa escolher com segurança. Penso no corpo de Coltania no jardim. Em algumas horas, os sta'criveranos estarão subindo até lá para suas caminhadas matinais ou para o café da manhã e a encontrarão. Vão encontrar primeiro o operador no elevador. Não vai demorar para que ele acorde e o rei Etristo junte as peças. Não vai demorar para que eu esteja naquela masmorra ao lado de Søren, e o kaiser, a caminho para buscar nós dois.

Eu deveria ter mais tempo, mas não há nada que possamos fazer em relação a isso agora.

– Venha, Art – digo. – Se vou acordar sua mãe a essa hora, não vou sozinha.

• • •

Quando Dragonsbane abre a porta, parece pronta a assassinar quem quer que esteja do outro lado. Em sua camisola branca, com o cabelo formando uma nuvem crespa em torno do rosto marcado pelo travesseiro, ela não parece nada com a Dragonsbane que eu passei a conhecer e – para ser sincera – temer.

Tenho vontade de questioná-la de cara sobre as Pedras da Água, mas me contenho. Afinal, preciso dela agora.

– É melhor que exista um bom motivo para isso – diz ela, o olhar furioso indo e voltando de Artemisia para mim.

Art me cutuca com o cotovelo e eu entendo o gesto como uma sugestão para que eu comece.

– Bem, acabei de matar *salla* Coltania no jardim depois de descobrir que foi ela quem assassinou o arquiduque e Hoa – conto. Por mais mesquinho que seja, não posso deixar de saborear a expressão de choque que toma conta de seu rosto. – Estamos bem certos de que, quando o corpo dela for descoberto e um operador do elevador recuperar a consciência, o rei Etristo vai mandar me prender e depois venderá a mim e Søren ao kaiser para compensar qualquer perda que vá ter por causa dessa desastrosa escolha entre pretendentes. Como eu realmente prefiro que isso não aconteça, estamos indo embora agora e tomando o comando de uma frota de navios mercantes no porto para que possamos levar os refugiados do campo conosco de volta a Astrea para libertar a mina do Fogo. Ah, e Erik vai nos encontrar lá com refugiados dos outros campos. Quer se juntar a nós? Você é muito boa em tomar comando de navios.

Dragonsbane me encara por alguns instantes, boquiaberta. Ela começa a falar, se cala e então tenta de novo. Isso se repete algumas vez até ela enfim conseguir se manifestar.

– Você está louca? – pergunta ela.

Não há qualquer acusação em sua voz. Parece genuinamente curiosa.

– Estou desesperada – digo. – Mas acredito que essas duas condições sejam muito próximas.

Dragonsbane balança a cabeça, piscando para espantar o sono que ainda resta em seus olhos.

– Muito bem – diz, com um suspiro perturbado. – Vou ajudar vocês a escapar e a conseguir os navios, mas depois disso vocês estão por conta própria...

– Mã... capitã – diz Artemisia antes de pigarrear. – Eu acho... acredito que essa seja a escolha errada. Precisamos de você não só para tomar os navios, mas também para a batalha. Precisamos de você para conseguirmos vencer.

A carência na voz de Artemisia é como um soco no meu estômago, mas Dragonsbane se mantém impassível. Ela olha para a filha da mesma maneira que olharia para um tripulante qualquer que ousasse questionar sua decisão.

– O rei Etristo não cumpriu o trato que fez comigo e, portanto, vou embora e levar comigo o ressarcimento na forma de navios – afirma ela.

– Ele não cumpriu o trato que fez com *você*? – pergunto antes de me controlar. As palavras saem em um jorro e sei que são uma idiotice mesmo enquanto as pronuncio, mas sigo em diante assim mesmo: – Isso é risível. Conte para mim: quantas Pedras da Água você ofereceu a ele por me leiloar pelo lance mais alto?

Ela sustenta meu olhar, sem se abalar.

– Eu ofereci a mina – responde.

O calor se concentra nas pontas dos meus dedos, mas eu cerro os punhos ao lado do corpo. *Agora não*, imploro.

– Que não é sua, portanto você não podia oferecê-la – replico.

O calor na ponta dos meus dedos começa a se espalhar, subindo pelos braços, fazendo minha pele formigar. Tento ignorá-lo, apertando ainda mais os punhos e enterrando as unhas na palma das mãos, tendo na dor uma distração bem-vinda.

Ao meu lado, Artemisia me lança um olhar perplexo, fitando as minhas mãos.

Dragonsbane dá de ombros.

– Alguém precisava pensar em Astrea – diz ela, chamando a atenção de Artemisia de volta. – Eu sabia que você não faria isso, então eu fiz. Uma mina para ter nosso país de volta. Um quarto de nosso poder pelo restante. Era uma decisão fácil.

– Astrea não é sua – repito entre os dentes. – Você não é uma rainha, independentemente do que goste de pensar. Eu sou a herdeira da minha mãe. Você não passa de uma pirata.

Digo essas palavras com o intuito de insultar, mas Dragonsbane não se deixa abalar por elas.

– Etristo não sabe como travar uma batalha – diz ela, desviando o olhar de mim e voltando-o para Art. – Tomar seus navios vai ser quase fácil e ele não vai nos perseguir depois que formos embora. Mas eu não vou pôr minha tripulação no fogo cruzado de uma guerra com Kalovaxia... uma guerra que não podemos vencer. E você também não deveria, Artemisia. Afinal, como Theo colocou, não passamos de piratas.

Sua voz é aguda, mas, pela primeira vez, Art não se encolhe diante dela. Em vez disso, se empertiga um pouco mais.

– A mina da Água me destruiu, você sabe, e depois me reconstruiu do nada. O rei Etristo não merece uma única pedra de suas profundezas. Algumas coisas merecem que lutemos por elas, mesmo quando a luta parece sem esperança. Mesmo que, para você, eu não mereça, esperava que Astrea merecesse.

Dragonsbane não responde. Em vez disso, olha para mim.

– Eu não quero sua coroa, Theo. Ela me enterraria – afirma ela, a voz baixa. – Eu sempre fiz o que acredito que é o melhor para Astrea, mas isso não inclui entrar em uma batalha para a qual não estamos prontos. Vou conseguir os navios para você, mas a partir daí nossos caminhos se separam.

Nada mais resta a dizer, então me limito a assentir e dar as costas a Dragonsbane. Artemisia e eu vamos embora sem outra palavra, ouvindo a porta se fechar com firmeza às nossas costas. Mal percorremos a metade do corredor quando Art agarra meu pulso e força minha mão fechada a se abrir. Na iluminação de velas do corredor, ambas olhamos a pele vermelha na palma da minha mão.

Quero puxar minha mão da sua, escondê-la, mas isso de nada adiantaria. Art sabe, deve ter suspeitado mesmo antes. Engulo em seco.

– Faz algum tempo que isso vem acontecendo – conto a ela baixinho. – Pequenas coisas a princípio. Chamas tremeluzindo no ritmo do meu batimento cardíaco, Pedras do Fogo me chamando. Mas está ficando mais forte. Parece que acontece quando estou com raiva.

Não menciono o pior incidente, o que ocorreu depois do pesadelo com Cress.

A princípio Artemisia não responde. Ela estende a mão para tocar minha pele, mas imediatamente a retira com um chiado.

– Está quente – afirma.

– Eu não sinto – admito.

Embora receasse esse momento, é bom contar a alguém. Fico feliz que seja a Art, o que me surpreende.

Ela torna a tocar a palma da minha mão, mas dessa vez seu toque é frio. A impressão é a de mergulhar a mão em um poço de água fria e a sensação se espalha pelo meu corpo. O calor em minhas veias diminui.

– Alguém mais sabe? – indaga ela.

– Não – respondo, a palavra saindo em um sussurro. – Não quero que ninguém saiba.

Por um momento, penso que ela vai argumentar, mas simplesmente solta um suspiro.

– Você ainda consegue libertar Søren? – pergunta ela.

Faço que sim com a cabeça.

– Vou ficar bem.

– Ótimo – diz ela, sem hesitar. – Um problema de cada vez.

FUGA

❖

Søren encontra-se em sua posição habitual, **encostado na parede.** Ele ergue a cabeça quando me vê, as sombras escuras sob os olhos um contraste gritante à lividez de sua pele. Mesmo na cálida luz de velas, sua palidez é doentia. Faz dias que ele não sai dessa cela e o que quer que esteja comendo não está lhe proporcionando nutrição suficiente.

Quando chegar a hora da batalha, ele não estará no auge de sua forma. Penso que Søren em um mau dia ainda é um guerreiro melhor do que a maioria em seus melhores dias. Espero que isso baste.

Tizoli nos deixa e retorna ao seu posto, dando-nos privacidade.

– Você parece fúnebre hoje, Theo – me diz Søren, a voz baixa. – Alguma razão para ter vindo tão mais tarde do que costuma vir?

– Tivemos algumas... complicações – digo, com cuidado.

Søren deve perceber alguma coisa em minha voz, porque, com um suspiro penoso, ele se levanta. Eu tiro o manto e puxo a espada presa às minhas costas. A lâmina kalovaxiana de ferro forjado não é tão ornamentada quanto as astreanas, especialmente com as Pedras do Espírito arrancadas do punho. Lembro-me de Søren arrancando a primeira para dar aos Guardiões que conhecemos na prisão de Astrea, mas alguém da tripulação de Dragonsbane deve ter tirado as restantes depois que ele foi desarmado.

Quando a vê, Søren abre um sorriso.

– Sturdax – diz ele, estendendo a mão por entre as grades para pegá-la. – Pensei que estivesse perdida depois que saímos de Astrea.

Eu a entrego a ele, incapaz de esconder minha diversão, embora saiba que essa não é a hora nem o lugar para isso.

– Dragonsbane estava com ela, mas Artemisia a pegou de volta para você – explico. – Você... deu um nome para sua espada?

Ele mal me olha. Toda sua atenção está na arma, que ele brande no ar algumas vezes, experimentando. Ele olha para a espada com tanta ternura que quase espero que ele a beije.

– Parece diferente sem as pedras – comenta, pensativo, antes de registrar minha pergunta. – É claro que dei um nome para ela. Passamos por muita coisa juntos ao longo dos anos... Gosto de Sturdax mais do que da maioria dos meus amigos. Talvez eu goste de Sturdax mais do que de *você*.

– Espero que isso não seja verdade, pois estou prestes a pedir muita coisa de você – digo.

Søren tira os olhos da espada e olha para mim, o maxilar cerrado.

– Por onde começamos? – pergunta ele.

• • •

Alguns instantes depois, grito para Tizoli que estou pronta para ir. Quando ele vem pelo corredor com o chaveiro já na mão, tenho um momento de dúvida. De tudo que fiz ou farei essa noite, essa é provavelmente a única parte que de fato lamento. Porque Tizoli é de longe o sta'criverano mais gentil que conheci.

Mesmo assim, salto sobre ele no momento em que me dá as costas. Envolvo seu pescoço com meus braços, como Heron me ensinou, apertando com toda a força. Então, chuto o chaveiro para longe de sua mão, na direção da cela de Søren.

Só me sinto um pouco mal quando Tizoli finalmente cai de joelhos e seus olhos tremulam e se fecham. Continuo agarrada a ele até Søren destrancar a cela e vir em nossa direção com a espada em punho. Por fim, solto Tizoli e saio de cima dele, observando enquanto Søren cutuca seu ombro o mais gentilmente possível com a ponta da espada. Tizoli não se move, mas seu peito continua subindo e descendo.

– Você não o matou – garante Søren e, embora possa ver isso por mim mesma, fico feliz de ouvir as palavras em voz alta.

Faço que sim com a cabeça e puxo o punhal de onde se encontra, junto ao meu quadril.

– O sol está quase nascendo e precisamos ir para o campo de refugiados antes que o palácio desperte – digo a ele.

– Estou tendo uma sensação de déjà-vu, Theo – observa Søren. – Parece que ontem mesmo *eu* estava resgatando *você* de uma masmorra.

– A diferença é que desta vez eu não conheço nenhum túnel secreto – admito.

Ele me olha com cautela.

– Qual é o plano, então? Saímos pela porta da frente? Ainda é madrugada, mas vai ter gente acordada.

– Eu sei – digo, meu coração batendo ruidosamente no peito. – Mas os sta'criveranos adoram um espetáculo. Sugiro que a gente ofereça um a eles. – Faço um gesto com a cabeça indicando o corpo de Tizoli, vestido com calça comum, camisa e casaco da guarda. – Vocês dois devem ter quase o mesmo tamanho.

Søren me olha incrédulo, mas posso ver as engrenagens de sua mente girando. Ele assente.

– Vire de costas.

Reviro os olhos, mas faço como ele pede.

– Ficou tímido de repente? – pergunto.

– Não exatamente – responde ele. Eu o ouço tirar as roupas, o barulho dos sapatos sendo removidos. – Mas você precisa manter a concentração e eu não ia querer distraí-la agora.

Não posso deixar de fazer um muxoxo de desdém.

– Com certeza agora não é uma boa hora para piadas ruins – digo.

– Não tenho certeza disso – retruca ele. – Quando estou com você, fugir para salvar minha vida não é tão apavorante quanto deveria ser. Pode se virar agora.

Quando me viro, a primeira coisa que percebo é que Tizoli e Søren não têm o mesmo tamanho. A camisa e a calça servem no sentido de que abotoam sem rasgar, mas, no peito largo de Søren, a camisa se abre entre os botões repuxados e tanto as mangas da camisa quanto as pernas da calça são uns 2 centímetros mais curtas do que deveriam. Søren parece mais se divertir do que se aborrecer com isso.

– O que se pode fazer? – pergunta ele, puxando a camisa em uma tentativa vã de fazê-la se ajustar melhor. – Vai ter que funcionar. Mas e você? As pessoas reconhecem você com muita facilidade.

Pego meu manto no chão e o coloco de novo, puxando o capuz para a frente de modo que meu rosto fique nas sombras. Ele começa a pegar o casaco do uniforme de Tizoli, mas eu o detenho.

– Pode ser que a gente ainda chame atenção – admito. – Só temos que garantir que, se isso acontecer, a gente vai oferecer a eles um bom espetáculo.

• • •

Subimos pela escada em vez de usar o elevador, correndo pelos degraus decrépitos que parecem se desintegrar sob nossos pés. Estão tão fora de uso depois da invenção dos elevadores que parecem cair aos pedaços. Mas, na calada da noite, só encontramos outro guarda ao chegarmos ao nível principal, quando começamos a cambalear e rir um pouco alto demais. Apoio a maior parte do meu peso em Søren, como se não aguentasse me sustentar sozinha, e ele também se apoia em mim.

Qualquer chance de nossa proximidade suscitar antigos sentimentos é rapidamente sufocada porque Søren ainda cheira à masmorra – puro mofo, escuridão e suor velho. Nunca pensei que me sentiria grata por um cheiro assim.

O guarda grita algo em sta'criverano, que deduzo ser uma pergunta. Ele tem o rosto vermelho e autoritário, gesticulando na direção da porta da escada aberta atrás de nós, então suponho que a pergunta deva ser algo como *"O que vocês dois, seus idiotas, estavam fazendo lá embaixo?"*.

Søren, porém, entende e se empertiga à sua altura máxima, quase perdendo o equilíbrio. Ele passa o braço em torno dos meus ombros para se manter em pé. Gesticula para mim e diz algo em sta'criverano, arrastando as palavras como se tivesse bebido demais. Então ergue as sobrancelhas para o guarda sugestivamente – dando a ele uma desculpa muito lasciva para a nossa presença na masmorra e para o fato de estar coberto de terra e sujeira, tenho certeza.

O guarda franze a testa, tentando me ver, e eu me escondo ainda mais na segurança do meu capuz. Ele me diz algo que não entendo, mas Søren é rápido em interromper com uma risada rouca.

Ele responde ao guarda, algo que, imagino, esteja na linha de *"Ela é muito tímida e está constrangida por ter sido pega depois do nosso encontro na masmorra. Por isso, se você não se importa, precisamos ir"*.

O guarda franze a testa e torna a falar. A única palavra que capto é *etraliano*. Mas a maneira como ele a pronuncia me faz perceber que ele acha que Søren é etraliano. O que não é exatamente uma surpresa, pois tanto kalovaxianos quanto etralianos são igualmente pálidos e de cabelos claros. No entanto, isso pode vir a ser um problema, pois a delegação etraliana foi embora com o tsar ontem.

Søren permanece calmo, porém, e continua tagarelando em um sta'criverano arrastado, com algumas palavras que acredito sejam etralianas, para que sua atuação seja de fato convincente. Ele me puxa para mais perto dele e gesticula loucamente para mim. Eu gostaria de poder dizer a ele para não exagerar tanto.

O guarda pigarreia de maneira ruidosa e olha carrancudo para Søren, o que o leva a outra ladainha arrastada, mas jovial.

Depois do que parece uma eternidade, o guarda revira os olhos e nos dispensa com um último aviso gritado, que acredito seja algo como *"E não saiam por aí de novo marcando encontros na masmorra."* Uma advertência que fico mais do que feliz em seguir. Se eu nunca mais vir outra masmorra, ainda assim vou achar que é pouco tempo.

Søren e eu mantemos nossa arrogância bêbada e as risadinhas enquanto atravessamos todo o salão principal, atraindo a atenção das únicas pessoas acordadas a essa hora – criadas, cozinheiras e entregadores, que nos observam e riem da nossa insensatez, provavelmente achando engraçada a visão de dois representantes da elite rica fazendo papel de bobos.

Quando finalmente saímos do palácio, eu rio de verdade. Søren também gargalha e, embora não precisemos mais fingir, ainda nos apoiamos um no outro.

– Ele perguntou por que eu ainda estava aqui quando os etralianos foram embora ontem, então eu disse a ele que decidi ficar e me casar com você – explica ele, ainda rindo. – E ele ficou bravo e reclamou que estrangeiros estavam roubando as mulheres sta'criveranas. Falei que ele era bem-vindo em Etralia e que eu o apresentaria às minhas primas. Acho que é capaz de ele tentar mesmo me encontrar de novo e aceitar o meu convite.

Apesar de tudo, solto uma gargalhada.

– Venha – chamo.

Sem pensar, pego a mão dele e o puxo pela rua vazia.

– Você gosta disso, não é? – pergunta ele, me seguindo.

– Fugir para salvar nossa pele? – questiono por cima do ombro. – É claro que não.

– Do perigo – esclarece ele. – O lobo no seu encalço. O propósito.

Reflito por um momento antes de dar de ombros.

– Acho que gosto de agir e não de ficar esperando que algo aconteça – digo. – Gosto de ter um plano e de segui-lo, em vez de ficar à mercê das decisões de outra pessoa.

– Mas esse não era o plano original, era? – indaga ele, uma pergunta que eu vinha temendo desde que lhe entreguei a espada na masmorra.

– Não – admito.

Enquanto percorremos as ruas, conto a ele sobre o plano que elaborei com Erik, depois sobre a morte de Hoa, sobre Coltania, o veneno e seu corpo deixado no jardim.

– Sinto muito – diz ele quando termino.

Olho para ele por cima do ombro.

– Por quê? – pergunto.

– Eu estava errado... você não está gostando disso – diz ele. – Você está em choque. Já vi isso acontecer no campo de batalha: soldados que viram seus amigos morrer ao lado deles ou que mataram alguém pela primeira vez e observaram a vida deixar os olhos de outro homem. Eles continuam a lutar, porque precisam. O sangue bombeia mais quente em suas veias. Eles se tornam mais ferozes, mais fortes e mais afiados do que antes. Sua mente parece se concentrar apenas na tarefa de sobreviver à batalha... mas a batalha sempre chega ao fim e o choque termina com ela. É por isso que sinto muito.

Engulo em seco e desvio o olhar dele.

– É melhor nos apressar – respondo com suavidade. – Vamos tomar alguma distância antes que o rei Etristo mande seus guardas atrás de nós.

DEBANDADA

SØREN USA O DINHEIRO QUE ARTEMISIA me deu para alugar um cavalo no estábulo e, enquanto o cavalariço sela o animal, aproveita a oportunidade para se limpar um pouco com um pano molhado. Esse processo só consegue remover de sua pele uma parte da sujeira da masmorra, porém já é uma ajuda considerável. Ele veste as roupas que comprou do cavalariço, que ficam grandes demais nele, mas pelo menos são mais confortáveis que as de Tizoli.

Temos uma longa cavalgada pela frente e, para ser sincera, não tenho certeza do que eu prefiro: se ele cheirando à masmorra ou com seu cheiro habitual, de sal marinho e madeira, um cheiro que me leva de volta a um tempo no qual é melhor não pensar.

Quando o cavalariço traz o cavalo, Søren me ajuda a montar na garupa do animal antes de içar-se e ocupar o espaço à minha frente. Ele pega as rédeas das mãos do homem e partimos. Eu abraço Søren com firmeza enquanto o vento açoita a minha pele. Uma vez fora da cidade, finalmente tiro o capuz do rosto.

Conseguimos, percebo com um estremecimento. Conseguimos sair da cidade antes que o corpo de Coltania fosse encontrado e antes que o operador do elevador acordasse e contasse a alguém o que aconteceu. Mesmo que sejam descobertos agora, os guardas não conseguirão nos alcançar. Quando juntarem as peças, vão deduzir que partimos da mesma maneira que chegamos – em navios, pelo porto. Não vão pensar em procurar no campo de refugiados.

Aperto os braços em torno da cintura de Søren.

– Está tudo bem? – pergunta ele, a voz quase perdida no vento.

Faço que sim, balançando a cabeça de encontro ao seu ombro.

– Eu não teria deixado você para trás, você sabe – digo a ele.

Ele não fala nada e, por um momento, penso que não me ouviu – o que é compreensível, visto que o vento está tão ruidoso que eu mal consigo ouvir meus próprios pensamentos. Justamente quando desisto de esperar uma resposta, ele a dá:

– Você nunca deixou. Mesmo quando isso tornaria as coisas muito mais fáceis para você.

Penso na decisão de salvá-lo da masmorra e no quanto teria sido realmente mais fácil deixá-lo por lá. Nesse momento eu estaria com minhas Sombras em um navio e teríamos sido poupados de uma imensa quantidade de problemas e eliminado muitos riscos também. Eu me lembro do meu acordo com Dragonsbane no *Fumaça* e do sacrifício que fiz para tirar Søren da cela no porão do navio. Lembro quando eu mesma estava em uma masmorra, dizendo a Blaise que não me salvasse, porque sabia que Søren o faria e que poderíamos usar isso em nosso proveito.

Ter Søren na minha vida me traz complicações – mas agora percebo que não queria que fosse de outra maneira.

No jardim, eu disse que ele não podia me amar porque não me conhecia de verdade, e ainda acredito nisso. Mas não muda o fato de eu o conhecer. E não muda o fato de eu estar apaixonada por ele.

• • •

Quando o campo murado surge no horizonte, o sol está nascendo e paira no céu a leste, sua base ainda raspando nas dunas de areia. Mas já ilumina o suficiente para ver que não somos os primeiros a chegar – um grupo se aproxima da entrada com armas em punho. A essa distância, o único detalhe que consigo distinguir é o cabelo azul de Artemisia.

Søren freia o cavalo no alto de uma duna de areia, de onde temos uma visão ampla do campo e ficamos ali, observando a luta se desenrolar lá embaixo. Não mais que meia dúzia de guardas corre em direção ao muro, vindo de sua caserna ali perto. Artemisia é rápida ao lidar com um deles, mesmo com o homem empunhando duas espadas contra a sua lâmina única. Primeiro, ela arranca uma das espadas de sua mão e, quando ele insiste em manter a outra firme na mão, ela responde cortando fora a mão.

Desvio o olhar, embora os gritos do homem cheguem ao nosso posto.

– Vai acabar rápido... Os guardas estão em menor número – diz Søren, desmontando e me ajudando a fazer o mesmo.

Faço que sim com a cabeça.

– Eles estavam aqui para manter os refugiados dentro dos muros – observo. – Foram encarregados de manter milhares de pessoas desarmadas em um chiqueiro... São pouco mais que pastores, na verdade. Nunca sonharam que alguém pensaria em atacar de fora.

Søren me lança um olhar e deve ver meu desconforto quando outro de nossos guerreiros atravessa a barriga de um guarda com a espada, cuja ponta sai pelas costas do homem.

– Você não precisa olhar – diz ele. – Posso avisar quando tiver acabado.

Por um momento, considero ficar olhando. Afinal, fui eu quem ordenou isso – mesmo que eu não esteja lá no meio, todo esse sangue está nas minhas mãos. O mínimo que posso fazer é testemunhar seu derramamento. Mas, como Søren disse, a batalha terminará logo e ainda há mais preparativos a fazer.

– Obrigada – digo a Søren, dando a volta até o outro lado do cavalo e despindo o manto.

Aliso o vestido carmesim, mas isso não ajuda muito com a sujeira e o amassado que se acumulou na cavalgada até aqui. Mas vai ter de servir.

Søren olha para mim com as sobrancelhas erguidas.

– Não sabia que íamos a um baile. Teria sido mais prático vir de calça.

– Artemisia disse que eu precisava estar atenta à imagem que apresento – replico. – Preciso que eles me sigam, e é mais provável que sigam alguém que pareça uma rainha do que um rato de rua sujo.

Søren bufa.

– Essas são palavras dela?

Dou de ombros.

– O argumento dela é bom – respondo. – Eles já me veem como uma criança que não tem ideia do que está fazendo.

Seus olhos demoram-se nos meus por um momento, mesmo enquanto outro grito atravessa o ar.

– Não sei se isso tem muito a ver com o vestido – diz ele. – Talvez ele faça, de fato, você parecer mais majestosa, mas não vai fazer com que a sigam.

Meu estômago se contrai.

– Então, o que ele vai fazer? – pergunto a ele.

Ele dá de ombros, os olhos se afastando dos meus quando ele torna a se voltar para o campo de refugiados.

– Você não precisa parecer uma rainha... você já é uma. Mostre a eles a garota que foi brilhante o suficiente para escapar bem na cara do kaiser, que é dura o bastante para proteger seu povo com sua vida, que é forte o suficiente para se manter de pé, mesmo com o peso do mundo em seus ombros. Você é uma rainha, Theo, e eles seriam loucos se não a seguissem.

Ele não me olha ao falar e sinto-me grata por isso. Assim, ele não vê o efeito que essas palavras exercem sobre mim, como fazem minhas bochechas arderem. Passado um tempo, vou até ele e me endireito. Os guardas estão todos caídos na areia, mortos ou desarmados, e é hora de ver se Søren tem razão.

REFÚGIO

Quando Søren e eu chegamos à **entrada**, os outros estão nos aguardando. Em meio aos corpos dos guardas, Heron e Artemisia esperam juntos com as espadas sujas de sangue ainda em punho. Dragonsbane está ali também, o que me surpreende. Pensei que ela ficaria no navio e fora do que via como um plano tolo, mas aqui está ela. Ao olhar para mim quando nos aproximamos, seus olhos se estreitam um pouquinho. Embora a fúria ainda queime dentro de mim quando penso que ela ofereceu a Etristo a mina da Água, eu me obrigo a agradecer com um gesto de cabeça. Não poderíamos ter chegado tão longe assim sem a ajuda dela.

Vou até Heron e Artemisia. Faz apenas umas poucas horas desde a última vez que os vi, mas uma parte de mim quer abraçar os dois. O sangue que mancha suas roupas e pele é a única coisa que me impede.

– Muito bem – limito-me a dizer. – O que foi que aconteceu no porto? Conseguiram navios suficientes?

Artemisia assente.

– Bastantes – diz ela. – Comida, armas, tudo. Minha mãe ainda está um pouco relutante em relação à coisa toda, mas sua tripulação está muito mais entusiasmada... Acho que um bom número deles talvez se junte a nós na mina.

Abro um sorriso.

– Isso é maravilhoso – digo. – E Blaise?

– Nós o mandamos vir primeiro para falar com os Anciãos – explica Artemisia. – Ele trouxe a sua oferta para que todos pudessem refletir antes e estivessem prontos para ir quando chegássemos aqui.

Faço um sinal afirmativo com a cabeça, tentando acalmar meus nervos.

– Vamos levá-los para os navios então. Podemos organizar quem quer lutar e quem não quer assim que estiverem todos em segurança.

...

Quando Heron e um dos homens de Dragonsbane abrem o portão, vejo que o campo inteiro já está reunido nas ruas, todos agrupados, abraçando familiares e amigos com força, tendo todas as suas posses neste mundo apertadas junto ao peito em míseras trouxas.

Mesmo quando entro, seguida pelas minhas Sombras e Dragonsbane e seus guerreiros vindo logo atrás, nenhum dos refugiados parece muito confiante. Eles vieram para cá em busca de segurança, afinal, e agora estou trazendo a guerra até a porta deles.

Mas não estão seguros aqui.

Observo os Anciões orientá-los e organizarem uma fila que passa por nós, deixando o campo que tem sido o seu lar há anos. Décadas, na maioria dos casos. Sinto os olhos deles em mim à medida que passam e me aprumo, endireitando os ombros um pouco mais. Tento parecer uma rainha antes de me lembrar das palavras de Søren – não existe isso de parecer uma rainha.

Eu me dou conta de que venho tentando imitar minha mãe, que sempre foi elegante e confiante, mas eu não sou ela. Eu seria uma tola se estivesse confiante e ninguém precisa da minha elegância. Eles precisam é de abrigo, comida e um caminho a seguir – e essas são coisas que eu posso lhes dar. E terão que bastar.

Sandrin abre caminho em meio à multidão e vem em nossa direção, fazendo uma reverência. Blaise o segue alguns passos atrás, os olhos escuros duros e cautelosos. Os círculos sob eles estão mais nítidos do que me lembrava, e dele emana uma energia que me surpreende. Parece vibrar no ar ao seu redor.

– Vossa Majestade – diz Sandrin, chamando minha atenção de volta a ele.

É a primeira vez que ele me chama assim e o título parece estranho vindo de sua boca. Ainda não parece algo que eu fiz por merecer.

– Sandrin – respondo, inclinando a cabeça. – Obrigada por sua ajuda. Assim que embarcarmos todos, vamos partir. Não temos razão para acreditar que os sta'criveranos vão nos perseguir. Eles não gostam muito de lutar.

Ele assente.

– Transmiti sua mensagem a todos – informa ele, olhando para Blaise atrás dele. – Muitos ainda estão pensando.

– Não é uma escolha para se fazer de maneira leviana – digo. – Teremos tempo de discuti-la melhor a bordo. Você vai ficar no meu navio, certo? Assim como todos os Anciãos. Eu agradeceria se pudesse contar com sua orientação daqui para a frente.

Ele parece surpreso, mas faz que sim com a cabeça.

– Eu também ficaria feliz – responde.

Em seguida, faz outra reverência e se junta aos outros Anciãos para liderar os refugiados na saída do campo.

Blaise se aproxima quando ele se vai, a preocupação transparecendo por trás dos seus olhos.

Não sei bem o que dizer, então opto por agradecer a ele.

– Fico feliz de ter sido útil – replica ele. – Artemisia achou que a batalha seria perigosa demais para mim.

Foi uma decisão inteligente, mas Blaise não parece feliz com ela.

– Eu precisava de você aqui – digo a ele. – Como você acha que foi? Sei que Sandrin disse que muitos ainda estão pensando, mas...

Blaise sabe o que estou perguntando e um sorriso sombrio repuxa sua boca.

– Acho que, para a maioria dos que podem lutar, o primeiro impulso foi dizer sim, e acho que esse impulso vai acabar vencendo suas hesitações.

Sorrio, uma brasa de esperança se acendendo em minha barriga.

Durante um momento, ele reflete sobre o que vai falar.

– Dei minhas pedras a Art – diz ele. – É perigoso demais eu ficar no navio com elas.

Ele as deixou com Art, como antes, por segurança. Mas não para sempre. Ele ainda vai pegá-las de volta; ainda vai tentar fazer alguma coisa idiota e nobre. Mas não hoje. Hoje ele está aqui, está em segurança, e é apenas Blaise.

Ele estende os braços para mim, me envolvendo em um abraço muito quente, sobretudo debaixo do sol sta'criverano, mas eu também o aperto com a mesma força.

– Estamos indo para casa, Theo – murmura ele no meu ouvido.

Na sua voz, a palavra *casa* é como um fio de açúcar: doce e delicada.

Ela fica ecoando em minha mente muito depois que ele me solta – uma palavra, uma oração, uma promessa que cumprirei.

NAVEGAR

D**UAS MIL PESSOAS CONCORDAM EM LUTAR.**
As acomodações ficam bem apertadas nos quinze navios que a tripulação de Dragonsbane tomou no porto, mas conseguimos embarcar todo mundo. Por mais lotado que esteja, acho que eles têm mais espaço do que no campo. A esquadra de Dragonsbane leva muitos refugiados que não podem ou não querem lutar, embora eu não saiba direito o que ela vá fazer com eles.

Posso não confiar muito em Dragonsbane – nem sempre acredito em sua lealdade, seu discernimento nem na opinião que tem dos outros –, mas tenho que confiar que ela agirá bem com essas pessoas, depois de errar tanto com tantos deles da primeira vez. Ambas queremos o que é melhor para Astrea, mesmo que quase sempre discordemos sobre o que é melhor.

Quando nos separamos, é difícil não sentir uma pontada de tristeza. Ela também falhou comigo, de pequenas maneiras. Falhas perdoáveis, se algum dia ela me der a oportunidade de perdoá-la. Mas Dragonsbane não é assim. Ela não quer o perdão de ninguém. Não quis o da minha mãe e não quer o meu. Ela não pede perdão nem à filha, embora Art saiba que não deve esperar outra coisa.

Art e eu estamos juntas na popa do navio, observando a pequena esquadra desaparecer na distância. Embora eu continue esperando que façam meia-volta e venham conosco, Artemisia parece resignada.

– É o que ela faz melhor – comenta ela pouco depois. – É por isso que sobreviveu todo esse tempo: ela sabe a hora de fugir.

Há uma camada por baixo do tom objetivo de sua voz, uma camada que eu talvez tivesse deixado de perceber algumas semanas atrás, quando não a conhecia tão bem quanto agora. Ela nunca esperou que a mãe ficasse, mas, mesmo assim, foi o que desejou.

– Sinto muito – digo.

Ela dá de ombros, o movimento brusco e desajeitado, sem nada de sua arrogância habitual. Os maxilares estão cerrados com tanta força que me surpreende que ela consiga fazer as palavras saírem.

– Só tolos perdem tempo com desejos e desculpas – diz, mas as palavras não têm a agressividade de sempre.

Somos ambas tolas então, penso, embora não diga isso em voz alta. Art não quer nem precisa falar sobre isso. Assim, não a pressiono a partilhar seus sentimentos, nem mesmo tento tocá-la do modo que acho que eu gostaria de ser tocada se estivesse no lugar dela. Não é disso que ela precisa. Ela precisa de alguém a seu lado que finja não notar quando as lágrimas começam a escorrer. Portanto, é isso que faço.

• • •

Nessa noite, minha cabine me parece muito silenciosa. Ocupei os aposentos do comandante na nau capitânia, e até que o tamanho é bom para uma cabine: tem espaço para uma escrivaninha, uma mesa para refeições e uma cama estreita, mas, depois do meu quarto grandioso em Sta'Crivero, parece apertada. O estilo é simples e minimalista, sem os esplêndidos floreios e ornatos sta'criveranos, mas desses, pelo menos, não sinto falta. Em vez disso, encontro conforto nos sinais do tempo na madeira e no cobertor gasto, a escrivaninha rústica e a cadeira dura, de pernas irregulares. É um espaço que me transmite a sensação de aconchego e conforto, e percebo que, agora, é o que desejo mais que o luxo.

Mas o silêncio deixa espaço para pensamentos demais, para pesadelos demais que se desenrolam atrás de meus olhos antes mesmo que eu tenha a oportunidade de adormecer. Posso estar levando essas pessoas para um massacre. Milhares de pessoas podem acabar mortas por causa de uma escolha minha. É quase como se eu mesma cravasse um punhal entre suas costelas.

No passado, pensei que o sangue nas mãos de Søren era tão espesso que elas nunca mais poderiam ficar limpas, mas agora as minhas mãos não estão muito mais limpas. Eu mesma matei Ampelio e Coltania, mas quantos outros perderam a vida por minha causa? Elpis, Hoa, o arquiduque, os Guardiões na prisão astreana, a criada que Coltania recrutou e cujo nome eu nem sei. Até mesmo todos aqueles guardas mortos diante do portão do campo de refugiados.

Sei que essas mortes eram inevitáveis, mas a culpa me corrói da mesma forma. E aqui estou, comandando mais pessoas – milhares delas – para uma batalha que não sei se podemos vencer.

É tolo, irresponsável e... a única maneira de avançar. A única maneira de voltar para casa.

De repente ouço uma batida na porta, leve e inquiridora.

Grata pela interrupção, eu me arrasto para fora da cama e visto o roupão sobre a camisola, amarrando a faixa na cintura. Quando abro a porta, fico surpresa ao ver Søren ali parado. Não sei quem eu esperava. Blaise? Ele está dividindo uma cabine com Artemisia, que prometeu matá-lo se ele começar a perder o controle. Blaise não se arriscaria a sair do lado dela nem por um momento.

Examino meus sentimentos. Estou aliviada por ser Søren? Alguma parte minha gostaria que fosse Blaise? Não sei. Só tenho certeza de que a presença de Søren parece um relâmpago caindo em minhas entranhas, preenchendo-me com um calor perigoso.

Abro mais a porta e faço um gesto para que entre. A porta se fecha atrás dele com um estalido firme.

– Você está bem? – pergunta ele, a voz baixa. – Depois de Hoa, Coltania e tudo o mais?

Mordo o lábio e me viro para ele. Imagens do corpo sem vida de Hoa e dos olhos de Coltania fixos nos meus enquanto ela dava o último suspiro enchem meus pensamentos. É mais fácil pensar em Coltania, portanto enterro Hoa na mente e me concentro na outra.

– Você se lembra do que me disse depois que matei Ampelio? – pergunto, sentando-me na borda da cama.

Søren fica em pé à minha frente, a testa franzida. O que quer que esperava que eu dissesse, não atendi à expectativa.

– Acho que tentei consolá-la, mas agi como um idiota – diz ele, devagar.

Dou um breve sorriso.

– Foi mesmo – concordo. – Mas depois, quando voltou a mencionar o caso, você tinha razão. Matar nunca é fácil, mesmo quando não é a primeira vez. Mesmo se não temos escolha, quando é uma questão de legítima defesa. Deixa uma marca na gente.

Søren não desvia os olhos dos meus.

– Você fez o que tinha de fazer – diz.

– Eu sei – retruco, baixando os olhos para minhas mãos.

Peso as palavras seguintes, debatendo se é mais sábio dizê-las em voz alta ou mantê-las trancadas dentro de mim. Não encontro a resposta, mas no fim me forço a lhes dar voz:

– Mas, naquele momento em que forcei o punhal na barriga dela, não estava pensando em me defender. Não estava pensando no que me aconteceria se falhasse. Estava pensando em Hoa, no que Coltania fez a ela... em como me tirou mais uma pessoa. Quando a matei, a legítima defesa não era minha única motivação. Também fui movida pela fúria. Fui movida pela vingança.

É uma confissão feia, feita aqui, numa cabine silenciosa no meio do oceano, mas Søren não foge dela. Ele sustenta o meu olhar, firme e seguro, como se conseguisse enxergar até minhas partes mais profundas, aquelas de que me envergonho. As partes que tento esconder de todo mundo, até mesmo de Blaise. Søren vê o meu lado mais feio, a covardia, a conspiração e a manipulação. Ele vê tudo isso e compreende. Ele me olha como se eu fosse seu livro favorito, aquele que já leu muitas e muitas vezes. O livro cujos segredos descobriu, mas ao qual continua voltando mesmo assim.

Ainda não sei se a seus olhos sou Thora, Theo ou alguma mistura aquarelada de ambas, mas, neste momento, somos as únicas duas pessoas do mundo e não somos Thora e o prinz. Somos Theo e Søren e a sensação que tenho é de que ele me conhece tão bem quanto eu mesma.

Levanto-me e cubro os poucos passos de distância entre nós até ficarmos a poucos centímetros um do outro. Ele não recua, mas tampouco se aproxima mais, embora sua respiração fique mais pesada. Não faz qualquer movimento para me tocar, as mãos pendendo ao lado do corpo. Ele não se moverá, eu percebo, porque lhe pedi que guardasse seus sentimentos para si.

É mais fácil desse jeito, mais inteligente deixar as coisas como estão. Ele é meu conselheiro e meu amigo, e isso é tudo o que poderá ser. Mas, tão perto dele assim, é difícil me lembrar do porquê. É difícil lembrar de Blaise a poucas cabines de distância, dizendo que me ama. É difícil lembrar do kaiser sentado no trono de minha mãe com aquela que um dia foi minha melhor amiga ao seu lado. É difícil lembrar dos milhares de pessoas que concordaram em me seguir para uma batalha, pessoas que veem Søren como inimigo.

– Søren – digo, seu nome pouco mais que um sopro.

Os olhos dele encontram os meus – são do mesmo tom de azul dos olhos do kaiser, mas até mesmo essa lembrança agora é difusa, um fantasma no fundo da mente.

Hesitante, ergo a mão para tocar seu rosto. Ele está com a barba por fazer e os pelos espetam a palma da minha mão.

Søren parece querer dizer alguma coisa, mas o que quer que seja se perde quando fico na ponta dos pés e roço meus lábios nos dele. Com esse toque, todo o controle de Søren se desfaz e, num instante, ele está correspondendo ao beijo. Uma das mãos se ergue para segurar meu rosto, enquanto a outra se instala em minha cintura, ancorando-me a ele. É um beijo gentil, como os que trocamos em Astrea, furtados nos túneis do palácio e velejando à meia-noite quando ainda éramos estranhos um para o outro. Mas não somos mais assim. Eu o conheço, ele me conhece e as partes mais sombrias de nossas almas se complementam.

O beijo se aprofunda. Søren tem o gosto do pão fresco e do vinho temperado que foi servido no jantar. O beijo se torna faminto, devorador, incontrolável, até que não sei mais qual respiração é dele, qual é minha. Nossos contornos se fundem, mãos, pele, lábios, dentes. Quando sua boca deixa a minha, quero puxá-lo de volta, mas imediatamente ele está beijando meu maxilar, minha bochecha, minha orelha, provocando um arrepio que me percorre como fogo.

– Theodosia.

Ele sussurra meu nome como um hino. Não parece mais tão comprido, combina perfeitamente comigo, assim como suas mãos combinam com a curva da minha cintura, com a mesma perfeição com que sua boca se funde à minha quando ele volta a me beijar.

⋯

Não preciso pedir a Søren que passe a noite comigo. O convite sem palavras paira no ar e ele o aceita, tirando as botas e se enfiando em minha cama. Nos aconchegamos sob o cobertor puído, minha cabeça em seu peito, os braços dele ao meu redor.

– Se me encontrarem aqui pela manhã, vai haver boatos – comenta ele com um bocejo.

– Eu sei – respondo.

Ouço os batimentos de seu coração, firmes e seguros, no mesmo ritmo que os meus.

Os dedos dele traçam desenhos em minhas costas através do tecido fino da camisola.

– No jardim, você me pediu que não falasse dos meus sentimentos por você porque acreditava que não fossem verdadeiros – diz ele, devagar.

– Søren... – começo, mas ele me interrompe.

– Deixe que eu diga isso, por favor – pede ele, e faz uma pausa. – Em Astrea, você era Thora, e eu a queria. Queria protegê-la de meu pai, como nunca consegui proteger minha mãe. Queria fugir com ela e salvar nós dois. Nisso, você tinha razão. Mas o que eu sentia na época é só uma sombra perto do que sinto por você, Theo.

Abro a boca para lhe dizer que pare de novo, no entanto as palavras morrem na minha garganta. Por mais perigosas que sejam, quero tanto ouvi-las que isso quase me subjuga.

– Eu não quero proteger você. Não *preciso* proteger você. Você tem outros para isso e já fez isso sozinha muitas vezes até agora. Não quero fugir com você. Quero ficar ao seu lado e lutar... lutar por algo que nunca nem mesmo pensei que queria, mas quero. Sou mais forte com você, mais corajoso, e não quero voltar a viver como eu era antes. Eu te amo e isso não tem nada a ver com quem você fingia ser. Eu amo *você*.

– Eu também te amo – digo baixinho.

Quando a respiração dele fica lenta e regular, não posso deixar de pensar em Blaise me dizendo essas mesmas palavras há poucos dias. Quando Blaise as disse, elas foram um bálsamo para uma ferida que ele ainda não causara. Søren as diz como se rompesse as correntes que nos unem, esperando que eu fique mesmo assim.

ESTRATÉGIA

O NAVIO ONDE ESTAMOS SEGUE NA ESTEIRA do restante da esquadra. Embora tenhamos ido de Astrea a Sta'Crivero em uma semana, levamos o dobro do tempo para contornar a costa sudeste de Astrea, onde fica a mina do Fogo, e não fazemos esforço algum para nos apressar. As duas semanas passam num frenesi de treinamento e estratégias, tentando transformar nossos dois mil refugiados em dois mil soldados. As armas e armaduras que saqueamos de um dos navios sta'criveranos que tomamos mal são suficientes, mas vamos ter que nos virar com elas, porque esta manhã a costa surgiu no horizonte, a silhueta dos penhascos de Astrea recortada contra o sol nascente. Não há muito mais tempo para esperar, treinar e planejar.

Embora eu saiba que faria mais mal do que bem se tentasse comandar fisicamente um exército, é difícil não me sentir como um bebê protegido num berço acolchoado. Søren deve sentir isso mais do que eu, embora nunca tenha se queixado nas noites que passou em minha cabine, nós dois aconchegados sob as cobertas, deixando o resto do mundo do lado de fora. Se ele lutasse, seria arriscado demais e potencialmente confuso – por ser kalovaxiano, seria fácil uma espada amiga encontrar o caminho de seu coração. Ainda assim, sinto o desapontamento permear o ar à sua volta.

Ele tenta compensar dedicando-se ao planejamento estratégico. Como viu as minas do ponto de vista de um comandante kalovaxiano, suas informações são valiosíssimas. Até minhas Sombras, que passaram anos nas minas, se surpreendem com os detalhes da ilustração que Søren esboça no pergaminho que abrimos em minha escrivaninha. Nós a cercamos, Søren, Blaise, Heron, Artemisia e eu, nossos ombros se tocando.

– Marquei com círculos todos os lugares onde estarão os guardas – diz Søren.

Olho de seu rosto sombrio para o mapa. Há mais círculos do que espaço vazio.

– São muitos – admite ele quando nenhum de nós fala.
– *Muitos* é eufemismo – declara Artemisia, franzindo os lábios.
– A mina não será tão fácil de tomar quanto o campo – reconhece Søren. – Mas ainda somos mais numerosos e eles não estarão esperando, o que nos dá uma vantagem.
– Suficiente para compensar a vantagem *deles* de lutar em território que conhecem, com abundância de recursos, mais experiência, força e com as pedras para ajudá-los? – pergunta Blaise.

Søren hesita.
– Talvez – diz.

"Talvez" não é bom o suficiente, mas é o melhor que podemos esperar. Esfrego as têmporas e fito o mapa, apontando a costa.

– Então vamos nos aproximar por aqui?

Søren faz que sim.

– Mas vai ser mais eficaz se também mandarmos dois dos navios mais rápidos por aqui para se aproximarem por essa direção – diz ele, apontando o litoral do outro lado da mina do Fogo. – Desse modo, vamos atacar em duas frentes e eles vão ter um canal a menos para avisar meu pai.

Faço que sim.

– Temos homens suficientes? – pergunto. – Ou dividir nossos recursos vai fazer com que seja mais fácil para eles acabar com a gente, um lado de cada vez?

Søren fita o mapa, a testa franzida, concentrado.
– Devemos ter o suficiente – sentencia ele após um momento.

Devemos. Havia uma razão para Dragonsbane não querer se unir a nós nessa luta – é um risco, e um risco bem grande.

– Eles não terão nenhum navio vigiando o litoral sudoeste – acrescenta Søren. – Mas terão alguns navios de patrulha mais ao norte. Temos navios suficientes para vencê-los, mas provavelmente perderemos alguns no processo.

– Navios que não podemos nos dar ao luxo de perder – digo, franzindo a testa. Uma ideia me ocorre e ergo os olhos para Heron. – Que distância sua invisibilidade pode alcançar? – pergunto.

Ele pensa na pergunta.

– Não posso dizer que já tenha tentado esconder mais que umas duas pessoas.

– Você conseguiria encobrir a esquadra inteira? – questiono, embora, mesmo enquanto falo, a pergunta pareça desesperançada.

A testa de Heron se franze.

– Não – diz ele devagar. – Mas talvez consiga nos ofuscar o suficiente para que tenham dificuldade em nos ver, principalmente se eu manipular o reflexo da água. Porém não por muito tempo. Não o suficiente para passarmos por eles.

Artemisia inclina a cabeça, os olhos escuros pensativos.

– Se Heron conseguir ofuscar a esquadra, posso manipular a maré e nos fazer passar mais depressa pela patrulha kalovaxiana. Talvez não consigamos passar sem sermos notados antes que ele perca a invisibilidade, mas, no mínimo, conseguiremos surpreendê-los o suficiente para minimizar nossas baixas. – Ela faz uma pausa, lançando um olhar rápido para Blaise. – Ou, então – diz, a voz cautelosa –, podemos destroçar seus navios sem lhes dar a chance de disparar um único canhão.

Os olhos de Blaise encontram os de Artemisia, arregalando-se quando ele compreende o que ela está dizendo. Após um momento, ele assente.

– Posso fazer isso – diz ele, testando as palavras. – A madeira é da terra.

Minha experiência no *Fumaça* com Blaise me vem à mente: o modo como a madeira com que o navio era feito começou a vibrar tão aleatoriamente quanto seus batimentos cardíacos, quanto temi que a madeira rachasse. Artemisia está certa: se conseguirmos usar isso contra os navios kalovaxianos, poderíamos desferir um grande golpe contra eles antes mesmo de pôr os pés em terra. Mas a um custo altíssimo.

– É perigoso demais – digo. – Não sabemos o que isso vai fazer com você, muito menos com nossos navios.

Blaise balança a cabeça.

– Meu dom é o mais forte que temos, Theo – insiste ele.

Lembro-me das palavras de Mina e imagino uma panela transbordando no fogo.

– Isso pode matar você. Se conseguirmos nos aproximar deles usando os dons de Art e de Heron, podemos afundar seus navios do jeito não mágico, com canhões, e não correr esse risco.

Artemisia emite um ruído lembrando um pigarro.

– Poderíamos – diz ela, devagar. – Seria até fácil, mas ainda teria um custo. Independentemente da vantagem que conseguirmos ao nos aproximar deles sem sermos vistos, ainda sofreremos baixas... guerreiros, talvez até um navio. Não podemos nos dar ao luxo dessas baixas.

– Também não podemos nos dar ao luxo disto – rebato.

Por um momento, ninguém fala.

– Podemos, sim – afirma Blaise antes de, relutante, voltar os olhos para Søren. – Como Art vai estar ocupada, a responsabilidade cairá sobre você, *prinkiti*. Se parecer que estou perdendo o controle e me tornando um perigo para nossos navios, você me mata. Estamos entendidos?

Søren me lança um olhar e depois se volta para Blaise.

– Estamos entendidos – responde.

– Não – digo, em voz mais alta dessa vez. – É perigoso demais. Você pode *morrer*, Blaise.

A mandíbula de Blaise se contrai e ele dá de ombros.

– Posso nos dar uma vantagem, e precisamos dela desesperadamente.

Olho para os outros à minha volta, na esperança de que alguém mais fale contra esse plano maluco, mas só há silêncio, só amigos que não me olham nos olhos. Uma ordem dança na ponta da minha língua e sei que poderia usar a coroa – por mais metafórica que seja – como arma outra vez. Poderia ordenar que ele ficasse fora disso, que se mantivesse em segurança, mas engulo a vontade. Algumas escolhas não são minhas.

– Enviaremos um bote para passar o plano aos outros navios – é o que digo. – O que acontece quando alcançarmos a costa?

– Você foi um comandante kalovaxiano – afirma Heron, olhando para Søren. – Quando atacarmos a mina, como eles vão reagir?

Søren parece um pouco confuso com a pergunta.

– Nunca fui designado para as minas, mas, pelo que entendo, eles são treinados de um modo diferente dos outros guerreiros, embora ser designado para lá seja considerado um insulto. Não serão os melhores homens, o que é um certo consolo.

– Seria – comenta Artemisia –, se nosso exército não fosse formado por refugiados com duas semanas de treinamento.

Søren não tem argumento para isso. Então ele olha para mim.

– Podemos esperar – sugere. – Se esperarmos Erik e os vecturianos, teremos mais guerreiros e as chances penderão a nosso favor.

– Mas esperar também traz o risco de perder o elemento surpresa – argumento. – Se a patrulha kalovaxiana vir nossa frota perto do litoral, *eles* nos atacarão.

Søren assente e em seguida se vira para Heron.

– Você tem mantido contato com Erik por meio daquele ouro – diz ele. – Tem mais notícias dele?

Heron balança a cabeça.

– Não desde a última atualização que passei. Eles estão a caminho, vindo de Timmoree, e esperam chegar aqui amanhã, mas pode levar mais um ou dois dias, dependendo do tempo.

São tantas variáveis, tantas opções com consequências imprevisíveis, tantas coisas que podem dar errado. Fito o mapa de Søren como se ali houvesse segredos que possa encontrar, mas é só um mapa – um mapa que não deixa a situação a nosso favor.

– Qual seria a melhor hora para atacar? – pergunto a Søren.

Ele franze a testa.

– Eles terão uma guarda reduzida no turno da noite – pondera ele. – Portanto, seriam menos homens acordados e prontos para lutar, mas a escuridão vai afetar mais nossos guerreiros do que os deles. Os kalovaxianos treinam no escuro e sabem usá-lo contra os inimigos. O amanhecer é nossa melhor chance. Terá luz suficiente para enxergar, porém os guardas ainda não terão trocado de turno. Estarão cansados, em condições não muito favoráveis para a luta. É claro que isso só nos dará algum tempo a mais antes que os substitutos cheguem, totalmente descansados.

– E os escravos? – pergunto. – Onde vão estar?

– Alguns estarão nas minas – responde Heron. – O turno da noite tem menos gente, mas existe. O resto estará nos alojamentos, aqui.

Ele aponta um lugar no mapa de Søren, ao lado da mina.

Faço que sim.

– Confio em sua opinião a esse respeito – digo a Søren. – Atacaremos ao amanhecer.

Olho cada um dos presentes.

– Deve estar na hora do jantar, vão comer – ordeno. – Teremos mais tempo para planejar depois que vocês terminarem.

Todos se levantam, as cadeiras se arrastam no assoalho de madeira, mas eu permaneço sentada. Estou estressada demais para conseguir comer e não quero que o restante do navio me veja assim, insegura e com medo.

— Blaise — digo quando eles começam a sair. — Você pode ficar um minutinho?

Ele se detém à porta e me olha antes de voltar. Artemisia para também e assente, saindo da cabine e fechando a porta. No entanto, tenho certeza de que ficará à espera diante da porta, por precaução. Essa ideia me deixa enjoada e fico ainda mais enjoada quando percebo que me sinto grata pela presença dela.

A princípio, nenhum de nós fala e o ar entre nós fica pesado. Não conversamos muito desde que partimos de Sta'Crivero, embora eu não tenha certeza de quem está evitando quem, nem de que seja intencional. Temos tido muito o que fazer nos preparando para essa batalha. Mas, enquanto penso, lembro que houve tempo para Søren vir ao meu quarto todas as noites, tempo para eu adormecer em seus braços. Eu me pergunto se Blaise sabe disso. Tenho certeza de que deve ter suas suspeitas.

Pigarreio.

— Não gosto desse plano — digo.

Ele fica calado por um momento.

— Você acha que eu gosto? — pergunta, por fim. — Acha que me agrada a ideia de arriscar minha vida desse jeito?

— Eu acho que você gosta da ideia de ser herói.

As palavras saem antes que eu possa impedi-las.

Blaise recua, como se eu tivesse lhe dado um tapa.

— Não foi ideia minha, Theo. Você ouviu Artemisia, Heron e Søren. Todos acham que é nossa melhor opção. Você também sabe disso.

— Isso não significa que eu queira que você faça isso — digo em voz baixa.

Por um momento doloroso, ele fica ali, parado.

— Você acredita que Glaidi me deu esse dom? — pergunta ele.

— Mina disse...

— Não estou perguntando o que Mina disse, nem Sandrin, nem Heron, nem Art. Perguntei no que *você* acredita.

Mordo o lábio.

— Sim — respondo depois de um instante. — Acredito que Glaidi o abençoou.

— Então, seria um insulto a ela não usar o seu dom — argumenta ele com um sorriso sombrio. — É o meu destino. Permita que eu faça isso.

Balanço a cabeça.

– Você não precisa da minha permissão, Blaise – digo. – Os outros concordaram com você. Fui voto vencido.

– Isso não importa – responde ele.

Blaise parece lutar consigo um instante antes de tomar minhas mãos nas dele e as apertar com força. Sua pele está febril como sempre, mas eu aperto suas mãos de volta.

– Se me pedir que não faça, eu não farei – continua ele.

É um oferecimento cruel e parte de mim o odeia por fazê-lo, porque não existe uma resposta certa que eu possa dar. Não posso lhe dar minha bênção nisso, assim como não posso impedi-lo.

– Você se conhece – digo, forçando um sorriso. – Se acredita que pode fazer, eu também acredito.

FANTASMA

◆

A LUA NOS DÁ TODA A LUZ de que precisamos enquanto o navio avança, afastando-se da esquadra. Os outros aguardarão nossa mensagem de que é seguro prosseguir. Na proa, Heron, Artemisia e Blaise estão ombro a ombro, fitando o horizonte onde três navios kalovaxianos patrulham a costa. Søren e eu estamos um pouco mais atrás, observando e esperando o que só pode ser chamado de milagre.

A mão de Søren está no punho da espada, os olhos em Blaise. Não preciso perguntar se ele de fato obedeceria à orientação de Blaise para que o mate caso perca o controle – sei que o fará sem hesitar, com tanta certeza quanto sei que, se o fizer, eu o impedirei como puder.

Mesmo que isso ponha todos os outros em perigo?, sussurra uma voz em minha mente, mas eu a afasto. Não chegará a esse ponto. Isso não pode acontecer.

Todos os que não estão de serviço no navio se aglomeram atrás de Søren e de mim para observar os três, e parece que prendemos a respiração coletivamente, aguardando o momento em que enfim poderemos soltar o ar.

Heron começa primeiro, embora o único sinal disso sejam seus ombros se contraindo com o esforço. O efeito, porém, tem início imediato, espalhando-se pelo navio e por todos nós. Como aconteceu quando ele usou seu dom em mim, minha pele começa a formigar, como se todo o meu corpo ficasse dormente. Uma olhada rápida atrás de mim confirma que os outros também estão sentindo: alguns olham o próprio corpo com surpresa e perplexidade enquanto o veem desaparecer diante de seus olhos.

Mas a sensação não é tão forte como quando Heron usou seu poder de invisibilidade somente em mim. Sozinho, ele não tem força suficiente para fazer o navio inteiro desaparecer. No entanto, entre seu dom e a cobertura natural que a noite provém, não deve ser possível nos ver.

Artemisia é a próxima e ela tem um pendor para a dramaticidade que falta a Heron. A multidão reunida atrás de mim arqueja quando ela ergue os braços e a maré sobe na mesma hora. A névoa fina da magia voa de seus dedos enquanto ela dirige nosso navio rumo às embarcações kalovaxianas no horizonte, mais depressa do que eu teria pensado ser possível. Ao luar, cada movimento seu parece líquido, cada sacolejo do braço e virada do pulso são executados como se ela tivesse nascido do próprio oceano.

É um pouco como observá-la lutar com a espada.

A multidão reunida atrás dela solta arquejos de assombro – nosso navio voa pelo mar, impelido por uma maré perfeita. O plano está dando certo – contanto que Artemisia consiga nos levar suficientemente perto antes que Heron fique fraco demais para manter a invisibilidade. Essa é a questão, a teoria que não pudemos provar antes de pôr em prática. É a isso que tudo se resume. Precisamos nos aproximar o suficiente para que Blaise use seu dom.

Uma parte pequena e idiota de mim espera que fracassemos, que Heron não consiga manter a invisibilidade e que os kalovaxianos nos vejam, obrigando-nos a um tipo de batalha menos mágico, mas no qual, pelo menos, Blaise não usaria seu dom. Assim, ele não arriscaria sua vida.

Minha prece não é atendida. As ondas de Artemisia nos impelem bem rápido rumo aos navios kalovaxianos, o dom de Heron resistindo até o momento em que Blaise avança, o corpo tremendo. Ele pega no bolso o bracelete cravejado de pedras e o aperta com força na mão.

Apesar de toda a bravata anterior, percebo que ele está com medo. Sem pensar, dou um passo em sua direção, mas Søren agarra meu braço com a mão livre.

– O que ele está fazendo é um ato de bravura – diz Søren, a voz baixa e os olhos ainda fixos em Blaise. – Não lhe roube isso agora.

Um protesto se aloja em minha garganta. Søren tem razão. Embora eu preferisse ter Blaise covarde e vivo em vez de corajoso e morto, essa escolha não é minha. Assim, faço a única coisa que posso: observo.

Heron cambaleia para trás, sem energia, e Artemisia baixa os braços para segurá-lo, mantendo-o de pé. A magia de ambos se esvai, mas não é mais necessária. Os navios kalovaxianos estão tão perto agora que consigo distinguir as formas dos marinheiros correndo pelo convés, tão perto que consigo ouvir seus gritos de pânico. É tarde demais, embora eles não percebam. Logo perceberão.

Blaise se segura na amurada do navio, seu corpo fazendo tamanha força que é como se estivesse sendo dilacerado. O silêncio no navio é tão intenso que ouço cada respiração da multidão às minhas costas, cada onda que se quebra contra o casco, cada maldição e ordem kalovaxianas gritadas a distância.

Ele ergue uma das mãos, estendendo-a à frente na direção do navio no centro, bem diante de nós. Sob o tecido fino da camisa, os músculos de suas costas se tensionam como se algo tentasse sair pela pele. Um estalo rompe o ar como um trovão, seguido por outro e mais outro, cada um mais alto que o anterior. Segundos depois, eu vejo: o casco do navio kalovaxiano se fragmentando, tábuas se soltando e despencando na água. A tripulação começa a gritar socorro enquanto o navio partido afunda e um sino toca. Um alarme, percebo, alertando os outros navios.

O navio à esquerda logo ouve e tenta vir socorrer o primeiro, mas Blaise está preparado. Ele ergue a outra mão em sua direção. O poder que abre caminho à força através dele é tão grande que Blaise tem de apoiar todo o peso do corpo contra a amurada da proa para se manter de pé. Mesmo acima do coro de destruição, consigo ouvi-lo ofegar e gemer de dor.

– É demais – digo a Søren. – Ele não vai aguentar.

Mas, no momento em que falo essas palavras, o segundo navio começa a se desfazer, exatamente como o primeiro, seus destroços mergulhando no mar negro como tinta.

Dois navios naufragados sem qualquer baixa do nosso lado – já chega. Mas não para Blaise. Sei disso antes mesmo que ele volte sua atenção para o último navio. Ao contrário dos irmãos mais nobres, o terceiro navio não tenta resgatar os outros dois. Em vez disso, está fugindo.

– Podemos deixá-los ir – digo a Søren, mas ele sacode a cabeça, mantendo os olhos em Blaise.

– Eles vão buscar ajuda e voltar – responde ele. – Não podemos nos dar ao luxo de correr esse risco.

Blaise também deve saber disso. Ele desvia a atenção dos navios naufragados e a concentra no que foge. Seus ombros tremem quando ele inspira profundamente, trêmulo, e ergue as mãos mais uma vez. Então, solta um grito animalesco tão alto que poderia romper o próprio céu. O poder que flui de suas mãos não é um facho de luz disparado de nós para eles. Não – é um tornado, açoitando o ar sem um alvo, tão sem rumo quanto é violento.

O navio kalovaxiano em fuga recebe a maior parte dessa força, transformando-se em lascas num piscar de olhos, mas nosso navio tampouco é poupado. A multidão atrás de mim grita e se joga ao chão, cobrindo a cabeça enquanto partes do navio começam a se soltar.

– Blaise! – grito, mas minha voz se perde na loucura.

Um pedaço do mastro acima de minha cabeça se quebra e despenca em minha direção. Fico paralisada, incapaz de me mexer, até que um braço passa por minha cintura e me arranca do caminho.

– Mande todos para a popa, para os botes – diz Søren, tirando a espada da bainha.

Seguro o braço que empunha a arma.

– Não – imploro, a palavra saindo arrancada de minhas entranhas. – Ele não sabe o que está fazendo, você não pode...

– Theo, olhe à sua volta. Ele vai nos matar – diz Søren, indicando o navio com a mão livre. – Ele me pediu isso e vou honrar minha palavra.

Engulo em seco, as lágrimas queimando meus olhos.

– Então, deixe que eu faço – peço, a voz trêmula. – Devo isso a ele, Søren.

Os olhos de Søren voam até Blaise e voltam a mim. Após um segundo, ele assente e me passa a espada.

– Lembre-se: crave com força e vontade, para um fim rápido.

Faço que sim com a cabeça. Só quando ele se afasta de mim e começa a escoltar os passageiros assustados para a popa é que percebo que é mais ou menos a mesma coisa que me disse quando levei um punhal às suas costas.

Preparando-me, ando na direção da figura de Blaise, ainda apoiado na amurada do navio enquanto tremores percorrem o seu corpo, provocando espasmos e contrações nos músculos. Heron e Artemisia o ladeiam, exaustos demais em razão do próprio esforço para fazer algo além de olhar e gritar seu nome, embora suas vozes se percam no rugido esmagador da destruição.

A espada é mais comprida do que as outras com que treinei com Artemisia e a ponta se arrasta pelo convés ao meu lado. O navio aderna para um lado e tropeço, apoiando-me na espada como uma bengala para me manter ereta, e em seguida o navio aderna para o outro lado. Cada passo que dou rumo a Blaise é como se meu corpo avançasse por areia movediça, mas mantenho os olhos nele e vou pondo um pé na frente do outro.

Ouço Artemisia gritar meu nome, como se estivesse a mil quilômetros de mim. Tudo parece distante. É como se no mundo só houvesse Blaise, eu e a espada em minha mão.

O ar entre nós dois estala com relâmpagos. Estendo a mão e toco seu ombro, na esperança, contra todas as probabilidades, de que seja como da última vez e que meu toque baste para libertá-lo da magia, de Glaidi ou do que quer que seja que o domina.

Mas, quando sua cabeça se vira para mim e seus olhos encontram os meus, não resta nada de Blaise neles. Eles me lembram os olhos de Hoa, vidrados e sem vida, depois que a alma deixou o corpo dela. Ele me olha, porém não me vê.

– Blaise – chamo seu nome como um sussurro.

O convés começa a rachar sob meus pés, lascas de madeira se soltando como a casca de uma fruta.

Não é como o que aconteceu em Sta'Crivero. Lá, restava dele o suficiente para que eu o puxasse de volta, mas agora ele é mais magia do que homem, inalcançável, irrecuperável. Engulo as lágrimas que ameaçam transbordar e levanto a espada com mãos trêmulas.

Parece que estou novamente acima de Ampelio, a ponta de uma espada pressionada em suas costas. Eu o matei então para salvá-lo de mais dor, para me salvar, para manter viva a rebelião. Em que isto é tão diferente daquilo?

Meus olhos se fecham com força para que nenhuma lágrima escape. Sei o que tenho de fazer: cravar a lâmina em seu peito, com força e vontade, como Søren disse.

Inspiro fundo para me acalmar.

Agarro o punho da espada com mais força.

Lanço-me em sua direção.

A espada é arrancada de minhas mãos e a força me derruba. Levo um momento para processar o que está acontecendo, mas, quando consigo, é como se o próprio tempo se desacelerasse.

Artemisia está com a espada de Søren, segurando a lâmina em vez do punho. Os dedos se enterram no gume afiado, riscando o ferro forjado com riachos vermelhos. Ela ataca Blaise com um berro gutural que eu mal escuto e meu coração se aperta no peito, mas, em vez de lhe cravar a lâmina, ela ergue o punho pesado da espada, descrevendo um arco no ar, e então o baixa, atingindo Blaise na cabeça com toda a sua força.

Os dois desabam no chão e o navio estabiliza.

• • •

Com Blaise inconsciente e a ameaça contida, avaliamos as avarias do navio. Por sorte, limitam-se às áreas próximas de Blaise: o convés superior, os mastros, a amurada. Há buracos sob o convés jorrando água, mas são fáceis de consertar.

– Não podemos ir longe sem velas – diz Artemisia quando me relata o progresso feito.

Eu mesma não vi nada. Quando Heron e Søren levaram o corpo inconsciente de Blaise de volta à sua cabine, vim com eles e não saí daqui nas três horas que se passaram.

– Não precisamos ir longe – lembro a ela, sem tirar os olhos do rosto imóvel de Blaise. – Estamos a apenas uma milha da praia. Podemos costear até lá. E temos os barcos a remo.

Artemisia faz que sim, seus olhos indo até Blaise e voltando para mim.

– Mandamos avisar aos outros navios e eles vão nos encontrar lá. Devemos desembarcar em uma hora.

Como não respondo, ela continua:

– Você deveria descansar um pouco, Theo. Vai ser um longo dia – diz, sua voz surpreendentemente gentil.

Ainda assim, as palavras me irritam.

– Acha que eu conseguiria dormir com Blaise desse jeito? – retruco. – Talvez ele nunca acorde, Art, e... – Minha voz falha, e respiro fundo antes de me forçar a continuar: – E, se não fosse você, nem existiria essa possibilidade.

A confissão sai num sussurro, mas pende pesada no ar entre nós. O colchão cede quando ela se senta ao meu lado.

– Acho que você está superestimando e muito sua mira – diz ela.

Sei que ela está tentando tornar o momento mais leve, mas mal percebo a piada.

– Como sabia que deixá-lo inconsciente o pararia? – pergunto.

Artemisia suspira.

– Eu não sabia – diz ela. – Foi um palpite... um palpite aleatório e perigoso. Se não desse certo, faria o que ele pediu e o mataria. Só que... valia a pena tentar. Eu não queria... – Sua voz morre e ela faz uma pausa. – Eu não queria perder outra pessoa.

– Nem eu – concordo, balançando a cabeça. – Mas isso não me impediu de tentar matá-lo quando chegou a hora.

Artemisia me surpreende ao tocar meu ombro.

– Tinha vidas em risco, Theo – diz ela, a voz suave, o que é estranho para ela. – Você pôs seu país acima do coração e não tem por que se envergonhar disso. Blaise teria entendido.

Faço que sim, embora suas palavras se alojem sob minha pele como uma farpa.

Porque, sim, Blaise teria entendido. Mas ele nunca teria feito a mesma escolha se nossas posições estivessem invertidas.

• • •

Os olhos de Blaise se abrem momentos depois e, naquele instante, toda a tensão que envolvia meu coração se desfaz.

Ele pisca duas vezes, os olhos castanho-escuros fazendo foco em mim.

– Theo – diz ele, meu nome uma oração em seus lábios.

Consigo ver as lembranças voltando à sua mente. Ele deve recordar tudo. Foi o que disse quando perdeu o controle em Sta'Crivero – que conseguia ver tudo, embora tivesse a sensação de não estar em seu corpo.

– Todo mundo está bem? – pergunta, por fim.

– Não tivemos nenhuma baixa – respondo, e seus ombros relaxam com alívio. – As avarias do navio já foram consertadas, sem dificuldades. Vamos carregar os barcos a remo para desembarcar a qualquer momento.

Ele assente, esforçando-se para se sentar. Fico esperando que pergunte o que aconteceu, como ainda está vivo. Caso se recorde de tudo que aconteceu antes de perder a consciência, deve se lembrar de mim com a espada na mão. Posso ver o entendimento refletido em seus olhos, no modo inseguro como me olha. Posso ver a pergunta se formar em seus lábios e então ele decidir que não quer saber a resposta.

Em vez disso, balança a cabeça como se quisesse esvaziá-la.

– Alguma notícia dos outros navios que estamos esperando? Os vecturianos e os gorakianos? – pergunta ele, mudando para um assunto mais fácil e prático.

– Não – respondo. – Mas eles vão chegar. Mesmo que se atrasem, temos guerreiros suficientes para resistirmos até chegarem.

Ele fica em silêncio por um segundo e indaga:

– Por que é que você confia nele?

A pergunta me pega de surpresa, mas é claro que está na mente de Blaise há algum tempo.

– O chefe Kapil eu entendo. Você fez um favor a ele, que está pagando. Mas Erik? O que ele quer? Você nem o conhece direito, não é?

– Ele quer o mesmo que nós – digo. – O mesmo que contamos que os refugiados iriam querer. Reconstruir nossos países. Estabelecer um lar e proteger as pessoas que amamos. E vingança, é claro.

Meu peito se aperta quando penso em Hoa.

Erik ainda não sabe. Heron se ofereceu para lhe enviar a notícia pela pepita de ouro, mas eu pedi que não. Algumas coisas precisam ser ditas pessoalmente.

Blaise ri, mas não há muito humor nesse som. Ele faz uma careta, como se a cabeça doesse.

– Vingança – repete, recostando-se na cabeceira da cama estreita. – Não é exatamente a mais pura das motivações, é?

As palavras me alfinetam.

– A pureza da motivação não importa. A força dela, sim, e não existe motivação mais forte que a vingança – respondo.

Ele me olha por um longo momento.

– Parece um jeito muito kalovaxiano de ver as coisas – diz, por fim.

Aí está: a farpa de uma acusação.

Blaise estava disposto a morrer, estava preparado para Artemisia ou Søren cravarem uma espada nele e darem fim à sua vida, porque é isso que eles são e o que fazem. Mas não eu. Nunca deveria ser eu.

Dou de ombros e desvio os olhos.

– Pode ser – digo em voz baixa. – Talvez seja por isso que Erik, Søren e eu nos entendemos tão bem: fomos todos criados pelo kaiser, de jeitos diferentes. Não é uma criação que eu deseje a ninguém, mas acho que não se pode dizer que algum de nós seja fraco.

Não é um pedido de desculpas, contudo, depois do que Artemisia disse, não consigo me forçar a pedi-las.

– Eu pedi que não se arriscasse, Blaise – continuo, incapaz de encará-lo. – Você insistiu... você, Artemisia, Heron e Søren. Acharam que valia a pena, talvez ainda achem. Mas você quase nos matou e eu faria o que tivesse de fazer para nos salvar.

– Pedi que fosse Søren quem fizesse por uma razão – diz ele, a voz baixa e dura. – A alma dele já é negra, ele já matou...

– Eu também – interrompo, assustando-o.

– Não é a mesma coisa. Ampelio...

– É exatamente a mesma coisa – digo, minha voz ganhando força. – Matei Ampelio para me salvar e para salvar a rebelião. A mesma coisa estava em jogo desta vez, só que multiplicada. Centenas de vidas se perderiam se eu aguardasse mais alguns minutos. Tentei trazê-lo de volta como tinha feito antes, mas você não estava lá e eu não podia esperar mais. Então, fiz o que tinha de fazer e, se você continuar insistindo em pôr em risco a sua vida e a de todos nós, vou fazer de novo.

Ele fica calado por um momento, os olhos fixos nas mãos.

– Você tem medo de mim, Theo? – pergunta, a voz tão baixa que mal o ouço, mesmo na cabine silenciosa.

Abro a boca para negar, mas logo a fecho de novo.

– Tenho – respondo com franqueza. – Tenho medo de você.

Ele fica magoado, mas não surpreso.

– Desculpe. Essa é a última coisa que quero.

– Eu sei – falo.

Parte minha quer estender a mão e pegar a dele, mas uma parte maior resiste. Tento inventar uma desculpa para isso, mas a verdade é que não quero tocá-lo. Não quero sentir sua pele quente e olhar seus olhos e vê-lo como estava antes, apenas um rosto vazio e um poder assustador. Um desconhecido com aptidão para matar. Tenho medo dele e não sei como não ter.

– Estou pedindo que você fique fora da batalha de amanhã – digo.

Todo o corpo dele enrijece, mas ele não me olha.

– Você viu meu poder, Theo. Imagine o que eu poderia fazer no campo de batalha. Os deuses fizeram de mim uma arma e é assim que você tem de me manejar.

Balanço a cabeça.

– Você vai ferir muita gente inocente no processo.

Quando Blaise fala, é entre os dentes.

– Os deuses não vão permitir isso.

– Talvez ontem eu acreditasse nisso – digo. – Depois de tomarmos a mina do Fogo, tomaremos a mina da Terra, e rezaremos a todos os deuses para que lá tenha alguém que saiba o que fazer, que saiba ajudá-lo e treiná-lo para que você possa usar seu dom sem se ferir nem nos ferir.

– Você é minha rainha, Theo – afirma ele em voz baixa. – Você pode me ordenar que não vá.

– Eu sei – replico. – Não vou fazer isso. Mas estou pedindo a você, e acredito que fará a coisa certa.

Ele me fita por mais um instante, a expressão indecifrável, e então bruscamente faz um gesto afirmativo com a cabeça.

Quando o deixo sozinho na cabine e fecho a porta, solto um suspiro de alívio.

PRONTOS

Barcos a remo nos levam ao litoral de Astrea – nos levam para casa. Embora essas terras tenham sido governadas por meus inimigos pela maior parte da minha vida, meu coração ainda se alegra ao vê-las. A costa rochosa, as colinas verdes e ondulantes mais além, o céu noturno desbotando rapidamente acima de nós: tudo isso é parte de mim, uma parte mais profunda que ossos, músculos ou sangue. Astrea é minha e eu sou dela.

É necessária uma dúzia de viagens para desembarcar todos os guerreiros, se é que de fato podem ser chamados assim. Embora Søren e Artemisia digam que todos treinaram bem nas últimas duas semanas, ainda são civis – padeiros, professores, oleiros, entre outros. Alguns têm idade suficiente para serem avós, outros não passam dos 14 anos, apenas crianças. Pelo menos é o que seriam, em um mundo diferente, um mundo mais justo. Todos pediram para lutar, treinaram duro e estão entrando nessa batalha sabendo que podem muito bem não sair vivos dela.

Haverá mais sangue em minhas mãos depois dela, independentemente de qual seja o desfecho. Eu os terei matado ao enviá-los para essa batalha.

– Como é que você fazia? – pergunto a Søren de onde estamos sentados, em um agrupamento de rochedos, observando os guerreiros se enfileirarem. Ele me olha, a testa franzida, e eu esclareço: – Quando liderava batalhões. Você sabia que nem todos sobreviveriam, mesmo quando os conduzia a uma batalha que tinham certeza que venceriam. Você sabia que ainda assim haveria baixas. Como os mandava para a batalha mesmo assim?

Ele reflete por um momento, o olhar firme enquanto olha as tropas se organizando. Sua expressão é inescrutável, esculpida em pedra. Houve um tempo em que eu pensava que ele não passava disso – uma casca sem emoções, dura –, mas agora sei que não é assim. Sei que essa expressão é uma espécie de armadura, usada sempre que ele se sente vulnerável.

– Acho que nunca me vi de fato como líder deles, mesmo quando estava dando ordens. Meus homens e eu éramos uma equipe e eu os respeitava o suficiente para acreditar que conheciam os riscos e estavam fazendo uma escolha. Eu respeitava essa escolha.

– Só que você lutava ao lado deles. O que pedia deles não era nada que você mesmo não estivesse disposto a dar. Mas eu estou ordenando que lutem enquanto assisto de uma distância segura. – É difícil não demonstrar amargura na minha voz.

Meus olhos identificam Artemisia na multidão, sua cabeleira azul fazendo-a se destacar. Ela grita comandos, organizando todos em filas e grupos. Em uma vida diferente, será que eu poderia ter sido tão forte quanto ela? Poderia entrar em uma batalha e abrir caminho através de um mar de inimigos com agilidade e graça?

Essa possibilidade deve ter existido para mim em algum momento, mas já se perdeu há muito tempo.

– Eles estão seguindo você, Theo – diz Søren. – Você não pode lutar ao lado deles, mas ainda pode ser a líder de que eles precisam. Para isso, tem que respeitar a escolha que estão fazendo. Você precisa enviá-los para a batalha e fazer tudo o que puder para garantir que o maior número deles volte. E, então, tem que honrar os mortos da melhor maneira possível, continuando a lutar por um mundo no qual eles teriam orgulho de viver.

Ficamos em silêncio por um momento e acho que ele já terminou. Quando estou prestes a agradecer, porém, ele volta a falar:

– Na verdade, eu nunca fiz isso. Eu os mandava para a batalha e os respeitava, isso é verdade, mas não acho que os tenha honrado do jeito que eu gostaria. No fim das contas, nunca lutávamos por algo em que de fato acreditávamos. Lutávamos por meu pai, porque ele ordenava. Eles morriam pela ganância e a sede de sangue dele e eu permitia isso. Essa culpa é minha e eu a carregarei para sempre, mas não será sua.

Minha garganta se contrai. Embora eu agradeça suas palavras, não tenho certeza se são verdadeiras. Mesmo que vençamos, mesmo que consigamos recuperar Astrea e destruir os kalovaxianos, acho que nunca haverá um dia em que eu não me sinta culpada por todas as vidas que perdi: Ampelio, Elpis, Hylla, Santino, Olaric, o arquiduque Etmond, Hoa. Eles foram o começo, mas depois de hoje não poderei recitar todos os nomes.

É para o bem maior, lembro a mim mesma. A morte de alguns para salvar muitos. São tantas pessoas escravizadas em Astrea, tantas pessoas que podemos salvar, mas não sem esse sacrifício.

Esse pensamento faz com que eu me sinta melhor por um breve momento, antes que me dê conta de que "*o bem maior*" também era a razão por que o kaiser costumava dizer que seus guerreiros morreram.

Eu me viro para Søren.

– Você ainda tem medo de ser igual ao seu pai?

Ele olha dos guerreiros para mim, pensativo.

– Não tanto quanto antes, mas ainda costumo me sentir assim – admite. – Por quê?

Balanço a cabeça e pressiono os lábios, como se quisesse reter as palavras, que escapam mesmo assim.

– Às vezes também tenho medo de ser igual a ele. O kaiser deixou sua marca em mim, não só no corpo ou na mente, mas também na alma. Às vezes me dá medo de que ele tenha me moldado.

As sobrancelhas de Søren fazem um arco tão alto que quase se juntam ao cabelo.

– Theo – diz ele, baixando a voz –, eu nunca conheci alguém tão diferente do meu pai quanto você. O fato de se preocupar com isso, de se sentir culpada por mandar pessoas para uma batalha necessária, prova isso ainda mais.

– Mas...

Ele me interrompe, segurando a minha mão, seu aperto forte e urgente:

– Você não é quem você é por causa do meu pai. Você é quem você é apesar de tudo que ele fez, apesar de tudo em que ele tentou transformá-la. Não dê esse crédito a ele.

Suas palavras não têm grande efeito para aliviar o buraco negro que vai se tornando cada vez maior em meu estômago, mas ainda assim fico feliz em ouvi-las. Eu aperto sua mão.

– Ele também não tem o crédito no que diz respeito a você, Søren – afirmo.

Ele abre um breve sorriso que não se reflete em seus olhos.

Suponho que nenhum dos dois acredite de fato no outro.

• • •

Quando o sol é uma mera lasca no horizonte, paro diante das tropas reunidas na praia, me sentindo pequena. No entanto, não posso deixar que isso transpareça, então me aprumo, alcançando minha altura máxima, e examino meus guerreiros como se eu fosse realmente digna de comandá-los. Imposto a voz para parecer confiante e majestosa, como alguém que mereça a lealdade deles.

– Eu quero ir para casa – começo. – Sei que vocês todos querem o mesmo, independentemente de onde fica essa casa. E sei que muitos não têm uma casa para onde voltar, pois ela já foi destruída na esteira dos kalovaxianos, a terra arrasada para que a vida ali seja insustentável. Goraki me dá esperança de que a vida após um cerco é possível, que seus países podem ser reconstruídos. E, caso isso não seja possível, eu lhes ofereço um novo lar em Astrea.

Faço uma pausa antes de prosseguir:

– Hoje começamos nosso triunfo sobre os kalovaxianos. Hoje dizemos a eles que nos pisaram por tempo demais, que nos tiraram demais, destruíram demais. Hoje nós dizemos *basta* e começamos a nos vingar.

Os vivas se espalham pela multidão e eu me empertigo ainda mais.

– Hoje, mostramos a eles do que somos feitos. Por Astrea! – grito. – E por Goraki e Yoxi e Manadol e Tiava e Rajinka e Kota! Ascenderemos juntos e mostraremos aos kalovaxianos quanto estavam errados ao nos julgar fracos.

Desta vez, os vivas soam tão altos que se tornam ensurdecedores.

BERSERKERS

A BATALHA COMEÇA QUANDO O SOL SANGRA acima do horizonte. Gritos de surpresa, sinos de alarme, metal batendo contra metal, gritos de dor – tudo isso ecoa entre as montanhas que cercam o acampamento, amplificados muitas vezes no penhasco de onde assisto, ladeada por Søren e Blaise.

Não há como chegar muito perto, mas a batalha pode mudar em um instante e precisamos estar próximos o suficiente para que consigamos ajustar nossa estratégia e enviar mensagens para Artemisia e Heron. Precisamos estar perto o bastante para ordenar uma retirada, se for preciso.

Não subimos muito; nenhum de nós está vestido para escalar montanhas. Uso novamente o vestido carmesim – é o que tenho de mais próximo daquilo que uma rainha usaria –, enquanto Blaise e Søren vestem armaduras pesadas, para o caso de precisarem se juntar à batalha. Não consigo imaginar que isso possa acontecer, mas nenhum deles gosta de ficar aqui, parado.

Até eu tenho que admitir que é difícil vigiar sem fazer nada. Temos mais guerreiros do que eles, mais do que estão preparados para enfrentar e, à luz opaca do amanhecer, os kalovaxianos são pegos de surpresa. Por um momento, nós estamos vencendo, nosso exército desmantelado abatendo guerreiros treinados, forçando-os a recuar em direção à mina e ao acampamento ao lado dela, mas esse momento chega ao fim antes que o sol se descole do horizonte.

Søren estava certo: os kalovaxianos são hábeis o suficiente para compensar a discrepância nos números. Eles lutam com a precisão e a força que nossos guerreiros não conseguem igualar. Mas acho que Søren não estava preparado para a energia de nossos guerreiros, a fúria e o desespero que guiam cada um de seus movimentos, tornando-os mais fortes e mais ferozes do que deveriam ser.

– Eles lutam como se soubessem que não vão sobreviver – diz Søren à minha direita, o assombro claro em sua voz.

– Eles lutam como se *não se importassem* se vão sobreviver ou não – corrige Blaise do meu outro lado.

Toda vez que um de nossos guerreiros cai, algo dentro de mim se contorce. Nas primeiras vezes em que acontece, digo uma prece para os deuses, mas não demora e eles são muitos, há sangue demais, corpos demais. Logo fica difícil dizer quem está lutando por quem.

No entanto, estamos avançando e a luta vai se aproximando cada vez mais da mina e dos alojamentos dos escravos ao lado dela, ambos cercados por portões de ferro forjado, com barracas de guarda montadas por todo o perímetro. Do nosso ponto de observação, não dá para ver muito dos alojamentos, apenas telhados planos de latão e finas espirais de fumaça.

– O objetivo deles será proteger seus recursos: a mina e os escravos – disse Søren quando estávamos planejando o ataque. – Eles vão saber que estamos lá para libertá-los. Vão saber que, quando conseguirmos, a batalha estará perdida.

Ele tinha razão. Os kalovaxianos cercam o perímetro da mina e dos alojamentos dos escravos, defendendo sua posição de maneira feroz, mesmo quando isso significa a perda de suas casernas. À medida que o cerco do nosso exército se fecha sobre eles, alguns guerreiros kalovaxianos desaparecem em um prédio que inicialmente me passou despercebido. Pequeno e baixo, fica separado dos alojamentos dos escravos, quase escondido atrás da mina. A cerca ao redor é encimada por peças pontiagudas e o metal cintila estranhamente à luz do sol, com um brilho vermelho-alaranjado.

O olhar de Søren segue o meu e ele engole em seco.

– Ferro misturado com Pedras do Fogo trituradas – diz ele. – É uma descoberta recente. Nunca vi isso ser usado em quantidade tão grande. Sua produção é incrivelmente cara. O que quer que seja que estão guardando ali deve ser valioso.

– *Quem* quer que seja – corrige Blaise, fazendo um gesto de cabeça em direção à entrada do prédio, onde os guardas reapareceram, mas não sozinhos.

Dez astreanos cambaleiam atrás deles, unidos pela corrente presa em seus tornozelos, o que torna seus passos arrastados e lentos. Eles se encolhem quando a luz do sol os atinge, erguendo os braços para se proteger dos raios.

Astreanos valiosos, em cuja proteção os kalovaxianos gastariam muito dinheiro. Não, proteção não... não exatamente.

– *Berserkers* – constato, a palavra saindo como um sussurro.

Blaise segura minha mão e, desta vez, mal sinto quanto a dele está quente. Não consigo tirar os olhos daquelas pessoas.

– Sabíamos que isso era uma possibilidade, Theo – comenta ele. – Nós nos preparamos para isso.

Faço que sim com a cabeça porque não confio em minha voz. É verdade que sabíamos que os kalovaxianos provavelmente usariam os *berserkers* que mantinham na mina, e é verdade que temos um plano de como combater essa estratégia, para limitar o dano que possam causar ao nosso exército, mas esse plano não os poupará. Embora eu saiba que não há como salvá-los, os nós ainda se formam em meu estômago.

– Não posso ver isso – digo baixinho.

– Você não precisa ver – responde Blaise.

Pelo canto do olho, posso ver que ele mesmo está um tanto verde.

– Mas deveria – afirma Søren.

Ele engole em seco, obrigando a si mesmo a manter os olhos fixos na cena. Ele é o único de nós que sabe o que estamos olhando, me dou conta. O único que já viu *berserkers* em ação.

– Ela não precisa ver – replica Blaise, com irritação. – Acho que ela pode imaginar perfeitamente bem depois de ouvir sobre o que você fez em Vecturia.

Søren tem a decência de se mostrar envergonhado.

– É importante para entender – explica ele, a voz clara. – *Ver* tudo.

– Isso não vai servir para nada – retruca Blaise, mas há uma ponta de medo em sua voz.

Sua mão treme na minha, o ar ao seu redor se agita. Aperto sua mão e o ar se aquieta, mas seus olhos permanecem arregalados e temerosos.

Ele não quer que eu veja, percebo. Não quer que eu veja como vai morrer se tiver o mesmo destino. Não creio que ele também queira ver – é fácil agir com nobreza em relação à morte quando ela é um conceito abstrato, mas tenho certeza de que é muito mais difícil quando o processo se desenrola diante de seus olhos.

– Ela é mais forte do que você pensa – diz Søren.

Não há agressividade em sua voz, mas Blaise não interpreta assim. Ele se vira para Søren com ódio nos olhos.

– Eu sei quanto ela é forte – dispara ele, a voz baixa e perigosa. – Eu já sabia disso quando você ainda acreditava que ela era uma flor frágil que precisava ser protegida.

Søren não replica, apesar de um músculo em seu maxilar tremer. Sua mão vai até a espada no quadril. Sei que ele assumiu a tarefa habitual de Artemisia, que tem instruções sobre o que fazer se Blaise se tornar um perigo para nós. O pensamento me deixa nauseada. Søren deve perceber que Blaise está apenas com raiva, não representa perigo, porque sua mão se imobiliza.

– Neste momento, acredito que ela é alguém que pode tomar suas próprias decisões – diz ele, a voz calma.

Engulo em seco, embora obrigue meus olhos a voltar ao campo de batalha, aos dez astreanos sendo libertados das correntes. Eles parecem delirantes, tropeçando a cada poucos passos, cambaleando. Os joelhos de um deles se dobram e ele cai só para ser levantado com violência por um guarda.

– Estão drogados – explica Søren baixinho. – Isso os deixa mais controláveis, mais inclinados a seguir ordens.

Os oficiais kalovaxianos põem pedras preciosas em suas mãos, que eles aceitam avidamente, como um homem sedento aceitaria água.

"Para dar um empurrãozinho neles", eu me lembro de Erik dizer quando me falou sobre os *berserkers*. Mas não me contou como isso os afeta. Assim que eles tocam as pedras, é como se algo dentro deles ganhasse vida. Algo selvagem e inumano. O ar em torno deles se torna mais elétrico.

Com as pedras nas mãos, os *berserkers* dão alguns passos hesitantes na direção do meu exército. Seus movimentos ainda são lentos e entorpecidos, mas agora há neles uma energia que não é natural. Eles avançam, com movimentos bruscos, como marionetes presas a cordas sendo manipuladas por alguma força invisível.

Meu exército hesita. Mesmo sabendo que isso provavelmente aconteceria, todos tendo sido instruídos sobre o que fazer quando acontecesse. Mesmo algumas dezenas de guerreiros tendo flechas encaixadas e prontas para este momento. Eles hesitam diante da realidade e eu nem posso culpá-los por isso. As figuras que se aproximam não são *berserkers*, afinal. Essa é uma palavra kalovaxiana para um conceito kalovaxiano. Elas não são armas, são pessoas. Pessoas doentes que precisam de uma ajuda que não podemos dar. Só podemos lhes oferecer a misericórdia de uma flecha no coração.

– Atirem – murmura Blaise, o olhar fixo. – Atirem agora.

Søren, no entanto, permanece em silêncio, os olhos grudados na cena.

Enfim, uma flecha é disparada, atingindo um *berserker* no peito. Ele olha para a flecha, as drogas em seu organismo retardando sua reação. Em seguida, ele cai, como se estivesse afundando na água em vez de desabando no ar.

Esse disparo quebra o feitiço e outras flechas se seguem, algumas errando, outras encontrando seu alvo. Os *berserkers* caem, um após o outro, as pedras preciosas soltando-se de suas mãos frouxas, rolando, inofensivas. Eu os conto enquanto morrem, meu coração tendo um sobressalto a cada um deles. Vão morrendo misericordiosamente, até que resta apenas um, uma menina que não pode ter mais de 8 anos. Seus passos se arrastam, como se ela tivesse se esquecido de como fazer para andar e, embora eu esteja longe demais para dizer com certeza, acho que ela está chorando.

As flechas param, mas a menina não. Ela dá outro passo, depois mais outro, atravessando o campo entre os exércitos, uma figura tão pequena que quase desaparece por completo.

Até Blaise se cala agora, embora eu saiba que todos nós estamos esperando por isso, esperando ver a flecha voar e encontrar seu alvo, esperando alguém acabar com isso, pôr um ponto final ao sofrimento da menina.

Mas ninguém age. Ninguém consegue.

A garota chega às nossas linhas de frente e para. Diante de milhares de guerreiros armados, ela parece ainda menor. Pequena demais, com certeza, para machucar alguém. Meus exércitos recuam o mais rápido possível, mas, para muitos, não é rápido o suficiente.

Algo se inflama. *Ela* se inflama. Num momento ela está lá, uma menina chorando, assustada, e no outro, ela é uma bola de fogo, engolindo tudo em um raio de vários metros. Eles gritam enquanto queimam, mas os gritos dela são os mais altos.

Recuo um passo e preciso de toda a minha força para não desviar os olhos, para não me virar e fugir da cena horrível até terminar, mas de alguma forma eu consigo. Continuo assistindo, mesmo quando tenho a sensação de que isso vai me matar.

O fogo morre tão rapidamente quanto começou e tudo que resta é um círculo de 15 metros de grama carbonizada e algo perto de trinta cadáveres carbonizados, incluindo um que é pequeno demais.

Tenho ânsia de vômito. Levo a mão à boca e respiro pelo nariz até meu estômago parar de se revirar.

– Poderia ter sido pior – diz Søren em voz baixa. – Poderia ter sido muito pior.

Eu sei que ele está certo, mas ainda tenho que lutar contra o impulso de bater nele.

Erik me falou sobre os *berserkers*, me contou o que acontecia, em que eles se transformavam, porém nada poderia ter me preparado para essa realidade, para a humanidade feroz das pessoas, como elas choravam enquanto caminhavam para a morte.

Meu exército, tão chocado quanto eu, demora a reagir. Os kalovaxianos não. Eles aproveitam nossa hesitação para avançar, ganhando os poucos metros por que tanto lutamos, antes que meu exército recupere o autocontrole.

Mas, quando eles voltam a atacar, estão mais furiosos do que nunca.

BATALHA

A BATALHA SEGUE, ENCARNIÇADA, POR HORAS, PORÉM não há mais *berserkers* e por isso me sinto agradecida. Sei que vai demorar um pouco até eu fechar os olhos para dormir sem ver aquela menina chorando nos meus pesadelos. Não sou a única abalada. Blaise não disse uma palavra desde o acontecido, apesar de, contrariando todas as probabilidades, parecermos estar ganhando agora. É um progresso lento, uma luta sangrenta centímetro a centímetro, mas ainda assim é progresso.

Quando o sol está a pino, alcançamos os alojamentos dos escravos e algumas dezenas de guerreiros entram para libertar os escravos que por ventura estejam ali. Ainda restam kalovaxianos – talvez umas duas centenas brigando com todas as suas forças –, mas não posso imaginar que não se rendam a qualquer minuto, especialmente quando os escravos que desejam lutar se juntarem ao combate. Por mais teimosos que sejam os guerreiros kalovaxianos, eles reconhecem uma causa perdida quando estão diante de uma.

– Devemos começar a descer? – pergunto, mas Søren ergue a mão, vincos profundos surgindo em sua testa.

– Tem alguma coisa errada – diz ele, os olhos fixos na batalha lá embaixo, como se fosse um quebra-cabeça que não conseguiu resolver. – Eles já deveriam ter se rendido a esta altura. Não faz sentido. – Ele se detém e a cor some de seu rosto. – A menos que saibam que a ajuda está chegando.

Balanço a cabeça.

– Impossível, Søren – respondo. – Os soldados mais próximos estão a dias de distância. Não conseguiriam chegar a tempo.

Sua testa se franze ainda mais quando ele corre os olhos pelo horizonte, mas é Blaise quem finalmente levanta um dedo para apontar na direção leste.

– Lá – indica ele, com um sussurro rouco.

Meus olhos seguem para onde ele aponta e meu estômago se contrai. Ao longe, serpenteando pelas montanhas, vê-se outro exército vestido com o vermelho kalovaxiano.

– Não faz sentido – digo, mais para mim do que para eles.

Os maxilares de Søren se contraem.

– O rei Etristo mandou avisar meu pai – conclui ele. – É a única explicação que me ocorre. Ele juntou as peças, descobriu para onde estávamos indo e enviou uma mensagem. Demoramos a chegar aqui. Um único navio, rápido, poderia ter chegado à capital na metade do tempo.

Minhas entranhas se contraem ainda mais enquanto fito as tropas que se aproximam. Uma fita vermelha aparentemente interminável de soldados abrindo caminho pelas montanhas.

– Quantos você calcula? – pergunto a Søren.

Ele olha para mim, o olhar firme.

– Muitos... demais.

Faço um gesto afirmativo com a cabeça. Era o que eu imaginava, mas ouvir a confirmação me faz ter ânsia de vômito novamente.

– Temos que bater em retirada – declaro. – Vamos libertar os escravos e pronto. Ainda é uma vitória e não há outra opção. Se ficarmos, seremos massacrados.

Søren assente, mas Blaise é mais rápido, correndo para o lado oposto do penhasco, que dá vista para o mar. Com a mão, ele protege os olhos contra o sol.

– Esperem um minuto – diz ele. – Há navios vindo dessa direção também.

Meu estômago se contrai ainda mais.

– Navios kalovaxianos? – pergunto, lutando para manter a calma.

Se estão nos cercando por todos os lados, estamos acabados. Não perderemos só uma batalha, perderemos tudo.

– Não – responde Blaise após um momento que parece durar uma eternidade. Sua voz se anima. – Não, são bandeiras gorakianas.

Erik. Dou graças a todos os meus deuses e faço uma anotação mental para perguntar a Erik sobre os seus deuses para que possa agradecer a eles também.

– E... – diz Blaise, perscrutando em outra direção. – E tem mais. Alguns dos navios têm bandeiras vecturianas e, Theo, eu... eu acho que estou vendo Dragonsbane também.

Meus joelhos cedem e eu teria desabado no chão se Søren não me estabilizasse com a mão no meu ombro. Levo um momento para perceber que estou rindo. Uma gargalhada delirante, histérica, mas ainda assim uma gargalhada.

– Vai ser suficiente? – pergunto a Søren.

– Mais dois campos de refugiados vão nos dar outros quatro mil ou perto disso, mais os guerreiros que ainda temos, mais os escravos que acabamos de libertar, mais umas poucas centenas de vecturianos, mais a tripulação de Dragonsbane – diz ele, fazendo o cálculo na cabeça. Após um momento, ele assente. – Talvez sim.

– Ainda podemos fugir – afirma Blaise. – Todos nós, depois nos reagrupamos e atacamos outra mina.

Balanço a cabeça.

– É o que o kaiser vai esperar de nós. Ele vai esperar que a gente fuja dele... Está acostumado com as pessoas fugindo dele. E vai se certificar de que não tenhamos outra chance para constrangê-lo assim. É agora ou nunca.

Blaise assente, o olhar sombrio.

– Vou passar a informação para o nosso exército, atualizá-los sobre o que está acontecendo, dizer que armem os escravos libertos ou os levem para um lugar seguro assim que pudermos.

Abro a boca para protestar, mas sei que é a melhor opção. Não posso ir eu mesma, e se Søren aparecer com seu tipo kalovaxiano, é muito provável que acabe morto antes que meu exército perceba que ele não é um inimigo.

– Volte rápido – peço.

Blaise olha fixamente por um longo momento a batalha lá embaixo.

– Não – diz ele, a palavra calma e clara, embora ele não olhe para mim.

Ela parece ecoar na distância entre nós, mas acho que é somente na minha cabeça.

Não. Não. Não. De repente me ocorre que Blaise jamais me disse não. Ele já discordou de mim muitas vezes e defendeu seu ponto de vista até eu me render ao seu raciocínio, mas nunca recusou abertamente um pedido meu.

– Blaise – peço, dando um passo em sua direção. – Depois do que acabamos de ver...

– Depois do que acabamos de ver, mais do que nunca eu sei onde preciso estar.

Ele diz isso tranquilamente, mas há um quê de aço na sua voz. E continua:

– Vou ficar perto de Artemisia. Se parecer que estou perdendo o controle, confio nela para que tome a decisão: me mate ou me deixe matar o maior número deles que eu puder.

Dou mais um passo até ele, segurando seu rosto entre minhas mãos e obrigando-o a me olhar.

– Blaise, você não pode. Não vai fazer isso. Eu vou ordenar... Estou ordenando que fique aqui. Como sua rainha, estou dando uma ordem a você.

Não falo como rainha de ninguém, percebo isso enquanto pronuncio aquelas palavras, mas neste momento não sou mesmo. Sou apenas uma garota assustada implorando a um garoto que ela ama que não a deixe. Odeio fazer isso, mas não consigo parar.

Blaise engole em seco, me encarando com um olhar intenso.

– Não.

Parece matá-lo dizer aquela palavra.

As lágrimas ferroam meus olhos e eu pisco furiosamente para afugentá-las. Ele não me verá chorar por ele.

– Nunca vou perdoar você se fizer isso – digo, quase cuspindo as palavras.

Ele desvia o olhar.

– Eu sei – responde de modo suave, olhando para Søren por sobre meu ombro. – Você sabe o que fazer se tudo indicar que vamos perder... mesmo que a chance disso seja bem pequena.

A voz de Søren está tensa.

– Eu a levo de volta para o navio – promete ele.

Blaise assente antes de gentilmente soltar-se das minhas mãos. Ele me olha por um momento que parece durar uma eternidade.

– Eu te amo, Theo – diz ele.

– Se amasse, não faria isso – rebato, afiando cada palavra em uma ponta de punhal.

Ele recua, como se minhas palavras o machucassem fisicamente, então se vira e se afasta.

Enquanto desce a montanha, não olha para trás nem uma só vez, embora eu tenha certeza de que pode me ouvir gritando seu nome até chegar ao pé da montanha.

• • •

Erik e Dragonsbane chegam meros instantes antes dos reforços kalovaxianos e, quando as tropas se chocam, o resultado é uma cacofonia saída diretamente de um pesadelo. Metal retine contra metal, urros perfuram o ar, gritos de guerra se misturam e se confundem até eu não ter mais certeza de quem eles são. Tudo isso ricocheteia, ecoa nas montanhas e me cerca. A cena diante dos meus olhos é um borrão de corpos e sangue que parece prosseguir para sempre, mas eu observo apenas uma figura.

Deveria ser difícil distinguir Blaise a esta distância, sem nada para diferenciá-lo à maneira do cabelo de Artemisia, mas não é. Mesmo em meio àquela loucura, eu o reconheço facilmente com a espada em punho e uma selvageria apavorante a cada movimento.

Søren não diz nada enquanto choro sem conseguir parar. Ele parece um pouco assustado comigo, mantendo uma distância cautelosa e fingindo que não percebe. Vagamente, me dou conta de que é provável que ele não tenha estado perto de muitas mulheres chorando. Quando meus soluços enfim se aquietam, ele se permite falar:

– Blaise é impulsivo, mas não é burro. – Embora as palavras sejam pronunciadas de maneira breve, ele parece estar tentando soar compassivo. – Ele vai ficar bem.

– Ele não tem controle sobre os acontecimentos – retruco, enxugando os olhos.

Eu me lembro do terremoto em Sta'Crivero, de quanto ele chegou perto de perder todo o controle antes de eu puxá-lo de volta daquele abismo. Quem o trará de volta se isso acontecer agora? Artemisia cravará uma espada nas costas dele se achar que ele é mais perigoso para o nosso exército do que os kalovaxianos. E ainda vai considerar isso um gesto de misericórdia.

Søren dá de ombros.

– Ele parece ter mais controle do que qualquer *berserker* que eu já tenha visto. Alguns deslizes não significam que o uso de seu poder o matará.

Sei que ele tem razão, mas isso não me traz muito conforto.

Blaise me deixou, depois de tudo. Depois de todos que amei e perdi, não posso perdê-lo também.

– Theo... – começa Søren.

– Estou bem – asseguro a ele, enxugando os olhos outra vez.

– Não é isso – diz ele, hesitante. – Acho... acho que meu pai está aqui.

O choque que essas palavras provocam em mim me arranca dos meus pensamentos.

– O quê? – pergunto, piscando para afastar lágrimas não derramadas. – O kaiser nunca vai para o campo de batalha.

– Ele não está lutando – diz Søren, estreitando os olhos e observando a distância. – Está só assistindo, como nós. E acho que Crescentia está com ele.

Cress. Meu coração dá um salto no peito e eu corro para o lado de Søren, olhando na mesma direção que ele.

– Lá – mostra ele, apontando. – Naquela montanha, o penhasco. Está vendo?

Estou. Não é difícil vê-los em suas cadeiras ornamentadas que devem ter exigido o esforço de boa parte do exército kalovaxiano para serem carregadas até ali. Há até um dossel de seda vermelha acima de suas cabeças, para protegê-los do sol. Como se estivessem assistindo a algum tipo de festa e não a uma batalha. Não consigo ver o rosto deles. Ainda bem.

– Por que ele viria até aqui? – pergunto.

Søren pensa por um momento.

– Porque você lhe causou um constrangimento ao fugir – diz ele. – Porque ele quer ver você destruída.

O ácido corrói meu estômago.

– Bem, ele não vai ver – afirmo. – É uma pena que você não seja um arqueiro mais habilidoso, Søren. Poderíamos terminar isso aqui e agora.

Søren balança a cabeça.

– Mesmo que eu pudesse fazer o disparo, meu pai não é burro. Tenho certeza que está de armadura. No entanto, não podemos deixar que eles nos vejam – diz ele, dando um passo para trás, para a sombra da montanha, e me puxando com ele. – Ele vai enviar homens aqui para nos pegar.

Concordo com um gesto da cabeça, o coração trovejando no peito.

– Søren, pode me prometer uma coisa?

Ele olha para mim, perplexo, mas assente.

– O que é?

Engulo em seco.

– Se eles vierem mesmo atrás de nós, se você achar que vão nos render... eu quero que você me mate.

Os olhos dele se arregalam.

– Theo, não.

– Não vou ser prisioneira dele de novo, Søren. Faça isso ou eu me jogo desses penhascos, embora imagine que isso seria muito mais doloroso do que você me matar. Estou te pedindo.

Søren sustenta meu olhar por um longo momento antes de assentir uma vez.

– Se chegar a esse ponto – diz, embora eu não tenha certeza se acredito nele.

• • •

Søren e eu nos encolhemos juntos, pressionados contra uma parede da montanha durante horas, até o campo de batalha ficar em silêncio.

– Acabou? – pergunto.

Søren parece confuso.

– Imagino que não – responde ele. – Espere um pouco.

Ele se deita de bruços e rasteja até a beira do penhasco, espiando o campo de batalha lá embaixo antes de olhar para mim.

– Estão erguendo uma bandeira. A luta cessou – diz ele, as sobrancelhas se unindo na testa franzida.

– Renderam-se? – pergunto, surpresa.

Nem mesmo nos meus sonhos mais doces imaginei uma rendição fácil assim.

Søren balança a cabeça.

– É uma bandeira amarela, solicitando uma trégua. O kaiser quer falar com o chefe do nosso exército. Ele quer falar com você.

TRÉGUA

SØREN VIRÁ COMIGO ENCONTRAR O KAISER, embora nenhum de nós expresse isso em voz alta. Fica apenas subentendido. Søren diz que o encontro vai acontecer num local reservado – muito provavelmente na caserna do comandante da mina – com um único guarda de cada exército como sentinela fora. Durante o encontro não haverá sangue derramado de nenhum dos lados.

No entanto, mesmo sabendo o que esperar, não consigo afastar o medo que sinto do que vai significar estar outra vez no mesmo ambiente que o kaiser – estar em sua presença, escutar sua voz, vê-lo olhando para mim.

Não sei se consigo.

Tenho que conseguir.

Artemisia será a nossa guarda. É possível que o guarda kalovaxiano a subestime – e espero que o faça.

– Está com seu punhal? – pergunta Søren em voz baixa.

Atravessamos juntos o campo de batalha ensanguentado, cercados por um aglomerado de guardas para o caso de kalovaxianos nos atacarem no caminho. Os soldados se dividem, cada exército a um lado. Embora já não estejam lutando por causa do cessar-fogo, nem de longe estão serenos. Tensos como cordas de arcos, eles nos observam passar, os olhos cheios de ódio, esperança ou mesmo vazios.

Faço que sim com a cabeça, sentindo o lugar onde o punhal está embainhado, na altura do quadril, por baixo do vestido.

– Não vão me deixar entrar com ele – noto, e a ideia de estar indefesa na presença do kaiser torna minha respiração mais difícil.

– Não, tecnicamente – diz Søren. – Mas não vão esperar que você esteja armada. Só vão revistar a mim. Mantenha-o com você, porém não o use, a menos que seja necessário. Se o atacar sem motivo, estará perdida.

Concordo com a cabeça, engolindo o medo.

Artemisia me lança um olhar firme.

– Chegou a hora – avisa ela. – Está pronta?

– Não – respondo com franqueza. – Mas vamos em frente.

...

Assim que entramos na caserna do comandante, a presença do kaiser me sufoca. Seus olhos azuis gelados pousam em mim, fazendo minha pele formigar. É tão desconcertante que demoro um momento para perceber que ele não está sozinho. Sentada a seu lado, com a mão engolida pela dele, encontra-se Crescentia, exatamente como a vi pela última vez, com a pele acinzentada e o cabelo branco quebradiço. Uma gargantilha de Pedras do Fogo envolve seu pescoço queimado, mas não esconde a deformação – ao contrário, a acentua. Uma coroa de ouro negro com chamas de rubis descansa no alto de sua cabeça.

A coroa da minha mãe, percebo com um sobressalto. Basta vê-la para que as pontas dos meus dedos comecem a queimar, e fecho os punhos ao lado do corpo para aliviar a sensação.

Fico imobilizada quando os olhos de Cress encontram os meus, mas a mão de Søren nas minhas costas me encoraja suavemente a continuar andando, a não deixar que me vejam vacilar.

Sento-me com cuidado na cadeira em frente a eles e Søren se acomoda ao meu lado.

Um silêncio se expande no espaço entre nós por alguns instantes. O primeiro a falar, parece, será também o primeiro a perder alguma coisa.

Por fim, Søren pigarreia e dirige-se ao kaiser.

– Pelo que soube, devo oferecer meus cumprimentos, pai, por suas núpcias – diz ele com um sorriso sombrio antes de voltar sua atenção para Cress. – Lady Crescentia, receba meus mais profundos pêsames.

O rosto do kaiser fica vermelho, mas é Cress quem responde primeiro, sua voz irritada cortando o ar como uma faca serrilhada.

– É *kaiserin* Crescentia – corrige ela com frieza. – Por acaso cumprimentos semelhantes se aplicam a vocês dois?

Søren pode ter sido o primeiro a falar, mas Crescentia é a primeira a perder, porque, neste momento, revela sua fraqueza. Mesmo no meio de uma batalha, com um número de mortos na casa dos milhares, ela ainda é uma garota rejeitada, com raiva porque perdeu o garoto com quem queria se casar.

Posso usar isso a meu favor.

– Ainda não – respondo com um sorriso açucarado. – Quando nos casarmos será no palácio astreano, depois que eu o retomar.

Cress cerra as mandíbulas e meu olhar se desvia dela para o kaiser, dominando o medo e a náusea que sua presença provoca em mim.

– Acredito que estamos aqui para discutir os termos da sua rendição – digo, com cuidado para manter a voz firme e forte.

Não vou me deixar acovardar.

Ele bufa.

– *Minha* rendição – repete, balançando a cabeça.

– *Você* invocou o direito de parola. Presumi que fosse para discutir as condições – afirmo. – Afinal, estamos em maior número.

– Batalhas não são vencidas apenas com números, você com certeza sabe disso, Søren – retruca ele, dirigindo-se somente ao filho, embora seja eu quem está falando.

– Estou surpreso que *você* saiba – responde Søren, controlando o tom de voz. – Décadas se passaram desde a última vez que você esteve numa batalha, pai. Muita coisa mudou desde então.

O kaiser dá um sorriso forçado.

– Estou disposto a permitir que seus exércitos deixem Astrea pacificamente – diz ele, recostando-se na cadeira e nos avaliando. – Tudo que quero em troca são vocês dois. Parece-me uma troca mais do que justa: duas vidas pelos milhares que perecerão caso se recusem.

Ele está tentando jogar com nossa honra, um movimento inteligente que eu, conhecendo o kaiser, deveria ter previsto.

– Não – digo, sem rodeios. – Nós vamos deixar que *você* e *seus exércitos* partam pacificamente se você e todo o seu povo abandonarem Astrea agora.

É um blefe, assim como foi a oferta dele – o kaiser jamais deixaria que meus exércitos partissem com vida, mesmo que eu me rendesse, e eu com certeza não vou aceitar uma rendição que não inclua a morte do kaiser. Apesar de ambos sabermos disso, fingimos.

O kaiser ri.

– Chegamos a um impasse, então – diz ele, antes de olhar para Crescentia. – Está vendo, minha querida? Eu lhe disse que esta reunião com eles não daria em nada.

Cress solicitou esta reunião?

Olho de relance para Søren, mas ele parece igualmente perplexo. O que teria Cress a ganhar encontrando-se conosco? É possível que tenha sido por mera curiosidade. No entanto, conhecendo Cress como conheço, não consigo imaginar que seja esse o caso. Seu pai não a criou para ser uma pessoa governada por algo tão frívolo quanto a curiosidade. Não, há alguma coisa mais em jogo aqui, mas sinto como se estivesse olhando por uma janela embaçada, incapaz de enxergar mais do que formas vagas.

Minha coluna se retesa quando Cress se levanta.

– Acho que eu queria vê-los uma última vez – diz ela com um suspiro melancólico, dando um passo em nossa direção.

A meu lado, Søren também fica tenso, como se esperasse um ataque. Ela percebe e sorri, como um gato rodeando um rato.

– Está com medo de mim, prinz Søren? – pergunta ela, inclinando a cabeça para o lado, pensativa. – Sou uma criatura bastante desagradável agora, graças a ela. – Cress faz um movimento de cabeça na minha direção. – Ofereci minha amizade e, em troca, ela me envenenou. Ela lhe contou isso?

– Você me ofereceu uma coleira – digo, lutando para manter a voz firme. – Eu não era sua amiga, Cress. Era seu animal de estimação.

Ela revira os olhos.

– Tão *dramática* – me repreende ela, andando pelo recinto com passos lânguidos, arrastando os dedos sobre a mesa, deixando um rastro de madeira queimada onde toca.

Posso sentir meu coração acelerar e é difícil ignorar a urgência de fugir dali. Ao ver minha reação, ela sorri, satisfeita consigo mesma.

É o mesmo sorriso que costumava me dirigir do outro lado de uma sala cheia de gente, como se compartilhássemos um segredo, apenas ela e eu. A lembrança me atinge como um chute no estômago, mas eu a afasto e me concentro no presente.

– Acho que eu deveria agradecer a você – afirma, dirigindo-se a mim em voz baixa. – É mesmo algo especial, não? – Ela examina os dedos com atenção. – Poderia queimar vocês dois só com um toque, você sabe. Quando sua guardinha chegasse, vocês não seriam nada além de cinzas. – Ela ri, os olhos faiscando com uma alegria maliciosa. – Um fim bastante apropriado para você, não concorda, Princesa das Cinzas?

Toco o punhal escondido sob a saia, embora saiba que ele de nada serviria se chegasse àquele ponto. Quando o puxasse, já seria tarde demais. Meus dedos ainda comicham e me pergunto o que aconteceria se eu não refreasse a minha fúria, se a deixasse consumir meu corpo até que nada restasse de mim além de chamas, fumaça e cinzas. Despertaria a raiva dos deuses, lembro a mim mesma, correria o risco de atrair sua ira sobre Astrea. Significaria nunca mais tornar a ver minha mãe.

No entanto, quando vejo Cress controlar o fogo na ponta de seus dedos com uma distância gélida, sei que ela não hesitaria em usá-lo contra mim. Sei que, se ela tentasse, eu faria o que fosse preciso para detê-la. Sei também que seria inútil – afinal, ela conhece o poder que tem, sabe controlá-lo. Tenho medo demais do meu para fazer o mesmo.

O kaiser sorri para Cress como se ela fosse a coisa mais linda que ele já tinha visto, como se quisesse possuí-la. Cress retribui o sorriso, mas existe algo doentio naquele sorriso, algo sombrio e pegajoso. Ela anda pelo espaço e se detém atrás dele, pousando as mãos em seus ombros.

– Agora você está tão silenciosa, não é mesmo? – dirige-se ela a mim. – Nenhuma resposta mordaz? Porque você sabe que eu seria capaz disso, não sabe?

Recobro a voz e sustento seu olhar, embora tudo que eu queira neste momento é me afastar dela.

– Seria. Mas eu conheço você, Cress – digo, na esperança de que seja verdade. – Você não é uma assassina.

Seus olhos se estreitam e um estremecimento percorre seu corpo. Sem desviar os olhos dos meus, ela move as mãos pelos ombros do kaiser até envolver-lhe o pescoço, seus dedos elegantes e brancos como marfim fechando-se sobre a garganta avermelhada do kaiser. Ela inclina suavemente a cabeça dele para trás, forçando-o a olhar para ela antes de levar seus lábios aos dele, no que mal pode ser chamado de beijo.

O kaiser percebe o que está acontecendo um instante tarde demais – quando tenta se soltar, o toque dela já é puro fogo, queimando-lhe a boca e a garganta antes que ele possa sequer soltar um grito. O cheiro de carne queimada toma conta do ambiente, tão acre que me deixa tonta. Olho, horrorizada, o corpo dele se transformar em cinzas sob o abraço dela, sua expressão congelada numa agonia silenciosa.

Um grito morre em minha garganta. Não consigo desviar o olhar do kaiser enquanto a vida abandona seus olhos. Esperei anos por isso. Sonhei assistir pessoalmente à sua morte. Mas nunca imaginei que aconteceria desse jeito. Nunca imaginei que, quando acontecesse, eu sentiria ainda mais medo.

O cheiro de carne queimada fica mais forte, fazendo a bile subir pela minha garganta. Søren cobre o nariz com a manga da camisa, o rosto pálido igualando-se ao tecido, mas Cress não parece incomodada. Nem pelo cheiro, nem pelo que acabou de fazer. Não pode ser a primeira vida que tira, percebo vagamente, e me pergunto que tipo de monstro ela se tornou desde que a vi pela última vez.

– Pronto – diz ela para mim quando finalmente afasta as mãos do cadáver do kaiser. – Agora, que tal revisitarmos aquelas condições?

Cress dá a volta na mesa do comandante e vasculha as gavetas até exibir uma garrafa de vinho pela metade. Ela a coloca sobre a mesa e enfia as mãos nos bolsos do vestido. De um deles, tira um pequeno cálice coberto de Pedras do Fogo e, do outro, um frasco com um líquido opalino.

Meu estômago se revira diante do que vejo. Encatrio, o mesmo veneno que dei a ela e a seu pai.

– Onde conseguiu isso? – pergunto, minha voz pouco mais que um sussurro.

Ela dá de ombros.

– Depois do que isto fez em mim, não foi difícil descobrir que devia ter vindo da mina do Fogo. A partir daí, foi uma questão de fazer as perguntas certas e tornar as pessoas mais *inclinadas* a falar.

– Você as torturou – afirmo, e minha voz falha.

Um monstro de fato, mas fui eu quem a iniciou nesse caminho, não foi? Eu a transformei nisso.

Cress revira os olhos.

– Não teria sido necessário se eles simplesmente tivessem me contado o que eu precisava saber. – Tirando a rolha do frasco, ela derrama algumas gotas no cálice. – Isto deve bastar – pondera ela, embora eu ache que está falando mais para si mesma.

Em seguida ela serve o vinho, enchendo o cálice até a metade e agitando-o para misturar a bebida. Pegando o cálice, ela caminha em minha direção e eu tenho que me forçar a permanecer onde estou.

Søren se coloca à minha frente.

– O que você vai fazer com isso? – pergunta ele, alarmado.

Cress se limita a sorrir para ele.

– Prometo que não vou derramar pela garganta dela. Só estou oferecendo... e ela vai beber por vontade própria, cada gota.

– E por que eu faria isso? – pergunto, a voz trêmula.

– Porque, se você beber, vou ordenar que meus exércitos recuem. Você pode ficar com a mina, pode ficar com os escravos que libertou... bem, *você* não pode, porque vai estar morta, mas seu povo viverá.

– Já estamos vivendo – retruca Søren. – A batalha não terminou.

– Ainda não – diz Cress, olhando rapidamente para ele. – Mas vai terminar em breve. Não importa que vocês tenham mais homens. Eles não são treinados, são fracos. Não têm Pedras do Espírito. Mesmo que, de algum modo, vocês consigam vencer esta batalha, seu exército seria dizimado e vocês só manteriam a mina por tempo suficiente para que eu busque mais tropas. Retornaríamos em uma semana e esmagaríamos o que restou do seu exército, como um inseto sob um sapato. – Ela faz uma pausa, sorrindo para mim. Ao contrário dos meus pesadelos, seus dentes não são pontiagudos, mas sua expressão é igualmente selvagem. – É uma troca simples, Thora. A sua morte ou a do seu povo.

Olho para ela, paralisada. Parece uma piada de mau gosto, entretanto não há nada de engraçado nela. Cress está falando sério. Está me oferecendo a morte e chamando-a de misericórdia, e nem mesmo está errada. Se o kaiser não tivesse chegado trazendo reforços, teríamos mantido homens suficientes do nosso exército para viajar para outra mina e travar outra batalha lá, mas Cress tem razão – mesmo que vençamos esta batalha, o número de baixas seria alto demais. Seria nossa primeira e última tentativa de defesa.

Se eu beber o veneno, porém, haverá esperança. Não sou tão tola a ponto de acreditar que Cress deixaria meu exército manter a mina do Fogo por muito tempo, mas seria o suficiente para conceber um novo plano, encontrar outra maneira de lutar. Confio em que, na minha ausência, Artemisia, Heron, Erik e Blaise continuem a lutar. Eles não precisam de mim. A própria Artemisia disse isso no palácio astreano. Se eu morrer, a rebelião vai prosseguir.

Preciso acreditar nisso.

Sustento o olhar de Cress e me desvio de Søren, pegando o cálice da mão dela. Por um instante nossos dedos se tocam. Eu esperava que os dela fossem quentes, mas são como os meus.

– Theo, não! – exclama Søren, implorando. – Há outras saídas.

– Não – digo, sem tirar os olhos de Cress. – Não há.

Talvez isto não me mate, é um pensamento febrilmente desesperado que me ocorre. Afinal, não matou Cress. O sangue de Houzzah corre em minhas veias, já tive a prova disso. O que parece mais provável é que qualquer poder que eu tenha seja amplificado pelo encatrio, que, como disse Mina, minha panela vá transbordar.

Devo confiar nos meus deuses, acreditar que não deixariam isso acontecer, que me protegeriam. Mas eles não protegeram Blaise. Não protegeram minha mãe, nem Ampelio, nem Elpis, nem Astrea como um todo. Não consigo acreditar que vão me proteger agora.

Ergo o cálice até os lábios, mas paro antes de beber.

– Cress – digo.

Somente uma palavra. Somente o nome dela.

Um lampejo passa pelo seu rosto e, por um momento breve e passageiro, acho que alcancei uma parte dela que acreditei perdida. Ela sorri para mim do mesmo jeito que sorriu um dia, quando éramos apenas duas garotas bobas trocando confidências. Mas esse sorriso se torna faminto.

– Beba – ordena ela.

Seguro a mão de Søren porque não quero morrer sozinha, então viro o cálice e bebo.

O primeiro gole é quente, porém suportável. Os seguintes me queimam. Bebo tão depressa que o vinho escorre pelos cantos da minha boca, chamuscando a pele ali, mas não paro. Bebo até a última gota.

O fogo começa na garganta, uma dor tão aguda que me faz ajoelhar, expulsando todos os outros pensamentos da minha mente. Não me importo mais onde estou, nem de quem é a mão que seguro ou qualquer coisa que exista fora do meu próprio corpo. A dor se espalha, me arrasando por dentro até eu começar a tremer, o chão parecendo gelo sob meu corpo. Braços me envolvem, segurando-me com força, porém logo esses braços desaparecem e o único conforto que me resta é arrancado de mim.

Um grito atravessa o ar, mas não é meu. Não pode ser porque não consigo nem mesmo abrir a boca.

Uma porta se abre, vultos entram correndo, embaçados demais para que eu os reconheça.

Mais gritos. Pânico. O conforto é arrastado para fora dali, debatendo-se e gritando o tempo todo. Mesmo quando não consigo mais vê-lo, ainda posso ouvi-lo. Chamando meu nome. Chamando Theodosia.

Cabelos azuis. Ela se agacha ao meu lado, seu toque é frio. Duas mãos parecendo água em minha pele, mas dói muito mais do que o fogo. Se o veneno me transformou em chama, aquilo me dissolve em nada além de vapor.

Tudo escurece.

RESCALDO

Acordo em uma tenda, a luz brilhante do sol se infiltrando através dos pontos de costura do teto. Minha pele parece ter sido esfolada, cada nervo pegando fogo, mas a dor não me limita. Posso pensar apesar dela. Lembro-me de ter bebido o veneno e de ouvir Cress gritando, chamando o guarda. Eu me lembro do guarda arrastando Søren dali e de Artemisia vindo me socorrer em vez de salvá-lo.

Ao me virar no colchão puído, minha pele se irrita e eu deixo escapar um gemido, fechando os olhos com força.

– Theo? – chama uma voz, baixa e amedrontada.

Forço meus olhos a se abrirem novamente e encontro Artemisia sentada no chão ao lado do meu catre, me observando com olhos solenes e preocupados. A julgar pelas olheiras, creio que faz algum tempo que ela não dorme. Tento me sentar, mas o movimento propaga outra onda de dor pelo meu corpo e eu volto a me deitar, cobrindo o rosto com as mãos.

Sob a ponta dos meus dedos, a pele é suave, mas escorregadia de suor. Diferente da pele seca e queimada de Cress. Verifico o cabelo também, esperando encontrar pontas chamuscadas, mas é o mesmo de sempre, exceto por uma única mecha. Quando a trago diante dos olhos, vejo que é de um branco absoluto. Estremeço.

Percebo que estou viva, e esse pensamento me deixa tanto atônita quanto eufórica. Estou viva, embora pense que não deveria. Estou viva, mas não sou a mesma. A poção pode não ter me afetado tanto como fez com Cress, mas me modificou. Antes o calor se concentrava na ponta dos meus dedos e se espalhava aos poucos, agora eu o sinto por toda parte, insípido e constante, correndo pelas minhas veias. No entanto, isso não me assusta mais. Depois de tomar encatrio, não posso imaginar que alguma coisa vá me amedrontar de verdade outra vez.

– Eu dormi por quanto tempo? – pergunto, as palavras soando ásperas, minha garganta doendo a cada uma delas.

– Dois dias – responde Art. – Os kalovaxianos bateram em retirada. A kaiserin nos deu um pedaço de papel dizendo que agora a mina é de nossa propriedade, embora eu ache que ele não vale grande coisa.

– Não – concordo, mas estou surpresa que Cress tenha mantido a palavra de alguma forma. Ela deve achar que morri, penso. – E Søren?

Ouço-a engolir em seco.

– Eles o levaram, disseram que era um traidor kalovaxiano e que pertencia a eles. Erik tentou detê-los, Heron e Blaise também, mas Søren concordou em ir com eles para evitar que mais alguém se machucasse. Vocês são dois nobres idiotas – diz ela, mas o afeto em sua voz é inconfundível.

– E Blaise? – pergunto. – Ele entrou em combate. Está...? – Eu me interrompo, incapaz de concluir.

– Ele está vivo – responde Artemisia. – Tem ficado aqui por perto, mas disse que você não ia querer vê-lo.

Não sei bem até que ponto ele está errado. Nossa discussão ainda ecoa em minha mente e o vejo indo embora, por mais que eu tenha implorado para ele ficar. Mas estou viva e ele está vivo e esses dois fatos me parecem milagres. Então, como posso ficar com raiva?

– Você me salvou – digo a ela, lembrando como ela usou seu Dom da Água em mim.

De outra forma, o veneno teria me matado ou, no mínimo, me desfigurado, como fez com Cress.

– Você salvou todos os outros – responde ela, dando de ombros. – Era o mínimo que eu podia fazer. Como está se sentindo?

Ela faz a pergunta como se não tivesse certeza de que quer saber a resposta. Porque não está perguntando sobre a minha dor, isso ela viu claramente em meus estremecimentos, ouviu em meus gemidos. Está perguntando sobre algo mais profundo.

– A mesma, praticamente – digo a ela, sem saber como explicar como me sinto diferente.

Artemisia toca minha bochecha.

– Sua pele ainda está quente – observa ela. – A princípio, pensamos que fosse uma febre, mas Heron não conseguiu curar você. E disse que era outra coisa.

Engulo em seco e fixo o olhar na palma da minha mão. Eu vi do que Cress é capaz. Se pretendo desafiá-la, não posso mais ter medo. Invoco o fogo, imagino-o surgindo ali, mas algo parece errado. Posso sentir o fogo em mim, só que está enterrado muito fundo. Tenho que cavar para encontrá-lo, lutar por ele e, finalmente, com algum esforço, uma pequena chama aparece na minha mão.

Artemisia nem sequer se sobressalta, apenas fita a chama com uma vaga espécie de curiosidade.

– Está diferente – diz ela. – Você agora pode controlá-lo.

– Sim – concordo, franzindo a testa. – Mas não é como eu tinha pensado que seria. É mais fraco.

Ela assente.

– Bem, você não vai mais precisar esconder. Uma rainha que sacrificou a vida pelo seu povo só para surgir ainda mais forte, como uma espécie de...

A voz some, ela não consegue pensar no termo correto.

Ele me vem imediatamente.

– Como uma espécie de *Phiren* – completo.

Ela parece confusa e explico:

– É uma ave da mitologia gorakiana. Hoa me contou sobre ela... que se transforma de cinzas em brasas, depois em chamas e de volta às cinzas.

A lembrança de Hoa me atinge com uma nova agonia.

– Como está Erik? – pergunto.

Antes que Artemisia possa responder, a tenda se abre e Dragonsbane entra. Quando me vê, ela sorri, embora ainda exista algo selvagem nesse sorriso, que em nada se parece com o que eu me lembro da minha mãe. Parece o sorriso de Art.

– Você acordou – observa ela com um breve aceno de cabeça. – Como está se sentindo?

Em vez de responder, acendo a chama em minha mão outra vez. Ver seus olhos se arregalarem de medo e assombro me deixa mais feliz do que deveria.

– Sei que você não acredita nos deuses, tia, mas parece que eles ainda acreditam em nós.

Ela não diz nada por um longo momento.
– Dói? – pergunta finalmente.
Fecho a mão e o fogo se apaga.
– Tudo dói – afirmo. – Tenho de lhe agradecer. Sem você, teríamos perdido muito mais vidas.
– Foi uma boa batalha – responde ela. – O que você fez foi admirável. Insensato, mas admirável.
Concordo com um gesto de cabeça, sabendo que, vindo de Dragonsbane, esse é o maior elogio que posso esperar.
Artemisia pigarreia.
– Estou feliz também por você ter vindo – diz, a voz surpreendentemente baixa.
A acidez na expressão de Dragonsbane se suaviza um pouquinho, mas ainda assim ela não consegue formar palavras. A energia na sala é tensa, delicada como uma teia de aranha, mas, quando os olhos de Dragonsbane e de Artemisia se encontram, mil palavras silenciosas são trocadas entre elas e eu me sinto uma intrusa.
Dragonsbane me disse que tive sorte de minha mãe não ter vivido por tempo suficiente para me decepcionar, no entanto, com um nó crescendo na garganta, percebo que isso também significa que nunca vou ter um momento como este, para fitar minha mãe nos olhos e perdoá-la por sua humanidade imperfeita.

...

Erik vem me visitar depois que Artemisia e Dragonsbane saem. De camiseta e calça, com o cabelo solto caindo nos ombros, ele parece mais jovem do que é de fato. Alguém já lhe contou sobre Hoa, e espero que tenha sido com gentileza.
– Sinto muito – digo a ele, embora as palavras sejam lamentavelmente insuficientes.
Ele se senta ao lado do meu catre e toma minha mão nas suas. Se o calor da minha pele o surpreende, ele não demonstra. Eu me pergunto se a notícia já está se espalhando.
– O kaiser nunca mais vai fazer o que fez com ela a outra mulher. – Sua voz é fria como aço. – Ele nunca mais vai machucar alguém. Eu gos-

taria que ela pudesse ter vivido neste mundo livre do kaiser por um dia que fosse.

– Eu também – concordo com ele antes de inspirar fundo. – Eu matei a mulher que a matou. Posso dizer a você que foi legítima defesa e que não tive escolha, e isso tudo é verdade, mas também a matei pelo que fez com Hoa e nunca vou me arrepender disso.

Ele pensa por um momento antes de assentir.

– Um dia, quero ouvir sobre isso em detalhes – responde ele. – Mas vi muitas mortes ultimamente. Nem mesmo essa vai me trazer alegria.

Eu mordo o lábio.

– Você acha que Søren está morto?

Os olhos de Erik reencontram os meus.

– Não – responde ele depois de um momento. – Ele é um traidor, e os kalovaxianos não têm misericórdia com traidores, mas, nesse caso, imagino que Crescentia queira mantê-lo vivo. A posição dela como kaiserin é precária. Eles nunca foram governados por uma mulher e não devem estar muito entusiasmados com a ideia. Ela precisa se casar com ele para manter o trono.

A ideia me deixa nauseada, mas pelo menos significa que não vão matá-lo. Por enquanto. Por mais que isso me alegre, não posso deixar de pensar que a morte seria misericordiosa em comparação com o inferno que devem estar lhe infligindo agora.

– Vamos resgatá-lo antes que isso aconteça – digo a Erik, como se fosse simples assim.

Erik deve saber que não é, mas assente.

– Vamos resgatá-lo – concorda, apertando a minha mão.

• • •

O corpo do kaiser já está queimado, porém montamos uma pira para ele. Eu me encontro ao lado dele agora, perto o suficiente para tocar sua pele carbonizada. Mal tenho força suficiente para me manter de pé por alguns momentos, mas me obrigo a ficar. Lembro-me do que disse a Blaise há o que parece uma vida atrás:

"Quando o kaiser estiver morto, não importa quando isso aconteça, quero queimar o seu corpo. Eu mesma quero levar a tocha ao corpo dele e ficar e assistir até que não sobre mais nada dele, só as cinzas."

Eu acreditava que a morte do kaiser me traria paz, mas, mesmo ao olhar para o corpo morto e os olhos vazios, a paz ainda me parece estar a quilômetros de distância.

Minha mãe era a Rainha da Paz, penso quando os homens que construíram a pira terminam e me deixam com o corpo. *Mas eu não sou esse tipo de rainha.*

Eu me afasto do kaiser e me volto para a multidão de refugiados e astreanos libertos que se reuniram para vê-lo queimar. É um bom momento para outro discurso, talvez, mas eles não vieram aqui para ouvir discursos. Blaise se aproxima com a tocha na mão, os olhos baixos. Ele não me encara desde que acordei e ainda não tenho certeza se quero que me encare ou não.

Eu não pego a tocha. Em vez disso, viro-me para o kaiser e estendo a mão. Mais uma vez, é preciso certo esforço. Por um momento, faz-se um silêncio expectante antes que a pequena chama apareça, lambendo a palma da minha mão. Por mais fraca que seja, é suficiente para provocar arquejos e murmúrios da multidão.

Toco a chama no leito de palha embaixo do corpo dele e a observo pegar fogo.

Às minhas costas, os arquejos da multidão se transformam em vivas. Artemisia estava certa: eles não veem esse poder como algo negativo – acreditam que é um novo dom, dado por Houzzah pelo meu sacrifício.

Talvez seja, mas não é bastante. Vi como Cress exerce seu poder. Ela não precisa se esforçar para encontrá-lo, ele está sempre lá, como uma parte dela, tanto quanto sua pele, os tendões e os ossos.

Eu mal ouço os vivas. Mantenho os olhos no corpo do kaiser e nem me permito piscar enquanto a chama ganha força e lambe o corpo já enegrecido. É somente neste momento que percebo o leve brilho da pedra vermelha em seu pescoço, coberta por cinzas e fuligem, porém inconfundível: a Pedra do Fogo de Ampelio. Levo a mão às chamas, pego a pedra e a tiro dali.

A mão de Blaise pousa no meu ombro, tentando me afastar do fogo crescente, mas não permito que me tirem dali.

Quero ver tudo, o momento em que o kaiser desaparece e vira nada mais do que cinzas. Aperto o pingente de Ampelio na mão, sentindo seu poder instigar o meu.

Eu usaria uma coroa dessas cinzas, penso.

Finalmente, quando as chamas ficam tão densas que não consigo mais vê-lo, eu me viro e me afasto sem olhar para trás nem uma só vez.

• • •

Encontro Mina em um dos alojamentos kalovaxianos, com um menino e uma menina um pouco mais novos que eu. Os beliches foram empurrados para os cantos do alojamento, deixando um grande espaço aberto no meio do chão de pedra, onde os três se encontram. Das sombras da porta, eu os observo por um momento, sem ser vista.

– Mostre para mim, Laius – pede Mina, colocando uma tigela no chão entre eles.

Quando ela a pousa, um pouco de água se derrama pelas laterais.

O garoto engole em seco, nervoso, mexendo as mãos atrás das costas. De início, acho que ele é um dos escravos que libertamos da mina, mas então noto as marcas em seus braços, lugares em que o sangue provavelmente era colhido.

Trata-se de um Guardião. Os kalovaxianos deviam estar estudando o garoto antes da batalha. O pensamento me deixa enjoada e um rápido olhar para a garota confirma que ela tem as mesmas marcas. Quantos eles serão?

O garoto – Laius – por fim ergue as mãos, virando as palmas na direção da tigela. A água sobe na mesma hora, pairando no ar, ao nível dos olhos, em uma esfera cristalina e perfeita.

Mina faz um aceno positivo com a cabeça.

– Pode transformá-la em gelo? – pergunta.

A testa de Laius se franze enquanto ele se concentra na esfera. Ela se transforma, a luz das velas fazendo-a brilhar antes que a superfície fique fosca e dura e ela se torne inteiramente feita de gelo.

– Ótimo – diz Mina. – Solte-a.

Laius baixa as mãos e a esfera cai, espatifando-se no chão de pedra.

– Desculpe – murmura ele.

– Está tudo bem – responde Mina. – Como está se sentindo?

Ela dá um passo na direção dele para sentir sua testa e, nesse momento, me vê.

– Vossa Majestade – diz, inclinando a cabeça na minha direção.

Laius e a garota fazem reverências desajeitadas quando por fim entro na barraca.

– Mina – cumprimento antes de sorrir para os outros dois. – Você encontrou Guardiões.

Os lábios dela se franzem.

– Encontrei. Dez ao todo. Nove do Fogo, incluindo Griselda aqui. Laius foi trazido da mina da Água para que pudessem ser estudados juntos. Laius, Griselda, vocês permitem que a rainha Theodosia toque em vocês?

– Para quê? – pergunto.

Franzo a testa, mas eles parecem entender o que ela está pedindo e concordam com a cabeça. Mina faz sinal para que eu avance.

– Sinta a testa deles – instrui ela.

Com cautela, estendo a mão para ambos: quando os toco, vejo que sua pele é quente, como a de Blaise. E, agora que estou perto o suficiente, posso ver os círculos escuros que contornam seus olhos, como se não dormissem há muito tempo.

Mina vê o entendimento surgir em meus olhos.

– Que tal vocês dois irem almoçar? – sugere ela a Laius e Griselda. – Vamos continuar as aulas depois.

Os dois saem correndo e espero até desaparecerem antes de falar novamente.

– Tem mais deles – digo, sem saber como chamá-los.

Berserkers não é impreciso, mas a palavra parece uma sentença de morte. Mina assente.

– Os outros oito são Guardiões no sentido tradicional, mas as habilidades de Laius e Griselda são diferentes de todas que já vi. Como o amigo hipotético que você descreveu. Ele ainda é hipotético?

Hesito.

– É Blaise. Ele é um Guardião da Terra.

– Foi o que imaginei. Vi o que ele fez com aqueles navios... Mais do que qualquer Guardião da Terra deveria ser capaz de fazer.

– Aquilo quase o matou – observo.

– Mas não matou – rebate ela. – Não dessa vez.

Não tenho uma resposta para isso.

– Você disse que está dando aulas a eles. Isso é verdade ou está estudando os dois? – pergunto.

– Suponho que seja um pouco das duas coisas – diz ela com um suspiro pesado. – As histórias que ouvi contavam que Guardiões como eles eram raros... Havia registros de um por século, talvez. Agora, existem três no total e ainda nem vimos as outras minas. Quem sabe quantos vão ser no total?

– O que isso quer dizer? – indago.

Ela dá de ombros, olhando para a porta pela qual o garoto e a garota acabaram de sair.

– Se você perguntasse a Sandrin, ele diria que isso faz parte do plano dos deuses, e talvez ele esteja certo. Mas talvez exista um número maior de pessoas entrando nessas cavernas, então tem mais gente com espaço suficiente para a quantidade exata de poder que recebem. Talvez os deuses também tenham uma participação nisso. – Ela volta o olhar para mim. – Você não veio aqui por causa deles, veio?

Hesito antes de balançar a cabeça. Estendo a mão, a palma para cima, e após um momento de concentração uma pequena chama aparece, aninhada ali. Mina observa, os olhos pensativos.

– Não é muito – diz ela após um momento. – É mais do que o meu dom, eu reconheço, mas se fosse antes do cerco não seria suficiente para fazer de você uma Guardiã.

Fecho a mão e apago a chama.

– Crescentia, a kaiserin, aquela de quem falei, a que bebeu o encatrio... ela destila poder. Para ela, controlá-lo é tão fácil quanto respirar. Ela não precisa nem tentar alcançá-lo. Ele simplesmente está *ali*.

– Você quer saber se está à altura dela, mas já sabe a resposta para essa pergunta – diz Mina. – Você é uma panela cheia pela metade, enquanto ela está quase transbordando.

Engulo minha decepção. Não é nada de que eu já não suspeitasse, mas mesmo assim dói ouvir.

– As pessoas estão me tratando como uma *Phiren* que ressuscitou das cinzas – começo, a voz trêmula. – Como se eu fosse o herói que estavam esperando. E eu não sou. Não posso protegê-las contra ela, contra nenhum dos kalovaxianos.

O maxilar de Mina se contrai.

– Você sobreviveu a um confronto com os kalovaxianos... Poucos podem dizer o mesmo. Você nos protegeu até aqui. Quem vai dizer que precisa de um dom para continuar fazendo isso?

Eu sorrio e agradeço a ela, mas, no fundo, penso que nós duas sabemos que ela está errada.

Sobrevivemos a essa luta por pouco mais do que sorte. Da próxima vez, pode não ser assim.

CAMPO DE BATALHA

Os kalovaxianos sempre falavam de campos de batalha com mais reverência do que falavam de seus templos. Havia até uma balada popular na corte, com sua "grama riscada de vermelho com o sangue dos inimigos", que dava ao campo de batalha uma beleza própria e violenta.

Andando pela mina do Fogo e pelas ruínas do templo que antes, quando eu era criança, se erguia aqui, sei que não há nada bonito em um campo de batalha. Erik e minhas Sombras também estão quietas, embora eu me sinta grata pela presença deles. A última coisa que quero é ficar sozinha agora. Minha força está retornando, de forma lenta mas definitiva, e eu saboreio cada momento que passo fora da cama.

Assim como na canção kalovaxiana, a grama agora é mais vermelha do que verde, mas a letra não mencionava que a maior parte seria coberta por corpos ou pedaços deles e que seria impossível dizer quais partes pertenciam a que lado. Não mencionava o cheiro de carne em decomposição que paira no ar, tornando-o pútrido e nauseante. Não mencionava que inimigo ou amigo, todos seriam pranteados por pessoas reais.

– Uma pira – diz Erik do meu lado, quebrando o silêncio. – É o enterro típico dos guerreiros kalovaxianos.

– Dos astreanos também – completo, surpresa que duas culturas tão diferentes quanto as nossas possam ter algo em comum. – E os outros?

Ele hesita antes de balançar a cabeça.

– Gorakianos são enterrados, mas o restante...

Do meu outro lado, Artemisia fala:

– Yoxianos são enterrados. Brakkanos também. O costume vecturiano diz que seus guerreiros devem ser levados ao mar em barcos em chamas.

– Não podemos fazer isso – concluo, meu coração se apertando. – Precisamos de todos os barcos que temos.

Artemisia assente.

– Não conheço os costumes dos outros, mas há sobreviventes suficientes para que possamos descobrir.

– Eles são tantos... – diz Heron, olhando em volta.

Além da pequena seção onde nosso acampamento está montado, os corpos se estendem ao nosso redor até onde eu posso ver. Centenas, ou talvez milhares. Não sei como seremos capazes de determinar qual corpo pertence a que país.

Engulo em seco.

– Eles vão voltar e, quando voltarem...

Minha voz morre, incapaz de expressar o pensamento em palavras.

– Estaremos prontos – afirma Erik. – Essa *foi* uma vitória para nós e isso significa mais do que termos apenas sobrevivido. Nós nos erguemos contra os kalovaxianos. Não somos mais um investimento ruim. Podemos pedir ajuda a outros países e, desta vez, talvez obtenhamos o suficiente.

– *Talvez* – repito.

– Os deuses a abençoaram, Theo – diz Heron, um sorriso erguendo os cantos de sua boca. – E, com isso, eles abençoaram a todos nós. Eles estão do nosso lado.

Desvio o olhar dele. Nem mesmo Heron sabe há quanto tempo tenho esse dom, há quanto tempo o mantive em segredo, e quanto é fraco agora que foi arrastado para a superfície. Como a maioria, ele acredita que se trata de uma recompensa pelo meu sacrifício. É uma história bonita, mas não é quem eu sou. Olho de Heron para Artemisia e de volta a Heron.

– Como vocês se sentem? Abençoados?

Eles se entreolham, mas é Art quem fala primeiro.

– É como beber água gelada em um calor sufocante – diz ela.

– É como estar... pleno – acrescenta Heron. – Como estar em paz com tudo ao meu redor.

Meu estômago azeda.

– Não é assim para mim – afirmo, minha voz calma. – Não me sinto aliviada nem em paz. Desde que aconteceu, eu só me sinto... vazia.

Meus pensamentos se voltam para Cress com seus olhos de carvão e o toque inflamável. *"Somos irmãs do coração"*, disse ela em meu pesadelo. *"Vamos ver se eles combinam?"*

Talvez combinem, por baixo de tudo. Talvez sejamos abominações, as duas, mas não quero que seja esse o caso. Prefiro ser impotente do que ser assim, e essa é a diferença entre nós.

– Nasci com isso no sangue – começo, a voz trêmula. – Isso me foi imposto. Nunca foi uma escolha minha, como foi para vocês dois. – Olho para Blaise. – Você também não escolheu. Seu dom se impôs a você, como um tipo diferente de veneno.

Blaise sustenta meu olhar e, embora não concorde, também não protesta.

– O poder me pertence, mas eu não o possuo – digo, e minha voz não treme mais.

De repente, ela transmite segurança, porque eu estou segura.

Andamos um pouco mais até chegarmos à entrada da mina do Fogo, que foi evacuada e isolada – como se alguém fosse querer entrar ali por vontade própria.

Claro, é exatamente o que estou fazendo.

Quando paro na entrada, os outros param também. Eles não dizem nada até eu estender a mão para mover a corda.

A mão de Blaise pousa em meu braço, puxando-o para trás. Sua pele está menos quente desde que ele entregou as pedras – mais uma vez, temporariamente –, só que ainda é mais quente que a minha.

– Não – sussurra ele.

– É o único caminho – argumento. – Você sabe disso tão bem quanto eu. Você sente essa desconexão entre quem você é e o poder que possui. Porque nós não o controlamos. Porque é ele que nos controla.

– Entrar nessa mina não vai curar você – pondera ele. – Depois de todo aquele veneno no seu corpo, isso poderia levar você a ultrapassar o limite. Poderia matá-la.

– Poderia – concordo, olhando Heron por cima do ombro. – Mas não vai. É a única maneira de escolher esse poder. É a única maneira de exercer algum controle sobre ele, de compreendê-lo. A única maneira de eu ser a rainha de que eles precisam.

– Me desculpe por ter ido, Theo – diz Blaise, a voz embargada. – Sinto muito por ter quebrado a promessa e juro que nunca mais sairei do seu lado. Mas não faça isso. Não me deixe.

Por um instante, eu vacilo.

– Você foi para a batalha porque esse é quem você é – digo a ele. – E foi uma idiotice, mas você sabia que era a coisa certa a fazer. Esta é a coisa certa para *eu* fazer.

Blaise não responde, mas vejo as lágrimas brotando em seus olhos. Pouso as mãos em seus ombros e fico na ponta dos pés para roçar meus lábios nos dele. Por um instante, ele fica paralisado, em choque, mas em seguida eu o sinto se entregar, seus braços apertando minha cintura, como se pudesse me ancorar a ele e me fazer ficar. Mas ele não pode e eu me forço a me afastar e olhar para minhas outras Sombras.

– Não sei quanto tempo vou ficar lá. Se os kalovaxianos voltarem, vocês me deixarão e fugirão. Certo?

Heron começa a balançar a cabeça, mas Artemisia assente.

– Farei o que deve ser feito – garante ela, cada palavra pronunciada bruscamente.

Olho para Erik.

– E, quando eu sair, vamos encontrar um jeito de resgatar Søren. E de terminar o que comecei com Cress.

Erik parece mais sério do que jamais o vi.

– Boa sorte, Theo – diz ele, a voz suave.

Com o coração batendo freneticamente, dou as costas a eles e entro na mina.

EPÍLOGO

A SANIDADE SE TRANSFORMA EM ALGO EFÊMERO, indo e vindo até que eu não tenha mais certeza de quais pensamentos parecem sãos. Não sei onde estou nem o que faço aqui. Ouço a gargalhada de Cress, sinto sua respiração como vapor na minha nuca, mas ela está sempre fora de alcance.

É minha mãe que finalmente me encontra, encolhida junto à parede da caverna, as mãos ensanguentadas, a cabeça latejando de sede. Ela tem a mesma aparência de uma década atrás, até o violento corte na garganta. Eu não corro para ela, como sempre imaginei que faria. Ela não parece esperar que eu faça isso.

Engulo em seco. Minha garganta está ferida, como se eu estivesse gritando por horas.

– Esse é o Além? – pergunto a ela.

Minha mãe balança a cabeça.

– Ainda não, meu amor – responde ela, me estendendo a mão. – Venha, há muito por fazer.

Eu deveria me sentir aliviada por não estar morta, mas não sinto muita coisa. Olho para a mão dela, mas não a seguro.

– Você poderia ter detido os kalovaxianos – digo.

Ela não se encolhe diante da acusação nem tenta negá-la.

– Eu morri como a Rainha da Paz e a paz morreu comigo – afirma após um momento. – Mas você é a Rainha das Chamas e da Fúria, Theodosia, e vai atear fogo no mundo deles.

Eu aceito a mão dela e ela me conduz para as profundezas da mina.

A PRINCESA DAS CINZAS ESTÁ MORTA.
VIDA LONGA À RAINHA.

AGRADECIMENTOS

As pessoas em geral acreditam que escrever um livro seja uma empreitada solitária, mas, se fosse assim, eu só teria que agradecer ao meu notebook e estes agradecimentos seriam muito breves. No entanto, da mesma forma que é preciso uma comunidade para educar uma criança, é preciso uma equipe para publicar um livro. Eu tenho a sorte de contar com a melhor equipe editorial que existe.

Obrigada a Krista Marino, minha brilhante editora, por ser minha "caixa de ressonância" e líder de torcida e por não só tornar este livro melhor, como também me tornar uma escritora melhor. E a Beverly Horowitz, Barbara Marcus, Monica Jean e todos na Delacorte Press por oferecerem a mim e aos meus livros um lugar maravilhoso para chamar de lar.

Obrigada aos meus incríveis agentes – Laura Biagi, Jennifer Weltz e John Cusick – por construírem e nutrirem minha carreira e me ajudarem a transformá-la em um sonho realizado.

Obrigada à minha assessora de imprensa, Jillian Vandall Miao, por seu apoio incansável e atitude positiva contagiante. E a Elizabeth Ward, Kate Keating, Cayla Rasi, Mallory Matney, Janine Perez, Kelly McGauley, Alison Impey, Colleen Fellingham, Tamar Schwartz, Stephanie Moss e Isaac Stewart por seu entusiasmo, dedicação e gentileza. E, é claro, a todos na Random House por darem vida a este livro e a esta série de uma forma que constantemente supera minhas fantasias mais loucas.

Obrigada ao meu grupo de escrita de Nova York por toda a ajuda quanto ao aumento de produtividade: Patrice Caldwell, Lexi Wangler, Arvin Ahmadi, Zoraida Cordova, Sara Holland, Sarah Smetana, Kamilla Benko, Lauryn Chamberlain, Mark Oshiro, Jeffrey West, Jeremy West, Kheryn Callender, Emily X.R. Pan, Dhonielle Clayton, Blaize Odu, Christina Arreola, MJ Franklin e Adam Silvera.

Obrigada a Kiersten White, E.K. Johnson, Karen McManus, Melissa Albert, Jessica Cluess, Amanda Quain, Julie Daly, Tara Sonin, Samira Ahmed, Shveta Thakrar, Claribel Ortega, Kat Cho, Farrah Penn e Lauren Spieller por toda a amizade e apoio.

Obrigada ao meu pai por me manter com os pés no chão e focada e por sempre me incentivar a sair da minha zona de conforto, e a Denise, por seus sábios conselhos e orientações. Obrigada ao meu irmãozinho, Jerry, por sempre me inspirar e fazer de mim uma pessoa melhor.

Obrigada a Cara Schaeffer e Emily Hecht por serem meus salva-vidas em tempos de crise e de júbilo. Vocês tornam os altos mais altos e os baixos um pouco menos baixos.

Obrigada a Jefrey Pollock, Deborah Brown e Jesse e Eden Pollock por serem minha família nova-iorquina.

E por último, mas não menos importante, obrigada a VOCÊ por embarcar na jornada da Theo comigo. Eu não poderia ter feito nada disso sem você.

CONHEÇA OS LIVROS DE LAURA SEBASTIAN

Trilogia A Princesa das Cinzas
Princesa das Cinzas
Dama da Névoa
Rainha das Chamas

Para saber mais sobre os títulos e autores da Editora Arqueiro,
visite o nosso site e siga as nossas redes sociais.
Além de informações sobre os próximos lançamentos,
você terá acesso a conteúdos exclusivos
e poderá participar de promoções e sorteios.

editoraarqueiro.com.br